Marlene Averbeck

DAS LICHTENSTEIN

Modehaus der Träume

Roman

dtv

Ausführliche Informationen über unsere Autorinnen und Autoren und ihre Bücher finden Sie unter www.dtv.de

MIX
Papier aus verantwortungsvollen Quellen
FSC® C083411

Originalausgabe 2020

Umschlaggestaltung: buxdesign | Lisa Höfner unter Verwendung von Motiven von Arcangel / Ildiko Neer, Ullsteinbild / Roger Violett, Ullsteinbild / Giercke und shutterstock.com
Satz: Fotosatz Amann, Memmingen
Gesetzt aus der Minion 10,75/14,4˙
Druck und Bindung: CPI books GmbH, Leck
Printed in Germany · ISBN 978-3-423-26269-9

Figurenübersicht

Hedi Markwardts Vater, ein Beamter, ist früh verstorben. Obwohl er Geld hinterlassen hat, beginnt Hedi im Warenhaus Lichtenstein als sogenanntes »Ladenmädchen«, um die Haushaltskasse aufzubessern. Sie hat Freude an der Arbeit und übernimmt schnell weitere Aufgaben. Die Vorstellungen ihrer Mutter, dass sie nur bis zur Heirat arbeiten wird, ignoriert sie …

Hilde Markwardt ist schon mit Mitte dreißig Witwe geworden. Sie fürchtet, die Hinterlassenschaft ihres Mannes könnte ihre Existenz nicht dauerhaft sichern. Eine erneute Heirat, möglichst mit einem begüterten Mann, ist die Vorstellung ihrer Zukunft. Doch dann entdeckt Hilde das Leben für sich noch einmal neu.

Hannes Hallberg hat bereits als Konfektionär gearbeitet. Er wechselt ins Lichtenstein und möchte dort mehr Pariser Flair in die Damenbekleidung einfließen lassen. Doch sein Vorgesetzter, Ludwig Lichtenstein, scheint anderer Meinung zu sein.

Ella Winkler, Schauspielerin, ist aus dem behäbigen Wien nach Berlin gekommen, da in ihren Augen keine Stadt in Europa auf- und anregender ist, vor allem in beruflicher Hinsicht. Ellas Traum ist es, so berühmt zu werden, dass sich die Maler darum reißen, sie in Öl für die Ewigkeit festzuhalten.

Jacob Lichtenstein verantwortet den Personalbereich des Lichtenstein. Er strebt eine Modernisierung an, um das Geschäft in die Zukunft zu führen. Für ihn zählt, was Kundinnen und Kunden wünschen …

Ludwig Lichtenstein, Jacobs jüngerer Bruder, ist wertkonservativ, mit leichten Zügen zum Despotismus. Er leitet das Atelier, in dem die Kleidung gefertigt wird.

Friedrich Lichtenstein hat das Warenhaus aufgebaut. Er sieht sich als kaisertreuer Preuße. Schwierigkeiten geht er gern aus dem Weg, womit er die Existenzgrundlage aller ins Wanken bringt …

Marianne Lichtenstein hat ihren Mann in jungen Jahren geheiratet. Um mit ihr den Bund fürs Leben schließen zu können, ist er konvertiert, vom Juden- zum Christentum.

Thea Stübner ist Näherin im Atelier des Warenhauses. Sie hat Schneiderin gelernt, hofft aber, einen Mann zu finden, mit dem sie eine Familie gründen kann, ohne weiterhin arbeiten zu müssen.

Agnes und **Rudolf Stüber** sind Theas Eltern, **Lenchen** und **Gerd** ihre jüngeren Geschwister.

Gustav Feinstein ist Galerist, der Prototyp des Berliner Dandys, der als Jude nur lose mit der jüdischen Gemeinde verknüpft ist. Er ist ein Intellektueller durch und durch, der sich mit Begeisterung der Kultur und den langen Berliner Nächten widmet.

Georg Meuser ist Zwischenmeister und beschäftigt zahlreiche Näherinnen in Heimarbeit. Er bemüht sich, akzeptable Arbeitsbedingungen zu bieten.

Helene Schrader, Tochter eines Bankiers, hat Jacobs Herz erobert. Beide träumen davon, irgendwann zu heiraten. Doch Helene zögert, Jacob ihren Eltern, vor allem ihrem Vater vorzustellen …

Albert Karmarker ist ein Schauspielerkollege von Ella Winkler. Er zieht im Rennen um Ellas Herz den Kürzeren und setzt sich nach Wien ab. Doch das ist immer noch nicht weit genug entfernt …

Käthe ist das Dienstmädchen bei den Lichtensteins.

Lore Müller, auch Müllersche genannt, ist die Vorzimmerdame der Herren Lichtenstein.

Grete, ihren Nachnamen kennt kaum einer, ist die Portiersfrau des Lichtenstein, die »Portiersche«, wie die Berliner sagen.

Karl Kiesewetter ist Lagerist im Lichtenstein, wie lange schon, weiß eigentlich niemand mehr.

Josefine Wagner ist die erste Verkäuferin in der Damenbekleidung.

Heiner Hoffmann ist Leiter der statistischen Abteilung.

Cilly gehört zu den Näherinnen des Hauses.

Trude Friedhoff ist Verkäuferin in der Weißwarenabteilung.

Margarete Kaiser ist in der Versandabteilung tätig.

Peter Bernhard ist erster Verkäufer der Krawattenabteilung.

Hausmeister Kühn werkelt immer im Hintergrund des Warenhauses.

Im Anhang finden sich

- *ein Glossar,*
- *ein Verzeichnis realer Personen und Institutionen,*
- *ein Nachwort zur Berliner Konfektion.*

Prolog

Eine Wand aus Rauch. Langsam tastet Jacob sich vorwärts. Seine rechte Hand fährt über den Verkaufstresen. Über das Holz, die gläserne Ablage. Sie fühlt sich warm an. Unter seinen Schuhen knirschen Scherben. Er sieht die Bilder überdeutlich vor sich: Letzte Schubläden werden geschlossen, Ablagen gewischt. Die Glocke hat bereits den Ladenschluss verkündet. Eines der Ladenmädchen ruft zwei Kolleginnen zu, den Abend zu genießen. Genau das werde sie jetzt machen, mit ihrem Liebsten ein wenig über den Ku'damm flanieren, vielleicht im neuen Marmor-Haus einen Film schauen. Gelächter als Antwort. Eine Tür, die eilig zugeschlagen wird.

Irgendwo hier müssen die zwei Frauen gestanden haben, vor wenigen Stunden. Vor der Schaufensterfigur, die mitten im Raum auf einem Podest alles überragt. Den Namen der Figur kennt er.

»Die schöne Frieda«, so nennt sie jeder.

Das Prunkstück des Hauses. Sie ist eines der künstlichen Mannequins von Pierre Imans, von Jacob selbst in Paris ausgewählt. Nahezu unbezahlbar. Nicht aus Holz wie alle Figuren, die sonst im Lichtenstein die Kleider präsentieren. Sie ist filigran aus Wachs gearbeitet, mit glänzenden Augen aus Harz, von echten Wimpern umrahmt, darüber ziehen sich fein geschwungene Augenbrauen. Ein geschminktes, lächelndes Gesicht, um das sich echtes Haar schmiegt.

Die Namen der beiden Frauen, die das Kleid drapieren, wollen ihm nicht einfallen.

Nie wieder wird ihm das passieren.

Wenn er diesen Moment überlebt, schwört er sich, wird er nie wieder die Namen von Angestellten vergessen.

Flammen zerreißen die Wand aus Rauch, tanzen über die Tresen, züngeln um die Regale. Der Lichtschein des Feuers bricht sich im scharlachroten Seidenkrepp des Kleides. Eine Kreation seines Bruders.

Jacob spürt die Hände der Mutter im Rücken, wie sie sich im Stoff des hastig übergeworfenen Hausmantels festkrallen. Er will zurückblicken und sich vergewissern, dass sein Vater und das Dienstmädchen Käthe der Mutter folgen. Doch ein Knacken über ihren Köpfen lässt ihn aufschauen. Vor ihm, wenige Meter entfernt, lösen sich Teile der Deckenverkleidung. Als sie auf dem Boden aufschlagen, erzittern die Dielen. Gleißendes Licht erhellt den Verkaufsraum, dem Blitz eines Gewitters gleich, und lässt das rote Kleid grell aufleuchten. Noch immer steht die schöne Frieda auf dem Podest, als könnte nichts ihr etwas anhaben. Ein majestätischer Anblick, regelrecht dramatisch. Es sind nur zwei, vielleicht drei Meter, die Jacob von ihr und dem Kleid trennen.

Funken regnen durch die Luft, und einer springt auf den Rockteil.

Er landet rechts unten, in der Nähe des Saumes.

Ein kurzes Glühen.

Ein Glimmen.

Dann rasen die Flammen zischend über den Stoff hinweg.

Berlin, 1913

Hedi

»Aber sag's um Himmels willen den Nachbarn nicht.«

Erstaunt betrachtete Hedi ihre Mutter, deren miteinander ringende Hände und den umherspringenden Blick. »Ja, das haben wir doch schon besprochen. Wenn dir das wichtig ist, werde ich es mit keiner Silbe erwähnen.«

Die Mutter verzog das Gesicht. »Ich werde die Unruhe nicht los! Ich hätte mich nicht darauf einlassen sollen. Ich habe gleich gesagt, es wäre besser, wenn du in einem Kontor arbeiten würdest.«

Ja, in einem dunklen Kabuff, fernab irgendwelcher Menschen den lieben langen Tag auf der Schreibmaschine herumhacken, damit mich nur niemand sieht. Das fändest du gut, dachte Hedi und zog das Messer konzentriert über die Butter, darum bemüht, sich ihren Unwillen nicht anmerken zu lassen. »Du hast selbst dafür gesorgt«, fuhr sie fort, »dass ich die Arbeit aufnehmen kann. Du hast mit deiner Freundin gesprochen, die dann wiederum …« Ein wenig Salz auf die Butter, dann biss Hedi lustlos ins Brot. Nur Hilde nicht anschauen, dachte sie, sonst schreie ich sie an.

»Es war ja auch dein Wunsch. Vielleicht wäre mir noch irgendwer anders eingefallen. Und so eine richtige Freundin ist Marianne Lichtenstein nicht. Nur weil wir beide uns im Sozialverein betätigen, kann ich mich nicht zwangsläufig auf ihre Verschwiegenheit verlassen.« Die eben noch ringenden Hände flogen nun durch die Luft, als wollten sie jedes Argument zerpflücken.

Wer ist diese Frau?, fragte Hedi sich. Ja, Hilde hatte ihren Mann verloren, aber sah sie auch den viel zu früh entrissenen Vater? Weit über ein Jahr lag der Verlust zurück. Niemand konnte Hilde vorschreiben, wie sie mit ihrer Trauer umging, wie lange sie für ihren Abschied brauchte, ob er überhaupt gelang. Ein seltsamer Pragmatismus hatte sie erfasst, es war, als versuchte sie, der Tochter den Vater zu ersetzen und ein ebenso strenges Regiment zu führen. Eines, das sich unerbittlich auch gegen sie selbst richtete. Genau wie der Vater es getan hatte, sprach auch Hilde nicht über Geld, aber die finanzielle Situation schien schwierig zu sein.

»Maman«, sagte Hedi in versöhnlichem Ton und hoffte, Hilde mit der französischen Anrede, die sie so liebte, zu besänftigen. »Das Fräulein aus dem Hinterhaus, im zweiten Stock rechts, ist Stenotypistin. Die mit den drei Kindern aus dem Erdgeschoss näht regelmäßig, und Frau Szymanek unter uns hilft ihrem Mann immer wieder in der Apotheke. Den Nachbarn ist es egal, was ich mache. Es interessiert niemanden.«

»Doch, meine Freundinnen. Ich habe ihnen erzählt, du würdest mir seit dem Abschluss des Lyzeums im Haushalt zur Hand gehen, vermutlich aber bald heiraten.«

Eins, zwei, drei, vier – einatmen, ausatmen. Zum Fenster schauen, befahl Hedi sich. »Wir haben die Wahl«, sagte sie nach einer Weile, »entweder wir vermieten eines der Zimmer unter, oder wir ziehen in eine kleinere Wohnung um. Wenn beides nicht in Betracht kommt, bessere ich einfach unsere Haushaltskasse auf.«

»Ein Zimmer vermieten? Umziehen? Auf was für Ideen kommst du denn? Gott bewahre!«

»Das sage ich doch: Es kann nicht schaden, wenn ich etwas Geld hinzuverdiene.«

»Aber nur so lange, bis ich wieder unter der Haube bin.« Energisch zog Hilde den seidenen Morgenmantel über ihre Schultern. »Oder du. Aber ich befürchte, dich will kein Mann, wenn du … du weißt schon …«

»*Arbeitest*? Ein ganz einfaches Wort, Maman.«

»Da siehst du es: Du bist ein Querkopf durch und durch.«

»Nein, das bin ich nicht, ich arbeite nur. Das machen viele Frauen.«

»Ja, aber auch nur bis zur Hochzeit. Weil ihre Eltern nicht in der Lage sind, für sie zu sorgen. Und ich möchte nicht, irgendwer könnte denken, dein Vater hätte uns nicht genug Geld hinterlassen. Er hat sein Leben lang gearbeitet …«

Hedi schob den Teller beiseite. »Du weißt, wie sehr ich Vater vermisse, und du hast recht, er wäre nicht begeistert. Aber nun muss ich los.« Während sie sich erhob, schwor sie sich, in die Unterlagen des Vaters zu schauen. Sobald ihre Mutter mal wieder außer Haus war, zu einem Tanztee mit ihren Freundinnen, beim Sozialverein oder anderen Zerstreuungen. Sie musste Gewissheit haben, wie es finanziell um sie beide stand. Auch wenn Hilde und sie nicht in der Beletage lebten, sondern nur im zweiten Stockwerk eines geschmackvollen Großstadthauses, wollten die geräumigen Zimmer doch bezahlt werden.

Es klopfte.

Hedi eilte zur Wohnungstür und konnte durch die milchige Glasscheibe bereits Ellas Silhouette erkennen. Das Zugehmädchen, dachte sie und lächelte. Auf niemanden traf diese Bezeichnung weniger zu. Sie öffnete die Tür, und die Haltung der Freundin ließ keinen Zweifel: Ella kam hierher, weil sie sich dazu herabließ! Sie beehrte Schöneberg mit ihrer Gegenwart.

Wenn auch nicht ganz freiwillig.

Wie immer war ihr Anblick atemberaubend. Und das, obwohl sie eher klein, fast gedrungen aussah, die Augenbrauen zu markant, die Lippen voll, nahezu schmollend. Trotzdem war sie ein Gesamtkunstwerk, an dem nichts dem Zufall überlassen war.

Niemals. Auch wenn das Geld, das sie als Schauspielerin verdiente, längst nicht ausreichte, ein würdiges Leben zu führen, kündeten ihre Garderobe, die Haltung der Hände, jede der dunklen Locken, die Kunstblüte am ausladenden Hut von ihrer Überzeugung: Sie, Ella Winkler, würde die nächste große Muse der Berliner Theaterwelt werden.

Hedi schluckte. Wie lange konnte Hilde diesen Zuverdienst für die Freundin noch aufbringen? Sie schob den Gedanken an Vaters Schreibtisch beiseite und damit die Bilder der Schubladen voller Unterlagen und Papiere, die alle Fragen beantworten würden. »So wie du aussiehst, hast du die Nacht nicht für den Schlaf genutzt«, sagte sie, nahm Ella den Umhang ab und hängte ihn im Garderobenschrank auf.

»Ja, so ist es. Aber das musst du nicht betonen, was soll ich machen? Ich lerne und lerne und lerne. Die Premiere für *Frau Inger auf Östrot* steht bald an, und ich nähe noch immer an meinem Kostüm.«

»Bringe es doch heute Abend vorbei, dann können wir es zusammen fertig machen.«

»Mir fehlen Spitzen und Borte, es ist so gewöhnlich.« Sie trat einen Schritt näher an Hedi heran und senkte die Stimme. »Dieses Stück wird ein Erfolg, sagt mir mein Gefühl. Ich weiß nicht, ob ich es dann noch schaffe, bei deiner Mutter hier … na, eben vorbeizukommen.«

»Du bist unentbehrlich, das weißt du. Wenn du erfolgreich wirst und sie in jedem Zeitungsartikel erwähnst, dann wird sie dir verzeihen.«

»Da hat Hedi recht«, erklang es aus der Wohnstube. Hilde öffnete die Flügeltür und lehnte sich mit verschränkten Armen in den Rahmen. »Da ich euch ohnehin hören kann, dachte ich, ich mische mich mal ein. Wir können in meinem Schrank schauen. Irgendwo habe ich Kleinigkeiten liegen, die als Besatz infrage kämen, und ihr könnt gern die Nähmaschine nutzen.«

»Ja, welch Glück, dass Sie diese wundervolle Maschine Ihr Eigen nennen.«

»Frage nicht, wie lange es gebraucht hat, meinen Mann davon zu überzeugen. Monatelang habe ich erklärt, wie viel günstiger es wäre, wenn ich die Kleider selbst nähe, anstatt sie bei der Schneiderin anfertigen zu lassen. Das merkt euch: Sparsamkeit ist eine Tugend! Was wollte ich sagen? Ach ja: Er war so gutherzig! Ihm war es wichtig, mir nicht unnötige Arbeit aufzubürden.« Ein Lächeln zog über ihr Gesicht. »Wenn ich ehrlich bin, denke ich, er misstraute meinen Nähkünsten, und – das weiß ich sicher – der Preis dieses Wunderwerks schreckte ihn ab.«

Hedi ging das Herz auf. Manchmal schimmerte all das durch, was ihre Mutter ausgemacht hatte: die Wärme und die Fähigkeit, über sich selbst zu lachen.

»Aber nun haben Sie eines der schönsten Modelle«, sagte Ella.

»Rate mal, warum? Eines Tages kam unsere Tochter in die Wohnstube, verzog ihre zuckersüße Schnute und sagte, sie wolle gern nähen lernen. So schnell konnte ich nicht Luft holen, da stand das Prachtstück bei uns.«

»Er fehlt …«, sagte Hedi, während sie den Hut aufsetzte.

»Und er wäre stolz, wie zauberhaft du in deinem neuen Kleid aussiehst!« Ellas Hand strich sanft über Hedis Arm. »Aber nun mach nicht so ein Gesicht, das gibt Falten. Erzähl mir lieber, wie deine ersten Tage im Lichtenstein waren, was du den lieben langen Tag da machst.«

»Ich bin als Ladenmädchen tätig. Mal schauen, was mir mehr liegt. Verkauf, Kasse, Kontor. Im Lichtenstein ist der Einsatz des Personals recht flexibel. So kann ich einen Eindruck bekommen.«

»Um Himmels willen, du sollst Konfektioneuse werden! Deine Mutter kennt die Chefin, also nutze deine Kontakte. Irgendwer muss ja meine Kostüme entwerfen, wenn ich die Bühnen der Stadt erobere«, rief Ella aus und stemmte die Hände in die Hüften.

Hedi lachte laut auf. »Danke, Großgütigste, dann werde ich das genau so befolgen.«

Ella grinste. »Ja, hör auf mich: Du kannst wunderbar nähen, du kannst zeichnen und hast ein fabelhaftes Gedächtnis. Und du hast Geschmack. Oder du wirst Moderedakteurin und betonst in deinen Artikeln *meinen* guten Geschmack. Du könntest auch Modeschöpferin werden. Diese Madame Lanvin aus Paris, die hat als Laufmädchen in einem Schneidersalon angefangen – und heute? Sie ist reich und weit über die Grenzen ihres Landes hinaus bekannt!«

»Moderedakteurin, Modeschöpferin – du bist noch schlimmer als meine Tochter«, fuhr Hilde dazwischen und schob Hedi zur Tür. »Sie hat schon genug Flausen im Kopf mit ihrem Warenhaus.«

»Maman, es ist ein Kaufhaus, wir bieten keine Lebensmittel an.«

»Schnickschnack, Kaufhaus oder Warenhaus – das sind Wortklaubereien. Lenk nicht ab! Darum geht es nicht.« Ella sah erst Hedi, dann Hilde an. »Es ist doch so, Gnädigste, wo ein Wille ist, ist auch ein Weg. Wenn wir immer nur die Hände in den Schoß legen …«

»Das hat man davon, wenn man sich eine Schauspielerin ins Haus holt. Schluss jetzt! Du wirst nicht die Hände in den Schoß legen, das sage ich dir. Denn dein Weg, Ella, führt jetzt in die Küche. Das Silberbesteck muss geputzt werden, bevor du wieder zur Probe aufbrichst.«

Hedi grinste Ella zum Abschied an, schloss die Tür und überließ die Freundin der zeternden Mutter.

Mit gerecktem Rücken lief sie die Treppenstufen hinab und blickte dabei den Bahnsteig entlang, über die Menschen hinweg, die dort in aller Frühe warteten. Die Bahn fuhr ein, die Türen wurden geöffnet, und Hedi schob sich mit der Menge in den Wagen. Tagelang hatte sie sich vorbereitet, war morgens die Strecke in die Stadt gefahren, um nichts dem Zufall zu überlassen. Wann musste sie die Untergrundbahn nehmen, und wie lange musste sie vom Bahnhof am Hausvogteiplatz bis zur Leipziger Straße laufen?

Hedi blieb im Gang stehen, umfasste eine der Haltestangen und schloss die Augen. Sie spürte das einsetzende Rattern der Drehgestelle, das zu einer gleichmäßigen Vibration des Abteils wurde, und die Wärme der Menschen, die sie dicht gedrängt umstanden. Der Geruch muffiger Wolle lag in der Luft. In einiger Entfernung sprachen zwei Männer in gedämpfter Lautstärke miteinander, ansonsten umgab sie Schweigen. Durch die geschlossenen Lider nahm sie das Wechselspiel von Licht und Dunkelheit wahr, das Vorbeiziehen der Stationen – Kaiserhof, Friedrichstraße, Hausvogteiplatz.

Jetzt musste sie aussteigen. Sie öffnete die Augen und verließ mit mehreren Frauen die Untergrundbahn. Und Ellas Worte hallten in ihr nach, eher als Gefühl denn im Wortlaut: Sie war tatsächlich eine von ihnen, eine der Angestellten, die mit der Monatskarte in der Tasche das Essen für die Pausen umklammerten und aus dem zugigen Schacht die Treppen hinauseilten, dem Licht entgegen.

Da war es wieder: dieses innere Beben, die flackernde Vorfreude, der steigende Stolz. All das, worüber sie mit Hilde nie reden würde. Ja, die Notwendigkeit, die Haushaltskasse aufzubessern, war das eine. Doch die Gründe, sechs Tage in der Woche früh aufzustehen und sich auf den Weg ins Lichtenstein zu machen, reichten für Hedi weiter. Weit über Geld und den von der Mutter sogenannten Zeitvertreib bis zur Ehe hinaus.

Die Sonne blendete. Der blaue Himmel ließ die stuckverzierten Gebäude, die vier bis fünf Geschosse in die Höhe ragten und lange Schatten auf den Platz warfen, noch prachtvoller wirken.

Auch hier drängten sich die Menschenmassen, vorbei an Lieferdroschken und Taxametern, die sich bereits jetzt, in aller Frühe, auf dem Platz aneinanderreihten. Mitten im Gewirr stand ein Omnibus und schien nicht vom Fleck zu kommen. Direkt vor Hedi fuhr ein Milchkutscher im Schritttempo vorbei, das Klirren und Klappern der Milchflaschen auf der Ladefläche zerrte an ihren Nerven. Angestrengt wich sie aus, wobei sie fast eine Frau anrempelte.

Und sofort konnte sie es sehen.

Wie bei jeder Frau.

Sie erkannte, nach welchem Schnitt die Figur verlangte, welcher Stoff der Haut schmeichelte und welche Augenfarbe mit welcher Farbe betont werden konnte. Sie wusste, welcher Schnitt Leichtigkeit verlieh, welcher für Ernsthaftigkeit stand, was es bedurfte, lasziv zu wirken.

Schon als Mädchen hatte sie die Haare der Freundinnen geflochten. Mit Mehl puderte sie ihnen die Haut, feuchtete rotes Seidenpapier mit Spucke an, um die sich lösende Farbe auf die Wangen zu schmieren, mit kleinen Kohlesplittern schwärzte sie die Augenbrauen – es gab fast nichts, was sie nicht verfremdeten in ihrem Spiel. Anfangs staffierte sie die Freundinnen aus wie Püppchen, erst später kam sie auf den Gedanken, das zu suchen, was jede von ihnen auszeichnete. Während sie kämmte, bürstete, puderte, spuckte und tupfte, entstand eines Tages die Frage in ihr: Vielleicht ist dieses Geschick eine Gabe? Als Antwort beschuldigte sie sich des Hochmuts und verwarf den Gedanken.

Irgendwann reichten das Frisieren und Schminken nicht mehr, verflog die Angst vor dem Hochmut. Immer öfter schaute sie in den Straßen der einen oder anderen prachtvoll ausstaffierten Frau nach. Jeden Abnäher und Faltenwurf des Kleides, kurzum alle Raffinessen eines Schnittes versuchte sie zu erfassen und in Frauenzeitschriften jede Neuheit der Modewelt zu studieren.

Schließlich begann sie mit dem Nähen. Damit war nicht das langweilige Stopfen zerschlissener Stoffe gemeint, das dröge Auslassen eingenähter Säume oder das simple Befestigen von Knöpfen, Kordeln und Spangen. Nein, sie hatte aus alten Stoffresten Neues entstehen lassen. Das waren die Anfänge gewesen, und nun war sie auf dem Weg ins Lichtenstein.

Dicht an dicht prangten die Namen: Edmund Ascher & Co., Sally Fraenkel, Bradt, Hirschfeld & Co., Adolf Ephraim, Büxenstein & Co., Lewinsky & Mayer, ein unendlicher Reigen Modeschaffender, der sich, vom Platz ausgehend, in die Nebenstraßen wie Mohren- oder Kronenstraße ergoss, vorbei am Französischen Dom, hinüber zur Friedrichstraße, hoch bis Unter den Linden und gleichermaßen hinab zur Leipziger Straße, an der sich Warenhaus an Kaufhaus an Maßsalon reihte.

Im Viertel rund um den Hausvogteiplatz schlug es – das Herz der Berliner Konfektion. Hier entstand Mode, die weltweit verkauft wurde.

Wenige Meter entfernt hielt der Milchkutscher nun den Wagen an und schob sich vom Bock, um Holzkisten voller Flaschen in einen Laden zu tragen.

Hedi trat einen Schritt näher an die Scheibe eines Schaufensters heran und gab vor, die Waren zu betrachten. Ella hatte recht: Sie hatte saubere Arbeit geleistet – das Tageskleid war ihr gelungen. Eine gerade, schmale Linie mit leicht erhöhter Taille und bodenlangem Rock, der durch eine oberschenkellange Jacke aufgelockert wurde.

Der Kutscher verließ seinen Kunden. Verabschiedete sich lautstark und warf nun zwei Kisten mit leeren Flaschen polternd auf die Ladefläche.

Du hast Talent, hörte Hedi Ella über den Lärm hinweg noch einmal sagen. Und du bist hübsch.

Der Blick wanderte vom Kleid auf ihr Gesicht, das in der Scheibe nur unscharf zu erkennen war. Der Hut unterstrich die ovale Gesichtsform, ließ einige ihrer Strähnen an den Seiten hervorspringen. Der Rest war wie bei allen: Augen, Nase, Mund.

Plötzlich glaubte sie, Hilde würde sie aus dem Schaufenster heraus tadelnd anschauen. Was machst du dir schon wieder für Gedanken?, schien ihr Blick zu fragen und Ellas Worte wegzuwischen.

Erschrocken zuckte Hedi zusammen, wandte sich ab und stand erneut vor einem Pferd, dieses Mal mit Reiter. Nur wenige Berliner Angestellte konnten es sich leisten, hoch zu Ross zur Arbeit zu kommen. Der Mann war, wenn sie sich richtig erinnerte, im Kontor von Lichtenstein tätig. Was sollte er denken, wenn er sie so sah, wie sie in aller Eitelkeit ihre Toilette bewunderte? Doch er würdigte sie keines Blickes und trabte an ihr vorbei.

Hedi zuckte die Schultern. So weit konnte es mit der Schönheit nicht her sein. Ein Grund mehr, sich im Lichtenstein anzustrengen, dachte sie und lief weiter.

Jacob

Er hatte das Haus noch vor sechs Uhr verlassen und war zügig in der Dämmerung ausgeschritten. Blind war er durch die Straßen gelaufen, wie jeden Morgen, wenn ihn die Schlaflosigkeit vor vielen anderen durch die Stadt trieb. Sein Vater hielt diese Runden für Disziplin. Der Gesundheit gewidmet, um gestärkt ins Kontor zurückzukehren, wo er die kommenden zwölf bis vierzehn Stunden die Geschicke des Kaufhauses mitlenken würde.

Weit gefehlt.

Eine Flucht waren sie, vor den kreisenden Gedanken. Nichts weiter. Wie jeden Morgen hatte Jacob dieselbe Strecke zurückgelegt. Er war die Leipziger Straße entlanggelaufen, in die Friedrichstraße abgebogen, um dann in der Taubenstraße unter Helenes Fenster vorbeizugehen. Sie dort oben schlafend zu wissen, wärmte bei jedem der Spaziergänge sein Herz, bis er sich gedanklich wieder den Themen zuwandte, die ihn um diese Uhrzeit durch die Straßen trieben. Im Tiergarten hatte eine erste herbstliche Kühle der Luft ihn innehalten lassen, das Jagen seiner Gedanken bremsen, es verlangsamen und ordnen können.

Die Bestandsaufnahme, erst hier überhaupt möglich, hatte keine neuen Ergebnisse zutage gefördert. Es blieben die Fakten, die ihm schon seit Jahren Fesseln anlegten:

1. Sein Bruder Ludwig war ein Problem. Vermutlich das größte des Hauses. Seine Selbstsucht war erdrückend.
2. Sein Vater war ein Problem. Ein handhabbares, aber zeitraubendes. Zudem saß Friedrich auf dem Geld.

3. Die Größe der Verkaufsfläche war ebenfalls ein Problem. Sie war zu klein, und aus diesem Grund war das Sortiment nicht breit genug gefächert.

Die Feuchte des aufsteigenden Bodennebels, der über den Wiesen hing, hatte ihn tiefer atmen lassen und die Fähigkeit, den Kopf wieder nutzen zu können, geweckt. Doch die beschauliche Stimmung hatte keine der Schwierigkeiten gelöst.

Und so hatte Jacob den Heimweg angetreten, nicht ohne sich die Morgenausgabe des *Berliner Tageblatts* vom 10. September zu kaufen. Kurz überflog er die erste Seite. Der erschütternde Absturz eines Marineluftschiffs über Helgoland durch einen Orkan musste warten. Wie immer ging er, bevor er irgendeinen Artikel las, die Zeitung durch, um nach ganzseitigen Reklamen zu schauen. Nachdem das Warenhaus N. Israel die Woche mit einer Reklame für Möbel eröffnet hatte, hatte Wertheim gestern mit einer Seite voller Extrapreise für Kleidung nachgelegt, die bis Donnerstag galten. Heute gab es eine Dreiviertelseite von Wertheim, auf der die Brüder ihre neuesten Bücher anboten. Klassische Werke, von Kleist über Goethe bis hin zu Eichendorff. Leinwandgebunden kostete ein Buch eine Mark, ledergebunden drei Mark. Auch wenn sich die Berliner darüber belustigt hatten – ein Warenhaus, das Bücher verkaufte –, Jacob hielt es für einen klugen Schachzug. Vor allem die Kombination mit dem Modernen Antiquariat und der Leihbibliothek – beides wurde mittig in der Reklame hervorgehoben – rundete das Konzept ab.

Er blieb stehen, um besser blättern zu können. Ganzseitig präsentierte sich heute Jandorf mit einer »68-Pfennig-Woche«, die bis Samstag lief. Kleinteilig pries er einen Reigen an Waren an: diverse Stoffe, unter anderem für Bettwaren, Tüllröcke oder Schürzen. Restbestände von Spitzen und Stickereien, Kragen und Strümpfe aller Art, selbst Handschuhe aus Waschlederimitat waren gelistet. Geschirr stand reichhaltig zur Auswahl, von der Kuchenschale über den Bierseidel bis hin zum Zwölferset Aluminiumlöffel. Glühstrümpfe, Handfeger, Zangen, Feuerhaken, Suppenkellen – es war beeindruckend, wie vielfältig Jandorf die breite Masse mit dem Preis bediente. Sogar ein halbes Pfund Kaffee samt einem halben Pfund Zucker gab es – zusammen für 68 Pfennig.

Kopfschüttelnd klemmte Jacob die Zeitung unter den Arm und bog in die Oberwallstraße ab, überquerte den Hausvogteiplatz, lief ein Stück die Jerusalemer Straße entlang und konnte bereits das Kaufhaus ausmachen.

Ganz gleich, was alle dachten: Es war sein Kaufhaus!

Nichts reichte an dieses Gefühl heran, wenn er ans Lichtenstein dachte.

Nie hatte er etwas anderes kennengelernt, hatte schon seine ersten Schritte zwischen Regalen mit Leinwaren gesetzt, wie seine Mutter gern erzählte. In der Kindheit hatte er lieber Knöpfe sortiert und im Lager zwischen Kartonagen gespielt, als mit Freunden auf der Straße herumzutollen. Auch seinen ersten Kuss hatte er von einem Ladenmädchen erhalten, an einem verregneten Abend, in der Durchfahrt zum Hof. Es gab nichts in seinem Leben, das ohne dieses Kaufhaus denkbar gewesen wäre.

In goldenen Lettern prangte auf schwarz glänzendem Grund der Name »Lichtenstein« über dem Haupteingang. Ein dreigeschossiges Eckgebäude mit Flachdach, von einer steinernen Balustrade gesäumt, auf der in gleichmäßigen Abständen kleine Emporen thronten. Vor den Sprossenfenstern im zweiten Stockwerk waren ebenfalls kleinere Balustraden gezogen, während die Fenster des ersten Stockwerks und des Erdgeschosses aus Rundbögen bestanden, unterbrochen von schlanken Säulen, auf denen Kapitelle ruhten. Ein zeitlos schönes Gebäude, dessen Gleichmaß Ruhe ausstrahlte. Trotzdem, das musste Jacob zugeben, nahm es sich neben den anderen Berliner Prachtbauten, die zum Einkaufen einluden, unauffällig aus. Eher traditionell als modern.

Auch die Inneneinrichtung wirkte – wie die Architektur – ein wenig aus der Zeit gefallen. Der Verkauf fand ausschließlich im Erdgeschoss statt, und so gab es im Lichtenstein keine Rolltreppe, keinen Fahrstuhl mit Liftboy oder einen Paternoster, eben jene neumodischen Spielereien, die Kundinnen und Kunden beeindruckten. Der erste Stock war dem Privatkontor, weiteren Bureaus, dem Offertenraum und dem Atelier vorbehalten. Platz, der fehlte, um Möbel, Automobilbekleidung oder Lebensmittel anzubieten.

Dennoch gab es vieles, was das Herz begehrte: die klassischen Kurz-, Weiß- und Wollwaren, Bettdrilliche sowie Kleider- und Flanellstoffe. Die Sportabteilung glich eher einer Sportecke, und der sogenannte Kunstsalon, in dem Rahmen, Groschenbilder und Gratulationsbriefe erworben werden konnten, bestand lediglich aus zwei Tresen. Aber niemand musste unverrichteter Dinge weiterziehen. Ein Kundinnenmagnet waren die Galanteriewaren mit ihren Flakons, Fächern, Gürteln und anderen Kleinigkeiten. Und selbst wer ausgefallene Dinge verlangte, wie Hufnägel oder Schnupftabak, wurde im Haus fündig.

Wenn Jacob guter Dinge war, nannte er das Lichtenstein gern seine Schatzkammer, in der noch in jedem Winkel Nützliches und Schönes entdeckt werden konnte.

Den Grundstein hatte sein Großvater gelegt, der vor gut fünfzig Jahren den Handel mit Posamentierwaren gewagt hatte – damals noch in Köln. Erst der Vater hatte sich mit seinem Umzug nach Berlin der Bekleidung zugewandt, der Damen- und Herrenbekleidung, und so war dieses Segment das Kerngeschäft des Hauses. Letzthin hatten sie das Angebot um Trikottaillen erweitert. Auf Kinderkleidung verzichteten sie.

Die Sonne erhob sich allmählich über die Dächer, und Jacob schirmte mit der Hand die Augen ab. Sowohl Großvater als auch Vater hatten das Geschäft mit der ihnen eigenen Handschrift geprägt. Doch in den letzten Jahren war es zu einer Stagnation der Umsätze gekommen, die Konkurrenz an der Leipziger Straße war erdrückend, hier befanden sich einige ihrer größten Konkurrenten: Am östlichen Ende, auf Höhe des Spittelmarktes, saß Jandorf mit einem seiner Kaufhäuser. Am anderen Ende, ganz im Westen, am Leipziger Platz stand Wertheims geschmackvoller Konsumtempel, in der Mitte war Hermann Tietz zu finden. Ein Palast, über dessen Eingang Hermes, der Gott der Kaufleute, thronte und eine riesige Weltkugel goldgelb glänzte.

Würde es gelingen, das Lichtenstein auf Kurs zu bringen – vorbei an diesen Schlachtschiffen kaufmännischen Könnens? Oder würde er mit ansehen müssen, wie sein Vater und Bruder das Geschäft an die Wand fuhren?

Während er in Gedanken die einzelnen Rayons durchging, ohne auch nur eine Abteilung des Warenhauses zu vergessen, steuerte Jacob auf die Einfahrt zu, die links des Gebäudes in den Hof zum Lieferanteneingang führte. Auf der anderen Seite des Gebäudes gab es, fernab der Lieferdroschken und des Haupteingangs, ein Treppenhaus für repräsentative Zwecke, das zu den Bureaus und ins Obergeschoss führte. Eines mit Marmortreppe, Bogenlampen und Gemälden, eben alledem, was es brauchte, um geschäftliche und private Gäste zu beeindrucken. Doch er bevorzugte den Eingang vom Hof aus, den Gang vorbei am Lager, die hölzerne Treppe hinauf.

In der von einem Gewölbedach überzogenen Durchfahrt drängten sich bereits mehrere Droschken. Sie kamen, um Frachtsendungen abzuholen, die am Tag zuvor gepackt und noch nicht verschickt worden waren, und um Waren anzuliefern. Der Wagen einer Appreturanstalt reihte sich in die Schlange der Wartenden ein. Im Hof ging es wie im Taubenschlag zu, es wurde eifrig entladen, zahlreiche hölzerne Kisten und Körbe stapelten sich und kündeten von viel Arbeit.

Drei Packjungen schleppten Stoffballen an Karl Kiesewetter vorbei, einem schmalen Mann mit Spitzbart, der, das Klemmbrett in der einen Hand, einen Bleistift in der anderen, jedes einzelne Teil notierte. Seit Jacob denken konnte, wachte dieser Mann über den Wareneingang. Erst wenn er eine Lieferung abgenickt hatte, begannen seine Gehilfen mit dem Auspacken, ordneten den Inhalt dem jeweiligen Lager zu oder ließen sie in die Rayons bringen. Woher Kiesewetter wusste, wann er wo über wie viel Platz verfügen konnte, blieb Jacob ein Rätsel. Denn Andrang herrschte hier unentwegt: Pakete, die per Post eingingen, per Bahn in Berlin ankamen, von Lieferanten gebracht wurden oder sogar vom Zollamt abgeholt werden mussten.

Es musste kurz vor acht Uhr sein. Da ein Großteil der Angestellten erst gegen 8.20 Uhr zur Arbeit erschien, war es am Personaleinlass ruhig. In spätestens zehn Minuten würde eine Traube drängelnder Frauen und Männer darauf warten, schnellstmöglich das Warenhaus zu betreten, um pünktlich zum Dienst zu erscheinen. Jacob passierte den Kontrolleur, warf die Zeitung auf den Stapel alter Ausgaben und eilte hinauf ins Privatkontor. Er betrat das Vorzimmer, von dem linker Hand sein Bureau abging, rechter Hand das seines Vaters. Das Reich seines Bruders war auf der anderen Seite des Flurs gelegen, direkt beim Nähatelier.

Lore Müller war nicht am Platz. Ihre Jacke hing nachlässig an der Garderobe, das Essenspaket lag in Zeitung eingeschlagen auf dem Tisch und glänzte bereits jetzt fettig. Die Schreibmaschine war noch mit einem Tuch abgedeckt, darauf legte die Müllersche, wie ein jeder sie nannte, Wert. Aktenschränke zogen sich durch den Raum, die oberen Fächer konnte sie nur mit einem Tritt erreichen. Der erste Eindruck, den die Vorzimmerdame erweckte, täuschte – sie hatte zwar kein Gespür für Farben, und ihr Haarknoten erinnerte eher an eine gehäutete Zwiebel denn an eine Frisur, doch wenn es um ihre Arbeit ging, war sie unschlagbar.

Jandorfs Anzeige verärgerte Jacob, schwer lag sie ihm im Magen. Immer wieder machte dieser Mann ihm Sorgen. Als der

Konkurrent das Kaufhaus des Westens in Charlottenburg eröffnet hatte, waren auch dem Lichtenstein Mitarbeiter abhandengekommen – um ein Haar auch die Müllersche. Tausende Angestellte hatte der Konkurrent damals gesucht und mit sehr guten Löhnen gelockt. Sein Vater Friedrich hatte bei einigen Angestellten noch einmal ordentlich drauflegen müssen, um sie zu halten. Es gingen Gerüchte, allein die Jandorfschen Warenhäuser am Wittenbergplatz und am Kottbusser Damm würden auf gut dreitausend Mitarbeiter kommen, in diese Zahl waren die anderen vier Häuser noch nicht eingerechnet. Da fielen einige Mitarbeiter mehr oder weniger nicht auf. Im Lichtenstein sehr wohl.

Jacob seufzte. Um nichts in der Welt wollte er eine Unternehmung dieser Größenordnung führen, aber wenn das Lichtenstein mithalten wollte, mussten Änderungen greifen, ganz gleich, wie sehr Friedrich und Ludwig sich dagegen sperrten.

Er öffnete die Tür zu seinem Kontor. Er mochte das durch die schweren Vorhänge gedämpfte Licht und den riesigen amerikanischen Schreibtisch aus dunklem Holz, der mitten im Raum stand. Er war ein Bollwerk, hinter dem Jacob sich verschanzen konnte. Die beiden englischen Klubsessel mit dem kleinen Beistelltisch, die vor dem Fenster standen, luden zu vertraulichen Gesprächen ein. Es war nahezu unmöglich, aufrecht in ihnen zu sitzen, der Winkel zwischen Rückenlehne und Sitzfläche ließ keine andere Wahl als sich hineinfallen zu lassen und jegliche Körperspannung aufzugeben.

»Piekfein ist es bei Ihnen«, sagte die Müllersche gern, wenn sie auf dem kunstvoll gedrechselten Stuhl vor seinem Schreibtisch Platz nahm, um sich Briefe diktieren zu lassen.

Doch was nützte piekfein?

Neben dem Tischtelefon stapelte sich die Post, Hunderte Briefe und Karten, die der Briefträger in seiner ersten Zustellrunde des Tages abgegeben hatte. Inzwischen war es zwei Minuten nach acht Uhr. Gleich würden sein Vater und Bruder erscheinen, die Müllersche im Schlepptau. Sie würden gemeinsam die Post durchgehen, weil sie allein kaum zu bewältigen war und Stunden in Anspruch nähme. Um neun Uhr erwarteten sie den ersten frischen Kaffee von der Müllerschen und Heiner Hoffmann, den Vorsteher der statistischen Abteilung. Genau genommen bestand die Abteilung nur aus ihm, seine Gehaltszahlung am Monatsende erweckte jedoch den Eindruck, er würde ein Heer weiterer Kollegen anleiten. Er ließ es sich auch nicht nehmen, mit dem Pferd zur Arbeit zu kommen. Da er ordentliche Arbeit leistete, stets einen Überblick über Einnahmen und Ausgaben lieferte und den Krankenstand im Blick hatte, nahm Jacob sowohl die monatlich schmerzende Zahlung in Kauf als auch den fürs Pferd im Hof verschwendeten Platz. Lieber einen teuren Statistiker als einen, der bei der Konkurrenz anfing.

Die Tür flog auf, und Ludwig betrat den Raum. Hinter ihm der Vater, das Schlusslicht bildete die Müllersche.

Alles wie immer.

Mit einem Mal fühlte Jacob den fehlenden Schlaf.

Müdigkeit breitete sich in ihm aus.

Hedi

Behutsam öffnete sie die Tür in den Verkaufsbereich und sah sich um.

Stille und Dämmerlicht.

Hedi stellte sich auf die Zehenspitzen, um die Abteilungen besser überblicken zu können.

Tatsächlich: Niemand war bisher zugegen.

Das Herz des Hauses: Es gehörte ihr allein, für diesen Moment. In seiner Einsamkeit und Schönheit.

Es war wie in diesem Traum, den sie als Kind mehrfach genossen und immer wieder herbeigesehnt hatte: ein Warenhaus nur für sie, eine ganze Nacht lang. Die Neugier hatte sie vorangetrieben, alles zu erkunden, zu bespielen, zu kosten, an- und auszuprobieren – es war wundervoll gewesen. Ein Schlaraffenland.

Und auch wenn sie jetzt kaum Zeit hatte und weit davon entfernt war, irgendetwas anderes zu machen als die Tücher abzunehmen, mit denen die Tresen am Abend zuvor abgedeckt worden waren, durchrollte sie eine Welle des Glücks.

Sie hob den Rock und lief los, rannte fast. Vorbei an der Krawattenabteilung, der sie gleich am ersten Tag zugeordnet worden war und die sie verunsichert hatte, wusste sie doch nichts über Knoten, Einstecktücher, Fliegen und Kontrastkragen. Sicherlich waren die Aufgaben überschaubar und für einen ruhigen Einstieg in den Arbeitsalltag gut geeignet. Obendrein gaben sie Gelegenheit, die männlichen Kunden zu studieren, zu schauen, wie sie ihre Anliegen vorbrachten, welche Farben sie wünschten, welche Stoffe sie favorisierten und ob sie dem Verkäufer und einem Ladenmädchen gegenüber freundlich blieben oder sich herablassend gaben.

Das Gerücht, die Mädchen und Frauen in den Berliner Warenhäusern würden eher nach ihrem Aussehen als nach ihrem Wissen und Können ausgewählt, hatte sich Hedis Erfahrung nach bestätigt. Zumindest die männlichen Kunden schienen so manch fehlende Expertise für einen hübschen Anblick gern in Kauf zu nehmen. Und täglich festigten die Herren, die durchs Haus gockelten und auf die schönsten Mädchen schielten, diese Annahme. Eine, die sich verstärkte, wenn man die vornehmlich jüngeren Kerle durchzählte, die jeden Abend zum Ladenschluss um acht Uhr vor dem Eingangstor warteten, um eine der Angestellten nach Hause zu begleiten.

Hedi ließ die Männerwelt samt ihrer Krawattenabteilung hinter sich, sie konnte warten.

Dieser ungestörte Moment gehörte ihr.

Sie wollte den Arbeitstag heute am schönsten Tresen beginnen: bei den Posamentierwaren.

Schon das Wort klang nach Musik.

Die Ausmaße des Tresens waren gewaltig, bis zu sieben Frauen konnten gleichzeitig an ihm arbeiten, ohne beengt zu stehen. Er barg in seinem Inneren alles, was Ella für ihr Kleid benötigte: Tressen, Spitzen, Borten, Kordeln, Zierbänder, Stickereien, Geflochtenes, allesamt kleine Kunstwerke, eines filigraner als das andere, und jedes eiferte um Aufmerksamkeit. Sie würde eine Auswahl für die Freundin mitnehmen – wozu bekam sie ihren Mitarbeiternachlass?

Sie blickte zum Rayon der Damenbekleidung hinüber. Dorthin hatte sie sich noch nicht vorgewagt, denn gleich am ersten Tag war ihr deutlich signalisiert worden, sie habe die morgendlichen Vorbereitungen nicht in diesem Gebiet vorzunehmen. Hier hatte sie nichts zu suchen. Generell nicht. Weder morgens noch im Verlauf des Tages.

»Gebiet«, ja, das hatte Frau Wagner gesagt, ganz so, als würde sie einen Krieg führen, der das Kaufhaus in feindlich und friedlich gesinnte Gebiete unterteilte. Diese Verkäuferin ließ keinen Zweifel daran: Sie war die Oberrichterin über die Ladenmädchen in ihrem Rayon. Sie trug wie alle weiblichen Angestellten im Verkauf ein kittelartiges blauschwarzes Kleid, über das eine weiße Schürze mit Rüschen gebunden war. Doch die Arroganz legte sie dabei nicht ab. Tag um Tag erschien sie in teuren Kleidern im Personaleingang, die zwar ihre üppigen Rundungen nicht kaschierten, aber Zeugnis ablegten, dass sie erhebliche Provisionen ausgezahlt bekam. Sie wollte nicht schön sein, und sie musste es nicht. Sie wollte offensichtlich nur eines: elegant sein.

Hedi sah an sich herab, auf die altbacken wirkende Schürze: Ihr gab dieses Ding das Gefühl, höchst jämmerlich zu wirken. Von dem wunderbaren Gefühl, das sie in ihrem neuen Kleid spürte, konnte sie wenig erretten, sobald sie in der Umkleide in den Kittel schlüpfte.

Hedi schob die umherflirrenden Gedanken beiseite und sog die Luft ein. So wie im Verkaufsraum roch es nirgends. Ein wenig Parfum mischte sich mit dem Duft frisch gemangelter Leinwaren, durchzogen von einer holzigen Note. Sie musterte die in die Höhe ragenden Regale und die davorstehenden Tresen. Lange Gänge zogen sich zwischen ihnen wie dunkle Bänder hindurch.

Mit einer schwungvollen Bewegung nahm sie das erste Tuch vom Tresen ab, legte es zusammen, um es dann im untersten Fach des dahinterliegenden Regals verschwinden zu lassen. Die gläserne Fläche war sauber, doch eines der Spitzenbänder in der Auslage war nicht richtig aufgerollt. Sie zog die Schublade heraus und strich die feine Klöppelei glatt.

Die Bogenlampen flammten unvermittelt auf. Nun war Grete, die in der Portiersloge saß, anwesend. Sie war die Herrin des Lichts, genau genommen der sechs Schalter, die es brauchte, um das Halbdunkel des Morgens im Verkaufsraum zu vertreiben. Doch Grete war weit mehr als das, sie war ein unentbehrlicher Bestandteil des Informationsflusses im Haus. Wenn Hedi es recht verstanden hatte, gab es die Müllersche im Vorzimmer des Seniors. Sie war der Ausgangspunkt aller Neuigkeiten. Zuerst wussten, was räumlich nahe liegend war, all jene Bescheid, die mit ihr in der ersten Etage arbeiteten.

Dann steckte die Müllersche der Portierschen, was es zu berichten gab, woraufhin diese für die Streuung in ihrem Universum, dem Erdgeschoss, sorgte. Selbstverständlich funktionierte der Informationsfluss auch in die umgekehrte Richtung. Nichts entging ihnen. Wer wann mit wem zur Mittagspause ging und wer wann mit wem wieder zurückkehrte – Grete registrierte auch diese Nebensächlichkeiten, was umso erstaunlicher war, da die Mitarbeiterinnen und Mitarbeiter durch den Personal- und nicht durch den Haupteingang in die Pause entschwanden. Offensichtlich behielt sie auch die Straße im Blick.

Doch da Grete unentwegt gute Laune und ein offenes Ohr für jeden hatte, konnte kaum jemand umhin, sie nicht gern zu haben. Es gingen Gerüchte, verschiedene Kundinnen würden nur ihretwegen vorbeischauen.

Vorbeischauen.

Hedi warf einen Blick auf die Uhr. Es blieben noch rund zehn Minuten, bis die ersten Ladenmädchen und Hausdiener eintrafen, die Verkäufer und Verkäuferinnen würden erst gegen neun Uhr erscheinen.

Vielleicht war dieser Moment genau der, die Damenabteilung im Schnelldurchlauf in Augenschein zu nehmen? Und wie von allein schob die Hand die Schublade zu und setzten die Füße sich in Bewegung.

Zuerst blieb Hedi vor der Wachsfigur stehen und ließ die Finger über den Seidenkrepp des Kleides fahren. Glatt, kühl und fest, auch wenn der Stoff Plisseefalten aufwies. Ein Rot, das sündiger kaum sein konnte und durch seinen dunklen Grundton edel wirkte.

Hedi schaute den Gang entlang. Schräg vor ihr waren auf Holzfiguren weitere Kleider drapiert: ein beigefarbenes Tageskleid aus Baumwolle und ein Sommerensemble aus Serge, mit großem Kragen und Schleife im Dekolleté. Zwei schlichte Modelle, die für das standen, was das Lichtenstein auszeichnete: solide Qualität.

Wieder schaute Hedi ehrfurchtsvoll auf den Seidenkrepp unter ihren Fingern. Umso mehr fiel dieses Kleid auf. Die Seitennaht, sie verlief …

So abrupt, wie vor wenigen Minuten das Licht aufgeflammt war, wurde nun die Tür vom Personalflur geöffnet und zerriss den Kindheitstraum, allein im Warenhaus zu sein. Der schlichten hellgrauen Schürze nach zu urteilen, war die junge Frau eine Näherin. »Du da, du sollst mir helfen, sagt der Senior!«, rief sie, viel zu laut für die Stille des Morgens.

Sofort nahm Hedi die Finger vom Kleid, verschränkte die Arme hinter dem Rücken und musterte ihr Gegenüber. Und wieder sah sie sofort alles: die Schürze faltig, die Zöpfe schief. Der Blusensaum stark abgestoßen, die Schuhe halbherzig geputzt. Doch trotz des leicht liederlichen Aufzuges hatte die Näherin wohl Zugang zum Senior, zumindest soeben mit ihm gesprochen. Bei Hedi sorgte schon der Gedanke an Friedrich Lichtenstein, dessen Aussehen sie nur von einem Bild aus einer Zeitschrift kannte, für Angstschweiß. Zudem fühlte sie sich ertappt, ohne sagen zu können, wobei. Vielleicht gab es ja wirklich Gebiete in diesem Haus. Heilige Bereiche, die nur vom jeweiligen Personal betreten werden durften und niemals, wirklich niemals von fachfremden Anfängerinnen.

Mit einem Mal war ihr Brustkorb eingeschnürt von Mieder und Kleid, die soeben gepasst hatten und nun zu klein, ja winzig und eng erschienen, zu warm obendrein. »Wer sagt das? Bitte?« Sie hörte die eigene Stimme zittern.

»Was soll denn die Diskutiererei? Herr Lichtenstein selbst hat es gesagt. Der Senior! Habe ich doch schon deutlich ausgedrückt. Kommst du jetzt gefälligst?«

Thea

Thea wusste nicht, ob sie lachen oder den Kopf schütteln sollte. Dieses neue Ladenmädchen war ein Lämmchen. Eindeutig. Jedenfalls schaute und zitterte sie wie eines dieser possierlichen Tierchen.

»Aber ich muss meine Arbeit fertig machen, sonst bekomme ich …«

Nun stemmte Thea die Hände in die Seiten. Ein Lämmchen, das widersprach. »Der Senior!«, rief sie, betonte das O und zog dabei die Augenbrauen zusammen. »Was verstehst du an dem Wort nicht? Wenn der was sagt, ist das Gesetz! Niemand wird dir Ärger machen. Jetzt komm schon!«

Hastig folgte das Lämmchen ihr nun durch das Lager. »Wo gehen wir hin?«, fragte sie, weiterhin mit piepsiger Stimme.

»Na, die Ware vom Zwischenmeister in Empfang nehmen. Du sollst mir helfen. Was denkst du denn, was ich von dir will? Dich fressen?«

»Ich dachte, ich hätte irgendwas … und ich war noch nie beim Senior, also, ich habe …«

Nun musste Thea tatsächlich lachen. Sie winkte ab und lief weiter.

»Sage mal, was ist das, ein Zwischenmeister?«

»Wir geben Aufträge an ihn, Kleidung nach unseren Entwürfen zu nähen. Er bekommt Schnitte und Stoffe, verteilt sie an Näherinnen, die für ihn arbeiten, und am Ende bringt er uns die fertige Ware zurück.«

»Ach, ihr lasst Sachen außer Haus fertigen? Ich dachte immer, Lichtenstein würde die Kleidung komplett selbst nähen?«

Oh, die Neue hatte Ahnung. Thea musterte sie genauer. Anscheinend war sie weniger Lämmchen als vermutet. Tatsächlich sah sie nett aus. Und aufgeweckt. »Ja, neuerdings. Aber das ist nur ein kleiner Teil, alles andere machen wir«, sie tippte sich energisch an die Brust, »mit Geduld und Spucke. Und natürlich viel Können.«

Die Neue grinste.

»Jacob Lichtenstein wollte das gern einmal versuchen mit der Näherei außer Haus. Ich finde, es läuft gut.«

Sie erreichten die Laderampe, und Thea begrüßte freudig den alten Kiesewetter. Zu gern hätte sie ihn wieder am Spitzbart gezupft, wie sie es letzthin auf dem Jahrmarkt gemacht hatte, als eine Gruppe von Lichtensteinern sich dort amüsiert hatte. Aus der Nähe bemerkte Thea, wie sehr die Uniform des Lageristen inzwischen über dem Bauch spannte. Die goldfarbenen Knöpfe waren stumpf, zwei hingen liederlich am Faden und drohten sich zu lösen. Doch der Schriftzug »Lichtenstein« auf dem Band seiner Schirmmütze glänzte, als würde er ihn täglich reinigen.

»Ja, wie jetzt? Heute Morgen sind die Fräulein zuständig?«, erklang die Stimme des Zwischenmeisters.

Thea sah zum Meuser rüber. Georg Meuser. Ein Kraftpaket von einem Mann, der aber, das wusste sie, gegen die Strenge der Frauen nicht ankam. Dafür war er zu gutmütig. »Du weißt genau, dass ich ausgebildete Schneiderin bin«, tadelte sie ihn. »Und wenn wir dir nicht gut genug sind, dann kommst du eben später wieder.«

Das Lämmchen schwieg, machte aber große Augen.

Ja, sollte sie es ruhig wissen: Hinter den Kulissen wehte ein anderer Wind als in ihrem Verkaufspalast.

Meuser sprang vom Bock und tippte mit dem Zeigefinger zum Gruß an seine Mütze. »Ist ja gut, Gnädigste.«

»Schon besser.«

»Da kannst du mal sehen, was wir hier jeden Tag erdulden müssen«, sagte Kiesewetter zum Zwischenmeister, ohne eine Miene zu verziehen. »Und das ist nur eine von vielen.« Er zückte den Stift und schüttelte den Kopf. »Lass uns anfangen. Bestimmt ist dem Herrn Konfektionär heute Morgen etwas dazwischengekommen.«

Während die Männer sich daranmachten, den Wareneingang aufzulisten, beugte sich die Neue vor. Ihre Blässe war verschwunden. »Ist er das auf der Droschke? Der Zwischenmeister?«, flüsterte sie.

»Ja. Seit wann bist du eigentlich hier?«

»Heute ist Tag elf. Ich bin bei den Krawatten.«

»Na denn, ich bin Thea.«

»Hedi. Und wobei kann ich dir jetzt helfen?«

»Unser Konfektionär, er ist … ach, das ist kompliziert. Er ist nicht da, und Georg«, Thea wies auf den Zwischenmeister, »also der feine Herr Meuser kann seine Ware nicht übergeben. Und da wir noch nicht lange mit ihm zusammenarbeiten, ist die direkte Abnahme immer wichtig. Der will seinen Warenabnahme-Stempel, erst wenn er den hat, ist alles erledigt. Aber das war in den letzten Tagen schwierig, das wirst du schon noch mitbekommen.«

Inzwischen schienen die beiden Männer alles notiert zu haben. Meuser wandte sich um, schob seine Mütze in den Nacken und kratzte sich kurz am Kopf. »Dann laden wir aus, und ich komme später noch einmal wieder. Und wenn«, er zeigte auf die Packjungs, »auch nur ein Fädchen gezogen wird oder ein winziges Knöpfchen abreißt, ziehe ich euch die Öhrchen lang.«

Die Neue lauschte neugierig. Peter Bernhard, der in der Krawattenabteilung das Sagen hatte, ließ sie bisher nur im Hintergrund stehen, vermutete Thea. Vielleicht durfte sie bei der Bedienung der Kundinnen und Kunden zusehen, im besten Falle Halsbinden falten und Krawatten einrollen. Besen und Staubwedel, die hatte er ihr garantiert anvertraut. So war es im Lichtenstein: Nur wer die ersten Wochen ohne Klagen überstand, wurde auf die Kundschaft losgelassen.

Aber nun stand die Neue vor einer Warenlieferung des Zwischenmeisters, die ein Vermögen wert sein musste, wenn Thea die Stoffe, die mit Schutzpapier und Tüchern verhüllt waren und dennoch überall hervorblitzten, richtig beurteilte. Selbst ihr Puls hatte sich beschleunigt. »Los, nicht trödeln«, sagte sie, knüllte Rock samt Schürze zusammen, flitzte los und bog in das am Ende des Warenlagers liegende Treppenhaus ein. »Warst du schon mal oben?«

»Nein, also zumindest nicht im Atelier«, sagte Hedi nur und wich einem hageren Packjungen aus, der sich an ihr vorbeidrängte.

»Mensch, pass doch auf«, fuhr Thea ihn an. »Sonst brauchst du morgen gar nicht wiederkommen. Ich sag's Georg, ja, du hörst richtig – dem Meuser, und dann bist du weg hier.« Sie sah ihm streng nach, um sich dann wieder Hedi zuzuwenden. »Das sind Gelegenheitsarbeiter, sie wechseln häufig und verdienen sich ein paar Groschen hinzu. Viele haben sich ihre Meister ausgesucht und wissen genau, wer wann liefert. Dann lungern sie wie die Hunderudel jeden Morgen im Hof rum. Du glaubst kaum, was es für Keilereien gibt, wenn irgendeiner versucht, dem anderen den Meister abspenstig zu machen.« Sie senkte die Stimme. »Um ehrlich zu sein: Die meisten der Jungs sind echt entzückend, und wir brauchen jede helfende Hand. Wir können froh sein, wenn die nicht nur in den Höfen von N. Israel, Tietz und Wertheim Arbeit suchen, aber das müssen die Kerle ja nicht wissen.« Sie grinste. »Denn momentan bekommen wir viele Waren. Dauernd. Vorhin hab ich einen Wagen gesehen, der Spitze aus Plauen bringt, manchmal kommen sie sogar aus dem Schwarzwald mit den Weißwaren hier bei uns an.«

Sie erreichten den Treppenabsatz, und vor ihnen öffnete sich der Flur mit halb hohen dunklen Holzvertäfelungen, die von hellen Linkrusta-Bordüren mit lieblichen Rankenmustern abgeschlossen wurden. Es war schön im Lichtenstein, selbst hinter den Kulissen. Thea wies auf mehrere Türen, die linker Hand lagen. »Da ist das Privatkontor samt Vorzimmer. Dort sitzen der Senior und Jacob Lichtenstein und vor allem die Müllersche. Daneben ist der Offertenraum, auf der anderen Seite des Flurs liegen das Atelier, das Bureau von Ludwig Lichtenstein und die heiligen Hallen, in denen wir die Stoffe lagern. Eins höher haben es sich Senior Lichtenstein und seine Frau hübsch gemacht. Sie ist sehr freundlich, hält sich aber aus den Geschäften heraus. Auch Jacob lebt hier, der Ludwig wiederum hat eine eigene Wohnung. Irgendwo in Wilmersdorf. Es sollen so acht bis zwölf Zimmer sein, mit warmem und kaltem Wasser, elektrischem Licht und Vakuumreiniger. Bei dem braucht das Dienstmädchen keine Glühstrümpfe mehr zerschlagen, da ist es vornehmer. Vornehmer als bei seinen Eltern. Behaupten jedenfalls einige.«

Thea betrat das Nähatelier und hatte das Gefühl, durch Hedis Anwesenheit ihren Arbeitsplatz noch einmal neu zu erleben. Die Fenster ließen viel Licht in den großen Raum, in dem sich hölzerne Tische aneinanderreihten, aus denen sich Nähmaschinen wie schwarze Ranken, verziert mit goldenen Lettern, erhoben. Im hinteren Bereich standen die Zuschneidetische. Auf dem aus großflächigen Brettern gezimmerten Regal, das neben der Tür begann und sich, bis unter die Decke reichend, über die gesamte Längswand zog, lagerten Dutzende Stoffballen. Herrlichste Farbtöne – von Weiß, Creme über helle Pastellvarianten der Sommerstoffe bis hin zu kräftigen Rot-, Blau- und Grüntönen, die zu jeder Jahreszeit genutzt wurden – lagen neben den gedeckten Farben wie Grau, Braun und Schwarz, die im Herbst und Winter an Bedeutung gewannen. Mehrere Leinenstoffe, Baumwolle, in festeren Varianten, aber auch als leichter Schirting, Wolle, vornehmlich Kaschmir, Mull, den sie häufig für Kragen nutzten, mehrere Seidenarten, Serge de Nîmes und Krepp, Taft, Chiffon, Velours und Flanell waren hier zu finden.

Thea folgte Hedis Blick und sah deren Begeisterung. »Das sind noch längst nicht alle Stoffe, diese brauchen wir nur häufiger. Meine Aufgabe ist es, morgens Meusers Waren auszupacken und eine erste Sichtkontrolle vorzunehmen.« Sie zeigte auf eine schier endlose Wandleiste mit Haken auf der Kopfseite des Raumes. »Dann hänge ich sie dort auf, damit der Chef sie noch einmal prüft. Fehlerhafte Stücke soll ich gleich vorne sammeln. Das ist jedoch noch nie vorgekommen.« Sie hielt inne. »Allerdings weiß ich nicht, wer heute die neuen Kollektionsteile durchgeht. Das muss vermutlich Ludwig Lichtenstein machen. Der Junior ist sozusagen der Chef unseres Chefs, also eine Art Oberkonfektionär, und natürlich dürfen wir uns nicht erwischen lassen, wenn wir die Herren beim Vornamen nennen. Also, von mir hast du das nicht, ja?«

Das Lämmchen wirkt ein wenig erschlagen, dachte Thea und sah zu, wie sie schweigend die Stoffhüllen von den Bügeln nahm und tat, wie ihr befohlen. Thea musterte sie genauer. Aus den ordentlich aufgesteckten Haaren waren an den Seiten gekonnt einige Locken herausgezupft. Unwillkürlich fuhr sie über ihren Kopf. Die Finger verrieten, wie schief der Scheitel saß, was erahnen ließ, dass die Zöpfe wieder einmal verschieden dick geflochten waren.

Für einen Augenblick sah sie die Küche. Die Nähmaschine, die an den Küchentisch stieß, daneben das Nachtlager. Auf dem Boden spielend ihre Schwester, das Lenchen, und Gerd, der Bruder, der mit diabolischem Blick darauf wartete, die Schwester zu kneifen, sobald niemand hinsah. Im Hintergrund, vor dem Fenster, hockte Agnes, die Mutter. Sowie es dämmerte und ein Hauch Licht einfiel, beugte sie sich schon über die Maschine und nähte, bis es dunkelte. Rudolf, der Vater, war längst unterwegs. Ob er Arbeit ergattern würde, wer wusste es schon? Eng war es geworden, seitdem sie die Stube untervermieten und in der Küche hausen mussten. Wenigstens waren die Untermieterinnen, zwei bei Borsig arbeitende Schwestern aus Königs Wusterhausen, selten zugegen.

Wie sollte sich ein Mensch da hübsch zurechtmachen? Zwischen Gören, die gemaßregelt, angezogen und auf die Toilette im Hof gejagt werden mussten? Zwischen Broten, die geschmiert und in kleine Münder gestopft gehörten? Wasser von der Pumpe holen, Bier aus dem Keller hochschleppen, Katzenwäsche, loshetzen.

»Wo ist denn euer Konfektionär? Auf einer Reise nach Paris?«

Die Frage holte Thea aus dem Wedding zurück, worüber sie dankbar war. »Ach, der reist lieber regelmäßig in die Gosse. Zu viele Weiber, zu viel Bier und Breslauer Korn, na, du weißt schon. Das Übliche eben. Heute soll ein Neuer kommen. Mal schauen. Letzthin waren mehrere Herren hier, die wurden rumgeführt. Einer gelackter als der andere, aber einer von denen war ein Leckerbissen. Noch ganz jung, so wie wir. Ich sage dir, wenn der hier anfängt, dann wird das ein Schauspiel unter den Damen im Haus.«

Beide kicherten sie und tauschten einen Blick aus, um einander zu versichern, wie wenig sie von schmachtenden Albernheiten und flötenden Stimmen hielten.

Die Neue zog ein weiteres angegrautes Leintuch von einem der Bügel. Ein dunkelgrünes, fast samtartig wirkendes Wollkleid, bestehend aus geknöpfter Jacke und Rock. »Du bist Näherin?«, fragte sie, während sie ihre Finger über den Stoff laufen ließ.

»Ja, also schon Schneiderin, aber ich mach auch noch so dies und das. Jeder packt an, wo er kann. Es ist wirklich wie in einer Familie, wenn es darauf ankommt …« Thea verstummte kurz, um dann zu fragen: »Was machst du da eigentlich?«

Erschrocken zuckte Hedi zusammen. »Ähm, ich weiß nicht, ich wollte die Kleider nur hübsch aussehen lassen.«

Zu den dunkelgrünen Wollkleidern hatte sie beigefarbene Blusen sortiert, zwei Töne, die hervorragend zueinanderpassten. Daneben hing ein Kostüm aus weichem Cheviot in zartem Lindgrün. Auch diese Farbe harmonierte hervorragend zu den mittig platzierten Blusen. Zwei Seidenkleider aus weinrotem Stoff, von denen Thea soeben selbst welche ausgepackt und übereinandergehängt hatte, waren durch einen frei gebliebenen Haken von den Grüntönen getrennt. Neben dem satten Rot hatte das Lämmchen einen schwarzen Straßenmantel aus wollenem Tuch platziert.

Thea trat einen Schritt zurück, kniff die Augen zusammen und nickte schließlich. »Ja, das ist gut, auf die Idee bin ich noch gar nicht gekommen. Mensch, was machst du im Verkauf? Du solltest zu uns in die Abteilung kommen. Bei uns herrscht gerade Land unter.«

Die Haltung der Neuen änderte sich, wurde wieder weicher. Für einen Moment richtete sich ihr Blick nach innen. Thea ahnte, welche Bilder ihr durch den Kopf gingen: Sie stand vor dem Zuschneidetisch. Ein Maßband lag um ihren Hals, und Ludwig Lichtenstein, den sie vermutlich noch nicht kannte, stand neben ihr. Er hielt eine Skizze in die Luft, natürlich die eines Traumkleides. Während er Details im Schnitt erklärte, wies er auf einen besonders feinen Seidentüll im Stoffregal. Das Surren der Nähmaschinen lag, einer beschwingten Musik gleich, über allem.

Thea kicherte. Ja, so in etwa hatten ihre Ideen ausgesehen, als sie im Atelier begann. Gefolgt waren wochenlanges Fegen und allen über die Schulter schauen, dann hatte sie endlich nähen dürfen. Ludwig. Sein Anblick hatte die Zeit versüßt. Er war schneidig. Ein Prachtkerl, groß und schlank. Das weizenblonde Haar trug er pomadisiert, streng aus dem Gesicht gestrichen. Doch immer wieder weigerte sich eine der Strähnen, sich den Tag über dort zu halten, wo der Junior sie haben wollte, und fiel ihm in die Wange oder tanzte über die Stirn. Wie oft und wie lange hatte sie dieses Spiel zwischen ihm und seinen Strähnen über die Nähmaschine hinweg schon beobachtet?

Zwei weitere Packjungen, eher gestandene Männer, betraten das Atelier und beendeten den Tagtraum. Erschrocken warf Thea einen Blick zur Uhr und schalt sich, heute besonders zerstreut zu sein. Sie wandte sich wieder Hedi zu. »Willst du im Verkauf bleiben? Wenn du das so gut machst wie das da«, sie wies auf die geschmackvoll zusammengestellte Präsentation, »dann sage ich dir großen Erfolg im Haus voraus. Aber vergiss nicht: Mit ein wenig Glück gibt es einen der interessantesten Männer des Hauses bald bei uns.«

Wieder lachten sie miteinander. »Also, die Männer lassen wir mal außen vor. Ansonsten weiß ich nicht so genau, was ich will«, erwiderte Hedi. »Bisher falte ich Einstecktücher und fege.«

Thea fühlte sich wie auf der Kegelbahn: Treffer, versenkt! Es ließ sich nicht leugnen: Das Haus kannte sie inzwischen wie ihre Westentasche.

»Ich dachte, ich schaue mich erst einmal um. Es ist schön im Atelier, schöner als ich dachte, aber das habe ich nicht zu entscheiden.«

»Soll ich mich mal erkundigen?«

Die Neue hob die fein geschwungenen Augenbrauen. Ihrem Blick war die Frage anzusehen: Ob dieses Mädchen mit dem grauen Knitterkittel sich da nicht überschätzte?

»Kannst ja mal drüber nachdenken. Aber ich habe eine Idee: Ich packe aus, und du hängst auf. Mach weiter so, und nimm dir auch mal die Sachen dazu, die ich schon auf den Tisch gelegt habe. Ich bin gespannt, ob es dem Junior auffällt.«

Die Neue wirkte mit einem Mal wieder nervös und zitterig wie zuvor. Anscheinend war sie in ihrem Herzen doch ein Lämmchen.

Ella

»Wie du weißt, Ella, mussten wir das Ibsen-Stück leider umbesetzen«, sagte der Regisseur aus dem Dunkel des Zuschauerraumes heraus. »Die Bessonier ist ausgefallen, und wir haben dir die Rolle der Frau Inger anvertraut. Du spielst eine weit ältere Frau, vieles kann die Schminke richten, aber du bist dir bewusst, welche Verantwortung du damit übernimmst.«

Ella nickte und schwieg. Sie wusste – wie jeder an diesem Theater –, dass eine Lüge im Raum stand oder zumindest eine mit Gewalt zurechtgebogene Wahrheit.

Lucien Lefebre, der große Meister selbst, war der Grund für den theaterreif inszenierten Abgang, der sogar die Tageszeitungen füllte.

Denn Berta Bessonier war nicht ausgefallen. Sie hatte sich mit dem sensationssüchtigen Fettsack, der im Parkett in einer der Stuhlreihen saß und daran arbeitete, Klischees über Regisseure zu festigen, gestritten. Am Schluss hatten sie nur noch über Bande gesprochen. Die Bande war der Assistent des Meisters gewesen.

»Es ist grauenvoll, wie sie das Haar in den Nacken wirft, wenn die Szene beginnt. Sage ihr das bitte.« Einer dieser Sätze, die den ganzen Tag durch den Raum gehallt waren, auch dieser so lautstark vorgetragen, dass Berta ihn sehr wohl hatte vernehmen müssen.

Der Assistent hatte sich stets geräuspert, bevor er zum Sprechen ansetzte: »Berta, können wir es anders machen?«

»Warum, was stimmt daran nicht?« Die Frage war ebenfalls

überlaut gestellt worden. Trotzdem hatte der Assistent für den Regisseur wiederholt: »Sie möchte wissen, was daran stört.«

Ella hatte Berta bewundert. Sie hatte nicht geschwiegen, sondern gegengehalten. Sie hatte mit zitterndem Leib auf der Bühne gestanden, war in Tränen ausgebrochen und hatte trotzdem die Haltung nie verloren. Und so war die Entscheidung, das Handtuch zu werfen, folgerichtig und konsequent, auch wenn der Zeitpunkt ein Affront gegen Lefebre war. Wenigstens einer, der die Wunden der Schauspielerin heilen würde.

Und ihr, Ella Winkler, die Chance gab, in die erste Reihe vorzutreten. Zumindest wenn sie diesen Augenblick nicht verpatzte.

Konzentrier dich, ermahnte Ella sich.

Wo waren sie stehen geblieben?

Hatte Lefebre schon eine Aufgabe gestellt?

Musste sie etwas tun oder erwidern?

Doch um sie herum war nur Stille, als wäre sie allein im Theatersaal.

Kurz sah sie vor ihrem inneren Auge das geduldige Lächeln des Lehrers, der sie in der Ausbildung die Erfahrung hatte machen lassen, mit Können und Herz angeleitet zu werden. Erich Birnbaum hatte es verstanden, aus seinen Zöglingen alles herauszuholen, ohne sie infrage zu stellen oder zu verunsichern. Er hatte seine Schüler eine Szene spielen lassen, kommentarlos, und sie im Anschluss stets zu sich gerufen. »Das war schon sehr schön«, hatte er meist gesagt. »Und wir machen es gleich noch einmal.« Dann hatte er Anweisungen gegeben, was im zweiten Durchlauf verändert werden sollte, ohne es mit einer Bewertung des bisher Gesehenen zu verbinden.

Und jeder der Schauspielschüler hatte, nachdem die Szene ein zweites Mal gespielt und mit den Anregungen verändert worden war, von selbst die Verbesserungen erkannt.

So einfach war das gewesen. Schlicht und großartig.

Wie anders war es hier.

Lefebre tobte, schrie und hielt den Schauspielern ihre Fehler vor, ohne ihnen auch nur kleinste Vorschläge an die Hand zu geben, wie sie es, zumindest seiner Meinung nach, besser machen konnten. Häufig raste er aus dem Parkett die Stufen zur Bühne hinauf und beschimpfte die Truppe ob ihrer Talentlosigkeit. Mit rudernden Armen und hochrotem Kopf empörte er sich über diese Zumutungen, um dann in der erstbesten Weinstube zu verschwinden. Wenn er gut aufgelegt war, ließ sich sein Genie erahnen, aber das war selten der Fall. Vielmehr wirkte es so, als bereitete ihm seine Arbeit – die zu großen Teilen aus dem Demütigen der Schauspieler bestand – eine innere Freude.

Wie eine Anfängerin kam Ella sich auf der Bühne vor, die, bisher ohne Kulissen, nackt und riesig wirkte. Schutzlos fühlte sie sich, dem Regisseur und der grellen Lampe ausgeliefert, die über ihrem Kopf baumelte und sie erbarmungslos ausleuchtete. Ella fürchtete, die Arme heben und damit die Schweißflecke im Stoff ihrer Bluse offenbaren zu müssen. Angestrengt starrte sie ins Parkett, das nicht mehr als ein gähnend dunkles Loch war. So ungefähr, dachte sie, muss der Zugang zur Hölle aussehen.

Vor vier Tagen hatte sie von der Umbesetzung erfahren und alles gleichzeitig begonnen: das Lernen des Textes und die Zusammenstellung der Garderobe. Und mit jeder Minute, die verstrichen war, hatte sich das Gefühl verfestigt, das von diesem Moment ihre Zukunft abhing.

Sie wusste: Jetzt musste sie liefern!

»Und bitte!«, hörte sie Lefebre rufen.

Als sie ansetzte, um die ersten Worte zu deklamieren, waren sie nicht mehr als ein Flüstern. Eines, das Regisseur und Assistent unmöglich erreichen konnte.

»Lauter!«, ertönte es umgehend und fordernd.

Wohin war dieses Glücksgefühl verschwunden, das sie gepackt hatte, als sie erfuhr, sie werde die Hauptrolle in *Frau Inger auf Östrot* übernehmen?

Fast geplatzt war sie vor Glück.

Das Theater hatte ihr vor drei Monaten einen Vertrag angeboten, der neun Monate Spielzeit umfasste und ihr eine monatliche Gage sicherte. Welch inneres Fest war der Vertrag gewesen! Denn Wien den Rücken zu kehren und das Glück in Berlin zu versuchen, wohin alle angehenden Schauspieler drängten, weil sie ans Theater zum großen Max Reinhardt wollten, war ein enormes Risiko gewesen! Das Max-Reinhardt-Theater hatte nicht auf Ella gewartet, aber immerhin war sie im Ring-Theater engagiert worden. Schon das war mehr als viele Schauspieler – und erst recht Schauspielerinnen – erreichten. Mit dem Zuverdienst bei Hilde kam sie sogar halbwegs über die Runden.

Doch trotz des Vertrags war sie bisher nicht über eine kleine Nebenrolle hinausgekommen und hatte ihre Zeit häufig mit Spaziergängen verbracht, während die anderen, denen die Hauptrollen zugedacht waren, in Einzelproben ihr Bestes gaben. Mehrfach hatte sie bereits ihre Gage abgeholt, verbunden mit dem Gefühl, dafür kaum etwas geleistet zu haben, aber auch wenig geboten zu bekommen. Ein Zustand, den sie und ihre Kollegen, die ebenfalls wartend im Schauspielerfoyer herumsaßen, als unerträglich empfanden. Erstmals hatte sie verstanden, wie passiv und unkreativ ein Künstlerdasein sich gestalten konnte.

Ella holte tief Luft, legte die Arme noch fester an den Körper und spannte die Muskeln an.

Stundenlang hatte sie den Text studiert, Frau Ingers Worte in der Garderobe, auf dem Weg zur Arbeit und beim Anstehen an der Kasse immer wieder in Gedanken aufgesagt. Sogar in den wenigen Stunden Schlaf, die sie seit der Umbesetzung gehabt hatte, war sie aufgeschreckt, um die Blattsammlung noch einmal zur Hand zu nehmen. Sie konnte gut auswendig lernen, und so schnell sie den Text verinnerlicht hatte, so unauffindbar war er nun.

Weg. Verschwunden. In keiner ihrer Hirnwindungen auch nur ein Wort.

Sie machte einige Handbewegungen, die sinnlos waren, und räusperte sich.

Im Dunkel des Zuschauerraums waren kleine Lichter auszumachen, abgeblendet und milchig, zwei helle Flecken, die trotzdem jene Blätter, die der Regisseur und sein Assistent in den Händen hielten, weiß aufleuchten ließen.

Noch waren sie leer.

Doch was würde am Ende ihres Vorsprechens darauf stehen?

Ella meinte, das Kratzen von Stiften zu hören, ein Geräusch, das sie an das Schleifen der Zeiger der Uhr erinnerte, die in ihrem Zimmer stand. Zeit, die ihr hörbar abhandenkam.

Ihr Herz schlug immer schneller. Sollte sie versagen, würde sie zwar auch in den nächsten sechs Monaten ihre Gage abholen, aber in kleinen Nebenrollen versauern und am Ende ohne Anschlussengagement dastehen.

Das Flüstern der beiden Männer wirkte immer bedrohlicher. Sie wusste, Lefebre wollte eine Kostprobe ihres Könnens, um danach die Kollegen auf die Bühne zu rufen, die im Schauspielerfoyer warteten.

Sie schloss die Augen, holte erneut Luft.

Mit einem Mal öffnete sich der Zugang zu ihrer Rolle, erst war es nur ein kleiner Spalt, durch den sie sich regelrecht hindurchzwängen musste, um dann mit jedem Wort, das über ihre Lippen sprang, immer mehr mit ihrer Figur zu verschmelzen. Sie weinte, kniete nieder, rappelte sich wieder auf, bis es keine Ella Winkler mehr gab. Mit jeder Bewegung, mit jedem Wort und jeder Träne wurde sie mehr zu Frau Inger, bis sie Frau Inger war.

»Stopp! Halt, das reicht!«, erscholl es, kurz bevor Frau Inger über ihrem gestorbenen Sohn zusammensinken würde.

Irritiert blinzelte die leidende Mutter ins Licht.

Nur langsam gelang es Ella, zu sich zu kommen.

Noch immer hing das grelle Licht über der Bühne, war der schwarze Boden mit Staub bedeckt.

Kein Geschrei, kein Armerudern. Nichts. Das war ein gutes Zeichen, denn ein Lob von Lefebre war nicht zu erwarten. Zufrieden war er, wenn er zum nächsten Tagesordnungspunkt überging. Sie hörte, wie er Anweisungen gab, die anderen auf die Bühne zu holen.

Offensichtlich hatte sie es geschafft.

Erleichtert lief sie an den Bühnenrand, um aus ihrer Flasche einen Schluck Wasser zu nehmen.

Erneut ertönte die Stimme des Regisseurs aus dem Dunkel: »Ella, wie sieht es mit dem Kostüm aus?«

»Ich habe das passende Kleid, ich kann es gerne morgen mitbringen.«

»Gut, du kannst auch im Requisitenfundus schauen, ob du noch Dinge findest, die brauchbar wären. Aber bis morgen muss alles stehen.«

Für einen Moment sah Ella das Kleid, das auf ihrem Bett lag. Sie hatte es in einem Wutanfall wieder aufgetrennt, weil es äußerst unvorteilhaft ihre flache Brust betonte. Sie wusste, allein würde sie das Elend aus Stoff bis morgen nicht bewältigt bekommen. Sobald die Pause begann, galt es, noch einmal zum Warenhaus Hertzog zu laufen. In der zweiten Septemberwoche hatten sie meist Reste von Kleiderstoffen oder auch einzelne Roben billig im Angebot. Vielleicht würde sie etwas entdecken. Sollte die Nachmittagsprobe rechtzeitig enden, würde sie es sogar schaffen, Hedi vom Lichtenstein abzuholen. Mit ein wenig Glück konnte sie auch dort nach Angeboten schauen, ein Schultertuch wäre eine gute Idee. Sie wusste, ihr Kleid bedurfte einer kompletten Überarbeitung. Bisher war der Stoffhaufen nichts als Langeweile.

Genau das, was es brauchte, um Lefebre morgen auf seine Zettel kritzeln zu lassen: Eine neue Besetzung suchen!

Jacob

Zwei Stunden waren erst vergangen, rund zehn bis zwölf Stunden Arbeit lagen noch vor ihm. Die Post war geöffnet, die Statistik vom Vortag geprüft, und die Buchhaltungsdaten waren abgefragt. Hinter ihnen lag eine Woche ohne Auffälligkeiten.

Die Arme hinter dem Rücken verschränkt, stand Jacob am Fenster, sah hinunter auf das Treiben der Leipziger Straße. Sie war nicht mehr mit Frauen gefüllt, längst hatten sie ihren Dienst angetreten. Nun drängten sich Taxameter und elektrisch betriebene Viktorias, denn um diese Zeit fuhren viele Inhaber der umliegenden Geschäfte vor. Erst gegen Mittag, wenn die Pause anstand, würden die Frauen die Straßen wieder regelrecht fluten. Allein, zu zweit, mal Arm in Arm, mal als kleine Gruppen den Bürgersteig in Beschlag nehmend, würden sie losmarschieren in die anderthalb bis zwei Stunden Zerstreuung. Auf Parkbänken würden sie ihr Blechgeschirr öffnen und die Suppe löffeln, das hart gekochte Ei pellen. Und wer fünfzehn Pfennig als Kostgeld vom Vater zugesteckt bekam, konnte sich ein frisches Brot, vielleicht auch eine Wurst vom Metzger holen.

Sein Vater stieg gerade vor dem Lichtenstein in eines der Taxameter. Ein hoch beladener Rollwagen einer Spedition versperrte den Weg, sodass das Taxameter noch einen Augenblick vor dem Lichtenstein stehen blieb, bevor es sich in den dichten Verkehr einfädelte. Wie nahezu jeden Morgen fuhr er in eine der Frühstücksstuben, um dort mit seinesgleichen den Tag zu beginnen.

Friedrich war, seitdem die Söhne ins Geschäft eingestiegen waren, immer mehr zum Frühstückschef geworden, der seine Zeit mit repräsentativen und möglichst aufwandsarmen Tätigkeiten füllte. Es war ihm zu gönnen. Dass er jedoch noch immer die Finanzen verantwortete, verursachte Jacob Unbehagen. Er schüttelte das Gefühl ab, ein wenig beschämt, das damit verbundene Misstrauen gegen den eigenen Vater nicht loszuwerden. Trotz der täglichen Übersicht seitens des Statistikers und der Auszüge aus der Buchhaltung erschienen ihm manche Ausgaben weiterhin verwirrend. Hier wurde eine Frist geschoben, dort eine Zahlung ausgesetzt oder ein Kredit gewährt, an anderer Stelle eine Forderung zum wiederholten Male angemahnt. Wie konnte der Vater diesen Wirrwarr überblicken?

Es klopfte. Die Müllersche stürmte ins Kontor, Klemmbrett und Stift in der Hand. Auf ihre Notizen starrend, begann sie zu reden: »Der Handlungsreisende ist da. Er erwartet Sie bereits im Offertenraum.«

»Wer ist es?«

»Herr Malkiewicz.«

»War das der mit dem Schmuck?«

»Nein, Kurzwaren.«

»Ach, ich erinnere mich. Sehr gut. Was steht für den Nachmittag an?«

»Hausmeister Kühn wird die Installation der Lampen in den Schaufenstern überwachen. Sie wollten vorbeischauen, sich vom Ergebnis überzeugen.«

Jacob nickte, das war ein wichtiger Termin. Intensiv-Flammen-Bogenlampen sollten für eine bessere Beleuchtung sorgen. Die jetzige war funzelig, und Dunkelheit war der Feind jedes Kaufmanns und seiner ausgestellten Waren. Er sah die hell erleuchteten Schaufenster bereits vor sich: Lichtpunkte im Dunkel der Nacht, die Flaneure und Vorbeieilende anlockten. Ein warmer, weicher Lichtton, der die Waren erstrahlen ließ. Nur mühselig hatte er seinem Vater die Zustimmung abgerungen, doch heute war es so weit.

Jacob griff die Postmappe von seinem Tisch und übergab sie im Vorbeigehen der Müllerschen. Am Abend würde er die offenen Angelegenheiten vorgelegt bekommen und unterzeichnen. Jetzt erwartete ihn Malkiewicz.

Im Flur, die Müllersche hatte einen Stuhl hinausgestellt, saß bereits ein Botenjunge, der dem Gast die Kisten und Koffer vom Hotel durch die Stadt und die Treppen hinaufgeschleppt hatte. Ein junger, drahtiger Typ, die Schirmmütze weit in den Nacken geschoben, auf seinem Schoß eine Sportzeitung. Der Kerl wird nicht auf das Ende des Termins warten, er wird verschwinden, um zum Bäcker zu laufen, dachte Jacob, als er den Offertenraum betrat. Grau gestrichene Wände, ein riesiger rechteckiger Tisch mit grauer Platte, umgeben von einigen schlichten Stühlen mit grauen Sitzbezügen. Nur der dunkle Holzboden und der Blick aus den gardinenlosen Fenstern boten Abwechslung in der raumgewordenen Farblosigkeit.

»Herr Malkiewicz, welche Freude, Sie zu sehen«, sagte Jacob freundlich, schüttelte dem Gast die Hand und nahm am Tisch Platz. Sein Gegenüber war ein typischer Vertreter seines Schlages: seriös und teuer gekleidet, vom Anzug über den Hut bis hin zur Krawatte und den auf Hochglanz polierten Schuhen. Einer, der übertrieb, wenn er seine Waren pries, notfalls auch log, um einen ausgefüllten Bestellzettel mitzunehmen. Denn dieses kleine Stück Papier garantierte die Provision.

Malkiewicz hatte die Wartezeit genutzt, seine Koffer geöffnet, den Inhalt drapiert und Musterproben auf dem Tisch ausgebreitet: Knöpfe, Spitze, Bänder, Schleifen, Quasten – Dinge, die einen hohen Absatz fanden. Der Mann war, auch wenn er unangenehme Seiten aufwies, ein guter Verkäufer. Er ließ Jacob Zeit, die Waren zu sichten. Dann setzte er ein Lächeln auf, das die Augen nicht erreichte, und griff eine der Quasten.

Sofort hob Jacob abwehrend die Hände. »Nein, danke, konzentrieren wir uns auf Knöpfe, Spitzen und Bänder.« Er zeigte auf mehrere Stücke der Auswahl. »Wir nehmen nur davon, aber die vierfache Menge der letzten Bestellung.«

Malkiewicz' Augenbraue zuckte in die Höhe, und für einen Moment erreichte das Lächeln die Augen. »Gern, da sind wir ja heute schnell einig. Bei diesen Mengen kann ich Ihnen einen Nachlass einräumen.« Er zog einen Bestellzettel hervor, um alles zu notieren.

In diesem Augenblick stieß Ludwig zu ihnen, und Malkiewicz zuckte zusammen. Offensichtlich waren seine Erfahrungen mit dem Juniorchef eher unerfreulich.

»So, wo wart ihr denn stehen geblieben?«, wandte Ludwig sich an Jacob, ganz so als säße der Handlungsreisende nicht am Tisch. Kurz betrachtete er die Produktmuster. »Schund, größtenteils Schund«, sagte er dann.

»Sie haben bei meinem letzten Besuch verschiedene Waren dieser Art bestellt.«

»Das eine schließt das andere nicht aus. Nur weil ich bei Ihnen bestelle, ändert das nichts an der Qualität.«

»Ich habe bereits geordert, wir werden die Bestellmenge vervierfachen«, unterbrach Jacob den unseligen Austausch.

»Wie bitte? Warum das denn?«

»Wir möchten den Zwischenmeister mit größeren Aufträgen betrauen. Bisher hatte ich das Gefühl, du wärst sehr zufrieden mit seiner Leistung.«

Ludwigs Gesicht verzog sich. »Seit wann entscheidest du das?«

Malkiewicz war sein Unbehagen anzusehen. Auch Jacob fühlte sich der Situation ausgeliefert, trotzdem bemühte er sich, seiner Stimme einen leichten Klang zu verleihen. »Wir haben doch öfter darüber gesprochen, das Segment der Konfektion deutlich zu erhöhen.«

Nun nestelte Malkiewicz ein zerknautschtes Taschentuch hervor und schnäuzte sich lautstark, während Jacob und Ludwig einander anstarrten.

»Das ist jetzt nicht der Zeitpunkt, darüber zu entscheiden«, sagte Ludwig ruhig, und Jacob musste ihm beipflichten. Es war nie von Vorteil, vor Fremden Angelegenheiten des Hauses zu diskutieren. Wir müssen so vieles ändern, dachte er. Wir haben generell keine Vorgehensweise, wie wir die Warenbestellungen handhaben. Die Wünsche der Kunden waren, wenn man dem Vater zuhörte, vielfältiger geworden, er hielt sie für unangemessene Forderungen. Ludwig sah darin lästiges Tagesgeschäft, während sie für ihn notwendige Sortimentserweiterungen darstellten. Sobald er neue Waren aufnehmen wollte, erwies sich sein Bruder als skeptisch, der Vater gab das Geld nicht frei, und die Sache verlief im Sand. Eines der vielen Probleme des Lichtenstein, und Malkiewicz war nun zufällig in die Schusslinie geraten.

»Sie werden durchaus weitere Termine in Berlin haben«, sagte Ludwig in diesem Augenblick. »Wir klären das. Wenn wir Sie morgen oder im Verlauf der Woche noch einmal sehen könnten, würden wir konkretere Zahlen nennen. Deshalb würde ich den Termin heute gern beenden.«

Müde erhob sich Malkiewicz und zerknüllte den Bestellzettel. Seine Provision war dahin. Er packte seine Muster in die Koffer, und Jacob verspürte Mitleid. Eine kleine Ruhepause während seiner Tour, die sicherlich am frühen Morgen begonnen hatte und bis spät in den Abend reichen würde, war ihm zu gönnen.

»Ach, Herr Malkiewicz, da war ich in meiner Begeisterung wohl vorschnell. Was halten Sie davon, wenn ich Sie noch zu Niquet einlade?« Jacob vermutete, sein Gegenüber würde die Wahl zu würdigen wissen, denn in diesem Wurstkeller, der an der Ecke Jäger- und Oberwallstraße, direkt gegenüber der Reichsbank lag, verkehrte die Elite der Konfektion. Die Prinzipale in ihren edlen Mänteln, die sie offen trugen, damit die maßgeschneiderten Anzüge darunter zur Geltung kamen, stiegen tagtäglich die Stufen hinab ins Parterre. Dort würde schon jetzt, in den Vormittagsstunden, kaum ein Plätzchen zu finden sein. Aber ein wenig Warterei lohnte jedes Mal. Außerdem stand nicht zu befürchten, zur Mittagspause über Ladenmädchen oder Verkäufer des eigenen Hauses zu stolpern. Sie machten einen Bogen um den Laden – wer wollte schon beim geselligen Mittag den Chef am Nachbartisch wissen?

Ein schwaches Nicken war die Antwort, und mit einem Mal spürte Jacob seinen Magen knurren. Offensichtlich hatte gerade sein Hunger den Tagesablauf geändert.

Ludwig verabschiedete sich kühl und ließ die Tür offen stehen. Just in diesem Augenblick lief im Flur der neue Konfektionär vorbei.

Hannes Hallberg. Ihn hatten sie letzthin im Niquet beim Frühstück, genau genommen bei einem Glas Bier und einem Paar Würstchen, fürs Lichtenstein gewinnen können. Hallberg besaß die Fähigkeit, eine Wurst vor seinen angehenden Chefs zu verzehren, ohne sich zu blamieren. Darüber hinaus wirkte er ausgesprochen talentiert, verwies auf beste Referenzen, forderte einen angemessenen Lohn und leistete sich eine klare Meinung. Die Pariser Mode sei ihm Vorbild und Anregung, hatte er zu verstehen gegeben und sich auf Ludwigs Haltung, dem französischen Modediktat abzuschwören, nicht eingelassen. Zähneknirschend hatte sich Ludwig durchgerungen, es mit dem jungen Mann zu versuchen. Und vielleicht hatte das Bier, dem der Bruder hastig zugesprochen hatte, das Schlucken der bitteren Pille, die der neue Konfektionär zu sein schien, erleichtert.

Ohne nachzudenken, griff sich Jacob einen von Malkiewicz' Koffern und stellte ihn in den Flur neben den leeren Stuhl des Boten. Dabei sah er Hallberg nach, der Ludwig eingeholt hatte und mit ihm ins Atelier verschwand. Jacobs Wut, eine vage Idee, die in seinem Kopf aufblitzte, und ein diffuses Bauchgefühl begannen zu verschmelzen.

Elektrisiert von der Energie, die ihn durchfuhr, drehte er sich zu Malkiewicz um und sagte in das ihn umgebende Grau hinein: »Lassen Sie sich nicht entmutigen. Das bekommen wir schon hin.« Dabei nickte Jacob, als müsste er sich selbst zustimmen.

Es war keine schöne Idee, die da in seinem Kopf entstand, aber es war eine gute.

Vielleicht sogar eine sehr gute.

Thea

Heute kam er spät. Theas Blick huschte zur Uhr, als Ludwig Lichtenstein das Atelier betrat. Es war weit nach elf. Erstaunt hielt sie inne. Ihm folgte einer der Männer, die letzthin durchs Haus geführt worden waren. Erfreulicherweise war es genau der, den auch sie ausgesucht hätte. Sein Anzug saß tadellos, über dem Arm trug er einen Mantel. Er war schätzungsweise Anfang zwanzig. Nicht nur Theas Interesse schien geweckt. Das Summen der Nähmaschinen verstummte größtenteils, neugierig schauten die Näherinnen auf.

»Das ist Herr Hallberg, er ist ab heute als Konfektionär bei uns tätig. Er tritt die Nachfolge von Herrn Meier an, und Sie folgen seinen Anweisungen«, sagte der Junior. Er nickte in den Raum, ohne die Frauen vor sich genauer anzusehen.

»Guten Morgen«, sagte der Neue mit fester Stimme und deutete eine Verbeugung an. Gut sah er aus, gleichmäßig geschnittene Gesichtszüge und teakbraunes Haar. Ein hübscher Kerl, Meier war wesentlich älter gewesen, hager und mit teigiger Haut, ein Trinker eben.

»Gehen Sie schon mal durch«, sagte Ludwig, an den Konfektionär gewandt. »Legen Sie ab, ich komme gleich. Der freie Tisch ist Ihrer.«

Kaum war er verschwunden, wurde das Summen der Nähmaschinen wieder lauter.

Wie in den vorangegangenen Tagen trat Ludwig an die Garderobenhaken und betrachtete die Arbeit von Zwischenmeister

Meuser. Wenn er zufrieden war, konnte sich Meuser noch heute den Warenannahme-Stempel abholen und seine Rechnung zur Regulierung bei der Müllerschen abgeben.

Doch irgendetwas schien nicht zu stimmen. Ludwig verharrte weit länger als sonst und verschränkte die Arme auf dem Rücken. Ob es Schwierigkeiten bei der Preiskalkulation gab? In der Regel hatte er den Wareneinsatz im Blick und versah die gelieferten Kleidungsstücke umgehend mit angemessenen Einzelpreisen, bevor sie ins Rayon gingen.

Unsicher sah Thea sich um. Erst jetzt bemerkte sie, wie schlecht die Luft im Atelier war. In der Reihe vor ihr hatte eine Gehilfin heimlich ein Wurstbrot mit Zwiebeln ausgepackt. Auch den anderen Näherinnen schien inzwischen aufzufallen, dass sich nicht nur das Erscheinen eines neuen Konfektionärs vom sonstigen Tagesablauf unterschied. Das Summen der Nähmaschinen wurde abermals leiser.

Nach einer Weile wandte Ludwig sich um. »Wer war das? Wer hat die Modelle aufgehängt?«

Thea musste schlucken. Fieberhaft überlegte sie, was sie sagen sollte, doch ihr wollte kein Grund einfallen, warum die Kleidung heute anders sortiert war als gewöhnlich.

Inzwischen waren alle Nähmaschinen verstummt. Stille breitete sich im Atelier aus.

Thea hob die Hand und hoffte, niemand würde das Zittern wahrnehmen. Für einen Moment sah sie sich bereits in einer Glühstrumpffabrik schuften. Sie schob das Bild beiseite und schaute ihren Chef an. »Ich habe heute Morgen die Waren in Empfang genommen. Herr Lichtenstein Senior hatte mir angeboten, eines der Ladenmädchen zur Unterstützung zu holen.«

»Aha, und sie hat die Sachen so sortiert?«

Thea nickte. Ob sie erwähnen musste, dass sie die Neue dazu ermutigt hatte?

»Wie heißt sie?«

»Hedi.«

»Wir haben 235 Angestellte. Hat die junge Dame auch einen Nachnamen? Oder ein Rayon, in dem sie arbeitet?«

Thea spürte, wie ihr die Röte in die Wangen stieg. Ihre Antworten waren so dämlich, die neugierigen Blicke der anderen Mädchen bedrohlich.

»Leider kenne ich ihn nicht. Sie sagte, sie würde Hedwig oder Hedi heißen. Wir haben gearbeitet.« Das war immerhin schon nah an der Wahrheit, befand Thea.

»Dann kommen Sie doch bitte mit. Begleiten Sie mich zu ihr.«

»Sie hat gerade neu angefangen, bei Herrn Bernhard, dem ersten Verkäufer des Krawatten-Rayons«, stotterte Thea und fühlte sich, als wäre sie mit dem Kissen auf ihrem Stuhl verwachsen.

»Los, los, kommen Sie«, wiederholte Ludwig seine Aufforderung und drehte sich zur Tür.

Mit klopfendem Herzen folgte Thea ihrem Chef, die Absätze seiner schwarz glänzenden Schuhe klopften einen gleichmäßigen Takt, während er die Treppe vor ihr hinunterlief. Er schob die Tür in den Verkaufsraum auf. Inzwischen hatte der Betrieb begonnen, es summte und brummte im Laden wie in einem Bienenstock. Überall waren Stimmen zu vernehmen, raschelten Papier, Stoff, wurden Schubladen geöffnet, geschlossen, Beratungsgespräche geführt.

Noch immer brannten Theas Wangen, erst recht, als sie die Blicke der Verkäuferinnen und Verkäufer, der Hausdiener, Laden- und Kassenmädchen auf sich spürte, während sie durch den Laden ging, den Junior im Schlepptau. Sie steuerte auf den Tresen mit den Krawatten zu und zeigte auf die Neue, die gerade mit einem Besen hinter dem Tresen hervortrat. »Das dort, also die da meine ich, das ist sie.«

Neben Hedi stand Bernhard, wie immer mit verbissenem

Gesicht. Thea verspürte Mitleid mit dem Lämmchen. Nicht einmal zwei Wochen im Haus und schon eine Rüge durch den Junior am Hals. Und das ihretwegen.

Hedi

Peter Bernhard faltete Schals zusammen, die er, nach Farben sortiert, in die Schubladen legte. Sein Gesichtsausdruck war selbst bei dieser Aufgabe arrogant.

Arroganz.

Das schien bei Lichtenstein eine Haltung im Verkauf zu sein, dachte Hedi, während sie zum Besen griff. Die Verkäuferinnen und Verkäufer – sie schienen sich als Hüter der Waren zu verstehen. Mit strengem Blick wachten sie über all das, was ihnen anvertraut war, und führten sich auf, als müssten sie sich von ihrem persönlichen Hab und Gut trennen, wollte es jemand erwerben. Hedi hatte Bernhard beobachtet. Er gab sich wohlmeinend, wenn ein Kunde betucht aussah, schließlich wollte er möglichst viele Waren verkaufen. Bei wohlhabenden Damen war er bereits spröder, da sie meist nur einzelne Stücke für ihre Gatten wählten und selten mehrere Teile abnahmen. Bei Menschen, die nicht in eine der beiden Kategorien fielen, wurde er nahezu frostig. Und wer nicht kaufen wollte, wurde so lange von ihm überredet, bis zumindest eine Kleinigkeit ausgewählt und mitgenommen wurde. Es war Bernhards ganzer Stolz, wenn er, nachdem er sein Gegenüber taxiert hatte, ihm möglichst viel aufschwatzte und damit seine Provision steigerte. Schließlich wies die wöchentliche Statistik aus, welchen Umsatz jede Abteilung gemacht hatte.

Hedi erahnte das unausgesprochene Prinzip dahinter: Je arroganter die Verkäufer auftraten, desto besser liefen die Verhandlungen. Es war, als wollten die Kundinnen und Kunden, um das

Herz der Unerbittlichen zu erobern, mit dem Kauf ein Fünkchen Respekt und Wohlwollen erwerben. Auf dem gläsernen Tresen durfte bei Bernhard nicht einmal ein Ladenhüter liegen bleiben, damit die Kundschaft nicht auf den Gedanken kam, zuzugreifen und die Ware selbst zu betrachten. Jede Krawatte, jedes Einstecktuch, jeder Schal – schlichtweg alles wurde präsentiert, in der Geschwindigkeit, die ihm jeweils in den Kram passte.

Hedi sah sich um, wo sie mit dem Fegen anfangen wollte.

»Was hast du gemacht?«, flüsterte Bernhard plötzlich hinter einer in die Höhe gehaltenen Bestellliste.

»Was meinen Sie bitte?«

»Der Junior, er kommt auf uns zu. Verdammt!« Er stopfte das Papier hektisch in die Schublade, richtete sich auf und wischte das Revers seines Anzugs. »Das habe ich mir gleich gedacht: Du warst heute Morgen nicht im Atelier, stimmt's? Du bist zu spät gekommen und hast mich angelogen, du raffiniertes Stück. Das wird Ärger geben, das kannst du mir glauben.«

Hedi folgte seinem Blick. Ein groß gewachsener Mann in teurem Wollanzug kam ihnen entgegen. Vor ihm lief Thea, die unvermittelt stehen blieb und in ihre Richtung wies.

»Sage ich es doch«, zischte Bernhard leise.

Der Mann steuerte nun direkt auf Hedi zu. Sie sah auf den Besen, unvorteilhafter konnte sie sich kaum präsentieren.

»Guten Morgen, mein Name ist Lichtenstein, Ludwig Lichtenstein. Wir sind uns noch nicht begegnet, aber ich habe gehört, Sie haben hier vor wenigen Tagen angefangen zu arbeiten. Dann begrüße ich Sie in unserem Haus. Ich wollte Ihnen sagen, dass mich die Komposition der heute Morgen gelieferten Kleidung angesprochen hat. Sie scheinen ein gutes Gefühl für Form, Farben und auch Stoffe zu haben. Interessieren Sie sich für Damenmode?«

In Hedis Ohren rauschte es, ihre Fingerspitzen waren kalt. Sie nickte, unfähig, einen Laut über die Lippen zu bringen, was jedoch nicht aufzufallen schien, denn Ludwig Lichtenstein sprach weiter, ohne eine Antwort abzuwarten.

»Gut«, sagte er, »Sie gehen zur Damenbekleidung. Melden Sie sich bei Frau Wagner, und sagen Sie ihr, auf meine Anweisung hin zu handeln.« Er nickte Bernhard zu. »Wir werden jemand Neuen in Ihr Rayon schicken.« Dann drehte er sich noch einmal zu Hedi um. »Wie war Ihr Name?«

»Hedi Markwardt.«

Er musterte sie von Kopf bis Fuß, nickte ihr zu und verschwand.

Thea schaute ihm nach. Kaum war er außer Sicht, stürzte sie an den Tresen. »Mensch, Lämmchen, es tut mir leid, ich konnte dich nicht warnen. Er kam ins Atelier, fragte, wer das gemacht hat, und dann sollte ich ihn zu dir bringen.«

»Lämmchen?« Verständnislos blickte Hedi sie an.

»Entschuldige, das erkläre ich dir später. Ich glaube es nicht, was hier passiert ist … Verstehst du?«

»Das ist gut, oder?«

Bernhard schnaufte nur. Also musste es gut sein, dachte Hedi. Für einen Moment wünschte sie, sich setzen zu dürfen, doch es gab nirgends einen Stuhl oder eine andere Möglichkeit, sich für einen Augenblick auszuruhen. Sie schaute Thea an, mit einem Mal fand sie die schiefen Zöpfe rührend. Langsam ließ die Aufregung nach, selbst ihre Fingerspitzen wurden wieder warm.

»Natürlich ist das gut. Was denkst du denn? Was glaubst du, was hier gleich los sein wird?« Thea beugte sich vor. »Die Fräulein werden alle pikiert sein. Der Neid ist dir sicher.«

»Könnten die Damen die Privatgespräche ein anderes Mal führen? Und Sie«, fuhr Bernhard dazwischen und schob eine der Schubladen mit einem Knall zu, »haben als Näherin nichts im Verkaufsraum zu suchen.«

»Schneiderin, mein Guter, nicht Näherin. Aber sonst haben Sie recht. Komm mit, Hedi. Wir machen kurz die Frühstückspause.«

»Oh ja, dürfte ich das?«

»Fünfzehn Minuten, keinen Augenblick länger. Obwohl Sie sich dann ja an Frau Wagner wenden. Hier haben wir keine Verwendung mehr für Sie.«

»Dann vielen Dank und auf Wiedersehen«, sagte Hedi, erleichtert, dieses Rayon verlassen zu dürfen.

»Himmel, ich bin immer noch ganz aufgeregt«, sagte Thea, als sich die Tür zum Flur hinter ihnen schloss. »Weißt du, was das bedeutet?«

»Dürfen wir uns hier unterhalten?«

»Ja, warum denn nicht?«

»In den Personalanweisungen sind Gespräche im Treppenhaus untersagt.«

»Echt? Ich habe die nie so genau gelesen. Wir haben doch heute Morgen hier auch schon miteinander geredet. Und wir leben immer noch.«

»Ja, aber da war kaum jemand im Haus.«

»Ach, ich sage es ja: Irgendwie bist du ein Lämmchen, das beständig zitternd in der Welt herumsteht. Natürlich dürfen wir uns unterhalten. Wir sollen halt leise sein, damit man uns im Verkaufsraum nicht hört. Nichts wird hier so heiß gegessen, wie es gekocht wird. Komm, wir gehen in den Hof. Und ich kann dir eines sagen: Wenn du jetzt zu Josefine kommst, ist das großartig.«

»Josefine? Meinst du Frau Wagner?«

»Genau!«

»Sie schaut immer so …«

»Ja, aber Hunde, die bellen, beißen nicht. Sie ist nett, wirklich nett.«

»Ihr duzt euch?«

»Klar, warte mal ab. Anfangs führt sie sich immer grässlich auf, aber dann … Du wirst schon sehen.«

Ella

Er schnarchte. Das Gesicht verzog sich mit jedem Atemzug auf amüsante Weise. Ella stützte sich auf den Ellbogen und ließ den Blick über Alberts Brustkorb wandern. Ein schöner Mann. Ja, ihr Kollege war ein schöner Mann, und er hatte sich in dieser Nacht auch als leidenschaftlicher Liebhaber erwiesen. Trotzdem musste sie diesen Prachtkerl nun sich selbst überlassen.

Leise schob sie sich aus dem Bett, streifte ihr Nachthemd über und schlich aus dem Zimmer. Ohne in den Spiegel zu schauen, warf sie sich den Mantel über, knöpfte ihn bis oben zu und setzte den Hut auf. Nachdem sie das wirre Haar daruntergeschoben hatte, lief sie los. Erst auf der Treppe bemerkte sie, dass sie noch ihre Pantoffeln trug. Kurz zögerte sie, fühlte nach den Münzen in ihrer Manteltasche.

Die Neugier war zu groß.

Mit tief ins Gesicht gezogener Hutkrempe verließ sie das Haus und eilte los. Schon nach wenigen Metern traf sie den ersten Zeitungsjungen, kurz darauf den zweiten. Sie widerstand dem Drang, gleich die Zeitungen durchzublättern, klemmte sie unter den Arm und stürzte nach Hause zurück.

In der Küche drapierte sie die beiden Zeitungen auf dem Tisch und brühte eine Kanne Kaffee auf. Als ihr der Duft in die Nase stieg, nahm sie auf der Holzbank Platz und begann, in der *Berliner Volks-Zeitung* zu blättern.

Seite um Seite.

Langsam, um den Moment zu genießen.

Ihr Herz schlug bis zum Hals.

Dann sah sie die erste Kritik – erleichtert stieß sie die Luft aus. Schon die Schlagzeile ließ hoffen. Sosehr sie den Moment hinausgezögert hatte, so hastig las sie nun den Beitrag. Mehrfach wurde ihr Können betont. Auch Albert kam gut weg – ihr Albert, der sich nackt nebenan im Bett räkelte. Bei der Vorstellung musste sie kichern.

Der erste Kritiker hatte verstanden, wie sehr sie in Frau Ingers Schicksal abgetaucht war, er merkte zudem an, dass diese Leistung besonders bemerkenswert sei, weil kurzfristig umbesetzt worden war. Ja, sie hatte die Rolle mit Leben gefüllt und die Zuschauer in ihren Bann gezogen.

Bei der *Berliner Morgenpost* blätterte sie hastig zur Kritik, die mit der Schlagzeile aufmachte:

Albert Karmarker und Ella Winkler – zwei Namen, die sich Berliner Theaterliebhaber merken sollten!

Die Zwischenüberschrift lautete:

Das Ring-Theater beeindruckte mit der Premiere von *Frau Inger aus Östrot*

Ella seufzte erleichtert auf. Nun genoss sie die Lektüre des Artikels, den sie sogar zweimal las, so begeistert war er verfasst. Nachdem sie die Zeitung sorgfältig zusammengefaltet und beiseitegeschoben hatte, um sie nicht mit Kaffee zu bekleckern, zog sie die Beine an den Körper heran, schlang die Arme darum und legte das Kinn auf ihre Knie. Eine gefühlte Ewigkeit starrte sie ins Nichts, aber nach und nach drängten sich die ersten Fragen auf:

Wie würde es jetzt weitergehen?

Würde Lefebre ihr in den folgenden Inszenierungen ebenfalls eine der weiblichen Hauptrollen anvertrauen?

Würde der Intendant, wenn das der Wunsch des Regisseurs war, dem folgen?

Konnte sie nun eine höhere Gage fordern?

Sie beschloss, Albert zu fragen. Er kannte das Ring-Theater länger, vielleicht konnte er die Situation besser einschätzen.

Gestern bei der Premierenfeier hatten alle ihr auf die Schultern geklopft, sie umarmt und überschwänglich gratuliert – es war ein Fest gewesen. In der Kantine waren sie versackt, und noch immer spürte Ella einen Hauch des Rotweins, mit dem sie sich einen satten Rausch angetrunken hatte.

Albert hatte sie nach Hause begleitet. Mochte er sie wirklich? Oder war die letzte Nacht ein Überschwang des Erfolgs gewesen und der Erleichterung, die, als der Druck abfiel, mit der einhergehenden Leichtigkeit enthemmte? Vielleicht gehörte Albert zu den Schauspielern, die meinten, jede Partnerin auch ins Bett zerren zu müssen.

Sie zuckte die Schultern. Liebe war das Letzte, was sie derzeit brauchte. Denn da war es bereits wieder – dieses Gefühl der Unruhe.

Trotz des Erfolgs, des Applauses.

Trotz der wunderbaren Kritiken.

Trotz der Aussicht, heute Abend erneut dem Sog des Spiels, des Hineinschlüpfens in fremde Leben, zu verfallen.

Diese Leere.

Die sie befiel, sobald sie ein Ziel erreicht hatte.

Dieses Mal war sie sogar weit über die Grenzen geschossen, die sie sich gesteckt hatte, und trotzdem mischte sich schon jetzt in all die Freude dieses Surren in ihrem Kopf, das sich ausbreitete und den Körper durchzog.

Als Kind hatte sie es noch vermocht, den Moment zu genießen. Wenn sie mit ihrer kleinen Schwester und den Nachbarskindern ein Stück aufgeführt hatte, hatten sie die Wohnung stets komplett auf den Kopf gestellt und den Vater zum Verzweifeln gebracht. Die Mutter hingegen war ruhig geblieben. Sie ertrug das Theater der Kinder und ließ sie gewähren. Mit vereinten Kräften rückten sie die Möbel, breiteten Tücher aus, zerrten Perücken aus Kisten und puderten diese auf. Mit Kreide färbten sie sich die Gesichter weiß, und manchmal durften sie einen der langen Röcke der älteren Schwester ausleihen. Hin und wieder steuerte auch der Vater einige seiner Taschentücher bei. Nie waren es genug Requisiten, und noch immer konnte irgendwas seinem eigentlichen Zweck entfremdet werden. Gemeinsam spielten sie die Stücke, die meist Ella geschrieben hatte. Mal war sie eine Prinzessin, dann das verlassene Kind oder die liebende Mutter, wenn nötig, auch die alles hassende Hexe – ohne zu zögern, schlüpfte sie in jede Rolle. Häufig hatten sie es vor Müdigkeit kaum geschafft, die Zimmer wieder herzurichten, bevor sie in die Betten gesunken waren. Wie oft hatten sie die Mutter auf all der Unordnung sitzen lassen?

Ella musste lächeln, erst recht, als sich Alberts zerzaustes Haar in den Türrahmen schob.

»Du hast gestern gesagt, du wohnst hier allein, oder? Die Wohnung hat so viele Zimmer …« Hektisch sah er sich um und zog seine Unterhose bis kurz unter den Bauchnabel.

»Setz dich, der Kaffee ist schon gekocht. Ich habe eine Vermieterin, die regelmäßig nach Bernau zu ihrer kranken Schwester fährt.«

»Auch heute?«

»Ja. Sie ist schon seit mehreren Tagen weg, und sie wird erst in drei Tagen wiederkehren.«

Alberts Neugier schien geweckt. Aufmerksam sah er sich in der Küche um, musterte das Küchenbuffet, den abgelaufenen Dielenboden und warf einen Blick aus dem Fenster in den düsteren Hinterhof. »So wohnt also die große Ella Winkler.«

Was wollte er damit sagen? Ja, es war einfach hier. Wurde zu deutlich, dass sie von der Hand in den Mund lebte? Immerhin taugte das Sofa in der Wohnstube, das mit einem französischen Stoff bezogen war. Ihre Zimmereinrichtung bestand aus einer Mahagonikommode und einem Kleiderschrank. Ein Tischchen stand neben ihrem Bett. Das war ihr Eigentum: Möbel, die sie gebraucht gekauft hatte. Von einem Verstorbenen. Oder vielmehr von dessen Angehörigen, die die Wohnungsauflösung im *Berliner Tageblatt* annonciert hatten. Charlottenburg, Dernburgstraße. Den Straßennamen würde sie nie vergessen. Sie sah sich um. Es wurde Zeit, aus diesem Leben herauszukommen.

Albert strich ihr über das Haar und setzte sich neben sie. »Schön hast du es, meine Unterkunft kann ich niemandem zumuten.«

»Warum?«, fragte sie und goss ihm eine Tasse ein.

Er zuckte die Schultern. »Mir fehlt das Händchen, und ich verprasse das Geld immer.« Schlürfend trank er seinen Kaffee. »Oh, du hast schon die Zeitungen da. Was sagen die Kritiken?«

»Gut! Nein, wunderbar. Sieh selbst.«

Während Albert las, lehnte Ella sich zurück und spürte Heimweh. Die Wohnung, in der sie aufgewachsen war, bestand aus drei großen Zimmern, von denen eines zur Straßenseite zeigte. Und das mitten in Wien, zwar nicht im Schatten des Stephansdoms, doch in fußläufiger Entfernung davon. Wie schön dort alles war, in ihrer Erinnerung und vermutlich auch jetzt noch: die feinen Möbel mit flaschengrünen Ripsbezügen, der große Nussbaumtisch, der Säulenspiegel mit Sims, auf dem all die Kleinigkeiten Platz fanden, die ihre Mutter über die Jahre angesammelt hatte.

Und singen konnte ihre Mutter wie keine andere. Vor allem volkstümliche Lieder liebte sie. Bei gelegentlichen Besuchen des Casinos und des Lustspielhauses erweiterte sie ihr Repertoire beständig und sang zu fast jeder Gelegenheit. Ihre Lieder füllten das Haus, mal beschwingt geträllert, mal vibrierend schwer von Trauer.

»Was summst du da?«

Ella blinzelte. Albert. Direkt vor ihr.

»Ich summe?«

»Ja, sehr schön sogar.«

»Entschuldige bitte, ich war gerade in Gedanken.«

»An was hast du gedacht?«

»An zu Hause. Meine Mutter singt so gern.«

»Dann freue dich, meine trinkt so gern. Ich fürchte mich immer, wenn sie eine Vorstellung besucht, weil ich nie sicher sein kann, ob sie … na ja, ob sie nicht wieder lallt, torkelt, übermäßig laut lacht. Eben das gesamte Repertoire bietet.«

»Du Ärmster, wirklich?«

Albert winkte ab. »Man gewöhnt sich an alles.«

Für einen Augenblick sah Ella zum Fenster hinaus, das Dämmerlicht ähnelte den Sonntagen, an die sie sich gern erinnerte. Der Mutter liebster Tag, um all das zu erledigen, was in der Woche liegen geblieben war. Noch früher als sonst erhob sie sich, ganz ohne Murren, meist lang, bevor die Sonne aufging, und legte los. Sie sang zwar erst, wenn der Vater wach war, aber dann erklang das Hantieren mit Besen und Lappen im Takt mit ihren Liedern. Erst wenn der letzte Kupferkessel geschrubbt, das Haus nach Seife und Essig duftete, die gefeudelten Dielen einluden, sich darin zu spiegeln, erst dann war die Mutter zufrieden.

Zufrieden.

Ihre Mutter war zufrieden mit ihrem Leben.

Ein Leben, das sie selbst nie gekostet hatte: Mann, Kinder, Haus. Kirche. Freundinnen. Wohltätigkeit. Gesang. Bücher. Handarbeit. Briefe schreiben.

»Ich habe viel aufgegeben«, sagte Ella abrupt und stockte dann. Warum erzählte sie Albert das? Sie kannte ihn kaum. Ihrem

Wunsch war sie gefolgt, und ein Stipendium hatte ihr den Weg geebnet. Aber weder die Mutter noch der Vater ertrugen es: Wenn sie ins Theater gingen, war das eine Sache, wenn ihre Tochter auf der Bühne stand, eine andere. Für die Eltern war die Schauspielerei zweifelsfrei ein unschicklicher Beruf und ein Weg in die Prostitution. Streit, Geschrei, Tränen und eine zugeschlagene Tür waren gefolgt.

Und nun saß sie hier, in dieser schäbigen Wohnung mit alten Möbeln. Halb nackt war sie, halb nackt auch der Kollege. Ja, ihre Moral war zweifelhaft, tatsächlich wurde sie den Vorstellungen der Eltern gerecht.

Ella fixierte Albert, der sich in einen anderen Artikel der *Berliner Morgenpost* vertieft hatte. Nichts an ihm wirkte verliebt, und das entspannte sie.

Bald würde sie diese Küche und ihr dunkles Zimmer verlassen und sich eine Wohnung suchen, mit drei Zimmern, von denen wenigstens eines zur Straße hinausging.

Eine Wohnung für sich selbst. Ohne Vermieterin.

Ohne Mann. Vielleicht würde sie Albert mitnehmen, um sich nachts an ihm zu wärmen. Vielleicht auch nicht. Das würde sich zeigen.

Nur eines war sicher: An die größte Wand würde sie ein Ölgemälde hängen, eines, das Ella Winkler zeigte, von einem bedeutenden Künstler für die Ewigkeit festgehalten. Vielleicht von Max Liebermann, er war wieder regelmäßig in Berlin und wohnte seit einiger Zeit in Wannsee. Sie befürchtete, noch eine Weile sparen zu müssen, um sich ein Bild von ihm leisten zu können. Aber das war es wert. Ein Liebermann, ein echter Liebermann, an der Wand eines Zimmers, das ein Salon und keine Wohnstube werden sollte. Sie nickte, als wollte sie sich den Gedanken selbst bestätigen. »Was meinst du, wird Lefebre mich wieder besetzen?«

»Nach den Kritiken sicherlich«, sagte Albert, ohne aufzusehen. »Die Bessonier wird nicht wiederkommen.«

»Charmant formuliert, vielen Dank.« Sie kniff Albert in den Arm, und sie mussten beide lachen.

»Meinst du, jetzt kann ich mehr Gage fordern?«

Albert wiegte den Kopf. »Seien wir ehrlich, Ella: Du bist unfassbar gut.«

Sie nickte und hielt die Luft an.

Er sah wieder auf die Zeitung. »Jetzt spielst du eine Hauptrolle, und das nachweislich überzeugend. Ich würde es probieren. Selbst wenn die Leitung des Hauses das unbotmäßig findet – nach dieser Spielzeit wird dich nahezu jedes Theater nehmen.«

Die Unruhe verzog sich. Alberts Gegenwart lenkte von der Leere ab, und der Gedanke an mehr Gage gab ihr wieder Zuversicht. Nun war es Zeit, den hübschen Mann unbemerkt von den Nachbarn aus dem Haus zu bekommen. Dann würde sie ein wenig spazieren gehen, vielleicht eine Postkarte an Hedi schicken und sie bitten, morgen zum Theater zu kommen. Sie würde ihr Freibilletts schenken und sich auf der Bühne daran erfreuen, wenn die Freundin ihr Kunstwerk – ein Kleid, das den Charakter von Frau Inger hervorragend unterstrich – im Einsatz erlebte.

Vielleicht würde ja doch noch alles gut und die Unruhe irgendwann verschwinden.

Für immer.

Hedi

»Dreh dich um.«

Hedi drehte sich um.

»Hebe deinen Rock ein Stück.«

Hedi hob den Rock an.

»Jetzt den Schuh, den rechten.«

Hedi hielt den rechten Schuh in die Höhe.

»Den linken.«

Hedi zeigte den linken Schuh vor.

»Gut«, sagte Josefine Wagner, »du hast ordentliche Strümpfe an und trägst Schuhe mit Absätzen, nicht so krumm getretene und abgelaufene Dinger. Heute kommt Frau Geheimrat Hasso Kunze zur Anprobe. Das wird ein schwieriger Tag, und da kann ich es nicht gebrauchen, wenn meine Gehilfin, sobald sie sich bewegt, aussieht wie eine Straßengöre. Alles schon erlebt.«

Thea hatte recht behalten: Die erste Verkäuferin des Rayons hatte sich als streng, aber freundlich erwiesen und zügig begonnen, sie in die Arbeit einzuweisen. Hedi bekam all die Aufgaben übertragen, die auch Josefine erledigte, vom Vitrinen wischen, übers Waren dekorieren bis hin zum Kundinnen bedienen. Eine Anprobe hatte sie aber noch nicht erlebt. »Ich darf dich begleiten?«, fragte sie und fühlte eine gewisse Aufregung.

»Freue dich nicht zu früh.« Josefine stemmte die Hände in die Hüften. »Gnädige Frau lässt ihre Garderobe komplett bei uns schneidern, aber die erste Anprobe ist jedes Mal ein Fiasko. Sie erwartet die Anwesenheit des Konfektionärs, meiner Wenigkeit, einer Gehilfin und mindestens einer Näherin. Wenn es nach ihr ginge, wäre noch Kaiser Wilhelm dabei. Diese Frau schafft es, uns alle durch die Abteilungen zu scheuchen. Ich habe jetzt schon Kopfweh und warne dich – verpatze es nicht. Zunächst einmal duzen wir uns in der Gegenwart der Gnädigsten nicht. Wir sind Verkäuferinnen und keine besten Freundinnen. Wenn ich dich auffordere, etwas zu holen, dann läufst du los, so schnell du kannst, ganz gleich, ob es um Zigaretten, Kuchen, Zeitungen, Kleidung oder Galanteriewaren geht. Du sprichst Frau Geheimrat nicht an. Nur wenn sie sich direkt an dich wendet, äußerst du dich – kurz und zuvorkommend. Sie wird nicht angestarrt, selbst wenn sie heute beschließen sollte, im Anproberaum Ballett zu tanzen. Und wer sich ungebührlich verhält, muss sich entschuldigen. Ich habe schon ein Kassenmädchen zu einer Kundin begleiten müssen, nach Hause wohlgemerkt, damit dieses verzogene Gör Abbitte leistet.«

Hedi kicherte und hielt inne, als sie Josefines Blick bemerkte.

»Und gelacht wird gar nicht«, sagte sie und blinzelte ihr zu. Dann überreichte sie ihr einen Aschenbecher. »Sobald eine gerauchte Zigarette drin ist, gehst du den leeren. Kipp die Asche aber erst in den Eimer, wenn die Glut aus ist. Nicht dass der Müll zu brennen beginnt. Alles schon erlebt.«

»Jawohl, darauf werde ich achten.«

»Ein weiteres Problem, das wir heute haben«, fuhr Josefine fort, »ist der neue Konfektionär. Ich kenne ihn nicht und weiß nicht, wie er bei dieser Anprobe auf die Wünsche der Kunden reagieren wird. Das bleibt abzuwarten. Mit Herrn Meier gab es eingespielte Abläufe.«

»Sie probiert doch nur ein Kleid, oder? Das ist unvorstellbar.«

»Ja, sie ist eine von denen, die hoffen, das Kleid könnte ihren Bauch oder ihre Hüften verbergen und sie beim Tanz zur Grazie machen. Aber wenn der Spiegel dann die Wahrheit spricht, werden sie mürrisch wie kleine Kinder. Schuld sind natürlich wir, vielmehr unsere Unfähigkeit, ein Kleid zu entwerfen, das ihre biegsame Figur hervorhebt. Bei der letzten Anprobe hat sie einen Mantel geschlagene elf Mal ändern lassen. Sie gehört zu denen, die sich eigentlich nicht in einem Kaufhaus einkleiden wollen. Da ihr aber wahrscheinlich das letzte bisschen Kleingeld für einen der ganz teuren Maßsalons fehlt, kommt sie hierher, erwartet Kunst von uns, und das zum Preis von Stapelware.«

»Stapelware?«

»Ware, die in großen Mengen angeboten wird und deshalb sehr günstig ist.«

»Aber das Lichtenstein führt doch gar keine Stapelware.«

»Tja, interessiert das Frau Geheimrat? Was meinst du?«

Hedi schüttelte gehorsam den Kopf und folgte Josefine zum Anproberaum. Bisher war ihr dieser Bereich verschlossen geblieben, er durfte nur von ausgewählten Mitarbeitern betreten werden. Sie reckte sich und spürte einen Anflug von Stolz, so albern sie sich dabei vorkam.

Die Fenster des lichtdurchfluteten Raums waren mit bodenlangen Vorhängen versehen, die Wände mit Seidentapeten bezogen, das Parkett bedeckten mehrere weiche Teppiche, die jeden Schritt dämpften. Ein Paravent grenzte den Umkleidebereich ab, und große Spiegel erlaubten, sich von allen Seiten zu begutachten. Vor dem Paravent luden tiefe Sessel und ein kleiner Beistelltisch, auf dem bereits eine Karaffe Wasser und ein Glas standen, zum Verweilen ein.

»Wir Verkäuferinnen setzen uns niemals, selbst wenn die Kundin hinter dem Paravent verschwindet. Es läuft so ab: Wenn Frau Geheimrat sich am Eingang meldet, wird sie hierher begleitet. Das ist dann hier kein Anproberaum mehr, das ist ein Salon, verstanden? Diese Anprobe ist eine wichtige Angelegenheit, die sich die Kundin in ihrem Kalender notiert hat. Meine Aufgabe ist es, sie freundlichst zu empfangen, und du hältst dich im Hintergrund.«

Thea betrat den Anproberaum. Ihre Bewegungen wirkten heute kraftvoll, die Wangen waren rosig, die großen braunen Augen blickten ruhig und hellwach. Die Schürze war knitterfrei, die nussbraunen Zöpfe waren geflochten und zu einem kleinen Kranz um den Kopf gesteckt. Sie trug ein fliederfarbenes Kleid bei sich, das sie behutsam im Umkleidebereich aufhängte. Es war eine andere Thea als jene, der Hedi vor wenigen Tagen begegnet war. Ernsthaft und konzentriert. Eine junge Frau, die wusste, welche Verantwortung sie schulterte.

»Ist alles nach Frau Geheimrats Wünschen?«, fragte Josefine.

Thea nickte und blieb neben Hedi stehen, ganz so, als würden sie einander täglich im Salon begegnen.

»Ist der Junior zugegen? Und kommt der neue Konfektionär? Wie heißt er?«

»Herr Lichtenstein Junior hat das Haus verlassen. Wir können aber nach Herrn Hallberg schicken. Ein überaus charmanter Konfektionär, das könnte uns in die Hände spielen.«

Hedi war beeindruckt, wie selbstverständlich Thea mit Josefine sprach. Die beiden hatten in diesem Raum vermutlich mehr als eine Schlacht geschlagen.

»Gut zu wissen.« Josefine sah zur Uhr.

Schweigend warteten sie.

»Jetzt ist sie schon zehn Minuten zu spät«, stellte Thea nach einer Weile fest.

»Der Termin ist heute für elf Uhr angesetzt. Da gibt es keinen Zweifel.« Nach weiteren zehn Minuten wandte sich Josefine an Hedi. »Lauf bitte zur Müllerschen hoch, vielleicht wurde telefonisch abgesagt, und wir wissen es nicht.«

Hedi nickte und eilte los. Kaum hatte sie die Tür geöffnet, schlug sie diese wieder zu. »Ich glaube, sie kommen.«

»Schnell in Position«, zischte Josefine. »Du bleibst bei den Sesseln wegen des Aschers, und du, Thea, wartest beim Paravent.« Dann öffnete sie die Tür.

Frau Geheimrat betrat den Salon – in bester Laune. Noch hatte es keine Anprobe gegeben, noch war das Kleid in ihren Gedanken auf den Leib geschneidert, ganz so, wie sie sich darin sehen wollte.

»Gnädigste, wir freuen uns über Ihr Kommen. Zauberhaft sehen Sie heute wieder aus. Nehmen Sie doch Platz.« Während die dralle Frau sich in den Sessel setzte, goss Josefine ihr ein Glas Wasser ein.

»Wo ist es denn, das Kleid?«

Hedi konnte ihr Parfum riechen. Ein süßlicher Maiglöckchenduft.

»Ich hole es, ich hole es sofort«, flötete Josefine und verschwand hinter dem Paravent. Das fliederfarbene Seidenkleid vor sich haltend, kehrte sie zurück.

Hedi konnte den Blick nicht von Frau Geheimrat nehmen. Hatte die Gnädigste soeben noch ihre Frisur im Spiegel betrachtet, musterte sie nun die Perlenstickereien im Ausschnitt des Kleides und die Zierapplikationen aus Goldlamé auf Hüfthöhe und zog die Augenbrauen zusammen.

»Kommen Sie, ich helfe Ihnen ins Kleid«, sagte Josefine mit einer Nonchalance, die das Schweigen nicht überdeckte.

Frau Geheimrat erhob sich und verschwand hinter dem Paravent. »Wo ist eigentlich der Konfektionär?«

Josefine machte hinter dem Rücken der Kundin nur eine Handbewegung, die Hedi ein deutliches Zeichen war: Hole den Konfektionär, und das sofort!

Hedi tat, wie ihr befohlen: Sie verließ den Salon durch eine Hintertür, jagte die Treppen hinauf, zwei Stufen auf einmal nehmend, und stürmte ins Atelier hinein, vorbei an den Näherinnen in den Flur, in dem sie das Bureau des Konfektionärs wähnte. Sie klopfte, verharrte, aber niemand antwortete. Kraftvoll stieß sie die Tür auf – ein Lagerraum! Es musste der sein, von dem Thea erzählt hatte.

Die zweite Tür. Erneut klopfte Hedi, wartete aber nicht und eilte ins Zimmer. Thea und Josefine waren einer Verrückten ausgeliefert, sie hatte keine Zeit zu verlieren. Und dieses Mal war sie richtig: An einem Zeichentisch, leicht vorgebeugt, stand ein hochgewachsener Mann mit braunen Haaren, ihr den Rücken zugewandt.

Er drehte sich um und blickte sie an. Freundlich und abwartend.

Für einen Moment vergaß Hedi, weshalb sie die Treppen hinaufgestürmt war.

»Ja, bitte?«

Er redete mit ihr. Sie musste antworten, wenn möglich gleich. »Sind Sie, also sind … Sie Herr Hallberg?«

»Ja, und wer sind Sie?«

Hedi zuckte zusammen. Wo waren ihre Umgangsformen geblieben? »Entschuldigen Sie bitte, ich arbeite im Rayon von Frau Wagner, und wir haben Frau Geheimrat Kunze zur Anprobe. Sie ist … vielmehr scheint die Situation … Es ist kompliziert. Frau Wagner bat mich, Sie zu holen, denn Frau Geheimrat will Sie.« Hedi errötete und ergänzte hastig: »Also, sie wünscht Ihre Anwesenheit.«

Sofort legte Hallberg den Stift beiseite und stand mit einem Mal neben ihr. Dicht neben ihr. »Wir sollten die Damen nicht warten lassen«, sagte er.

Hedi lief ein wohliger Schauer den Rücken hinab.

Thea

Was ist das? Wollen Sie mich ärgern? Ich habe ein Kleid für einen musikalischen Empfang bestellt, das hier ist höchstens für ein drittklassiges Theater geeignet, das überladene Barocktragödien inszeniert. Ich hätte gewarnt sein müssen: Schon bei meiner letzten Bestellung, dem Mantel, gab es solchen Kummer. Wie lange hat es gedauert, bis er gepasst hat! Und jetzt das!«

Thea schloss die Augen, holte Luft und versuchte, die Konzentration zu halten.

»Gnädigste, kommen Sie doch erst einmal schauen, lassen Sie uns vor die Spiegel treten …«, bemühte Josefine sich, die Situation zu entspannen.

»Das ist verschnitten, das sehe ich doch schon jetzt, sogar ohne Spiegel. Das nächste Mal fahre ich zum Kaufhaus Wilhelm Stein.« Wutentbrannt schoss Frau Geheimrat hinter dem Paravent hervor, ohne Kleid, lediglich mit einem Tüllrock und ihrer Leibwäsche bekleidet. Sie ließ sich wieder in den Sessel fallen, zog ihr Zigarettenetui aus dem Täschchen, zündete sich eine Zigarette an und blies nach einem Zug seufzend eine Rauchwolke aus. »Für diesen Schnitt bräuchte es ein Korsett, und wer trägt so was noch? Ich jedenfalls lasse mir den Leib nicht mehr von Fischbeinstäben ruinieren. Sie hätten besser Maß nehmen müssen, bei so einem Kleid kann nicht einfach alles weggeschnürt werden, es muss sich wie eine zweite Haut anschmiegen.«

Das Kleid saß beim Abstecken in der Taille perfekt, dachte Thea. Aber es stand weder Josefine noch ihr zu, der Kundin zu erklären, dass sie binnen kürzester Zeit zugenommen hatte. Die Kombination aus Seide, Stickerei und Lamé, von Frau Geheimrat selbst gewünscht, trug auf und betonte das Problem, anstatt es zu kaschieren. Allerdings war die Länge des Kleides nicht optimal. Es lag einen Fingerbreit auf dem Boden auf, doch mit wenigen Handgriffen wäre dieses Problem zu lösen. »Soll ich es kürzen?«, wandte Thea sich an Josefine, die noch halb vom Paravent verborgen stand und schon jetzt erschöpft aussah.

»Sie machen gar nichts«, fuhr Frau Geheimrat dazwischen. »Wir warten jetzt auf den Konfektionär.«

»Oder wäre es besser, eine kleine Schleppe einzuarbeiten?«, fragte Thea, weiterhin an Josefine gewandt.

»Fräulein, haben Sie mich nicht gehört?« Die Stimme der Kundin wurde schriller. Etwas Asche fiel auf ihren Tüllrock, die sie hektisch wegpustete. »Sie unverschämtes Ding, sehen Sie doch. Jetzt hätte ich mir Ihretwegen fast ein Brandloch in das gute Stück gemacht!«

Josefine wedelte im Hintergrund herum, ihr flehentlicher Blick schien eine Bitte an Thea zu sein, endlich zu schweigen.

In diesem Moment riss Hallberg die Tür auf. Er hielt kurz inne und versuchte, die Situation zu überblicken. Sein Blick huschte von Josefine zu Thea und dann zu Frau Geheimrat. Er zuckte zusammen, als er die im Sessel sitzende Frau in Tüllrock und Leibwäsche bemerkte.

»Zieren Sie sich nicht! Kommen Sie rein, es ist gut, wenn der Konfektionär anwesend ist. Sobald die Damen unter sich sind, bleiben einige Wünsche offen. Da ist die strenge Hand des Chefs vonnöten«, rief sie ihm entgegen und warf die Zigarette achtlos beiseite. »Also, Sie sind doch Konfektionär? Letztes Mal beehrte mich ein Herr …, na, ein Herr …«

»Herr Meier, ja, er hat sich beruflich verändern wollen, und ich habe seine Nachfolge angetreten. Mein Name ist Hallberg, Hannes Hallberg. Sehr erfreut, Gnädigste.«

Hedi, die bisher nur hinter dem Rücken des Konfektionärs hervorgelugt hatte, schob sich nun an ihm vorbei, las den glühenden Zigarettenstummel vom Parkett auf, um ihn im Aschenbecher auszudrücken.

Hallbergs Anwesenheit bewirkte Wunder bei der Kundin. Sie ließ sich überzeugen, noch einmal in das Kleid zu schlüpfen. Als Thea sich vor Frau Geheimrat kniete, um den Saum ein Stück zu kürzen, bemerkte sie, wie Hedi den Konfektionär beobachtete. Vermutlich glaubte sie, dies verstohlen zu tun – doch weit gefehlt. Thea verkniff sich ein Grinsen und legte eine der Nadeln auf den Boden. Da spürte sie den Schuh von Frau Geheimrat auf ihren Fingerspitzen. Für den Bruchteil einer Sekunde schloss sie die Augen, um einen Schmerzensschrei zu unterdrücken.

»Frau Geheimrat«, sagte Hallberg mit ruhiger Stimme, »Sie sind der Näherin auf die Fingerspitzen getreten.«

Fast vergaß Thea auszuatmen. Höflichstes Verhalten gegenüber den Kunden – auch er hatte das in seinem Vertrag unterschrieben. Anscheinend wusste Hallberg nicht, welch engen Kontakt Frau Geheimrat zum Junior pflegte. Ein Wort von ihr, und er war weg. Sie genoss Privilegien, viele sogar, und sie war die einzige Kundin, der es im Lichtenstein erlaubt war, ihre Einkäufe mit Schmuck zu bezahlen. Genau genommen war sie so etwas wie die Königin der Kundinnen.

Frau Geheimrat schien sich nicht an Hallbergs Feststellung zu stören, zu sehr war sie mit ihrem Kleid beschäftigt. »Junger Mann, was kann ich dafür, wenn diese dummen Dinger so unaufmerksam sind?« Sie drehte sich gelangweilt hin und her. »Und jetzt sagen Sie mal: Ist dieses Kleid nicht grauenvoll?« Sie setzte eine Pause, wandte sich abrupt Hallberg zu, fixierte ihn und zischte: »Aber ich habe den Verdacht, auch Sie scheinen nicht zu wissen, was Sie tun!« Dann lächelte sie bösartig.

Jacob

Es war wie jedes Mal, wenn er seine Runde durchs Haus drehte. Während er die Gänge entlanglief, nickte, grüßte und lächelte er, darum bemüht, den Mitarbeitern ein gutes Gefühl zu geben. Im Gegensatz zu seinem Vater, der stets am Nachmittag seinen berüchtigten Kontrollgang absolvierte, bei dem er mit Argusaugen auch den letzten Winkel begutachtete. Eine merkwürdige Tatsache – denn einerseits ließ Friedrich an vielen Punkten die Zügel schleifen, andererseits hielt er an seinem Misstrauen dem Personal gegenüber fest. Grundsätzlich, so meinte er, sei davon auszugehen, Angestellte und erst recht für kürzere Zeiträume engagierte Gehilfen würden stets den Weg des geringsten Aufwandes suchen und müssten tagein, tagaus angehalten werden, ihre Arbeit seinen Wünschen entsprechend zu verrichten. Nie hätte der Vater diese Haltung der Belegschaft gegenüber geäußert, das verbot ihm seine Erziehung.

Das geschäftige Treiben hinter den zahlreichen Tresen, die ausweichenden oder verstohlenen Blicke ließen Jacob jedoch annehmen, dass viele der Angestellten, sobald er erschien, eine besondere Eifrigkeit an den Tag legten. Wenn irgendwer aus der Belegschaft wagte, sein Lächeln zu erwidern, war es schüchtern bis verhalten. Selten nur musste er auf Kleinigkeiten hinweisen, vereinzelte nicht Kante auf Kante gestapelte Weißware, ein wenig Staub im Regal zwischen den Emailleschüsseln, ein Fleck auf einer der gläsernen Ablagen, unter denen die Parfumflakons glänzten. Es trennten ihn Welten von seinen Angestellten, ganz gleich, wie sehr er sich darum bemühte, ein nahbarer Chef zu sein. In der Lichtensteinschen Phalanx war er in der Minderheit.

Für einen Augenblick sah er das Warenhaus so, wie er es gern führen wollte: eine luftige und großzügige Einrichtung mit viel Glas, Spiegeln und Goldornamenten, also viel Gelegenheit, Licht zu brechen und zu spiegeln, alles ohne Kaufzwang, mit verlässlichen Preisen und gelegentlichen Sparangeboten, einem aufgefächerten Modesortiment und sehr viel mehr Leistungen für die Mitarbeiter. Je mehr Umsatz sie machten, umso mehr würde er in sein Personal investieren, um die Loyalität zu stärken. Seine Anwesenheit hier diente nur einem Zweck: den Kundinnen und Kunden persönliche Betreuung durch den Chef zu bieten, einer der wenigen Aspekte, in denen das Lichtenstein gegen die großen Konsumtempel punkten konnte. Nie wäre er auf die Idee gekommen, selbst Verkaufsgespräche zu führen. Doch an der einen oder anderen Stelle innezuhalten, sich bei Stammkunden zu erkundigen, ob alles nach ihrer vollsten Zufriedenheit sei, und anerkennende Bemerkungen anhand der ausgewählten Einkäufe zum trefflichen Geschmack zu tätigen, das wurde geschätzt.

Auch ohne Blick auf die Uhr wusste Jacob, dass er ins Kontor zurückkehren musste. Die Mitarbeitersprechstunde stand an. Da es keine Anmeldungen gab, hatte er für diesen Tag nach Hannes Hallberg schicken lassen. Während er die Treppe hinaufeilte, den Flur entlang, durch das Vorzimmer hindurch, um sich hinter seinem Schreibtisch zu verschanzen, überlegte er, wie er das Gespräch eröffnen sollte. Er hatte gewisse Vorstellungen und hoffte, sich ein genaueres Bild vom neuen Konfektionär machen zu können. Schon seit Tagen hatte er mit ihm sprechen wollen und es doch immer wieder hinausgeschoben. Wenn sich das Gespräch entwickelte, wie er das wollte, würde er sich gegen Ludwig stellen. Erstmals öffentlich.

Als Hallberg von der Müllerschen hereingeführt wurde – sie trug ihm eine Tasse Kaffee hinterher und lächelte besonders zuvorkommend, als wollte sie deutlich machen, dass auch Damen gesetzteren Alters sich gutem Benehmen und vor allem Aussehen nicht entziehen konnten –, war der junge Mann, ganz anders als die meisten Angestellten, wenn sie vor ihm Platz nahmen, die Ruhe selbst. Konzentriert schaute er ihn an, direkt und abwartend.

»Herr Hallberg«, eröffnete Jacob das Gespräch, nachdem die Müllersche sich hatte losreißen können und entschwunden war, »heute haben wir einen Moment Zeit. Ich dachte, ich nutze Ihren Antrag auf die Anschaffung eines neuen Plätteisens als Anlass für ein Gespräch.«

»Ja, vielen Dank für die Zeit, die Sie sich nehmen. Ein weiteres Gerät wäre hilfreich, so könnten wir die Stoffe parallel glätten, was den Herstellungsprozess beschleunigen würde.«

Jacob griff auf seinem Tisch in einen Stapel Papiere, am Vormittag hatte ihm die Müllersche den Antrag noch einmal als Wiedervorlage untergeschoben. Er nahm den Zettel und unterschrieb ihn. Sicherlich würde sein Vater am Abend die entsprechenden Gelder freigeben.

Hallberg saß zurückgelehnt und beobachtete ihn. Für einen Moment spürte Jacob seine Skepsis. Der Nachteil, die Müllersche im Vorzimmer sitzen zu haben, waren das ständige Hämmern auf der Schreibmaschine und ihre endlosen Tiraden. Geschichten aus dem Haus, die sie jedem erzählte, der an ihrem Schreibtisch erschien. Sie wurde auch nie müde, eine Geschichte – wenn an diesem Tag viel Betrieb war – immer und immer zu wiederholen. Doch der Vorteil der Nähe lag auf der Hand: Er war stets informiert, aufs Genaueste, was sich im Lichtenstein zutrug, er kannte einige Familiengeschichten von Angestellten vermutlich besser als sie selbst. Und so hatte er sehr wohl vernommen, wie angespannt das Verhältnis zwischen Ludwig und dem neuen Konfektionär war. Angetreten mit kreativen Ideen, war Hallberg schnell auf dem Boden der Tatsachen gelandet. Ludwig hatte –

und das mehrfach – seine Entwürfe in der Luft zerrissen und ihn wieder an den Zeichentisch geschickt, mit der Aufforderung, Mode zu entwerfen, die schlichter und praktischer, bescheidener daherkam.

Für einen Moment haderte Jacob, wie er das Thema anpacken sollte. Er musste behutsam vorgehen, denn die Auseinandersetzungen mit Ludwig würden sich zuspitzen und den Konfektionär in weitere Schwierigkeiten bringen. Das Schweigen wurde nur vom rhythmischen Takt der Schreibmaschine im Vorzimmer übertönt. »Was planen Sie denn für die nächste Kollektion?«, wagte sich Jacob vor, auch wenn das vielleicht nicht die intelligenteste Frage war.

Hallberg verschränkte die Arme und lehnte sich noch weiter zurück. »Herr Lichtenstein Junior hat deutlich gemacht, im Hause werde das ganze Jahr hindurch Kleidung für das gehobene Mittelgenre entworfen. Eine Konzentration auf saisonale Präsentationen sei nicht erwünscht. Insofern habe ich keine Pläne für eine kommende Kollektion, sondern bisher nur auf die Jahreszeit ausgerichtete Einzelteile, in diesem Fall zwei Mäntel, drei wollene Kleider und verschiedene Trikottaillen.«

»Das ist ein Thema, über das ich gerne mit Ihnen reden würde«, sagte Jacob und wog jedes Wort beim Sprechen ab. »So wie ich Sie im ersten Gespräch, als Sie sich als Konfektionär vorstellten, verstanden habe, interessieren Sie sich sehr für Haute Couture. Ist das richtig?«

»Ja, ich war einmal in Paris und habe unter anderem das Bon Marché und die Grands Magasins du Printemps besucht. Die Arbeit in den Warenhäusern dort, aber auch in den Maßsalons wie dem der Schwestern Callot hat mich beeindruckt«, sagte Hallberg, sich nun vorlehnend und mit den Händen seine Worte unterstreichend. »Die Tatsache, zwei Kollektionen im Jahr herauszubringen, also zwei Momente im Jahr zu schaffen, denen die Kunden, vor allem aber die Kundinnen entgegenfiebern, diese

Präsentation zu einem Ereignis erster Güte zu machen, über das die Presse berichtet, das die Stadt nahezu in Ausnahmezustand versetzt und die Kraft entwickelt, weltweit Einfluss zu nehmen, war – ich weiß nicht, wie ich es formulieren soll ...« Er holte Luft und setzte ruhiger nach: »Während die Mode in Deutschland immer herablassend betrachtet wird, ist sie dort Teil der Kultur, sie ist Kunst, und sie ist die Möglichkeit, die eigene Persönlichkeit zu unterstreichen.« Er brach ab und fuhr sich durchs Haar.

Fast hätte Jacob aufgeschnauft. Im Lichtenstein war Mode Politik. Alles, was die Gesellschaft bewegte – seien es die Frauen und ihre Forderungen nach mehr Freiheiten oder das Verwischen der gesellschaftlichen Schichten, weil vor allem die Angestellten an Einfluss gewannen, schlichtweg weil sie immer mehr wurden, weil sie gutes Geld verdienten, weil sie begannen, ihre Vorstellungen von Leben auf die Gesellschaft zu übertragen –, einfach alles stand zur Diskussion, wenn Ludwig und er einen Schnitt diskutierten. Wie viel Bewegung sollte ein Rock der Frau in der Beinweite lassen? Wie hoch durfte er rutschen? Den Knöchel ein wenig freilegen oder nicht? War die Abkehr vom Korsett dauerhaft oder nur eine Laune der Frauen, die kurz über lang doch wieder früheren Idealen von Weiblichkeit den Vorzug geben würden?

Unvermittelt sah er Hallberg des Abends zu Hause sitzen und Zeitungen wie *Der Konfektionär* nach neuen Stellenanzeigen durchblättern. Er wusste, mit den Anforderungen, die Ludwig an ihn stellte, würde sich dieser Mann auf Dauer nicht zufriedengeben. Die Qualität, die das Lichtenstein lieferte, war stets eine gute Visitenkarte für angehende Konfektionäre gewesen, sich später auf andere Stellen zu bewerben. Doch mit Kreativität hatten sie niemals punkten können, wenn sie dieses Haus verließen. Hier wurde zu wenig Konfektionsware gefertigt, darüber hinaus mussten die Mengen erhöht, der Absatz angekurbelt werden. Vor allem das Mittelgenre und das Stapelgenre waren Bereiche, die Jacob gern erheblich ausweiten wollte.

Bisher war das Lichtenstein nichts Halbes, nichts Ganzes. Kein Maßsalon, aber auch keinem der großen Berliner Warenhäuser ebenbürtig, die günstige Ware anbieten konnten, weil die Kleidung in hoher Stückzahl meist von Frauen in irgendwelchen Hinterhofwohnungen gefertigt und von findigen Zwischenmeistern geliefert wurde. Hallberg schien genau zu erfassen, wonach die Frauenwelt verlangte – ein interessanter Mann. Sie mussten fast gleichaltrig sein, vermutlich trennten sie drei bis vier Jahre Altersunterschied. In anderer Situation hätte er seinem Gegenüber das Du angeboten. »Was würden Sie denn sagen«, begann er, die Worte wieder genau setzend, »wenn wir vielleicht nicht gleich eine Kollektion präsentieren, aber einen Modetee einführen?«

Nun wurde die Skepsis in Hallbergs Gesicht zu einem Flackern, das zwischen Irritation, Amüsement und Herausforderung schwankte. »Das würde ich gut finden«, entgegnete er, im Gegensatz zu seinem leidenschaftlichen Beitrag zu den Vorzügen der französischen Modewelt fast langsam sprechend. »Ich würde es begrüßen, sogar sehr begrüßen, wenn wir mit dieser Maßnahme versuchen, den Anschluss an die Konkurrenz der Stadt zu finden. In meinen Augen könnte das Lichtenstein binnen kürzester Zeit einen anderen, einen weit aufregenderen Ruf genießen als bisher.« Er hielt inne, als wollte er prüfen, wie sein Gegenüber die Aussage wertete.

Jacob grinste und hob abwehrend die Hände. »Ich schätze Ihre Begeisterung. Doch es wird viel Überzeugungsarbeit nötig sein, auf verschiedenen Ebenen des Hauses, wenn ich es so ausdrücken darf. Wir beginnen erst einmal mit kleinen Schritten, dann können wir gerne an unseren Aufgaben wachsen.«

»Gut, damit kann ich leben. Sehr gut sogar. Was würden Sie gern bei einem ersten Modetee präsentieren?«

»Haben Sie Ideen?«

Hallberg zögerte, und Jacob reagierte umgehend. »Immer raus damit, Ihre Vorschläge ablehnen oder zurechtstutzen kann ich immer noch, aber wir brauchen ja erst einmal eine Ausgangssituation.«

»Heute gab es eine Anprobe mit einer Frau Geheimrat, ich habe ihren Namen vergessen. Sie suchte ein festliches Kleid für einen musikalischen Empfang. Leider war sie nicht zufrieden, und wir konnten keine Alternative anbieten. Mein Vorschlag würde dahingehen, das Segment der Kleider breiter aufzufächern. Das Kleid für den Nachmittag, für den Besuch im Theater, für die Autofahrt, den musikalischen Empfang, den Wohltätigkeitsball – verstehen Sie? Es wäre gut, mehr anlassbezogene Kleider zu präsentieren.«

Jacob zögerte. Die Kunze! Anscheinend hatte sie einen Termin im Haus gehabt, der einmal mehr nicht nach ihren Wünschen gelaufen war. Sicherlich würde sie sich wie sonst bei Ludwig beschweren. Einen Nachlass aushandeln oder sich mit kleinen Präsenten entschädigen lassen. Manchmal widerte der Umgang mit Kunden ihn an. Und wenn eine kein Mitleid verdiente, dann dieses Weib. Kurz schob sich Helenes Gesicht, ihr feines Lächeln, in seine Gedanken, ganz so, als wollte sie ihn besänftigen. Es funktionierte.

Jacob konzentrierte sich wieder auf das Gespräch. »Was meinen Sie – sind die Räumlichkeiten in unserem Haus ausreichend für einen Modetee?«

»Ich denke, es muss, insbesondere am Anfang, keine ausufernde Präsentation sein. Ich würde die Auswahl der geladenen Damen gut überlegen und darauf setzen, über sie möglichst viele andere Frauen zu erreichen mit dem, was sie erzählen. Im besten Fall tragen sie die Kleider nach dem Modetee zur Schau – bei unterschiedlichen Anlässen. Ich würde es einfach gestalten.« Hallberg runzelte die Stirn und blickte in die Ferne, als versuchte er, ein Bild von dem Ereignis zu bekommen. »Mit vielleicht zwei bis drei Vorführdamen. Es wäre sinnvoll, wenn sie aus dem Hause Lichtenstein sind. Frauen, die sich in hoher Geschwindigkeit, vielleicht unterstützt von Näherinnen, im Nachbarzimmer, hinter Paravents oder wo auch immer umziehen. Die dann schlicht und ergreifend durch den Raum flanieren, während die Kleider und ihre Details erläutert werden. Keine Theaterinszenierung, nichts als attraktive Frauen in Kleidern, die für sich sprechen.«

»Sie wollen keine Vorführdamen engagieren, sondern welche im Haus finden?«

»Ja, heute bei der Anprobe war ein Ladenmädchen dabei, das ich durchaus für geeignet halte. Sie muss bei Frau Wagner arbeiten. Und ich bin mir sicher, wenn wir uns unter den Damen im Lichtenstein umschauen, werden wir noch weitere entdecken, wenn möglich mit unterschiedlichen Kleidergrößen. Gut wäre eine junge, schlanke Frau, recht zierlich und schmal, dann eine sportlichere, gern kräftig und biegsam, so eine mit hoher Körperspannung. Und einen weicheren Frauentyp, eher mütterlich, mit etwas mehr Gewicht hätte ich auch gern dabei. So können wir ein möglichst breites Publikum ansprechen.«

Es ist unglaublich, dachte Jacob, dieser Mann ist genau das, was ich gesucht habe. Er bringt alles mit, was ich nicht in meinen kühnsten Träumen zu hoffen gewagt hätte. Es scheint, als würde er meine Ideen erahnen und aussprechen. »Sie wollen die Kleider also jeweils in drei Größen fertigen und gleichzeitig laufen lassen?«

»Dazu müsste ich mir noch Gedanken machen. Vielleicht jeweils zwei Größen eines Kleides, aber ich weiß nicht, ob das nötig ist. Schließlich kann man darauf hinweisen, dass die Kleider in jeder Größe produzierbar sind.«

»Gut, da verlasse ich mich gern auf Ihre Ideen. Diese können Sie jederzeit mit mir besprechen, und ich werde alles Weitere im Haus klären«, sagte Jacob.

»Reden wir von Haute-Couture-Entwürfen oder Mittelgenre?«

»Na ja, wir bleiben erst einmal bei unseren Leisten. Aber wenn Sie es schaffen, französisches Flair, vielleicht sogar ein wenig Haute-Couture-Glanz in einzelne Entwürfe einfließen zu lassen, werde ich mich nicht dagegen sperren. Allerdings können wir nicht ausschließlich auf Haute Couture setzen, wir müssen im Auge behalten, wer unsere Kundinnen sind. Ich werde Ihnen so wenig wie möglich und so viel wie nötig reinreden. Die Auswahl der Vorführdamen übernehme ich, um ihnen gleich die Regeln mit auf den Weg zu geben.«

»Das Fräulein aus Frau Wagners Abteilung werden Sie aber dazu holen?«

»Ja, gern.«

Wieder schwiegen sie, aber dieses Mal war es ein zufriedenes Schweigen.

»Wann werden wir den ersten Modetee durchführen?«, fragte Hallberg nach einer Weile.

»Das ist eine gute Frage, eine sehr gute. Es sind bis dahin einige Vorbereitungen zu treffen. Ich werde Ihnen rechtzeitig Bescheid geben und möchte Sie bitten, sich vorerst nur an Ideen in Skizzenform zu versuchen. Die Abnahme der Entwürfe samt Materialfreigabe wird später erfolgen.«

Hallberg erhob sich, doch an der Tür wandte er sich noch einmal um. »Das Gespräch war sehr inspirierend. Vielen Dank für das Vertrauen, und irgendwie ist es gut, das zu wissen …«

»Was ist gut zu wissen? Dass ich Ihnen vertraue?«

»Ja, aber bisher wusste ich schlichtweg nicht, dass Sie ebenfalls in die kreativen Prozesse eingebunden sind.«

Ja, dachte Jacob, das ist auch mir neu.

Ella

Ein spielfreier Abend. Beschwingt eilte Ella die Straße entlang, tatsächlich konnte ihre Laune kaum besser sein. Es war kühl geworden, doch ihr neuer Mantel aus schwerem Samtstoff, mit weichem Pelzkragen verbrämt, wärmte wunderbar, was ihre Laune zusätzlich hob. Sie steuerte auf das Lichtenstein zu und überlegte für einen Moment, am Personaleingang auf Hedi zu warten. Da sie zu früh gekommen war, entschied sie, noch einmal durchs Kaufhaus zu schlendern. Neuerdings war es ihr möglich, sich Wünsche zu erfüllen, ohne vorher Wochen gespart zu haben. Es fiel ihr schwer, das Geld zusammenzuhalten, eine Eigenschaft, die sie mit Albert teilte. Sie arbeitete hart, auch wenn das bei einer Theaterschauspielerin niemand wahrhaben wollte, und genoss es, sich zu belohnen. Eine weitere Bluse oder einen Schal konnte sie durchaus noch vertragen, und ein Spaziergang durch die Galanteriewaren würde den Einkauf abrunden. Sie lächelte und lief erhobenen Hauptes ins Lichtenstein.

Der Geruch, das Licht, die Geräusche – sie liebte diesen Moment, ganz gleich, ob sie einen kleinen Laden oder eines der großen Warenhäuser betrat. Alles schien ihr entgegenzurufen: Willkommen, schau, welch Fülle wir bieten!

Hedi durfte keinen Besuch empfangen, aber Ella beschloss, ihr nicht als Freundin, sondern als Kundin gegenüberzutreten, die ihr Geld verjubeln wollte. Niemand würde bemerken, dass sie sich kannten, und so wollte sie von ihr beraten werden. Zielstrebig steuerte sie auf die Damenbekleidung zu, in deren Zentrum eine Schaufensterfigur stand, die einen roten Traum von einem Kleid zur Schau trug. Kurz war Ella in Versuchung, doch diese Ausgabe hätte vermutlich ihre Finanzen gesprengt. Sie sah sich um und entdeckte Hedi hinter einem Tresen. Die Freundin war in ein Gespräch mit einer Frau vertieft, der sie verschiedene Kragen vorführte. Enttäuscht kräuselte Ella die Lippen. Bis die beiden ein Ende fanden, wurde vermutlich schon der Ladenschluss eingeläutet.

Für einen Augenblick hob Hedi den Kopf und schaute sie flüchtig mit dem Blick an, mit dem freundliche Ladenmädchen Kundinnen wahrnahmen, die ihr Reich betraten. Dann stutzte sie, und ihre Augenbrauen zuckten in die Höhe. Es war nur ein Sekundenbruchteil, dann fand Hedi wieder in ihre Rolle zurück. Sie lächelte, nickte, alles ganz so, wie sie es vermutlich bei jeder anderen Kundin auch getan hätte. Überzeugend, befand Ella.

Eine Frau, ebenfalls in schwarzem Kleid mit Schürze, wandte sich ihr zu, taxierte sie und schien zufrieden, als sie die Qualität des Mantels und des Pelzkragens registrierte. Ein Lächeln breitete sich auf ihrem Gesicht aus. »Sie bekommen schon? Was kann ich denn für Sie tun, Gnädigste?«, fragte sie mit honigweicher Stimme.

So fühlte sich das also an, wenn man wohlhabend war oder zumindest dafür gehalten wurde. Wenn diese Frau wüsste, mit welchen Tricks sie so viel wie möglich an ihrer Kleidung sparte und wie wenig sie ihr Eigen nannte, würde das Lächeln umgehend verschwinden und der Ton sachlich werden. Vielleicht ein »Ja, bitte?«, nicht mehr. Ein Teil in Ella weidete sich an diesem Moment, ein anderer schrie empört auf. Kurz überlegte sie, in das »Ich bin eine wohlhabende Kundin, und du kannst dich an mir dumm und dämlich verdienen«-Spiel einzusteigen. Wie erhebend wäre es, das feuerrote Kleid aus Seidenkrepp zum Anprobieren zu ordern, es eigens von der Figur nehmen zu lassen. Es wäre wahrscheinlich der maximalste Aufwand so kurz vor Ladenschluss. Doch ein kurzer Blick zu Hedi ließen die Gier, hofiert zu werden, und die Wut darüber, dass dies nur an einem Samtmantel mit ein bisschen Pelz hing, zusammenfallen. »Ich bin mir nicht sicher, was ich suche«, sagte sie stattdessen. »Ich werde wiederkommen, wenn ich mehr Zeit habe. Sie schließen doch gleich, oder?«

Das Lächeln im Gesicht der Verkäuferin verschwand erwartungsgemäß. »Ja, in wenigen Minuten.«

»Gut, vielen Dank!« Ella ließ die Frau stehen und begab sich wieder auf die Straße.

Hier herrschte kurz vor Feierabend jede Menge Trubel, und der Lärm des Verkehrs war beeindruckend. Im gesamten Viertel war die Hauptzeit für das Abholen von Waren eingeläutet, die ausgeliefert werden mussten. Mit Kisten beladene Rollwagen reihten sich allerorten aneinander und versperrten immer wieder die Bürgersteige. Mehrere Hausdiener des Lichtenstein eilten an ihr vorbei zur Post, wo es abends stets ein Hauen und Stechen war, noch vor dem Schließen der Schalter die Pakete aufzugeben. Der Kräftigste von ihnen trug ein Tuch auf dem Rücken, in dem verschiedene Päckchen gestapelt waren. Eine Droschke, auf der sich große Lieferungen innerhalb Berlins türmten, fuhr an Ella vorbei. Zu gern hätte sie die eine oder andere Kiste geöffnet und hineingespäht.

Sie passierte das Gewühl und bog in die Hofeinfahrt ab, um vor dem Personaleingang auf Hedi zu warten. Vermutlich würde es einen Augenblick brauchen, bis die Freundin sich von ihrer letzten Kundin befreit und umgezogen hatte.

Doch dieser Abend gehörte ihnen.

Seitdem sie im Ring-Theater auf der Bühne stand und Hedi im Lichtenstein arbeitete, hatten sie einander kaum zu Gesicht bekommen. Selbst an dem Abend, an dem Hedi mit ihrer Mutter die Freibilletts in Anspruch genommen und die Theatervorstellung besucht hatte, war nur ein kurzer Wortwechsel möglich gewesen. Ausgerechnet an diesem Abend hatte Lefebre beschlossen, das Ensemble einzuladen – und in der Hoffnung, sich beim

Regisseur noch ein wenig lieb Kind zu machen, war Ella mitgetrottet.

Tatsächlich war der Abend weinselig gewesen, und Lefebre hatte bei dieser Gelegenheit den Erfolg seines Stückes nicht nur als Eigenleistung ausgegeben, vielmehr hatte er lobende Worte über seine Hauptdarsteller verloren. Auf Ellas Versuche, ihm zu entlocken, ob er sie erneut besetzen würde, war er allerdings nicht eingegangen. Dafür hatte er seine Hände umso öfter auf ihrem Oberschenkel abgelegt. So lange, bis Albert sie am Arm gepackt und nach Hause begleitet hatte. Nun, da war Ella sicher, würde es noch weniger Aussicht auf ein Anschlussengagement geben. Vielleicht war es besser, das Geld zusammenzuhalten? Doch der ihren Hals weich umspielende Pelzkragen löste die aufsteigende Unruhe in Wohlgefallen auf und ließ stattdessen ihre Finger über das Fell streichen. Noch stand sie in Lohn und Brot, noch war die Welt in Ordnung. Gedanken konnte sie sich machen, wenn es so weit war.

Kreischend fuhr die elektrische Bahn durch die Straße, und der Lärm verstärkte sich im Gewölbe der Durchfahrt. Für einen Moment war Ella versucht, die Hände auf die Ohren zu pressen. Angestrengt schloss sie die Augen, als würde dies eine Flucht nach innen ermöglichen. Als sie die Augen wieder öffnete, stand Hedi vor ihr. Ihr Lachen, dieses blitzgescheite Gesicht und die Arme, die sich um sie schlossen, erfüllten Ella mit einem kleinen Glücksgefühl. Gern hätte sie einen Augenblick so verharrt, aber Hedi schob sie lachend auf eine Armlänge von sich.

»Du traust dich ja was, du weißt, niemand darf mich besuchen!«, sagte sie.

»Deshalb war es gleich der doppelte Spaß! Es ist hübsch, dich zu sehen, hinter diesem gewaltigen Ladentisch, zwischen all den Kleidern, und die Ernsthaftigkeit zu erleben, mit der du dich deiner Arbeit widmest. Hat dich deine Mutter hier schon besucht?«

Ein Schatten huschte über Hedis Gesicht, und Ella zuckte

innerlich zusammen. »Na ja, dann bleibt ihr wenigstens der Anblick deiner Dienstkleidung erspart!«

»Was willst du damit sagen?«

»Sie steht dir ganz gut, aber diese Rüschenschürze, ich weiß nicht. Sie macht dich älter, und im Warenhaus Hertzog tragen die Damen jetzt dunkle Kleider, sehr elegant, mit weißem Kragen. Das ist flott, sage ich dir.«

Schmollend sah Hedi sie an. »Wenn du noch mal was mitgebracht haben willst, werde ich mich weigern. Da komme ich nach einem harten Tag endlich in den wohlverdienten Feierabend, und dann erwartet mich so etwas.«

»Was war los?«

»Wir hatten eine Anprobe mit einer Frau Geheimrat, das ist eine, die sich für was Besseres hält, und sie hat sich aufgeführt – es war beschämend. Thea, eine der Näherinnen, war dabei, das Kleid abzustecken, da ist sie ihr auf den Finger getreten.«

Ella zog die Augenbrauen in die Höhe. »Mit Absicht?«

»Mit voller Absicht! Aber bei der Anprobe«, mit einem Mal senkte Hedi die Stimme, »habe ich den neuen Konfektionär kennengelernt.«

»Und?« Noch nie hatte Ella die Freundin mit leuchtenden Augen von einem Mann reden hören. »Wie ist er? Wie sieht er aus?«

»Du, ich habe mir gerade überlegt, ich könnte Thea fragen, ob sie mitkommen will. Stört dich das?«

»Allerdings, und zwar so lange, bis du mir sagst, wie du den Kerl findest.«

Hedi grinste. »Gut, dann gehe ich jetzt hoch, ich bin gleich wieder bei dir.«

»Halt, wage es nicht, ich …«, rief Ella ihr lachend hinterher und spürte, wie die Aufregung auch sie ergriff.

Hedi

Los, nun komm schon«, sagte Hedi und zerrte Thea am Arm mit sich. Als sie den Hof betraten, hielt sie für einen Moment inne. Dort im faden Licht der Laterne stand Hannes Hallberg, vertieft ins Gespräch mit Ella. Ihr Blick war konzentriert auf ihn gerichtet, während er redete und mit den Händen gestikulierte.

Schön sahen sie miteinander aus.

Thea stolperte in Hedis Rücken, und Ella bemerkte sie. »Wir werden uns in Begleitung von Herrn Hallberg auf den Weg machen«, rief sie. »Er war gestern im Theater, dort hat er mich auf der Bühne gesehen und eben im Vorbeigehen wiedererkannt. Ist das nicht ein lustiger Zufall?«

Hedi rang sich ein Lächeln ab und spürte doch einen Stich im Herzen. Sie verehrte Ella und gönnte ihr alles Glück der Welt, umso abscheulicher fühlte sich ihre Verzweiflung an. Sie vermied es, Hannes anzublicken.

Doch der trat vor und reichte ihr die Hand. »Es freut mich, dass wir uns jetzt in Ruhe kennenlernen.«

Verwirrt ließ Hedi die Begrüßung über sich ergehen. Sie war unfähig, auf Ellas Vorstoß zu reagieren, nicht so förmlich zu schwätzen, schließlich würden sie nun die Berliner Nacht erobern. Und ehe Hedi sich versah, standen sie alle vor einer Droschke, die Ella, zur Straße voreilend, angehalten hatte.

»Also, ich möchte vielleicht doch nicht mitkommen, ich denke, ich …«, sagte Thea unvermittelt, während Ella bereits die Droschke bestieg.

»Das kommt nicht infrage! Der Abend geht auf mich. Wir haben den Tag überlebt, und darauf müssen wir anstoßen. Allesamt«, sagte Hannes energisch. »Also, wo wollen wir hin? Wie wäre es mit dem Weinhaus Kempinski, vorn an der Leipziger Straße?«

»Danke, aber dann komme ich nur kurz mit, abends kümmere ich mich immer noch um meine Geschwister und …«

»Nun komm schon, die Gören laufen dir nicht weg. Und dem Anliegen deines Chefs kannst du dich nicht entziehen.« Ella zwinkerte Thea zu und half ihr beim Einsteigen.

Hedi wurde warm ums Herz. Hannes war nicht nur freundlich, er war auch großzügig. Die kühle Abendluft war wohltuend, und obwohl sie auf die Straße schaute, meinte sie, Hannes' Blick auf sich zu spüren.

Als der Wagen vor dem Weinhaus hielt, wurde Hedi unsicher. War sie angemessen gekleidet? Noch nie war sie im Kempinski gewesen. Doch es blieb wenig Zeit, sich Gedanken zu machen, denn Hannes öffnete ihnen bereits die Tür.

Für einen Wochentag war es erstaunlich voll. Der Kellner kam ihnen entgegen und geleitete sie an einen Tisch im Burgensaal. Hedi stolperte fast über ihre eigenen Füße, weil sie nicht wusste, wo sie zuerst hinsehen sollte. Der Saal war riesig, eine Gewölbedecke spannte sich über den Raum, und die Lampen warfen stimmungsvolles Licht. Die Wände waren mit Landschaftsmalereien verziert, in deren Mitte jeweils eine Burg thronte. Zu den weiß eingedeckten Tischen bildeten dunkle Holzstühle mit ledernen Bezügen einen geschmackvollen Kontrast. Unter ihren Fingern ertastete Hedi, während sie den Stuhl zurückzog, drei ins Leder der Rückenlehne gestanzte Kreise, die ineinander verschlungen waren.

Hannes bestellte, kaum dass seine Gäste Platz genommen hatten, zwei Flaschen Rotwein und schenkte jedem ein Glas ein. »Herr Ober«, wandte er sich wieder dem Kellner zu, »wir würden gerne noch essen.«

Hedis Magen knurrte. »Nein, danke!«, sagte sie, und auch Thea schüttelte den Kopf.

»Keine falsche Bescheidenheit, ich bin sicher, ihr seid heute zur Mittagspause nicht aus dem Haus gekommen. Bitte wählt etwas aus, macht mir die Freude.«

Hedi entschied sich für eine Suppe, Ella orderte Eisfrüchte mit Schaumwein, und Thea zögerte, bis Hannes sie von einem Fischgericht überzeugte, das er empfehlen konnte.

»So, was war denn heute bei euch los?«, fragte Ella, nachdem der Ober verschwunden war. Mit verschwörerischem Blick beugte sie sich vor. »Was geht im Lichtenstein vor? Ihr seht erschöpft aus. Hattet ihr heute alle mit Frau Geheimrat zu tun?«

Hannes begann, vom Tag zu erzählen, und Hedi lehnte sich zurück. Genoss den ersten Schluck Rotwein und sah sich noch einmal im Saal um. Lachende Gesichter, angeregte Gespräche, glänzende Gläser, blinkendes Besteck, Kellner, die hin und her eilten. Die Zeit begann an ihr vorbeizurauschen.

Nach dem Essen verschwand Thea, um sich zu erfrischen. Hannes nutzte die Gelegenheit und setzte sich auf den Stuhl neben Hedi. Er war ihr so nah, sie konnte sein Haarwasser riechen.

Ella wühlte in ihrer Handtasche herum, faltete einen Zettel auseinander und schien damit befasst, ihn zu lesen. Sehr lange zu lesen.

»Mit dir wollte ich gern noch einmal sprechen«, sagte Hannes mit gedämpfter Stimme. »Es ist noch nicht spruchreif, aber ich habe heute mit Jacob Lichtenstein angedacht, dass du Vorführdame wirst.«

Hedi verschluckte sich und hustete in die Serviette. »Wie bitte?« Sie spürte, wie sehr der Alkohol inzwischen ihre Wangen zum Glühen brachte.

»Nur wenn du willst natürlich.«

»Nein, also – ja, selbstverständlich möchte ich das! Aber wem soll ich was vorführen?«

»Wir planen, und das muss bitte erst einmal bei dir bleiben, einen Modetee. Eine bescheidene Version im Vergleich zu denen, die in den großen Warenhäusern laufen. Aber auch wir möchten unsere Modelle den Kundinnen direkter vorstellen. Dafür brauchen wir drei Frauen aus dem Haus, die diese Aufgabe übernehmen. Ich habe dich vorgeschlagen, und Herr Lichtenstein war einverstanden.«

Hedi spürte einen Kloß im Hals und sah hilflos zu Ella hinüber. »Ich weiß gar nicht, was ich sagen soll«, würgte sie hervor.

Lächelnd nahm Ella den Blick vom Zettel. »Einfach mal danke, zum Beispiel?«

»Ja, wirklich, vielen Dank!« Verlegen faltete Hedi nun ihre Serviette, damit die Rotweinflecken nicht auf den ersten Blick zu erkennen waren, und legte sie auf den Tisch. »Aber wäre es nicht schön, auch Ella ans Haus zu holen?« Endlich schaffte sie es, den Blick von der Serviette zu nehmen.

»Wie meinst du das?«, fragte Hannes und goss Hedi Wein nach.

»Moment«, fuhr Ella dazwischen. »Hier geht es jetzt um dich, Hedi! Lenk nicht ab!«

»Nein, ich meine das ernst. Das machen andere Warenhäuser doch auch. Sie verpflichten Schauspielerinnen und statten sie aus. Mit Kleidung. Das wäre doch gut für dich. Dann müssten wir nicht in nächtlichen Aktionen an deinen Kostümen herumnähen. Du hättest vornehme Kleidung, richtig schöne, und du könntest viel Geld sparen.«

»Müssen Schauspieler immer noch ihre Kleider selbst zahlen?« Verwundert blickte Hannes zu Ella. »Ich dachte, das wäre inzwischen gesetzlich geregelt.«

»Gesetz hin oder her. Einige Theater versuchen schon eine Weile, den Schauspielerinnen und Schauspielern bessere Bedingungen zu bieten, inklusive Kostüm, andere interessiert es nicht und wird es auch künftig nicht so schnell. Ganz gleich, was Gesetze vorschreiben. Manche geben uns olle verlauste Kostüme, die weder zur Rolle noch in der Größe passen. Aber lassen wir das, wenn ich erst einmal mit dem Thema anfange, höre ich nicht so schnell wieder auf. Und ich will uns nicht den Abend verderben.«

»So abwegig finde ich den Gedanken von Hedi nicht. Es würde zu den Plänen, die wir haben, durchaus passen. Was würdest du denn von so einer Zusammenarbeit halten?«

Hedi lehnte sich zurück. Wie schön es klang, wenn er ihren Namen aussprach. Versonnen schaute sie Ella an. Auf deren Antwort war sie nun gespannt …

Jacob

Still war es geworden, im Haus und auf der Straße. Die Dunkelheit hatte sich herabgesenkt, und jetzt, gegen neun Uhr, lag das Konfektionsviertel wie ausgestorben da.

So als hätte der Trubel des Tages sich nicht zugetragen. Die Droschken waren verschwunden, die Angestellten nach Hause geeilt oder ins Nachtleben abgetaucht. In die Friedrichstraße, an den Leipziger Platz oder den Ku'damm. Hier gab es nur noch Durchgangsverkehr, wenn überhaupt.

Jacob schlug die Kladde zu und schob sie beiseite. Um halb zehn hatte seine Mutter zum Essen geladen. Sie legte Wert darauf, die Familie zumindest zum Abendessen zu empfangen. Treffen, die dem Zusammenhalt dienen sollten und meist doch nur genutzt wurden, um übers Geschäft zu sprechen.

Als er die obere Etage betrat, roch er sofort den Bratenduft. Mit einem Mal spürte er, wie wenig er am Tage gegessen hatte. Er begab sich in den Salon und nahm am Tisch Platz. Käthe, das Dienstmädchen, erschien, um ihm ein Glas Weißwein einzugießen, und seine Mutter kam strahlend auf ihn zu. »Jacob, mein Guter«, sagte sie, während sie ihn umarmte, als wäre er noch ein Schuljunge, »du siehst müde aus. Aber es ist schön, dass du dich hast freimachen können. In den letzten Tagen warst du immer so spät auf deinem Zimmer, da habe ich bereits geruht.«

Ja, und ihn morgens, direkt nach dem Aufstehen anzutreffen, darin waren alle chancenlos, dachte Jacob und bemühte sich um ein Lächeln.

»Dann kann ich gleich von meinem Ausflug nach Charlottenburg erzählen. Ich war heute mit meinen Freundinnen dort unterwegs – es war so anregend.«

Der Vater und Ludwig betraten das Zimmer, und noch bevor der Vater sich gesetzt hatte, griff er die Worte auf. »Wer war in Charlottenburg? Was war anregend?«

»Also wir, Lisbeth, Martha und ich, sind vom Wittenbergplatz ausgehend den Tauentzien und dann den Ku'damm entlangspaziert.«

»Wie seid ihr denn dahingekommen?«

»Mit der Centralbahn.«

»Bitte was?«

»Ja, vom Alexanderplatz ist es doch seit Juli möglich, direkt nach Charlottenburg zu fahren, mit der Untergrundbahn. Das wollten wir selbst mal erleben.«

»Das überrascht mich, das nächste Mal würde ich gern erfahren, wenn du …«

»Friedrich!« Marianne lachte hell auf. »Ich habe dir Bescheid gesagt! Nun lass mich berichten. Also, ich muss schon sagen: Das KaDeWe ist beeindruckend, immer wieder, auch wenn ich diese schlichte Außenfassade weiterhin ein wenig düster finde. Da gefällt mir das Haus von Tietz mit seiner Opulenz besser, die riesigen Fassadenfiguren, die großflächige Fensterfront. Aber eines kann das KaDeWe besser: die Gestaltung der Schaufenster!«

Jacob seufzte innerlich auf. Die Schaufenstergestaltung war ein Steckenpferd seiner Mutter. Sie war nicht davon abzubringen, dass der Wert eines Schaufensters sich nach der Traube der Menschen bemessen ließ, die sich vor ihm sammelten. Marianne bevorzugte technische Spielereien und vertraute nicht darauf, dass vor allem Kleidung aus sich heraus wirkte. Meist stimmte der Vater ihr zu, während Ludwig zu diesem Thema meinungslos blieb.

»Vielleicht sollten wir doch noch mal nach einem Schaufensterdekorateur Ausschau halten, einem, der vielleicht schon Bühnenbilder am Theater gebaut hat? Was denkt ihr?«, fragte die Mutter, während der Vater, einem Zeremoniell gleich, den Braten anschnitt. Erst dann durfte Käthe wieder an den Tisch herantreten, um die Bratenscheiben auf den Tellern zu verteilen.

»Ich weiß nicht«, sagte Ludwig, »wir haben doch jetzt eine bessere Beleuchtung, man sieht die Schaufenster schon von Weitem. Das muss reichen.«

»Es geht doch nicht um Licht, es geht um Gestaltung. Ihr solltet mal wieder nach Charlottenburg fahren«, erwiderte die Mutter kopfschüttelnd, »ihr solltet euch das anschauen!«

»Was wolltet ihr eigentlich in Charlottenburg?«, fragte Jacob. Dieser Vorort mit seinem Prachtboulevard gewann rasend schnell an Bedeutung. Was war, wenn es die Damenwelt Marianne gleichtat und es modern wurde, nur noch dort entlangzuflanieren? Was würde werden, wenn der Ku'damm der Leipziger Straße den Rang ablief? Würde sich das Konfektionsviertel samt allen zuliefernden Geschäften auf lange Sicht um den Hausvogteiplatz halten, oder würden nach und nach die Produktionsstätten in den Westen verlagert?

»Wir haben das Aquarium besucht, seit August ist es ja eröffnet. Ein prächtiger Bau und erst die Ausstellung, mich schauderte es in einer Tour.« Seine Mutter schüttelte sich und lachte.

»Gut, Liebes, bevor du uns den Appetit mit Insektenbeschreibungen verdirbst, lass uns bitte mit dem Essen anfangen«, gebot der Vater.

Sogar das Aquarium ist jetzt von Unter den Linden nach Charlottenburg gezogen, dachte Jacob und verzog das Gesicht. »Warum man zwei Jahre für die Bauarbeiten brauchte, ist mir aber nicht klar«, sagte er.

»Ach, zwei Jahre … Ein gutes Stichwort. Gestern war eine Sitzung des Verbandes deutscher Waren- und Kaufhäuser«, ergriff Ludwig wieder das Wort. »Wir haben erneut über das Thema Versicherungen gesprochen.«

Ein Hustenanfall des Vaters unterbrach ihn. Hastig trank Friedrich mehrere Schlucke, hielt sich die Serviette vor den Mund und entschuldigte sich mit tränenden Augen.

Ludwig nickte und ließ das Besteck sinken. »Wo war ich stehen geblieben?«

»Bei den Versicherungen. Möchtest du noch Kartoffeln?«, warf die Mutter ein.

Auf Ludwigs Stirn bildeten sich Falten, es war ihm anzusehen, wie sehr es ihn anstrengte, sich zu konzentrieren. Er wandte sich nun direkt an Jacob. »Aktuell befassen wir uns mit den klassischen Versicherungen wie Haftpflicht, Feuer, Unfall, Einbruchdiebstahl und natürlich Glasbruch. Jacob, du warst doch mit diesem Dillinger in der Schule, oder?«

»Ja, warum?«

»Sein Vater ist Inhaber unserer Versicherung.«

Vor seinem inneren Auge sah Jacob den Dillinger-Sohn, nicht einmal an dessen Vornamen konnte er sich erinnern. Umso genauer erinnerte er sich daran, wie wenig er ihn hatte leiden können. »Kann sein.«

»Nein, nicht: ›Kann sein‹. Dillinger Junior ist auf dem Sprung, die Geschäfte zu übernehmen.«

»Wunderbar! Da freut er sich bestimmt.«

»Gestern im Verband ging es darum«, fuhr Ludwig, unbeeindruckt vom deutlich zur Schau getragenen Desinteresse, fort, »dass die Versicherungsprämien zu hoch sind. Nicht nur für uns, auch für die anderen Warenhäuser, selbst Oscar Tietz hat sich eindeutig dazu geäußert. Wir möchten dazu Verhandlungen mit den Versicherungen aufnehmen, und ich habe gedacht, da könntest du doch schon mal einen Vorstoß wagen und dich für uns ins Zeug werfen. Hast du noch Kontakt zu diesem Dillinger?«

»Natürlich nicht, er war ein Ekel.«

»Es geht nicht darum, wer dir sympathisch ist oder ob du mit ihm in Kindheitstagen befreundet warst. Es geht um unser Haus und unsere Einnahmen, besser gesagt, um unsere Ausgaben. Ich finde, dafür könntest du dich durchaus mal verwenden.«

»Das finde ich auch, Jacob. Das ist eine gute Idee«, schaltete sich der Vater in das Gespräch ein. »Vereinbare einen Termin mit ihm, ihr könnt irgendwo frühstücken gehen, und dann kannst du ihm auf den Zahn fühlen.«

»Ich werde mich darum kümmern.« Jacob merkte selbst, wie wenig überzeugend er klang.

»Ach, um Himmels willen«, fuhr die Mutter dazwischen. »Was habe ich gehört? Frau Geheimrat Kunze war im Haus, und die Anprobe verlief schwierig?« Sie lachte schadenfroh.

»Ja, wir haben einen neuen Konfektionär, der sich mehr für Pariser Mode mit ihrem Firlefanz interessiert als für alles andere«, erwiderte Ludwig verächtlich. »Er meint, er wüsste, was Berliner Frauen wünschen. Das haben wir heute gesehen.«

»Warst du dabei?«, fragte Jacob bemüht, möglichst unbeteiligt zu klingen.

»Nein, aber Frau Geheimrat hat mich informiert.«

»Der Termin, an dem dieses Kleid bestellt und Maß genommen wurde, fand meines Wissens noch unter der Ägide des Vorgängers, Konfektionär Meier, statt, oder irre ich mich?« Jacob schwenkte sein Glas und beobachtete die schlingernden Bewegungen des goldgelb glänzenden Weins.

Ludwigs zunehmende Verärgerung hing spürbar im Raum. »Selbst wenn der Meier noch damit angefangen hat, dann muss man sagen, dass der Heil… dieser Hallberg anscheinend nicht erkannt hat, dass das Kleid nicht geschmackvoll war.«

»Woher soll ein neuer Konfektionär den Geschmack unserer Kunden kennen?«

»Mein Gott, nun hör doch mal auf! Das Kleid saß nicht! Was hast du eigentlich heute mit ihm besprochen? Er war doch bei dir.«

Es war erstaunlich, dachte Jacob. Ludwig war die meiste Zeit des Tages außer Haus gewesen und hatte trotzdem Wind von seinem Treffen mit Hallberg bekommen. Von nun an, das wusste er, bewegte er sich auf glattem Parkett. Er hatte, und das war unstrittig, in den Hoheitsbereich seines Bruders eingegriffen, Verabredungen getroffen, deren Durchsetzung er nicht garantieren konnte. Um Zeit zu schinden, nahm er einen Schluck Wein. »Ja, wir haben heute zusammengesessen«, begann er bemüht gelangweilt. »Der junge Mann hat ein neues Plätteisen bestellt.«

»Ich habe die Order bereits freigegeben«, fügte der Vater hinzu, während er Käthe ein Zeichen gab, sie möge die Nachspeise servieren.

»Da wendet er sich an dich. Bei mir traut er sich das nicht. Der kann bestellen, was er will, ich bin der Meinung, wir setzen ihn baldmöglichst vor die Tür.«

»Warum?«

»Ich sagte doch, schon allein dieser Firlefanz aus Paris, dieses ganze Geschwätz, was Frauen wollen. Das will doch niemand hören.«

»Mach dir nichts vor, die Modebranche wird von rund dreißig Häusern geprägt, die alle in Paris sitzen. Und ich bin der Meinung, der französische Flair ist genau das, was Frauen wollen. Wir können von Paris lernen.«

»Ach, sind wir jetzt Lehrlinge der Franzosen? Was willst du denn von ihnen lernen?«

»Haute Couture wird weltweit verkauft. Und Deutschland, in allererster Linie aber Berlin wird immer mehr zum Zentrum der Konfektion, der Export steigt beständig. Hier liegt unsere Zukunft. Wir müssen das, was die Franzosen gut machen – vor allem im Hinblick auf Entwürfe und Vertrieb –, auf die Konfektion übertragen.«

»Du solltest Politiker werden.« Ludwig lehnte sich zurück, damit Käthe das Dessertschälchen mit den eingelegten Kirschen vor ihm abstellen konnte.

»Wenn Hallberg in der Lage wäre, Ideen aus Paris aufzugreifen, um sie aufs Mittelgenre zu übertragen – und das noch in guter Qualität und zu soliden Preisen –, dann fände ich das begrüßenswert. Niemand redet von plumpen Kopien und Plagiaten, es geht darum, den Trend, die Strömung zu erkennen, sie weiterzuentwickeln und ihr eine eigene Handschrift zu verleihen. Vielleicht könnte er sogar einige Ideen mit kostengünstigen Stoffen für das Stapelgenre realisieren. Wir würden alle Frauen ansprechen, selbst jene, die weniger Geld haben.«

»Du willst ins Pommes-Geschäft einsteigen? Ohne mich!«

»Ludwig!«, fuhr Marianne dazwischen, und kurz zuckte er zusammen. »Ich kann es nicht leiden, wenn du dich derartig herablassend äußerst. Auch Frauen ohne Geld müssen sich kleiden, und eine geschmackliche Erziehung wäre an der einen oder anderen Stelle angebracht. Das finde ich wichtig, und deshalb verbitte ich mir derartige Abwertungen. Hier von Kartoffelstäbchen zu reden – ich wünsche das nicht mehr zu hören.«

»Entschuldige bitte.« Ludwig lehnte sich vor, und sein Blick offenbarte, wie ernst es ihm war. Vermutlich war die Mutter, noch vor dem Vater, der einzige Mensch, der ihn in seine Schranken weisen durfte.

Sie lächelte ihn versöhnlich an. »Ich weiß, du meinst das nicht so.«

»Und du hast recht, diesen erzieherischen Auftrag sollte ich ernster nehmen.«

»Da bin ich bei Ludwig«, sagte Friedrich nun. »Wir haben unser Kerngeschäft: gute Qualität für einen recht genau definierten Kundenkreis, eben Mode für Berliner Frauen, vor Ort hergestellt.«

»Fünfundachtzig Prozent der Kundschaft sind Frauen. Warum sollen wir diese nicht abholen? Warum sollen wir unser Sortiment nur auf einen bestimmten Kundenkreis konzentrieren?«, entgegnete Jacob.

Interessiert sah der Vater von seiner Nachspeise auf. »Fünfundachtzig Prozent? Das ist allerdings eine Hausnummer.« Nachdenklich schob er sich eine der Kirschen in den Mund.

»Exakt! Und aus diesem Grund habe ich mir überlegt, mich auf neues Terrain zu wagen.« Kurz hielt Jacob die Luft an und ließ seinen Blick scheinbar entspannt durchs Zimmer schweifen.

»Ach, was hast du denn vor?« Seine Mutter schob den Kerzenleuchter, der mittig auf dem Tisch stand, beiseite, um ihn besser anblicken zu können.

»Ja, was meinst du mit ›Terrain‹?«

»Ludwig, nun warte doch erst einmal ab, was Jacob sich ausgedacht hat.« Die Mutter wedelte mit der Hand in der Luft herum, als wollte sie den Argwohn des Sohnes einer Fliege gleich verscheuchen.

»Ich habe mich gefragt, ob es nicht von Vorteil wäre, wenn auch wir in unserem Haus einen Modetee veranstalten.«

Schweigend starrten ihn die Eltern und Ludwig an. Nur das Ticken der französischen Uhr auf dem Kaminsims war zu vernehmen.

Marianne reagierte zuerst. »Du meinst, wir sollten unsere Kleidung an lebenden Modellen zeigen?«

»Exakt das meine ich.«

»Also wie eine Modenschau, nur in kleinerem Rahmen?«

Jacob nickte.

»Ja, wunderbar!«, rief sie aus. »Ich sage es doch, Ludwig, hin und wieder lohnt es sich, einfach abzuwarten. Was für eine hübsche Idee!«

»Sie ist nicht nur hübsch, wir könnten mit einer ausgewählten Kundschaft beginnen und – sollten wir Erfolg haben – die Veranstaltungen allmählich vergrößern. Dies würde vermutlich unsere Umsätze erheblich steigern.«

»Das ist der Teil, den ich gern höre«, sagte der Vater lächelnd. »Ein Wohlklang in meinen Ohren.«

»Ja, aber damit wendest du dich doch wieder nur an ein kaufkräftiges Publikum.« Ludwig klang irritiert.

»Sicherlich, zumindest zuerst. Wenn wir es jedoch schaffen, Kleidung zu produzieren, die eindeutig dem Lichtenstein zuzuordnen ist, dann müssen wir diese, nur leicht variiert, bezahlbar anbieten. Wir gewinnen die wohlhabenden Frauen beim Modetee, und diese begeistern für uns auf der Straße neue Kundinnen. Zwei Fliegen mit einer Klappe.«

»Wozu haben wir eigentlich die Arbeit aufgeteilt? Damit du mir jetzt in meine hineinpfuschst?«

»Das ist doch egal, Ludwig. Es ist eine gute Idee! Eine wirklich gute Idee«, sagte die Mutter, abermals mit energischem Unterton. »Du hattest auch schon Ideen, bei denen niemand gefragt hat, ob sie jetzt in deinen Bereich fallen oder nicht.« Ihre Augen funkelten vor Freude. »Ich könnte meine Freundinnen einladen. Und wir werden Soda Fontaine kredenzen, danach sind gerade alle verrückt. Vielleicht lassen wir sogar Musiker spielen, bei Tietz und Wertheim haben sie wohl schon ganze Orchester für den einen oder anderen Modetee engagiert. Ich sehe das schon vor mir …«

»Ich höre dich heute nur über die Konkurrenz reden.«

Für einen Moment schien Marianne sprachlos, dann lächelte sie über den Angriff ihres Sohnes hinweg. »Das kann sein, aber wir müssen die Konkurrenz im Auge behalten. Deshalb sollten wir über die Idee nachdenken.«

Jacob sah auf das Gemälde an der Wand, das seinen Großvater zeigte, und bemühte sich, ein Lachen zu unterdrücken. Er hatte mit allem gerechnet, aber nicht damit, in der Mutter eine Unterstützerin seiner Pläne zu finden. Doch es spielte ihm in die Karten.

»Vater, wie siehst du das? Bist du mit meiner Arbeit nicht zufrieden? Wenn du Änderungen gewollt hättest, wären sie schon längst eingeführt, oder?«

»Mein Gott, ihr zwei«, schaltete sich Friedrich wieder ein. »Ich finde, ihr solltet euch nicht immer streiten. In unserem Familienunternehmen gibt es selbstverständlich Aufteilungen, trotzdem müssen wir auch über unsere Aufgaben hinaus zusammenarbeiten. Einen Versuch wäre es doch wert.«

Ludwig tupfte sich den Mund mit der Serviette ab. »Selbstverständlich, dann machen wir das«, sagte er und erhob sich. »Ich muss jetzt leider aufbrechen. Vielen Dank für den schönen Abend.«

Der Vater nickte. »Ja, wenn es nicht funktioniert, also nicht den gewünschten Erfolg hat, lassen wir es wieder sein. Lasst uns einen Versuch wagen, und warten wir die Zahlen ab.«

Nach einer flüchtigen Verabschiedung verschwand Ludwig.

Nachdenklich sah die Mutter ihm nach. »Er ist jetzt wütend.«

Der Vater winkte ab. »Das macht nichts, Marianne, das wird schon wieder.«

Hedi

Ich glaube, wir brauchen bald Kohlen.« Missmutig zog Hilde den Umhang enger um die Schultern, als sie die Küche betrat. »Der Oktober ist schon so frisch dieses Jahr. Da mag ich gar nicht dran denken, wie kalt es bald wieder im Treppenhaus und auf der Toilette wird.«

Hedi nickte und summte vor sich hin.

»Du bist ja guter Laune heute Morgen.«

»Das bin ich.«

»Die Arbeit scheint dir Freude zu machen.«

»Die Arbeit ist wundervoll.« Hedi goss der Mutter und sich jeweils eine Tasse Tee ein.

»Gestern Abend kamst du sehr spät.«

»Du wirst es nicht glauben, aber wir waren noch in der Weinstube vom Kempinski.«

»Du warst in der Weinstube? Mit wem? Die ist doch so teuer!«

»Mit Ella, einer Kollegin und einem Kollegen.«

»Ein Kollege? Heute muss ich dir aber auch alles aus der Nase ziehen.«

Hedi spürte, wie sich ihre Wangen röteten. »Ja, der Konfektionär, Maman. Er ist nett, er hat uns eingeladen. Aber was ich dir eigentlich erzählen wollte: Ich bin gestern zur Vorführdame ernannt worden.«

»Wie? Du bist jetzt Probiermamsell?«

»Hör auf, das klingt schrecklich altmodisch. Und ja: Ich werde Kleider vorführen, du weißt schon, wie bei einem Modetee oder so. Aber du darfst das noch niemandem erzählen, vor allem nicht Marianne.«

»Einen Moment bitte! Das geht mir jetzt alles zu schnell. Du wirst Kleider vorführen, vielleicht bei einem Modetee, das habe ich verstanden, aber warum darf ich es niemandem erzählen? Und warum darf ich die Gnädigste nicht darauf ansprechen?«

»Gut, der Reihe nach: Hannes Hallberg würde gern …«

»Entschuldige, wer ist Hannes Hallberg?«

»Na, der neue Konfektionär.«

»Ach, das ist derselbe Konfektionär wie der aus der Weinstube, der nur nett ist?«

Hedi lachte. »Ja, es ist derselbe.«

»Na, da muss ich wohl doch mal im Lichtenstein vorbeischauen.«

»Das wäre schön.«

»Soll das ein Vorwurf sein? Ich habe es noch nicht geschafft, ich habe immer …«

»Maman, das war kein Vorwurf, ganz im Gegenteil! Nun lass mich doch bitte mal erzählen. Also, er würde gern Kleider präsentieren, und …«

»Wie sieht er denn aus?«

»Wer?«

»Der Konfektionär.«

»Gut. Wir werden die Kleidung vermutlich im Salon zeigen …«

»Ist er dabei?«

»Sicher, und es werden noch andere Frauen dabei sein. Vermutlich sind wir drei Vorführdamen.«

»Ja, aha. Stell dich mal hin.«

Unwillig schob Hedi den Stuhl zurück und stand auf. Die Mutter beugte sich über den Tisch, schob den Morgenmantel beiseite und kniff ihr in die Hüfte. »Ein wenig zunehmen solltest du noch, ein bisschen dürre bist du über die ganze Arbeit geworden. Dann hat er«, sie lächelte, »ein wenig mehr anzuschauen.«

»Er will mich nicht anschauen, er will …«

»Vielleicht ist diese Modemädchensache ja eine Gelegenheit, einen Mann für dich zu finden. Zeit wird es. Das Arbeiten, diese Selbstständigkeit, das macht so maskulin. Dich auch.« Wieder kniff sie ihr in die Hüfte. »Hier, das siehst du doch selbst.«

»Ich bin kein Modemädchen, ich bin nicht maskulin, und das ist kein Heiratsmarkt, ich …«

»Ach, nun führ dich nicht so auf. Jeder weiß um die sittlichen Gefahren, die lauern, wenn Frauen mit Männern arbeiten. Es gibt Fabriken, da stellen sie Aufseherinnen in die Bereiche, in denen die Frauen tätig sind. Damit die Arbeiterinnen sich an ihresgleichen wenden können. Ich weiß doch Bescheid. Wie die Kerle vor den Türen eines Kaufhauses lauern, wenn es Feierabend wird. Am schlimmsten sind aber die Chefs! Nicht nur die Inhaber, auch all die anderen Herren, die in so einem Haus arbeiten.« Hilde nahm einen Schluck Tee und verbrannte sich die Zunge. Wütend hechelte sie nach Luft. »Au, jetzt auch noch das!«

Hedi zuckte zurück. »Maman, der Konfektionär hat Verantwortung, aber er ist einer von den Guten. Und er hat dunkle Haare.«

»Ich mag dunkle Haare.«

»Und er ist groß, sehr schlank.«

»Das klingt gut. Wie alt ist er?«

»Anfang zwanzig, denke ich.«

»Sehr gut, so jung und schon Verantwortung.« Hildes Gesichtszüge entspannten sich ein wenig. »Dann streng dich mal an. Vielleicht ist das alles ja doch zu irgendetwas gut. Und ich hoffe, Marianne Lichtenstein passt auf euch auf. Das Haus ist sehr familiär, nicht eine dieser durchorganisierten Maschinerien, in denen ihr nur beliebige Rädchen seid. Ich weiß, sie würde unsittliches Verhalten nie dulden.«

»Nein, Maman, das würde sie niemals! Und auch keiner der Herren Lichtenstein.«

»Grüß die Gnädigste doch bitte von mir, wenn du sie siehst.«

»Sehr gern.« Hedi trank einen Schluck Tee und verschwieg, dass sie Marianne Lichtenstein nicht erkennen würde, weil sie ihr noch nie begegnet war.

Thea

Der Regen schlug ihr ins Gesicht und rann, trotz des hochgeschlagenen Mantelkragens, den Nacken hinunter. Am schlimmsten war jedoch das Loch in der Schuhsohle, der rechte Fuß war inzwischen komplett nass. In der Pause würde sie zum Schuster laufen müssen, womit sie wieder zwei Mark weniger hatte. Eine Ausgabe, die so unnötig war wie ein Kropf, aber immerhin die Anschaffung neuer Schuhe vermied. Sollte das zerlatschte Ding nicht mehr zu retten sein, würde sie schauen, ob sie gebraucht ein neues Paar kaufen konnte. Es ging auf den Winter zu. Sie musste Kohle liefern lassen und Lenchen einen neuen Umhang für die kalten Tage nähen. Obwohl die Schwester mager blieb, war sie im Sommer in die Länge geschossen. Zu allem Übel hatte die Kleine am Morgen mehrfach geniest, es schien, als würde sie eine Erkältung ausbrüten. Sie hatte in der Frühe nach einer Ananas gebettelt, die es gerade bei Wertheim in der Lebensmittelabteilung gab. Selbst Thea lief das Wasser im Mund zusammen, wenn sie nur daran dachte. Aber für ein Pfund dieser Leckerei zahlte sie siebzig Pfennige. Geduldig hatte sie Lenchen erklärt, dass es dafür einen Camembert, Quark, einen Kieler Schleibückling, den der Vater so mochte, ein Pfund Äpfel, einen Weiß- und einen Blumenkohl und obendrauf noch eine holländische Gurke gab. Überzeugt hatte das die Kleine nicht.

Auch sie selbst fühlte sich müde. Sehr müde. War es eine Erkältung oder vielleicht die kurze Nacht? Die Mutter hatte geschnarcht, der Vater mit einer Flasche Bier stundenlang im Dunkeln am Küchentisch gesessen. Sie hatte sein Weinen gehört und nicht gewagt, aufzustehen. Jeden Versuch des Trostes hätte er barsch abgewiesen, sich vielmehr ertappt gefühlt, sich seinen Gefühlen hinzugeben.

Thea bog in den Hof und spürte ihre schmerzenden Schultern. Sie passierte den Personaleingang, und ihr Blick fiel auf die Wände, die mit wilden Kritzeleien beschmiert waren, als wollten sie die fehlende Tapete ersetzen. Es erstaunte sie immer wieder, dass Kolleginnen und Kollegen aus dem Haus den Mut hatten, hier mit dem Stift Figuren zu malen oder Anzüglichkeiten zu hinterlassen. Im Vorbeigehen nahm sie einige der alten Zeitungen vom Stapel. Sie brauchten wieder Papier für die eigenen Hinterlassenschaften, vor allem Gerd nutzte die Seiten meist sehr großzügig für seinen kleinen Hintern. Gut, dass die Herren Lichtenstein so viel lasen. Während sie die Treppe hinauflief und die Zeitungen in die Tiefen ihrer Tasche stopfte, hörte sie schon Ludwig brüllen. Sie begann zu frösteln, der Finger, auf den Frau Geheimrat getreten war, schmerzte.

Die meisten Näherinnen saßen bereits an ihren Maschinen. Hastig sah Thea zur Uhr auf: Sie war geradeso pünktlich erschienen. Der Junior war in seinem Kontor, wie sein Brüllen verriet: »Die Bestellung haben Sie also über meinen Bruder aufgegeben, anstatt sich an mich zu wenden?«

Die Antwort des Konfektionärs war nicht zu verstehen, obwohl keine der Frauen die Nähmaschine bediente. Allesamt lauschten sie aufmerksam.

Cilly, ein dürres Mädchen, das selten sprach, um ihre beeindruckend schief stehenden Zähne zu verbergen, drehte sich zu Thea um. »So geht das schon zehn Minuten, ich befürchte, der Hallberg wird uns bald verlassen.« Nervös zupfte sie an ihrer Lippe herum.

»Nein, das glaube ich nicht.«

»Der bekommt doch beim Junior kein Bein auf den Boden.

Neulich hat er ihm seinen Entwurf zerfetzt, heute bekommt er einen drauf, weil er die Bestellung nicht bei ihm aufgegeben hat.«

»Trotzdem glaube ich es nicht.«

»Woher willst du das denn wissen?«

»Ach, das ist nur so ein Gefühl.«

Das Gebrüll schwoll an. »Und wenn Sie der Meinung sind, Sie müssen hier jetzt französischen Firlefanz etablieren, dann kann ich Ihnen nur viel Glück wünschen. Wenn es diesen Modetee geben wird, entscheiden am Ende die Zahlen darüber, ob wir so etwas jemals wieder durchführen. Und ich kann Ihnen schon heute sagen: Das wird nicht der Fall sein! Unsere Kundinnen wünschen gediegene, solide Qualität aus besten Stoffen, perfekt verarbeitet. Nicht mehr und nicht weniger.«

Cillys Augen wurden rund. »Hat er ›Modetee‹ gesagt? Hat er das wirklich gesagt?«

Thea nickte und starrte aus dem Fenster in den wolkenverhangenen Himmel. Noch nie war sie in einer Weinstube gewesen. Sie hatten beisammen gesessen, miteinander gelacht, und Hannes hatte die Rechnung bezahlt. Der Abend war wunderbar gewesen. Trotzdem spürte sie ein Summen in der Magengegend, eine Unruhe, die sie schlecht in Worte fassen konnte.

Am Morgen war sie an einem Schaufenster vorbeigehastet, und das Spiegelbild hatte eine Welle der Enttäuschung durch ihren Körper gejagt. Die anderen, hatte sie gedacht, waren einfach fraulicher, zarter und auffälliger. Sie bewegten sich ohne Mühe graziös, zudem schienen sie immer die richtigen Worte zu finden. Überhaupt wussten sie etwas zu erzählen, sie hatten Themen. Sogar Wissen. Womit sollte sie jemals einen Mann unterhalten können – mit ihrem Wissen über Bindfäden oder den Farbreigen von Kinderschnupfen?

Sie sah Ellas lachendes Gesicht vor sich.

Eine Schauspielerin!

Unfassbar, noch nie hatte sie mit einer Schauspielerin den

Tisch geteilt. Ihrer Mutter durfte sie das nicht erzählen, für sie waren alle Weiber, die auf Bühnen standen, Schlampen. Das Leben einer Frau in der Öffentlichkeit und der Wille zum Ruhm erschienen ihr triebhaft und verwerflich. Eine Weile hatte Thea Ella beobachtet, beeindruckt von deren Witz und Schlagfertigkeit, sie war so ganz anders als das Bild, das ihre Mutter gern beschwor. Und dann war da noch Hedi, dieses Lämmchen, das im Lichtenstein gerade Aufmerksamkeit erregte. Binnen kürzester Zeit war sie im Rayon für Damenbekleidung gelandet, und nun wurde sie Vorführdame. So wie es aussah, von Hallberg auserkoren, dem allenthalben die Herzen zuflogen. Hedi schien nicht einmal mitbekommen zu haben, dass der Konfektionär ihr gestern durchaus schöne Augen gemacht hatte.

Auch wenn die Berufung zu Höherem noch nicht offiziell war, schmerzte Thea bereits der Gedanke.

Sie hasste sich dafür.

Das Lämmchen hatte ein goldenes Herz.

Auch diese Schauspielerin hatte ihr nichts getan.

Nein, sie konnten nichts dafür.

Sie standen nur stellvertretend für all die, die als Mädchen gekommen und als Frauen gegangen waren, deren Leben sich verändert hatte, die woanders hingewollt und ihr Ziel erreicht hatten. Nie war jemand auf sie, Thea Stübner, zugekommen und hatte genauer hingeschaut, welche Leistungen sie erbrachte. Hatte sich dafür interessiert, was sie vom Leben wollte.

Die anderen zogen an ihr vorbei.

Immer wieder.

Niemand bemerkte, dass sie zurückblieb.

Immer wieder.

Vermutlich würde sie noch in vierzig Jahren auf diesem Kissen, auf diesem Stuhl, an dieser Nähmaschine sitzen, am Feierabend nach Hause eilen, um dann die Mutter zu pflegen, weil die Geschwister, längst erwachsen, sich weigerten, diese Aufgabe mit ihr zu teilen. Schließlich hatten sie alle selbst Blagen am Hals, nur sie, sie saß noch immer ohne Mann und Kinder da. Allein, ihr Leben lang.

»… Stübner!«

Erschrocken schaute Thea sich um. Alle Blicke waren auf sie gerichtet, auch der des Chefs. Inzwischen surrten die Maschinen wieder.

»Fräulein Stübner, endlich aufgewacht?«, rief Ludwig über den Lärm hinweg.

Sie nickte.

»Was macht der Finger?«

Wieder nickte sie, hielt dann inne. »Danke, gut, also, glaube ich«, stammelte sie.

Cillys Schultern zuckten vom unterdrückten Lachen.

Ludwig schien zufrieden und verließ das Atelier.

Wieder wanderte Theas Blick zum Fenster hinaus, die Wolkenwand hinauf.

Ludwig.

Er hatte von Kunzes Auftritt gehört. Und er hatte nachgefragt.

Was für ein schönes Gefühl.

Jacob

Helene räkelte sich in seinen Armen, ihr Kopf lag auf seiner Brust. Sie spielte an seinen Brusthaaren herum. »Du weißt schon, dass du mich irgendwann auch heiraten musst?«

»Natürlich! Ich möchte doch schon seit Monaten um deine Hand anhalten. Aber falls ich daran erinnern darf, bist du der Meinung, wir sollten ein wenig warten, weil dein Vater zurzeit ungehalten sei.«

»Du hast recht. Ich träume davon, irgendwann, wenn wir uns geliebt haben, mit dir einzuschlafen. Und mir eine Gute-Nacht-Geschichte erzählen zu lassen.«

Für einen Augenblick wünschte Jacob, die Zeit anzuhalten. Die Begegnungen mit Helene waren so selten und nicht mit Gold aufzuwiegen. An ihrer Seite schien die restliche Welt nicht mehr zu existieren. Es gab keine Sorgen, kein Lichtenstein mit Modetee, keinen Bruder, der ihn am Morgen wieder im Bureau aufgesucht hatte.

»Eine Gutenachtgeschichte?«, fragte er und grinste. »Um Himmels willen, was denn für eine?«

»Eine, die dir als Kind erzählt wurde. Dir wurden doch welche erzählt, oder?«

»Ja«, Jacob lachte leise. »Aber bei uns waren sie – vorsichtig formuliert – ein wenig anders. Zum Beispiel die Geschichte vom Wettnähen.«

»Das klingt sehr schön«, sagte Helene, lächelte und schloss die Augen.

»Na, dann versuche ich es mal. Aber wehe, du schläfst ein. Vor langer, langer Zeit, es muss im Jahre 1845, vielleicht auch später gewesen sein, erschien in einer Zeitung eine Anzeige. Darin wurde die dortige Damenwelt zu einem Wettnähen herausgefordert, in riesigen Lettern prangte die Anzeige auf der Seite. Die geschicktesten und schnellsten Näherinnen wurden gesucht – und weißt du, mit wem sie in Wettstreit treten sollten? Mit einem Nähapparat! So etwas hatte die Welt bisher weder gehört noch gesehen, doch das war noch nicht alles: Eingeladen oder vielmehr herausgefordert wurden die Frauen von einem Mann. Dem Mann, der diesen seltsamen Apparat entworfen und gebaut hatte. Tatsächlich lobte dieser Mann auch noch eine Geldprämie aus, wenn man gegen ihn antrat. Und um die Damen so richtig verrückt zu machen, versprach er jeder, der es gelingen sollte, ihn zu übertrumpfen, eine goldene Uhr. Eine sehr hübsche, an einer feinen Kette.

Diese Zeitung, nennen wir sie den *New York Herald*, wurde von vielen Frauen gelesen, und ihnen erschien die ganze Sache von Grund auf lächerlich. Schließlich waren sie von Kindesbeinen an dazu angehalten worden, in Handarbeiten Höchstleistungen zu erbringen. Und da wollte nun so ein dahergelaufener Mann ihnen das Wasser reichen?

Es ließ sich nicht leugnen: Sie waren bei der Ehre gepackt, ihre Neugier war geweckt, und jede von ihnen dachte, so ein wundervolles kleines Ührchen könne sie gut gebrauchen. Also machten sie sich auf, und als sie ihrem Herausforderer, Elias Howe, gegenüberstanden, waren sie ein wenig enttäuscht. Er war ein großer, massiger Mann mit Allerweltsgesicht, halb langen Haaren und Bart, beides ein wenig zottelig. Sein Mantel ließ erahnen, dass er nicht über viel Geld verfügte. Aber anscheinend hatte er einen festen Willen, denn an seiner Maschine hatte er fünf Jahre gebaut.

Die erste Frau, die antrat, kam auf vierzig Stiche die Minute, die nächste sogar auf fünfzig und die Schnellste von allen auf beeindruckende sechzig Stiche. Irgendwann setzte Howe sich an seine Maschine, die Damen waren schon siegesgewiss. Aber dann schaffte Howe nicht nur fünfzig oder sechzig Stiche, dieses Teufelsding von Apparat brachte es auf dreihundert Stiche – in der Minute.«

Helene richtete sich auf. »Was? Keine von ihnen bekommt eine Uhr?«

»Genau, die Frauen bekommen nur das Startgeld, und die schlaueren von ihnen werden verstanden haben, dass sie nur Teil einer groß angelegten Reklameaktion waren.«

»Ach, Himmel, und was ist die Moral von der Geschicht?«

»Vielleicht: traue Männern nicht?«, lachte Jacob.

Helene gab sich Mühe, empört auszusehen. Das Funkeln in ihren Augen ließ plötzlich wieder Ludwig vor seinem inneren Auge erscheinen. Das Funkeln in den Augen des Bruders, die Wut, als er ihm entgegengespuckt hatte: »Deine Pläne mit dem Modetee gehen gegen alles, wofür das Lichtenstein jemals stand. Wenn du glaubst, ich würde auch nur einen Handschlag dafür tun, irrst du dich. Nichts werde ich tun, außer diesen Unfug als das zu verstehen, was er ist: eine Kampfansage. Du solltest es dir gut überlegen! Ich weiß nicht, warum Vater dich immer … Jacob, du machst einen gravierenden Fehler: Du unterschätzt mich!«

Es war Helenes Kichern, das ihn aus seinen Gedanken riss. »Was wurde denn aus diesem Kerl?«

Ludwig löste sich in Luft auf, und Howe übernahm wieder seinen Platz. »Der gute Elias wurde später reich, aber es war ein mühseliger Weg, da er auch klagen musste. Denn Teile seiner Erfindung sind in die Singer-Nähmaschine eingeflossen.«

»Soso, das sind also eure Gutenachtgeschichten. Da müssen wir noch mal dran arbeiten.«

»Nun gut, beim nächsten Mal erzähle ich dir vom Kaisermantel! Aber jetzt müssen wir uns fertig machen, bald kommen deine Eltern aus der Synagoge zurück, und bis dahin muss ich weg sein.«

»Ach, die Geschichte möchte ich noch hören, bitte!«

»Nein, da musst du dich gedulden, und dann hast du einen Grund, dich auf ein Wiedersehen zu freuen.«

Helene zog eine Schnute und sah so hinreißend süß aus, dass es Jacob vor Glück den Magen zusammenzog. »Wenn du jetzt losmusst, bleibe ich gleich liegen, schließlich fühle ich mich ja nicht so gut.« Sie lächelte und zog die Decke bis unters Kinn.

Jacob begann sich anzuziehen, wobei Helene jede seiner Bewegungen verfolgte. Es verursachte ihm leichtes Unbehagen, da er weder besonders kräftig noch groß war und der Farbton seiner Haut ihm eher ungesund erschien. Aber Helene schien zu gefallen, was sie sah.

Ella

Die Bühne war ausgeleuchtet. Zwei Männer befassten sich mit dem Aufbau des Bühnenbildes und rückten einen wuchtigen Tisch quietschend über den Boden. Die Ränge, das Parkett und der Orchestergraben lagen still im vertrauten Dämmerlicht. Ehrfürchtig wanderte Ellas Blick in die Höhe. In diesem Haus gab es den ersten Rang mit zahlreichen Logen, eine separate Hofloge rechts der Bühne, direkt gegenüber die Fremdenloge, in der ein Billett 10,20 Mark kostete. Ganz anders als im Ring-Theater existierten noch ein zweiter und dritter Rang. Dieses Prinzregenten-Theater war ein anderes Kaliber, in seiner Größe und Ausstattung dem Theater des Westens ebenbürtig. Leise lief sie an den Parkett-Fauteuils entlang. Vor dem Orchestergraben konnte sie sowohl den Regieassistenten als auch den Regisseur ausmachen und versuchte, ein Lächeln auf ihr Gesicht zu zaubern.

»Ella Winkler«, sagte sie mit gedämpfter Stimme, als sie die beiden erreichte. »Es tut mir leid, wenn ich störe. Aber ich bin angekündigt worden, über Albert Karmarker. Zum Vorsprechen.«

Der Ältere der beiden winkte ab. »Freut mich. Kieling, mein Name. Sie brauchen nicht vorzusprechen.«

»Oh, schade!« Für einen Augenblick konnte Ella ihre Enttäuschung nicht verbergen. Warum schickte Albert sie hierher? Der konnte sich was anhören. »Ja, wirklich schade, dass die Rolle schon vergeben ist.«

»Nein, nein! Ich habe Sie im Ring-Theater in der Rolle der

Frau Inger gesehen. Ich verstehe, warum das Stück selten auf irgendeinem Spielplan steht, es ist nicht meines. Aber umso mehr hat mich Ihre Darstellung überzeugt. Natürlich werden wir noch andere Schauspielerinnen zum Vorsprechen bitten, aber von Ihrer Arbeit habe ich einen sehr guten Eindruck. Zudem hat mir Albert von Ihnen erzählt. Und ich gebe zu, die Bühnenumbauten bringen unseren Tagesablauf etwas durcheinander, da lässt sich nicht gut proben. Sie werden dann von uns hören.«

Ella wusste nicht, ob sie dieses Vorgehen begrüßen und auf ihre Leistungen stolz sein sollte oder ob es sie irritierte. Wollten die Herren vielleicht lediglich zur Mittagspause? Sich Zeit ersparen? Sie loswerden?

»Gut, ich wäre nicht abgeneigt, Ihnen trotzdem eine Kostprobe meiner Arbeit zu geben, gern auch im Schauspielerfoyer. Wenn dies nicht nötig ist, danke ich für das Vertrauen. Sicherlich wird es Sie interessieren, von meiner Zusammenarbeit mit dem Kaufhaus Lichtenstein zu hören, ich denke, Sie kennen es. Sie werden mir künftig die Garderobe stellen.«

Ella erstarrte. Hatte sie das wirklich gesagt? War ihr dies tatsächlich über die Lippen geschlüpft? Gestern hatte sie vertraulich und in weinseliger Stimmung mit Hannes darüber gesprochen, und sie waren auseinandergegangen mit der Vereinbarung, darüber noch Stillschweigen zu bewahren. Er hatte versprochen, sich mit Nachdruck zu bemühen, aber wie gut kannte sie diesen Mann? Gar nicht, wenn sie ehrlich war. Sie konnte nicht beurteilen, wie verlässlich sein Wort war. Zwei oder drei Stunden hatten sie miteinander verbracht, das war es gewesen.

Wenn sie Kielings Interesse hatte wecken wollen, schien das geschafft. Seine Körperspannung hatte sich sichtbar erhöht, mit einem Mal hielt er Stift und Papier in den Händen. »›Lichtenstein‹ sagten Sie?« Kieling trommelte mit dem Stift auf seinen Unterlagen herum. »Das klingt gut, das ist wirklich interessant. Vielen Dank für die Information. Das wird beim Intendanten des Theaters sicherlich mit besonderem Interesse aufgenommen. Wie genau müssen wir uns so eine Zusammenarbeit vorstellen?«

Ella schluckte. Ja, wie mussten sie sich das vorstellen? »Die Details sind in Verhandlung, hierzu würde ich mich gern später, bei einem Treffen mit dem Intendanten, äußern.«

Am liebsten hätte sie aufgeseufzt. Nun hatte sie auch noch ein Treffen mit dem Intendanten verlangt. War sie noch betrunken, oder warum lief dieses Gespräch so absurd?

Kieling sagte nichts, sondern setzte nur eine Notiz auf das Papier vor sich.

»Sinn und Zweck ist es, Aufmerksamkeit zu schaffen, von der beide Seiten profitieren«, schob Ella nach.

»Das ist mir schon klar. Ihr Kostüm wird vom Lichtenstein gestellt, meist sehr großzügig und opulent, und das Kaufhaus wirbt mit Ihnen, wovon das Theater profitiert. Das ist doch der Plan, oder?«

»Genau!«

»Und wir verweisen auf das Lichtenstein. Die Theatergäste sehen die Kleidung auf der Bühne und sollen sie im besten Fall nachkaufen.«

»Exakt!«

»Dann sollten wir reichlich Kostümwechsel einplanen«, sagte Kieling und schien in Gedanken schon das Stück durchzugehen.

Ella lächelte gewinnend und wollte nur noch weg. Für einen Moment überlegte sie, was schlimmer war: sich für eine Rolle vom Regisseur begrapschen zu lassen oder freiwillig zu lügen, um ein Engagement zu erhalten? So richtig gelogen war es nicht, versuchte sie sich zu beruhigen, vielleicht würde sich alles in Wohlgefallen auflösen.

Aber was war, wenn sich nichts in Wohlgefallen auflöste und sie als Schwätzerin dastand?

Dann würde sie damit leben müssen, denn niemals würde sie

öffentlich eingestehen, soeben nicht mehr als ihre Träume, entstanden in einer weinseligen Nacht, offenbart zu haben.

Jacob

Neugierig betrachtete Jacob das Ladenmädchen, von dem Hallberg gesprochen hatte. Sie war wirklich apart und erinnerte ihn an ein Gemälde. Ein zeitloses Gesicht, das, so ohne Farbe und Puder, unaufdringlich schön war. Sehr helle Haut, hübsche graugrüne Augen, die ihn ebenfalls genauestens musterten.

Was sie wohl dachte?

Wie erstaunlich wenig er seinem Bruder ähnelte?

Jacob bedauerte, kleiner und schmaler als Ludwig zu sein. Und nicht nur das: Der Bruder war mit blonden Locken gesegnet, während seine Stirn von Geheimratsecken betont wurde. Das verbliebene Haar wirkte flusig, eher wirr umherstehend, in einer Farbe, die nicht zu bestimmen war – irgendwo zwischen aschblond und sandfarben. Helene betonte stets, sie würde vor allem seine weichen Lippen und die blauen Augen mit den langen Wimpern lieben. Seiner Vermutung nach waren seine optischen Vorzüge damit bereits aufgezählt. Ob andere Männer sich auch so oft mit ihrem Aussehen befassten? Vermutlich, beschloss er, straffte die Schultern und räusperte sich.

»Frau Wagner, Sie sollen es als Erste erfahren«, eröffnete er das Gespräch. »Damit Sie die entsprechenden Vorbereitungen treffen können. Vermutlich werden wir in Kürze einen Versuch wagen und einen Modetee starten. Bitte sprechen Sie Empfehlungen aus, welche Kleider Ihrer Erfahrung nach Anklang finden und welche nicht. Eine Begründung wäre hilfreich, also eine, die über Verkaufszahlen hinausgeht.« Dann wandte er sich wieder dem Ladenmädchen zu. »Sie müssen Fräulein Markwardt sein. Wir möchten Sie gerne auf Empfehlung von Herrn Hallberg als Vorführdame einsetzen. Können Sie sich das vorstellen?«

»Ja, das kann ich mir vorstellen.«

»Sehr gut, dann kommen Sie bitte mit.«

Erstaunt sah das Fräulein zur ersten Verkäuferin, die nur die Schultern zuckte. Dann folgte sie ihm.

»Es gibt klare Regeln«, sprach Jacob weiter und eilte los. »Die Vorführung wird nicht extra vergütet. Nach dem Modetee werden Sie umgehend an Ihren Arbeitsplatz zurückkehren. Selbstverständlich wird nur das erforderliche Minimum an Zeit für die Proben aufgewendet.«

Er riss die Tür zum Anproberaum auf, in dem das Licht heute dämmerig und dumpf war, ein Ausläufer des wolkenverhangenen Himmels, der bis ins Lichtenstein hineinreichte. Ein Licht, das ihn müde machte. In den Sesseln saßen, aufrecht und ohne sich anzulehnen, bereits zwei Frauen, die er als Vorführdamen ausgewählt hatte.

»Verehrte Damen, ich freue mich, auf Sie rechnen zu können«, begrüßte er sie. »Mir wäre, wie ich bereits erläuterte, sehr daran gelegen, wenn Sie die Kleider des Hauses Lichtenstein der Öffentlichkeit vorstellen. Dafür würde ich jedoch gern sehen, wie Sie sich bewegen. Es mag seltsam klingen: In einem Kleid nur durch den Raum zu laufen, ist schlicht nicht ausreichend.«

Zwei Näherinnen, eine mit geflochtenen Zöpfen und eine kleine, schoben einen Rollwagen in den Anproberaum, an dessen Ständerwerk unterschiedliche Kleider und Mäntel hingen.

Jacob nickte ihnen zu. »Gut, danke. Um einen Ablauf auszuprobieren, habe ich verschiedene Modelle geordert. Sie können wahllos kombiniert werden, jetzt geht es um Sie, meine Damen, noch nicht um die Kleidung.« Er drehte sich zu den Näherinnen um und zeigte auf den Paravent. »Sie bereiten dort alles vor und helfen, die Kleidung anzulegen und nach einem Lauf so schnell wie möglich zu wechseln. Und wo bleibt eigentlich der Konfektionär? Ich habe ihn gebeten, ebenfalls zu erscheinen.«

»Der Junior hat ihn aufgehalten«, sagte die kleinere der Näherinnen. Beim Sprechen zeigte sie eine Reihe schiefer Zähne.

Jacob musterte noch einmal kritisch die drei Frauen: Da war also Fräulein Markwardt, das Ladenmädchen. Sie stand für die jugendlich schmalen Frauen. Die Verkäuferin aus den Weißwaren, deren Nachnamen Friedhoff selbst er im Kopf behalten hatte, würde hoffentlich als sportlich durchgehen. Frau Kaiser, die Dritte im Bunde, war eine der Frauen, die niemand vergaß. Sie sah bezaubernd aus, sehr weiblich, fast mütterlich, aber sobald sie zu reden begann, mit dunkler, kehliger Stimme und schnörkellosen Sätzen, offenbarte sich eine Autorität, die selbst gestandenen Offizieren Respekt abgerungen hätte. Da sie aber nicht reden, sondern nur laufen sollte, war Jacob zufrieden mit der Auswahl.

Er hatte durchaus verschiedene Kleiderschauen erlebt, auch bei der bekanntesten, der bahnbrechenden von Paul Poiret vor gut drei Jahren, war er dabei gewesen. Die Mannequins hatten Pumphosen und Tuniken getragen, was einer Sensation gleichgekommen war. Schon der märchenhafte Name der Schau – »1002. Nacht« – war ein Coup erster Güte gewesen. Dieser war Philipp Freudenberg, einem der engsten Freunde des Vaters, für sein Kaufhaus gelungen. Das Gerson war das erste Haus, das es in dieser Art überhaupt in Berlin gegeben hatte. Aber nicht nur diese Besonderheit wies das Gerson aus, es konnte auch mit dem Zusatz des Königlichen Hoflieferanten beeindrucken.

Jacob seufzte. Er wollte nicht Hoflieferant werden, beileibe nicht. Aber es war für das Lichtenstein mehr als überfällig, den Anschluss zu finden, und der Modetee sollte der Auftakt werden. Es war einfach, Kleider auf Holz- oder Weidengestellen zu präsentieren, aber wie sollte er den Angestellten verdeutlichen, was ein eleganter Gang, eine natürliche Drehung war? Kurz dachte er an Helene. An ihren Bewegungen hätte jeder gesehen, was er meinte. Sie war natürlich, sie war elegant. Gut, er musste es zugeben: Er war verliebt, vielleicht beeinflusste das seine Wahrnehmung, zumindest ein klein wenig. Er wandte sich an die drei Frauen. »Haben Sie eine Vorstellung, wie Sie laufen müssen?« Kurz fürchtete er, sie würden ihm seine Hilflosigkeit anmerken.

Die drei Frauen blickten ernst und nickten, eher gehorsam denn verständig. Worte fand keine.

Die Zweifel in Jacob wuchsen. »Na gut«, er hörte einen Hauch Verzagtheit in seiner Stimme und senkte sie, »dann lassen Sie sich Kleidung reichen, damit wir einen Ablauf vornehmen können.«

»Wie oft sollen wir durch den Raum laufen?«

Es war der Weißwarenverkäuferin anzusehen, dass diese Frage ihren ganzen Mut erfordert hatte. Ein Gesichtsausdruck, den sie in den nächsten zwei Minuten dringend ablegen musste, befand Jacob. »Darum geht es im Moment noch nicht, machen Sie das, wie Sie wollen. Bewegen Sie sich einfach.«

»Werden wir jetzt ein Maßatelier?« Frau Kaiser hielt die Arme vor der Brust verschränkt und wippte mit dem Fuß.

»Nein, das sind wir ja ohnehin, also ein bisschen, bloß weit günstiger, aber …« Jacob brach ab, sammelte sich und setzte erneut an. »Dieser Modetee ist der Beginn von Veränderungen, die langsam wachsen müssen. Vielleicht geschieht nichts, und alles bleibt, wie es war. Das werden wir noch besprechen.«

»Wie viele Gäste sind eingeladen?«

»Das weiß ich auch noch nicht. Es tut mir leid, die Dinge überstürzen sich momentan, und ich versuche es mit Kreativität.« Jacob begann zu schwitzen und lockerte seinen Kragen. Er hatte nicht genügend Zeit gehabt, die Planung zu durchdenken, er hatte nicht bedacht, wie viele Fragen all das mit sich bringen würde, wie viele Vorbereitungen. Nur der Zwist mit seinem Bruder war absehbar gewesen, und der jagte vermutlich dank der Müllerschen schon im genauen Wortlaut durchs Haus.

Er beobachtete, wie die drei Frauen mit den Näherinnen hinter dem Paravent verschwanden. Wenn sie sich bewegen konnten, wäre wenigstens diese Aufgabe erledigt. Hektisches Flüstern und nervöses Kichern ertönte, eine der Frauen quietschte auf – vermutlich ein Laut des Entzückens.

Kurz schloss Jacob die Augen und lief in Gedanken durch den Tiergarten, meinte, die erfrischende Kühle der frühen Stunden zu spüren.

Thea

Es war eng hinter dem Paravent. Sollten sie wirklich irgendwann diese Vorführung machen wollen, würden sie mehr Platz brauchen. Das fing schon mit Cilly an: Wie konnte eine kleine Person so sehr im Weg stehen, ohne es zu bemerken? Thea schob sie beiseite, um sich einen besseren Überblick zu verschaffen. Ein Rollwagen, zwei Stühle, fünf Frauen. Und vier davon standen unschlüssig herum und hatten keine Vorstellung, wie sie vorgehen sollten.

»Cilly, du hängst die Kleider an den Paravent«, sagte sie, denn anfangen mussten sie ja irgendwann. »Dabei sortierst du sie bitte nach Größen. Für Hedi hängst du sie nach links, sie wird zuerst laufen, sie kleiden wir sofort ein. Wir fangen mit dem Mantel an, der den Pelzkragen hat. Und Sie sind Frau Friedhoff, richtig?«

Die Frau nickte. »Trude, sage doch bitte Trude. Ich bin sehr aufgeregt.« Vermutlich hatte sie schon ein oder zwei Kinder zur Welt gebracht – kein Wunder, sie war Ende Zwanzig. Sie war schlank, aber ihr Bauch war weicher, die Hüfte breiter als die von Hedi. Nun musterte Thea die dritte Frau.

»Kaiser, Margarete«, sagte diese knapp, während sie schon dabei war, die Schürze abzulegen. »Versandabteilung.«

Schätzungsweise Ende dreißig, sehr weiblich, stellte Thea fest. Sie würde in das Tageskleid passen, auch wenn sie es am Rücken vermutlich ein wenig enger stecken musste.

Inzwischen hatte Hedi das erste Kleid angezogen und den mit Pelz verbrämten Wollmantel über die Schultern gelegt. Beides passte nicht zusammen, aber für eine Übung würde es ausreichen.

»Und jetzt?«, flüsterte Hedi, als wäre schon Publikum zugegen.

Thea winkte die Frauen zu sich heran. »Du wartest noch kurz, Trude. Wir müssen für einen guten zeitlichen Abstand sorgen, damit genügend Zeit zum Wahrnehmen des ersten Kleides bleibt, aber auch keine Warterei auf das nächste Modell entsteht. Trotzdem müsst ihr so laufen, dass wir hier hinten einen Kleiderwechsel vornehmen können. Also, die Reihenfolge ist immer Hedi, Trude, Margarete.«

»Frau Kaiser, bitte!«

»Gut, die Reihenfolge ist immer Hedi, Trude, und dann kommst du, Frau Kaiser.«

Cilly kicherte, Frau Kaisers Miene blieb ausdruckslos.

»Woher weißt du das alles, mit der Reihenfolge und so?«, fragte Trude, während Cilly die Schleife auf ihrem Rücken band.

»Ist doch irgendwie logisch!« Seufzend strich sich Thea die Haare aus der Stirn. Das konnte noch heiter werden, keine von ihnen hatte die leiseste Ahnung. Wie sollten sie einen Modetee auf die Beine stellen, wenn eine fachliche Anleitung fehlte? Ohne Vorwarnung rief sie laut in den Salon hinein: »Wir sind so weit!«, und mit einem Mal standen die vier Frauen konzentriert vor ihr. Hoffentlich würde Hallberg bald kommen und das Ruder übernehmen.

»Danke! Dann bitte!«, antwortete der Chef, und Thea gab Hedi einen Schubs. Erschrocken stolperte sie hinter dem Paravent hervor, fasste sich aber und lief, als hätte sie nie etwas anderes gemacht. Diese Frau war eine Verkäuferin, egal, was sie tat: Kleidung farblich aufeinander abstimmen, Kundinnen beraten oder Kleider präsentieren.

»Jetzt!«, flüsterte Thea Trude ins Ohr, die losmarschierte wie eine Wanderin auf weiter Flur. Thea biss sich auf die Unterlippe, um nicht loszulachen. Auch der Chef behielt die Fassung und blieb scheinbar ungerührt.

Inzwischen erreichte Hedi den Paravent, sofort griff Cilly nach ihr und zerrte an der Schnürung des Kleides.

»Jetzt du, Frau Kaiser!«

Sofort hörte die Kollegin aus dem Versand auf, mit dem Fuß zu wippen, schob die Brust vor und schwenkte die Hüften. Lächelnd schien sie den Ku'damm entlangzuschlendern oder sich in den Schaufenstern der Leipziger Straße zu spiegeln. Erleichtert seufzte Thea auf. Immerhin zwei der drei Frauen konnten sich vorwärtsbewegen, ohne Lachreiz zu erregen.

Das Schlagen der Tür ließ sie alle zusammenfahren – plötzlich stand die Müllersche im Salon, noch zerzauster als gewöhnlich.

Frau Kaiser beendete abrupt ihren Spaziergang durch die Stadt und stemmte die Hände in die Seiten. Cilly, Hedi und Trude lugten an Thea vorbei. Für den Bruchteil einer Sekunde wartete jeder darauf, was nun geschah, wer sich zuerst regte.

»Entschuldigen Sie bitte, es ist dringend«, ergriff die Müllersche, an den Chef gewandt, das Wort.

»Um was geht es?«

»Bitte versprechen Sie, mir mein Handeln nicht übel zu nehmen. Ich meine es gut, ja?«

Irritiert lauschte Thea. Schlugen die Zähne der Müllerschen aufeinander?

»Um Gottes willen, nein! Nichts liegt mir ferner! Nun sagen Sie schon …«

»Herr Lichtenstein Junior hat Herrn Hallberg fristlos gekündigt. Und ich befürchte«, sie zögerte kurz, »dieses Vorgehen wurde nicht mit Ihnen oder Ihrem Herrn Vater besprochen.«

»Sieht sehr danach aus«, sagte Jacob und erhob sich.

»Sollen wir abbrechen?«, fragte Hedi mit zittriger Stimme, die Hände ins Revers des nächsten Probemantels gekrallt.

Verdammt, das Lämmchen!, durchfuhr es Thea. Dem Lichtenstein war der Konfektionär abhandengekommen, ihr aber weit mehr als ein Kollege.

»Nein, holen Sie Frau Wagner, sagen Sie ihr, sie sei jetzt künstlerische Beraterin. Sie wird schon wissen, was zu tun ist.«

Vielleicht wenigstens eine, die einen Plan hat, dachte Thea und legte den Arm ums Lämmchen.

Hedi

Der Mantel lag schwer auf ihren Schultern, und er war zu warm. Viel zu warm. Albern kam er ihr obendrein vor, ein fusseliger Umhang, der ihr die Luft nahm. Die Freude darüber, eine Vorführdame zu werden, war schillernd gewesen. Eine Mischung verschiedener Farbtöne, die ineinanderliefen und nur zusammen diesen wundervollen Glanz ergaben. Doch nun fehlte eine entscheidende Nuance, und der aufregende Glanz zerfiel in seine Bestandteile, löste sich auf. In ein Nichts.

Er war weg.

Aus ihrem Leben verschwunden. Etwas von Hannes hatte sich in ihr Herz geschlichen. Sein Lachen, die Wärme in seinem Blick. Wie glückselig war sie gestern Nacht die Treppen hinaufgetänzelt, nachdem er sie an der Haustür verabschiedet hatte, mit einem Kitzeln im Bauch, angefüllt mit Bildern der kommenden Tage.

Hannes am Zeichentisch.

Sie selbst in einem Kleid, an dem letzte Anpassungen vorgenommen werden.

Dann der Auftritt im Salon, hergerichtet für einen Modetee. Drei Lichtensteinerinnen mit kecken Hüten und farbig leuchtenden Kleidern, an staunenden Kundinnen vorbeischwebend.

Drei Frauen in Hallberg-Modellen.

Und der Konfektionär mit den schönen schwarzen Augen, der dieses Prachtstück entworfen hatte, stand nur wenige Meter entfernt, von der Damenwelt im Salon vergöttert.

Und jetzt? Was machte sie hier?

Ohne ihn ergab ein Modetee keinen Sinn mehr, genau genommen war er nicht mehr denkbar.

Hatte ihre Mutter nicht erwähnt, im Lichtenstein würde es besonders familiär zugehen? Erstaunlich, was sie als familiär empfand. Drohte auch die eigene Anstellung sich beim ersten Problem in Luft aufzulösen?

Hedi suchte den Blickkontakt mit den anderen. Auch an ihren Gesichtern konnte sie das Entsetzen ablesen. Offensichtlich war sie nicht die Einzige, die solches Verhalten verunsicherte und die Hannes gern länger als Kollegen behalten hätte.

Schweißperlen traten ihr auf die Stirn. Was sollte sie jetzt machen? Das Entsetzen weglächeln und von rechts nach links trippeln?

Mit einem Mal spürte sie einen Arm um ihre Schultern, und sie musste sich umwenden, um sich zu vergewissern, wer ihr Halt gab. Thea schien zu spüren, dass ihr warm war. Sie nahm ihr den Mantel ab und legte ihn auf die Sessellehne.

Die Adresse!, durchfuhr es Hedi. Sie wusste nicht, wo Hannes wohnte.

Sofort rief eine Stimme in ihr: Mache dir das Herz nicht noch schwerer. Das ist kein Problem, die Müllersche wird es wissen und dir sicherlich sagen.

Ich kenne die Müllersche eigentlich gar nicht. Das wage ich nicht, das Vorzimmer zu betreten und mich, wie ein Backfisch die Hände ringend, an ihren Tisch zu stellen und sie, vor Aufregung stammelnd, zu fragen. Nach Hannes. Dem schönen Konfektionär, antwortete Hedi sich selbst, innerlich den Kopf schüttelnd.

Dann schickst du Thea vor.

Ich müsste ihr erklären, warum ich die Adresse haben möchte.

Ja, das müsstest du, das wäre der Preis. Ihr habt die Kolleginnen verlacht, die sich aufführen, wenn ein hübscher Mann erscheint. Nun eilst du vorneweg, führst sie sozusagen an in der Kunst, sich lächerlich zu gebärden. So ist das Leben.

Selbst wenn ich seine Adresse erhalten sollte, was dann? Soll ich ihm schreiben?

Nein! Hingehen. Klopfen. Und wenn er die Tür öffnet, lächeln.

Das schaffe ich noch viel weniger.

Dann kann das Gefühl nicht so arg sein, wie du behauptest.

Doch, ist es schon. Deshalb kann ich es ja nicht.

Warum machst du es so kompliziert?

Weil der Abend wundervoll war. Aber vielleicht war er für Hannes ein Spiel, das sich nicht wiederholen würde. Wie soll ich das jemals herausfinden?

Ihre innere Stimme seufzte, gab auf und verstummte.

Hedi blickte auf den Boden, damit die anderen nicht die Tränen schimmern sahen, die ihr in die Augen traten.

Jacob

Kampfansage.

Ludwig hatte es deutlich formuliert. Verwunderlich war dieser Rauswurf nicht. In Jacobs Kopf breitete sich Dunkelheit aus, ein schwarzes Nichts, das sich wie ein weiches Tuch über Wut und Verwunderung, eigentlich über jedes Gefühl legte, alles umhüllte und keinen Platz mehr für klare Gedanken ließ. Er hastete der Müllerschen nach, ohne zu wissen, warum.

Im Vorzimmer öffnete sie einen der Aktenschränke. Zog Unterlagen hervor und blätterte in ihnen herum. »Ah, da ist es. Herr Hallberg wohnt in der Hirtenstraße, hinter dem Alexanderplatz.« Erwartungsvoll sah sie ihn an.

»Ja, und jetzt?«, fragte Jacob, doch die Frau vor ihm schwieg. »Hat er das Haus schon verlassen?«

Sie nickte.

»Und Ludwig auch?«

Nun zuckte sie mit den Schultern. »Wenn er nach Hause fährt, also Herr Hallberg, wird er zur Untergrundbahn laufen.«

»Sie meinen, ich soll ihm folgen?«

»Natürlich! Sie müssen ihn aufhalten. Sofort.«

Verwundert sah Jacob die Müllersche an. Die Zwiebelfrisur, den Fettfleck auf ihrer Bluse. Außen unstrukturiert und innen glasklar. Es fühlte sich richtig an, war so angenehm, ihr für den kurzen Moment die Führung zu überlassen, wie ein Tänzer, der den Takt verlor und sich von seiner Tanzpartnerin auffangen ließ.

»Sie müssen ihn zurückholen.«

»Und dann?«

»Das klären, ordentlich. Nicht so. Sie müssen nicht einmal Ihre Sachen holen, sie hängen noch von Ihrem Morgenspaziergang hier.« Schon hielt sie ihm Mantel und Hut entgegen. »Bitte.« Sie zögerte und schob dann nach: »Er ist ein guter Junge.«

Und was ist dann mein Bruder?, fragte Jacob sich, und die Müllersche gab ihm die Antwort: »Es geht doch nicht um Hallberg.«

Es war zwecklos. Sie wusste alles. Immer. Er griff Mantel und Hut und verfiel schon im Flur in einen Laufschritt. An den Wänden des Personaleingangs erkannte er neue, höchst unanständige Kritzeleien und Sprüche. Er hatte längst aufgehört, sich darüber zu mokieren, seine Krakeleien auf Papier, wenn er zerstreut am Schreibtisch saß oder zu lange das Telefon am Ohr hatte, trieben ihm gelegentlich selbst die Schamesröte ins Gesicht. Sie gehörten vernichtet, bevor jemand sie entdeckte.

Auf der Straße beschleunigte Jacob sein Tempo, vorbei an Droschken, Zeitungsjungen und einer Frau, die ein schreiendes Kind hinter sich herzerrte. Kurz wich er der Elektrischen aus, Pfützenwasser überzog die Schuhe mit matschigen Schlieren und spritzte seine Hosenbeine hinauf. Atemlos bog er in den Eingang zur Untergrundbahn ab, jagte, zwei Stufen auf einmal nehmend, die Treppen hinab, vorbei an Männern und Frauen, die ihm kopfschüttelnd nachsahen. Da er keine Ahnung hatte, auf welcher Seite des Bahnsteigs Hallberg in den Zug steigen würde, rannte er, so weit möglich, mittig durch den Bahnhof.

Dann sah er ihn auf der letzten Bank des Bahnsteigs sitzen. Mit herabhängenden Schultern und im Schoß gefalteten Händen. Der Zug fuhr ein, doch Hallberg machte keine Anstalten, sich zu erheben.

Jacob verlangsamte den Schritt, setzte seinen Hut auf, zog den Mantel zurecht und versuchte, den eigenen Anblick, vor allem von Hose und Schuhen, zu ignorieren. »Herr Hallberg, darf ich Sie stören?«, fragte er, als er den jungen Mann erreichte.

Wie aus einem Tagtraum gerissen, blickte der Konfektionär auf und straffte sofort die Schultern. Nur das hastige Blinzeln verriet seine Überraschung.

»Ich weiß nicht, was sich zugetragen hat, möchte Sie aber bitten, morgen wieder zum Dienst zu erscheinen.«

»Und dann?«

»Werden wir die Sache in aller Ruhe klären.«

»Sind Sie sicher, dass Herrn Lichtenstein Junior daran gelegen ist?«

Eine gute Frage, die nach einer guten Antwort verlangte. Jacob entschied sich für die Wahrheit. »Ich weiß es nicht. Ich weiß nur: Niemand ist bisher in der langen Tradition unseres Hauses fristlos entlassen worden. Niemand! Auch Sie nicht. Sollten wir morgen feststellen, es gibt keinen weiteren gemeinsamen Weg, dann möchte ich das korrekt geregelt wissen. Nicht so.«

Hallberg zuckte mit den Schultern. »Wenn Sie meinen.«

»Sie erscheinen zuerst bei mir im Kontor, dann sehen wir weiter.« Jacob überlegte, ob er ausharren sollte, bis der nächste Zug einfuhr, befand aber, genug guten Willen gezeigt zu haben und stattdessen mit seinem Bruder ein Hühnchen zu rupfen.

Nach einer wortkargen Verabschiedung ging er zum Lichtenstein zurück, ähnlich in sich versunken wie in den morgendlichen Runden. Er wusste, wie sinnlos es war, sich auf dieses Gespräch vorzubereiten. Ludwigs Argumentationen waren stets spontan und dennoch gestochen scharf. Ein kluger, momentan aber auch ein sehr wütender Mann, das zeigte der Rauswurf deutlich.

Jacob ignorierte den Regen, den ein kühler Wind inzwischen fast waagerecht durch die Straßen trieb, das Quietschen seiner nassen Schuhe im Treppenhaus und auch den tropfenden Mantel, den er nicht ablegte, als er ins Privatkontor des Vaters trat.

Die Müllersche hatte ihm auf seinen fragenden Blick hin mit einer Kopfbewegung signalisiert, dort seinen Bruder vorzufinden.

»Und seit wann machen wir das so?«, fragte Jacob ohne eine Begrüßung.

»Du meinst die Kündigung?« Ludwig hatte offensichtlich entschieden, selbst in den Streit zu gehen und nicht den Vater vorzuschicken. Friedrich lehnte sich in seinem Sessel zurück und legte die Hände übereinander.

In Jacob zog sich etwas zusammen, er wurde ruhig, fast stoisch. »Was sonst? Seit wann werde ich nicht befragt? Der Personalbereich obliegt mir.«

Ein trockenes Auflachen.

Ein Fehler! Damit hatte er seinem Bruder eine Steilvorlage geboten, die dieser sofort nutzte: »Ja, und mir untersteht die Konfektion. Seltsam, wie sich das gerade vermischt und verwässert, oder?«

»Mit welcher Begründung hast du ihn hinausgeworfen?«

»Seine Entwürfe sind Grund genug. Sie sind schlecht.«

»Sind sie nicht.«

»Doch! Sie unterstehen dem französischen Modediktat. Ich begreife nicht, warum du es nicht siehst: Paris hat die Seele der Frauen sehr lange und sehr gut verstanden, unvergleichlich gut sogar, es hat sich mit seiner Kleidersprache zu deren bestem Vertreter gemacht. Aber die Konfektion hat einen derart raschen Wandel der Mode eingeleitet, dem ich nicht folgen will. Ich werde immer für preußische Gründlichkeit stehen und will als Autorität gesehen werden, die weiblichen Geschmack formt. Und nicht andersherum. Wir brauchen weder ständig wechselnde Kollektionen noch Modenschauen oder gar einen Modetee. Wir brauchen lediglich ein verlässliches Sortiment in bester Qualität zu angemessenen Preisen. Und das versteht dieser Hallberg nicht.«

»Was soll das Gewäsch? Du willst nur meinen Plan durchkreuzen!«

»Das ist eine unzulängliche Verknappung meiner Meinung, aber natürlich spielt das eine Rolle. Ich werde mich im Verband nicht hinstellen und in der einen Woche Wasser predigen, um in der kommenden Wein zu saufen.«

Nun beugte sich der Vater vor. »Mir gegenüber hast du gesagt, Hallbergs Arbeit sei schlecht. Jetzt geht es um den Streit mit deinem Bruder!«

»Wir hatten vereinbart, wir werden einen Modetee veranstalten«, ergänzte Jacob.

»Kannst du doch: mit meinen Modellen.«

»Ludwig, das ist jetzt unfair, da muss ich Jacob zustimmen. Wir haben uns auf den Modetee verständigt, da kannst du nicht einfach den Konfektionär vor die Tür setzen. Nun lass ihn doch machen.«

»Vater, es ist jedes Mal dasselbe: Immer ist es Jacob, der seinen Willen bekommt!«

»Ach, nun sei nicht so hart gegen deinen Bruder. Außerdem weißt du, wie sehr deine Mutter sich auf den Modetee freut. Gönnen wir es den beiden.« Friedrich stand auf, goss drei Cognac ein und sah aus wie einer, der ob des Schweigens erfreut war, den Streit aus der Welt geschafft zu haben.

Ella

Sie fühlte sich wie betäubt. Alles um sie herum erstrahlte in einem Prunk, wie sie ihn noch nie erlebt hatte: die von einem schmiedeeisernen Torbogen gerahmte Auffahrt zur Villa, die auf der gesamten Länge von Marmorbalustraden eingefasst war, der von Fackeln beleuchtete astralweiße Springbrunnen und das großzügige Foyer mit samtbezogenen Wänden. In der Garderobe umschwärmten sie Zofen, die ihr zur Hand gehen wollten, als wäre sie nicht in der Lage, den Mantel allein abzunehmen. Das gute Stück mit seinem kleinen Pelzkragen, seit Wochen ihr ganzer Stolz, nahm sich bescheiden aus neben all den Kostbarkeiten um sie herum: hier ein schneeweißer Hermelinmantel, dort ein samtweicher Zobel, mittendrin ein Silberfuchs. Für das Abendkleid hatte Ella sich finanziell ruiniert, doch es stand den Roben der anderen Frauen in nichts nach. Immerhin kleidete der silbern schimmernde Brokat mit den perlenbestickten Bändern sie hervorragend. Es galt – und das war geschäftlich zu sehen –, den großen Auftritt abzuliefern, schließlich waren Albert und sie als Lefebres Begleitung geladen. Der gefeierte Regisseur der Saison gab sich an diesem Abend die Ehre mit seinen beiden Hauptdarstellern.

Ella sah sich um: Wo war Albert überhaupt? Sie brauchte seinen Arm, seine Nähe, um hier zu dem aufzulaufen, was gefordert war: die kapriziöse Schauspielerin. Momentan fühlte sie sich eher wie eine Schauspielschülerin vor der ersten Prüfung.

Ein Page mit einem Tablett kam vorbei, sofort griff sich Ella eines der Gläser mit Champagner und nahm einige große Schlucke. Sich am Glas festhaltend, atmete sie tief ein, kontrollierte Frisur und Schminke in einer Spiegelwand, um dann in einen seidenen Sessel zu sinken. Auf dem Glastisch vor ihr standen verschiedene Flakons, sie nahm einen, roch daran und sprühte sich ein wenig des zarten Lavendelduftes an den Hals. Dann lehnte sie sich zurück und ließ ihren Blick schweifen.

Herren in Zivil und in Ausgehuniformen mit ordengeschmückter Brust und leise klingenden Sporen warteten auf ihre Begleitung, die Damen waren damit beschäftigt, letzte Hand an ihre Frisuren zu legen, bevor es in den Saal zur Wohltätigkeitsveranstaltung ging. Und wer heute alles geladen war! Verschiedene Politiker wurden von Journalisten umtänzelt, nahezu der gesamte Berliner Adel schien anwesend wie auch die Crème de la Crème der Finanzaristokratie. Ella hatte den Erfolg gewollt. Doch so plötzlich in die Welt der Reichen geworfen zu werden, war eine Überforderung, erkannte sie. Dieses Mal nippte sie nur an ihrem Glas, spürte aber schon die Wirkung des Alkohols. Um in das Kleid zu passen, hatte sie den Tag über nichts gegessen – eine Entscheidung, die sich in ihren Augen nun doppelt auszahlte, denn ein schneller, kleiner Rausch würde vielleicht die Aufregung nehmen. Vielleicht auch nicht.

Noch immer konnte sie Albert nicht entdecken, und Lefebre hatte sich schon im Foyer von einer Gräfin, Fürstin oder ähnlich wichtigen Dame entführen lassen. Ella erhob sich und strich ihr Kleid glatt.

»Frau Inger?« Ein Herr in einem besonders gut sitzenden und eleganten Frack deutete eine Verbeugung an.

Sie lächelte und nahm an, es würde gekünstelt aussehen.

»Gnädigste, entschuldigen Sie bitte, dass ich Sie anspreche, aber eine so talentierte und schöne Frau sollte nicht allein bleiben. Wenn ich mich vorstellen darf: Gustav Feinstein. Ich habe Sie im Theater gesehen und möchte Ihnen meine Bewunderung ausdrücken.«

Er war Ende dreißig, eher drahtig als kräftig, nur wenig größer als sie selbst, und ein kurz geschorener Haarkranz rahmte den sonst kahlen Kopf. Er war nicht schön, aber er sah klug aus und wie ein Mann von Welt. Männlich obendrein. Unglaublich männlich. »Sehr erfreut und vielen Dank für Ihre freundlichen Worte«, sagte sie, ohne zu wissen, was sie darüber hinaus erwidern sollte.

Er zückte eine Kavalieruhr, eine Savonette in zartem Roségold, die an einer zweireihigen Kette hing, ließ den Deckel aufspringen und warf einen prüfenden Blick darauf. »In wenigen Minuten werden wir zur Tombola erwartet. Darf ich Sie in den Saal begleiten? So viel ich weiß, sind Sie sowohl mit dem Regisseur als auch dem Hauptdarsteller der Inszenierung erschienen, aber bis die Herren ...«

»Sie sind ja außerordentlich gut informiert«, entfuhr es Ella.

»Durchaus, durchaus. Und sehr gern nutze ich mein Wissen, um mir den kleinen Augenblick zu stehlen, bis die Herren Sie wiederfinden und in Beschlag nehmen. Dann kann ich behaupten, ein wenig Aufmerksamkeit von Ella Winkler genossen zu haben.«

»Sie sind ein Charmeur!«, erwiderte Ella lachend und hakte sich in den angebotenen Arm ein.

Scheinbar aus dem Nichts hielt ihr Begleiter nun ein Glas Sorbet in der Hand. »Wenn Sie möchten, Gnädigste?«

»Oh, wo haben Sie das denn hergezaubert? Sie scheinen magische Fähigkeiten zu besitzen.«

»Auf diese Annahme lasse ich mich gern ein.«

»Meine gute Frau Inger!«, dröhnte Lefebres Stimme durch den Saal, und Ella errötete ob seiner schlechten Manieren. Der glasige Blick ließ vermuten, dass er dem Champagner schon binnen kürzester Zeit erheblich zugesprochen hatte, vielleicht hielt er sein Auftreten auch für exzentrisch. Zu allem Überfluss winkte er ihr mit weit ausholender Geste zu, und Feinstein zögerte nicht, der Aufforderung nachzukommen.

»Ich wollte dir Gräfin Holmer vorstellen, jetzt ist sie anderweitig im Gespräch. Wo warst du denn?«, polterte Lefebre ihnen entgegen. Dann hielt er inne und musterte Ellas Begleitung. »Oh, wie ich sehe, bist du bereits in bester Gesellschaft. Der verehrte Herr Feinstein!« Er begrüßte ihn überschwänglich, um dann Ella betont laut zuzuflüstern: »Er ist einer der führenden Galeristen der Stadt, ich hoffe, du weißt das?«

»Natürlich, wer weiß das nicht?«, erwiderte Ella zuckersüß und verbarg ihre Verärgerung, derart vorgeführt zu werden. Was hatte sie auch erwartet? Mit solch einem Selbstdarsteller einen Abend zu verbringen, konnte nur auf ihre Kosten gehen. Wo um Himmels willen blieb bloß Albert? Kurz runzelte sie die Stirn – sicherlich war der Wunsch verständlich, den Kollegen als Bollwerk zwischen Lefebre und sich selbst zu bringen, was Albert elegant zu meistern wüsste. Aber wie würde er auf Feinstein reagieren?

»Ach, da ist dieser Journalist.« Lefebre riss sie aus ihren Überlegungen und wies auf einen jungen Mann, der wenige Meter entfernt im Gespräch mit der Gräfin war. »Dem geben wir heute auch noch Text für seinen Artikel.«

Ella nahm einen Schluck des Sorbets, darum bemüht, gelangweilt auszusehen und Augenkontakt mit Gustav zu vermeiden. Er sollte nicht erkennen, wie beeindruckt sie war. Ein Galerist führte sie durchs Foyer in den Saal. Er wirkte nicht nur wie ein Mann von Welt, er war einer. Langsam, bemerkte sie, langsam, aber sicher fand sie sich in die ihr heute zugedachte Rolle ein. Und vielleicht war es sogar gut, wenn Albert noch eine Weile blieb, wo der Pfeffer wuchs.

Hedi

Das glaubst du doch selbst nicht. Märchen sind das.« Wütend schob sich Hedi durch das Gewühl der Leipziger Straße. »Ich mag gar nicht mehr arbeiten gehen.«

»Doch, es ist, wie ich es sage: Hannes ist im Haus. Die Müllersche hat es mir doch erzählt.«

»Du willst ernsthaft behaupten, Jacob Lichtenstein ist ihm gestern hinterhergelaufen und hat ihn zurückgeholt?«

Thea blieb stehen und stemmte die Hände in die Hüften. »Herrgott, wenn ich es dir doch sage. Und wenn ich jetzt nicht eine Kleinigkeit esse, werde ich ebenfalls übellaunig. Du solltest auch was essen.«

»Essen? Wer interessiert sich für Essen?« Hedi warf den Kopf zurück und lief weiter. Als Thea zu ihr aufschloss, fuhr sie fort: »Selbst wenn er heute im Haus ist, dann vermutlich nur, um seinen restlichen Lohn abzuholen.« Sie seufzte und wünschte sich, sie wäre ihm wenigstens noch einmal begegnet.

»Meine Güte, hat es dich erwischt!«

»Unsinn, ich finde es einfach ungerecht.«

»Er mag dich, das weißt du?«

Abrupt blieb Hedi stehen. Sie bemerkte selbst, dass sie sich plötzlich wie ein Backfisch verhielt. »Denkst du wirklich?«

»Herrgott noch mal! Er lädt uns alle zum Essen ein, um in deiner Nähe zu sein, krönt dich zur Vorführdame und begleitet dich nach Hause. Was brauchst du denn noch als Bestätigung?«

Kurz tanzten Schmetterlinge in Hedis Bauch. So wie Thea es

beschrieb, klang es wundervoll. Aber von Wundern waren sie gerade weit entfernt. Fröstelnd schob sie die Hände in die Manteltaschen und zog die Schultern in die Höhe. »Selbst wenn, jetzt ist es vorbei.«

»Ist es nicht.«

»Doch!«

»Ach, weißt du was? Frage ihn doch selbst!«

Stirnrunzelnd sah Hedi die Freundin an. »Ja, und wie?«

Thea grinste und wies hinter ihr die Straße hinab. »Da kommt er.«

Für einen Moment vergaß Hedi das Atmen. »Was? Er kommt, du meinst, er geht in unsere Richtung?« Sie wagte nicht, sich umzudrehen.

»Ja.« Nun grinste Thea von einem Ohr zum anderen. »Und ich muss jetzt zum Bäcker. Sieh zu, was du daraus machst.« Sie winkte und wandte sich ab.

Hedi griff ihren Arm. »Du kannst doch jetzt nicht gehen!«

»Und ob ich das kann! Mit meinen zwei Beinen schaffe ich das sogar ganz schnell.« Thea schüttelte ihre Hand ab und huschte davon.

Hedi fuhr herum.

Tatsächlich, da war er.

Und er hatte sie gesehen.

Lächelte. Hob die Hand und winkte.

Sie schluckte und winkte zurück. Was sollte sie jetzt machen? Sich umdrehen und zwanzig Schritte vor ihm zum Lichtenstein laufen? Stehen bleiben, so als hätte sie hier den halben Tag auf ihn gewartet? Bevor sie sich entscheiden oder eine weitere Möglichkeit ausloten konnte, erreichte Hannes sie. Er hatte den Kragen seines Mantels gegen den Wind hochgeklappt. Selbst das stand ihm. Es verlieh ihm etwas Verwegenes.

»Bist du auf dem Weg zum …?«, fragte Hedi und nickte mit dem Kopf in Richtung Lichtenstein.

»Ja, geht es dir gut? Wo ist Thea?«

»Sie wollte noch mal zum Bäcker. Meine Pause ist zu Ende, deshalb muss ich schon zurück. Und danke, mir geht es gut. Aber«, sie zögerte, »wie – also, was ist bei dir so?«

Hannes lief neben ihr, wie am Abend nach dem Kempinski. Auch mit Gegenwind, ohne Dunkelheit und Wein war seine Gegenwart ein erhebendes Gefühl.

»Du hast es ja sicher mitbekommen: Der Junior meinte gestern, ich solle gehen. Heute Vormittag gab es noch mal ein Gespräch.«

Hedi starrte ihn an. Und?, fragte sie in Gedanken. Kannst du bleiben? Bitte, rette meinen Tag!

»Jacob Lichtenstein hat sich für mich eingesetzt.«

»Stimmt es, dass er zum Bahnhof gelaufen kam?«

»Ja!«

Ich muss ihm irgendwann meinen Dank aussprechen, durchfuhr es Hedi. Sie ließ ihren Blick über Hannes' Profil wandern. Auch sie wäre für ihn zum Untergrundbahnhof gelaufen. Sogar bis zum Bahnhof Thielplatz, er war gerade neu eröffnet, und wenn Hedi es recht überblickte, lag er sehr weit draußen. Irgendwo im Südwesten. Ja, selbst dorthin wäre sie gelaufen.

Sie erreichten das Lichtenstein, und Hedi blieb einige Meter entfernt von der Hofeinfahrt stehen, um Gretes Neugier zu entgehen. »Aber was heißt das jetzt? Was hat das Gespräch ergeben?«

Hannes schaute sich um, dann lächelte er. »Ich bin wieder dabei.«

In Hedi explodierte etwas. Wärme und Farben rollten in Wogen durch ihren Leib, ließen ihr Herz schlagen und den Puls in den Ohren rauschen. Es kostete sie Mühe, nicht vor Glück aufzuschreien. Und sie musste an Theas Worte über Hannes denken. Es ließ sich nicht leugnen: Auch er sah glücklich aus.

Ella

Ein kurzer Brief, über einen Hausdiener des Lichtenstein zugestellt, hatte Ella hierhergeführt, um dem Schauspiel beizuwohnen. Und ein Schauspiel war es: eine Schar aufgeregter Frauen, die auf der kleinen Bühne standen, um sich auf den Modetee vorzubereiten. Sie waren genauso kopflos wie sie selbst vor jedem ihrer Auftritte. Ein Zustand, der einem Fieber glich. Eines, das Ella immer wieder ergriff und das sie erkannte, ganz gleich, wer darunter litt. Was für eine schöne Idee von Hannes, sie zu verpflichten, die Vorführdamen in der Präsentation der Kleidung zu schulen.

Mit ihr hatte, zumindest in Gedanken, Erich Birnbaum, ihr Lehrer am Theater, den Salon betreten. Sie hatte sich vorgenommen, seine Methoden anzuwenden. Mit seiner Aufmunterung »Das war schon sehr schön!« würde sie aus den drei Frauen herausarbeiten, was sie auszeichnete. Ella legte ihre Tasche auf einem der Sessel ab, drapierte ihren Mantel sorgfältig daneben. »Meine Damen, es freut mich, dass wir uns heute hier die Zeit nehmen«, begrüßte sie die drei. »Es sind Kleinigkeiten, das dürfen Sie mir glauben, die dafür sorgen, Ihre Präsentation abzurunden. Jede von uns Frauen weiß, wie sie Kleid, Hut oder sonstiges Kleidungsstück möglichst vorteilhaft zur Schau trägt. Diesbezüglich, da bin ich sicher, kann ich Ihnen nicht viel Neues erzählen. Doch sich vor einem Publikum zu bewegen, ist etwas anderes, und hierbei kann ich Ihnen vielleicht noch einige kleine Kniffe mit auf den Weg geben. Wie Sie am richtigen Punkt innehalten, sich drehen, um nach Möglichkeit allen geladenen Damen die Gelegenheit zu geben, das Modell, das Sie vorstellen, genauestens zu betrachten.«

Hannes betrat leise den Salon. »Lass dich bitte nicht stören. Ich möchte mich nur überzeugen, ob die Kleider die gewünschte Wirkung erzielen«, sagte er und sah hoch zu den Vorführdamen, die eher Schulmädchen vor einem Weihnachtssingen ähnelten. Er setzte sich, legte eine mitgebrachte Kladde auf den Schoß und zückte einen Stift.

Ella bemerkte sehr wohl das kurze Flackern im Blick der Freundin, den weichen Zug um ihren Mund, der verriet, welch Freude ihr die Anwesenheit des Konfektionärs machte.

Beschwingt klatschte sie in die Hände und eilte vor die kleine Treppe, die von der bisher eher provisorisch zusammengezimmerten Bühne herabführte. »So, Sie werden also erst dort oben laufen. Machen Sie dies mit viel Bedacht, schauen Sie dabei in die Ferne, als würden Sie beispielsweise den Ausblick auf eine Landschaft, die Ihnen gefällt, genießen. Das klingt befremdlich, aber gute Gedanken sind auf dem Gesicht ablesbar und besser, als wenn Sie sich gedanklich an Ihrer Aufregung festklammern. Nur beim Gang die Treppe hinab rate ich Ihnen, den Blick nach unten zu werfen, aber nur kurz bitte. Sobald Sie im Salon zwischen den Damen entlanglaufen, nehmen Sie wieder den Gedanken auf, der Sie oben auf der Bühne begleitet hat. Seien Sie sich Ihrer selbst bewusst, Sie wissen, wie einzigartig Sie sind, deshalb sind Sie hier. Es wird Musik geben, das hat mir Herr Hallberg bereits berichtet. Sicherlich wird sie Ihre Stimmung beeinflussen.« Für einen Moment geriet Ella ins Stocken. »Hannes, wäre es möglich, die Musiker dabeizuhaben, wenn wir die Generalprobe mit der fertiggestellten Kollektion machen?«

»Ja, das können wir einrichten. Aber wozu? Ich werde die zusätzlichen Ausgaben begründen müssen.«

»Die Musik bildet oft einen Rahmen, gelegentlich gibt sie den

Einsatz. Vielleicht ist sie geeignet, den Frauen ein Zeichen zu geben, wann sie losgehen, wann sie sich drehen und auf den Rückweg machen. Ich würde den Lauf gern an die Musik anpassen.«

Auf Hannes' Gesicht erschien ein Strahlen. »Eine wunderbare Idee, das werden wir machen. Unbedingt.«

»Dann wollen wir anfangen. Geben Sie mir einen Eindruck, wer Sie sind und wohin Sie wollen. Denken Sie sich eine Geschichte aus, die Sie mir im Nachgang erzählen.« Gut gelaunt lehnte Ella sich zurück und beobachtete die Frauen.

Gustav schob sich in ihre Gedanken. Seit dem Wohltätigkeitsabend hatten sie sich jeden Tag gesehen, jeden Abend hatte er im Theater gesessen, um sie danach noch auszuführen. Doch der gestrige Abend, er war anders verlaufen. Sobald Ella sich gedanklich in die Nähe der letzten Stunden wagte, zog sich ihr Unterleib zusammen, und eine Welle der Erregung durchflutete sie. Kurz schloss sie im Halbdunkel des Raumes die Augen, sah Gustavs Gesicht ungebührlich dicht vor ihrem, spürte seinen Atem an ihrem Hals, wenn er sie beim Tango in die tiefe Rückwärtsbeuge führte, seinen Oberschenkel zwischen ihre Beine schob. In seiner Wohnung hatten sie den Tanz fortgesetzt. Erstmals hatte er sie mit zu sich genommen, in seine riesige Wohnung voller Gemälde und Bronzefiguren. Im Salon stand ein Flügel, in jedem Zimmer unfassbar geschmackvolle Möbel, jedes für sich ein Kunstwerk. Er hatte ihr einen Einblick in sein Leben gewährt und viele weitere Gründe offenbart, warum er genau das war, was sie sich immer vorgestellt hatte.

Hedi

Maman?«, rief Hedi in die Wohnung hinein. Als sie keine Antwort erhielt, schloss sie die Wohnungstür hinter sich.

Seltsam fühlte sich das an.

Immer war die Mutter zu Hause. Hedi war, das bemerkte sie erst jetzt, daran gewöhnt, Hilde stets anzutreffen, sobald sie von der Arbeit kam.

»Maman«, sagte sie abermals laut in die Stille hinein, während sie ihren Mantel in den Flurschrank hängte. »Warum bist du denn nicht da? Es gibt so viel zu erzählen. Heute war die vierte und letzte Probe. Morgen ist der große Tag, und ich bin aufgeregt, so furchtbar aufgeregt.« Schal und Handschuhe behielt sie an, denn es war nicht nur seltsam, es war auch kalt ohne Hilde. In mehrfacher Hinsicht.

In der Küche zündete sie den Herd an und setzte Wasser auf. Ein Tee würde ihr jetzt nach dem Heimweg im windig-kalten Novemberwetter guttun. Sie musste den Ofen anwerfen, damit wenigstens die Küche warm wurde. Für einen Moment hielt sie inne und drehte die rauschende Gasflamme kleiner, um besser lauschen zu könnten. Tatsächlich: Schritte im Treppenhaus! Schnell drehte sie das Gas ab, sprang erleichtert zur Wohnungstür und riss sie auf. »Überraschung, ich durfte heute früher ge…« Erstaunt brach sie ab.

Hilde lehnte auf Höhe des Treppenabsatzes seitlich an der Wand, der Hut saß schief auf ihrem Kopf, und sie griente vor sich hin. Hinter ihr stand, zwei Stufen tiefer, ein Mann, der gerade eindeutig die Hände vom Hinterteil der Mutter nahm und versuchte, den Eindruck zu erwecken, er würde einer Angetrunkenen lediglich helfen wollen.

Hedi trat ins Treppenhaus. »Wo kommst du her?«, flüsterte sie.

Der Mann zog den Hut, nuschelte einen Namen, den sie nicht verstand, nur das Wort »Rechtsanwalt« glaubte sie herauszuhören. Dann wandte der Kerl sich ab und hastete die Treppe hinab. Er war mindestens so betrunken wie die Mutter.

»Ach, nun guck doch nicht so streng«, rief Hilde und kicherte.

»Pst, es muss ja nicht die gesamte Nachbarschaft mitbekommen, dass du am späten Nachmittag sternhagelvoll bist.«

»Na, sage mal!« Hilde zog einen Schmollmund. »Ich bin kein Sternenhagel, ich bin die Tanzfee vom Tanztee und habe mich einladen lassen. Zu einem Kupferberg Gold.« Sie wankte in die Wohnung. »Oder zwei, vielleicht waren es auch drei. Aber nur kliiiitzekleine.« Kurz stand sie im Flur und sah sich um. »Also, das ist viel zu kalt hier, du kannst ja mal den Ofen anmachen. Ich gehe gleich ins Bett.«

»Was? Ich mache gerade einen Tee. Möchtest du auch einen? Denn ich wollte dir noch erzählen …«

»Danke, bitte keinen Tee. Und kannst du das morgen machen, mein Schatz? Mir alles erzählen? Dann höre ich dir zu, versprochen! Schlaf gut!« Die Mutter beugte sich vor, drückte ihr einen Kuss auf die Wange. Dann schlug sie die Tür zum Schlafzimmer zu.

Weg war sie wieder.

Mit Hut und Mantel.

Jacob

In Berlin gab es ungefähr zweihundertfünfzig Konfektionäre, die im großen Stil mit Kleidung handelten, und weit über viertausend Meistereien, die ihre Näherinnen beschäftigten. Hinzu kamen Putzmacherinnen, Zuschneiderinnen und mindestens zwei Dutzend Maßsalons, insgesamt mehr als fünfzigtausend Menschen, die in der Modeindustrie tätig waren. Woher Jacob diese Zahlen hatte, konnte er nicht sagen, vermutlich hatte sein Bruder sie von einem der Verbandstreffen mitgebracht.

Doch hier, im Lichtenstein, konzentrierte sich das Thema Mode an diesem Tag auf zwei Menschen. Auf seinen Bruder und ihn. Auf den Kampf ums Ruder des Hauses, und der spitzte sich in dieser Präsentation zu.

Heute war er schon mitten in der Nacht aufgebrochen zu seinem Spaziergang, war weit länger gelaufen als sonst, um noch einmal alles in Gedanken durchzugehen. Nun galt es, vor Ort die Vorbereitungen zu überprüfen.

Der Salon glich inzwischen eher einem Theater, doch die Stühle waren nicht in Reihen im Raum, sondern im Halbkreis an der Wand entlang aufgestellt.

Am Eingang stand Josefine Wagner. Als erste Verkäuferin des Rayons Damenbekleidung war sie mit einer Vielzahl der geladenen Kundinnen bekannt und wusste um deren Eigenheiten. Ihre Aufgabe war es, sich im Anschluss nach Bestellwünschen zu erkundigen und diese zu notieren.

Die Treppe und die Bühne waren von Hausmeister Kühn gestrichen und von einigen Kassenmädchen mit Kunstblumen umrankt worden.

Vor der Bühne waren ein Violinist und ein Cellist so platziert, dass sie die Sicht nicht verdeckten. Sie stimmten ihre Instrumente, ein klägliches Gezupfe und Gejaule, von dem er hoffte, es möge bald enden. Er hatte kein Orchester auffahren können, aber wenigstens dafür gesorgt, dass beide Musiker in Kleidung des Hauses vor der Bühne saßen.

Die Einladungsliste war wochenlang ein Thema gewesen, an dem alle mitgewirkt hatten, von seinem Vater über die Mutter bis hin zu den Verkäuferinnen und Verkäufern – nur Ludwig hatte sich in Schweigen gehüllt. Eingeladen waren jene Kundinnen, die sich gehobene Mode leisten konnten. Noch nie war er so darauf angewiesen gewesen wie heute, dass die getätigten Ausgaben lohnten und die Damen sich selbst gegenüber in Spendierlaune kamen. Um sie in Stimmung zu bringen, gab es ein kleines Buffet: Tee, Gebäck und Soda Fontaine, wie es sich Marianne gewünscht hatte. Nach einigem Zögern hatte er sich entschieden, auch leichten Weißwein und Champagner anzubieten. Wer am Nachmittag schon welchen brauchte, sollte ihn bekommen, fast jedes Mittel war ihm recht.

Er blickte auf seine Uhr und schob sie wieder in die Westentasche. Die Vorführdamen befanden sich, wenn der Zeitplan von allen eingehalten worden war, bereits im durch Paravents abgetrennten Bereich. Sie waren sorgfältig geschminkt und nach der neuesten Mode frisiert, aufwendige Hochsteckfrisuren, in denen unzählige Haarklammern und Zelluloidkämmchen verschwunden waren. Selbstverständlich gehörten zur Ausstattung Hüte, Handschuhe, Schirme, Strümpfe und Schuhe.

Erste Kundinnen betraten den Salon, jede Einzelne wurde von seinen Eltern persönlich begrüßt. Inzwischen schluchzten Geige und Cello unaufdringlich, und hinter der Bühne war das Flüstern verstummt. Er konnte erahnen, wie die Vorführdamen lauschten, wann sie sich bereit zu machen hatten.

Jede der geladenen Damen, die nach und nach auf den Stühlen Platz nahmen, hegte die stille Hoffnung, dass nicht die Vorführdame hübsch war, sondern das Kleid die Frau so hübsch machte. Und je hübscher ein Kleid war, umso größer war die Hoffnung einer Käuferin, diese Schönheit würde auch auf sie selbst abfärben. Eine Vorstellung, die Jacob seit Jahren amüsierte.

Eine Frau betrat den Salon, die in ihrer Statur Helene ähnelte. Kurz versetzte die Sehnsucht ihm einen Stich. Gern hätte er die Frauen der Familie Schrader eingeladen, da sie aber nie etwas hatten liefern lassen, lag ihm offiziell keine Anschrift vor. Und so hatte er den Mut nicht aufgebracht, die Einladung abzusenden. Um nichts wollte er Helene verärgern. Sie sollte entscheiden, wann der richtige Zeitpunkt war, in Erscheinung zu treten.

Noch zwei Minuten, dann konnte die Vorstellung beginnen. Er sollte die Begrüßungsrede halten, doch alle Worte, die er sich zurechtgelegt hatte, erschienen ihm nun fade und geistlos. Plötzlich betrat Ludwig den Salon, begrüßte ebenfalls die geladenen Damen, allen voran Frau Geheimrat Kunze. Dann nahm er auf einem Stuhl nahe der Tür Platz und lächelte.

Jacob schluckte, zerrte an seinem Kragen und begab sich vor die Bühne. Nun war es an ihm, aus dem Modetee, dem ersten des Hauses, einen Erfolg zu machen. Vor den Augen seines Bruders.

Hedi

Mit geschlossenen Augen ging Hedi in Gedanken noch einmal ihren Lauf durch. Überlegte, wann sie innehalten, sich drehen, das Schultertuch abnehmen und über den Arm legen sollte, um dann zurückzulaufen. Sie spürte Theas Finger, die letzte Falten aus dem Rock zupften. Kurz sah die Freundin auf, lächelte und drapierte weiter. Trude, der Ella nur mühselig den Wanderschritt hatte austreiben können, stand dicht neben ihnen. Sonst das Haar zu einem festen Knoten im Nacken gebunden, schien die Hochsteckfrisur sie zu irritieren. Immer wieder tastete sie mit den Fingern nach den Kämmen, und trotz der Schminke war sie noch blasser als gewöhnlich. Nur Frau Kaiser, die sich – soweit es in dieser Enge ging – ein wenig abseits hielt, schien die Ruhe selbst zu sein.

Jacob Lichtenstein begann zu sprechen. »Mode ist eine Kunstform«, sagte er nach der Begrüßung und setzte eine Pause. »Sie wird in diesem Hause jenseits irgendwelcher Nationalitäten kreiert, für Sie. Denn im Zentrum des Schaffensprozesses stehen Sie, jede Einzelne von Ihnen. Und nur wer die Frau versteht, kann Kostbarkeiten entwerfen, die sie und ihre Seele unterstreichen.«

Inzwischen dröhnte Hedi der Puls in den Ohren, sie gab es auf, der Rede zu lauschen, und schloss wieder die Augen. Atmete tief in den Bauch, so wie es Ella ihr empfohlen hatte. Als die Geige erneut leise und lieblich zu spielen begann, stellte Hedi sich in Positur.

Thea sauste noch einmal um sie herum, wischte Fusseln, die es nicht gab, vom Wollstoff des Tuchs und zog zum letzten Mal Falten glatt, die beim ersten Schritt zurückkehren würden.

Hedi rief sich in Erinnerung, um was es ihr ging: Eleganz. Berlinerinnen waren schön, dafür waren sie weltweit bekannt. Doch mit der Eleganz der Französinnen hatten sie bisher nicht mithalten können. Und dieser wollte sie huldigen.

»Die Geschichte!«, hörte sie Ellas Stimme mahnend in ihrem Kopf. »Konzentriere dich auf deine Geschichte.« Ein Lächeln zog über Hedis Gesicht. Nie hätte sie ihre Version preisgegeben, sie war zu simpel, zu einfach. Ein Rendezvous mit einem Mann war der Antrieb, während sie lief. Um Ella zufriedenzustellen, hatte sie behauptet, zur Kurmusik einen Spaziergang zu machen, an einer Strandpromenade. Sie wusste, die Freundin hatte ihr kein Wort abgenommen, doch Frau Kaiser und Trude hatten sich an der hübschen Version erfreut.

Hedis Blick suchte Hannes. Er kniete auf dem Boden hinter Frau Kaiser. Die Stirn gefurcht, fluchte er leise vor sich hin. Anscheinend war der Saum des Kleides nicht seinen Wünschen entsprechend. Niemand fluchte so schön wie er, befand sie und lauschte der Musik. Sie wurde beschwingter, schien perlend leicht den Salon zu füllen.

Das Geigensolo nahte. Ihr Zeichen für den Auftritt.

Sie straffte die Schultern und betrat schlendernd die Bühne.

Einige der Damen im Publikum zückten ihre Lorgnons und umklammerten die fein ziselierten goldfarbenen Stiele, um nichts zu verpassen.

Mit jedem Meter, mit dem Hedi den Salon eroberte, spürte sie nicht nur die Blicke der Damen auf sich, sondern – auch aus dem Hintergrund – den von Hannes.

Sie lächelte.

Thea

Die beiden Musiker packten bereits ihre Instrumente ein, während Lichtenstein Senior und seine Gattin die letzten Kundinnen aus dem Salon begleiteten. Der Chef war mit der Veranstaltung offensichtlich zufrieden, er zwirbelte seinen Bart und überließ seiner Frau das Reden. Thea beugte sich hinter dem Paravent vor, um den Saal zu überblicken.

Ludwig war verschwunden. Hannes stand bei Hedi, Trude und Frau Kaiser. Die Anspannung war von ihnen abgefallen, gelöst und glücklich redeten sie durcheinander und lachten miteinander. Mit ihrer aufrechten Haltung, den roten Wangen und übermütig blitzenden Augen erinnerte nichts an Hedi noch an das Lämmchen, das sie vor wenigen Wochen gewesen war. Vielmehr wirkte sie in ihrem Glücksrausch wie ein flatternd schwebender Schmetterling. Ella, die Thea erst jetzt im Salon entdeckte, wurde derweil von Jacob Lichtenstein begleitet. Sie ging mit ihm an der kleinen Bühne vorbei auf die Vorführdamen und Hannes zu.

»Ich finde die Idee von Herrn Hallberg ausgesprochen reizvoll«, sagte der Chef in diesem Moment, »Sie langfristig für uns zu verpflichten. Wenn es für Sie denkbar ist, sich auch für ein kleineres Haus zu entscheiden, sollten wir uns diesbezüglich einmal zusammensetzen. Und das gern demnächst.«

»Herzlichen Dank, ich werde darüber nachdenken«, erwiderte Ella in einem Ton, als wäre sie es gewohnt, solche Offerten angetragen zu bekommen. Ihre Aufregung, die sie im Kempinski noch ob des Gedankens gepackt hatte, versteckte sie gekonnt. Ein Profi durch und durch.

Mit schwerem Herzen begann Thea, die verstreut liegenden Kleidungsstücke zusammenzusuchen. Es bekam ihr nicht, so viel Zeit mit diesen Frauen zu verbringen. Ihresgleichen sollte sich mit Menschen abgeben, die wie Cilly waren. Einfach, anspruchslos, eben jene Sorte, die in den Tag hineinlebte, auf nichts wartete und vor allem nichts erwartete. Sie sortierte Kleider in den Rollwagen und griff sich zwei wollene Umhänge und die Kiste mit Nähzeug, die sie für Notfallreparaturen mitgenommen hatte. »Cilly, ich bringe schon die ersten Sachen nach oben.«

»Was? Willst du nicht noch schnell zu den anderen und von Frau Wagner hören, wie es ausgegangen ist? Ob es viele Bestellungen gab?«

»Ach, das kannst du mir nachher erzählen.«

»Nun komm schon, vielleicht ist noch Wein oder Champagner übrig. Ich bin mir sicher, wir dürfen ausnahmsweise einen Schluck nehmen.«

»Trink für mich mit«, winkte Thea ab und verließ durch den Hinterausgang den Salon. Im Treppenhaus war es kühl und still. Mit schweren Gliedern schleppte sie sich die Treppe hinauf und bog in den Flur ab.

Ludwig Lichtenstein kam ihr entgegen, gerade dabei, seinen Hut aufzusetzen, der Mantel lag über dem Arm, den Gehstock hielt er in der anderen Hand.

Ihr Herz begann zu klopfen. Im Halbdunkel wirkte er noch attraktiver, größer, regelrecht massiv.

Er baute sich vor ihr auf und musterte sie. »Fräulein Stübner, wie Sie sicherlich wissen, bin ich nicht sonderlich begeistert von dieser Veranstaltung. Trotzdem möchte ich anerkennen, was Sie dafür geleistet haben. Ihre Arbeit ist Teil der Lichtensteinschen Handschrift, das Aushängeschild unserer Qualität. Sie wissen, welcher Anspruch gefordert ist, wenn das Etikett unseres Hauses am Ende in ein Kleid genäht wird. Das war heute unübersehbar.« Er tippte mit der Hand an den Hut, schob sich an ihr vorbei und verschwand.

Thea blieb im Flur stehen und sah ihm nach, wie er im Treppenhaus verschwand. Zurück blieb sein Duft, eine holzige Mischung, in die sich Nuancen von Kernseife und Pomade mischten. Sie ging erst weiter, nachdem der Geruch sich verflüchtigt hatte.

Jacob

Es war ein Triumph gewesen. Auch Tage später noch.

Einer, der Jacob bis in seine Träume hinein begleitete, Nacht für Nacht. Das sang- und klanglose Verschwinden des Bruders, die glänzenden Augen des Vaters, die glühenden Wangen der Vorführdamen und die Zahlen der Vorbestellungen, die die Wagner am Ende genannt hatte. All das geisterte durch seine Träume, die so leicht und oberflächlich waren, dass er sich auch in dieser Nacht zwischen Dämmerschlaf und kurzen Wachphasen hin und her wälzte. Und immer wieder war beides erhebend – die nochmalige Wiederholung des Rausches im Traum wie auch das Erwachen, das ihn daran erinnerte, nicht zu träumen.

Er hatte diese Runde für sich entschieden.

Für ihn gab es seit diesem Nachmittag keinen Zweifel mehr: Er würde die Leitung des Hauses langfristig übernehmen, und wenn das Lichtenstein überleben wollte, mussten Neuerungen her. Er würde seine Ideen zu Papier bringen und sich mit fähigen Mitarbeitern an die Arbeit machen.

Im Morgengrauen spürte er in einer weiteren Wachphase Durst. Während er nach dem Glas auf seinem Nachtisch griff, dachte er darüber nach, aufzustehen und wieder eine große Morgenrunde zu drehen, als er plötzlich den Geruch wahrnahm. Eine rauchige, stechend scharfe Note, die nicht den kleinsten Zweifel ließ: Es brannte, und das verdammt nah. Jacob knallte das Glas wieder auf den Nachttisch, sprang aus dem Bett, verhedderte sich in der Decke, stolperte, ein unförmiges Stoffknäuel um die Füße geschlungen, zum Fenster, riss die Gardinen auf und wusste selbst nicht, was er gehofft hatte. Dass es im Haus gegenüber oder auf der Leipziger Straße brennen würde? Beängstigend nah, aber doch noch weit genug entfernt?

Es brannte nicht auf der Straße.

Auch das Haus gegenüber stand unversehrt im nächtlichen Dunkel. Nur in den Scheiben des unteren Stockwerks spiegelte sich Licht. Orangefarbenes Licht, das sich tanzend veränderte und ihm entgegenschrie: Das Lichtenstein steht in Flammen!

Ich sterbe, durchfuhr es ihn.

Ich werde ersticken. Verbrennen. Jetzt.

Zwei, drei Wimpernschläge lang stand Jacob da, unfähig, sich zu rühren. Sein Brustkorb bewegte sich. Immerhin schien er noch zu atmen.

Dann hörte er den gellenden Schrei seiner Mutter.

Was vorher an ihm schwer und gelähmt gewesen war, wurde nun federnd kraftvoll, eine Geschwindigkeit und Klarheit entwickelnd, die er genauso wenig kannte wie die zuvor erlebte Starre. Sollte ich sterben müssen, hämmerte es in seinem Kopf, werde ich zuvor meine Eltern retten. Und unsere Käthe. Dann erst, dann kann ich gehen.

Er riss seine Zimmertür auf. Auch der Flur war verraucht. Sofort rannte er ins Schlafzimmer seiner Eltern, vorbei am Vater, der am Fußende des Bettes auf und ab lief, die Hände auf die Brust gepresst. Jacob riss seine Mutter, die am Fenster stand und nicht aufhören wollte zu schreien, am Arm und drehte sie zu sich um. Dann holte er aus und schlug ihr mit flacher Hand ins Gesicht. Sie verstummte, und selbst dem Vater fielen vor Schreck die Hände vom Brustkorb. Kurz beugte Jacob sich vor, küsste die Mutter auf die Stirn, um sie dann mit sich zu ziehen. Sie packte im Laufen den Vater, und gemeinsam verließen sie das Zimmer.

»Käthe!«, brüllte Jacob über den Flur.

»Ja, hier bin ich!« Das Dienstmädchen stand an der Tür zur hölzernen Personaltreppe. »Hier ist weniger Rauch!«, rief sie panisch.

Käthe, die gute Seele, im Dienstmädchenzimmer untergebracht, stand rund um die Uhr zur Verfügung, selbst dann, wenn Köchin, Müllersche und alle anderen guten Geister des Hauses in den Feierabend verschwunden waren. Die Personaltreppe hinabstürmend, hoffte er, dass keine Angestellten die Nacht im Haus verbrachten. Das hatte es immer wieder gegeben: Verkäuferinnen, die lange am Sortieren und Aufräumen gewesen waren und den Heimweg im Dunkel nicht mehr hatten antreten wollen; Lagerarbeiter oder Rayonchefs, die sich unterhalten und die Zeit darüber verloren hatten, oder Hausmeister Kühn, der vor allem im Winter, wenn er noch als Heizer tätig wurde, früh Kohlen schippen oder Schnee vor dem Eingang des Hauses fegen musste. Er war oft nachts in seinem Keller, wo er sich ein kleines Nachtlager geschaffen hatte. Alle wussten es, und nie hatte jemand einen Gedanken darauf verschwendet.

Der Personaleingang und der Weg durchs Lager waren verschlossen, die Ersatzschlüssel lagen zu weit entfernt – bei der Müllerschen im Kontor. Kurzerhand stürzte Jacob mit seinem Gefolge in den Verkaufsraum.

Eine Wand aus Rauch. Langsam tastete Jacob sich vorwärts. Seine rechte Hand fuhr über den Verkaufstresen. Über das Holz, die gläserne Ablage. Sie fühlte sich warm an. Unter seinen Schuhen knirschten Scherben. Er sah die Bilder überdeutlich vor sich: Letzte Schubläden wurden geschlossen, Ablagen gewischt. Die Glocke hatte bereits den Ladenschluss verkündet. Eines der Ladenmädchen rief zwei Kolleginnen zu, den Abend zu genießen. Genau das werde sie jetzt machen, mit ihrem Liebsten ein wenig über den Ku'damm flanieren, vielleicht im neuen Marmor-Haus einen Film schauen. Gelächter als Antwort. Eine Tür, die eilig zugeschlagen wurde.

Irgendwo hier mussten die zwei Frauen gestanden haben, vor wenigen Stunden. Vor der Schaufensterfigur, die mitten im Raum auf einem Podest alles überragte. Den Namen der Figur kannte er.

»Die schöne Frieda«, so nannte sie jeder.

Das Prunkstück des Hauses. Sie war eines der künstlichen Mannequins von Pierre Imans, von Jacob selbst in Paris ausgewählt. Nahezu unbezahlbar. Nicht aus Holz wie alle Figuren, die sonst im Lichtenstein die Kleider präsentierten. Sie war filigran aus Wachs gearbeitet, mit glänzenden Augen aus Harz, von echten Wimpern umrahmt, darüber zogen sich fein geschwungene Augenbrauen. Ein geschminktes, lächelndes Gesicht, um das sich echtes Haar schmiegt.

Die Namen der beiden Frauen, die das Kleid drapierten, wollten ihm nicht einfallen.

Nie wieder würde ihm das passieren.

Wenn er diesen Moment überlebte, schwor er sich, nie wieder die Namen von Angestellten zu vergessen.

Flammen zerrissen die Wand aus Rauch, tanzten über die Tresen, züngelten um die Regale. Der Lichtschein des Feuers brach sich im scharlachroten Seidenkrepp des Kleides. Eine Kreation seines Bruders.

Jacob spürte die Hände der Mutter im Rücken, wie sie sich im Stoff des hastig übergeworfenen Hausmantels festkrallten. Er wollte zurückblicken und sich vergewissern, dass sein Vater und das Dienstmädchen Käthe der Mutter folgten. Doch ein Knacken über ihren Köpfen ließ ihn aufschauen. Vor ihm, wenige Meter entfernt, lösten sich Teile der Deckenverkleidung. Als sie auf dem Boden aufschlugen, erzitterten die Dielen. Gleißendes Licht erhellte den Verkaufsraum, dem Blitz eines Gewitters gleich, und ließ das rote Kleid grell aufleuchten. Noch immer stand die schöne Frieda auf dem Podest, als könnte nichts ihr etwas anhaben. Ein majestätischer Anblick, regelrecht dramatisch. Es waren nur zwei, vielleicht drei Meter, die Jacob von ihr und dem Kleid trennten.

Funken regneten durch die Luft, und einer sprang auf den Rockteil.

Er landete rechts unten, in der Nähe des Saumes.

Ein kurzes Glühen.

Ein Glimmen.

Dann rasten die Flammen zischend über den Stoff hinweg.

Wieder schrie die Mutter auf, gemeinsam mit Käthe.

Jacob riss den Arm in die Höhe, hielt ihn schützend vor sein Gesicht. Die Portiersloge, er konnte sie bereits sehen. Nur noch wenige Schritte, dann hatten sie es geschafft. Er versuchte die Luft anzuhalten, denn mit jedem Atemzug wurde ihm schwindeliger. Bei der Portierschen gab es ein Notfallset Schlüssel für den Haupteingang. Gleich würden sie das Haus verlassen.

Er trat die Tür auf. Hielt inne.

Dort lag Grete. Auf dem Boden.

War sie ohnmächtig, im Rauch erstickt?

Er sank auf die Knie und bemerkte das Kissen, dann die Decken, auf denen Grete ruhte. Dicht neben ihrem Kopf eine Flasche Korn, zur Hälfte gefüllt.

Voller Angst und Erleichterung packte er ihre Schultern und rüttelte sie. Sofort fuhr sie auf und schaute ihn mit glasigem Blick an. »Die Schlüssel!«, brüllte er. »Wir brauchen die Schlüssel, wir müssen vorne raus!«

Mit einem Schlag war Grete hellwach.

Zu Jacobs Erleichterung verfiel sie nicht in Panik wie seine Mutter, die sich inzwischen an Käthe festklammerte und unentwegt wimmerte. Die Portiersche reagierte konzentriert, griff den Schlüsselbund, verließ ihr Kabuff und sah kurz in das Flammenmeer.

Dann öffnete sie mit zitternden Händen das Eingangsportal. Zusammen entkamen sie dem Feuer, das sich inzwischen an

Kleidern und Frieda gesättigt hatte und nun nach ihnen langte. Mit aufgerissenen Mündern, hustend, fast blind vom Rauch, stolperten sie auf die Straße. In die kühle, klare Luft. Die zartrosa gefärbte Dämmerung.

»Innenangriff!«, rief ein Feuerwehrmann, rannte an ihnen vorbei und verschwand mit einem Schlauch im Lichtenstein.

Arme überall. Ein Wirrwarr aus Menschenleibern. Sie gaben Jacob Halt, stützten ihn. Gesichter vor ihm, Helme von Feuerwehrmännern. Dazwischen immer wieder Polizisten. Fragen hagelten auf ihn herab. Er antwortete, ohne zu verstehen, was er sagte. Sein Gesicht war nass, und er wusste nicht, ob er weinte oder schwitzte. Vermutlich beides. Irgendwer übernahm die Führung, ein Mann, einer mit gutem Mantel und verrutschtem Hut. Er brachte ihn, seine Eltern, Grete und das Dienstmädchen ins nahe gelegene Hotel Prager Hof.

Jacob weigerte sich, das Foyer zu betreten. Nur den Pagen, der frierend vor der Tür stand, brüllte er an, er solle sich um einen Arzt kümmern. Es waren die ersten Worte, die er selbst wieder hörte. Dann ließ er den Pagen, den wohlmeinenden Begleiter und seine Familie samt Anhang stehen.

Rannte zurück, angetrieben von blanker Angst ums Lichtenstein, den Hausmeister, angrenzende Häuser, die Leipziger Straße, eine Angst, die immer größer wurde und ihn zu verschlucken drohte. Er trat in eine riesige Pfütze, geriet ins Rutschen. Verlor den Pantoffel, ein Blick sagte ihm, er war hinüber. Er schüttelte den anderen Schuh ab und rannte barfuß weiter.

Als er das Lichtenstein erreichte, drängte er sich durch die Menge und stürmte, ohne zu zögern, die Stufen zum Eingang hinauf. »Es sind vielleicht noch Angestellte im Haus!«, rief er einem der Feuerwehrmänner zu. Der reagierte umgehend und folgte ihm. Doch er packte ihn nach wenigen Schritten an den Schultern und hinderte ihn, ins Haus zu rennen. Dichter Qualm schlug ihnen entgegen, umhüllte sie.

Die Hitze brannte auf der Haut.

Selbst hier vor dem Haus.

Der Feuerwehrmann legte den Arm um ihn, ein Griff, von dem Jacob nicht sagen konnte, ob er ihn stützen oder notfalls mit Gewalt zurückhalten sollte. »Selbst wenn jetzt noch jemand drin ist, ist es zu spät.« Kraftvoll schob der Mann ihn die Stufen hinab. »Sind Sie der Eigentümer?«

Jacob nickte.

»Sammeln Sie lieber Ihre Angestellten auf der Straße ein, sie scheinen jetzt zu kommen.« Er wies auf Frauen, die von der Polizei daran gehindert wurden, näher zu treten. Einige hielten sich aneinander fest, aber alle starrten sie auf das Haus, die Flammen, den Qualm, die scherbenübersäte Straße. Jacob erkannte unter ihnen Hedi Markwardt und die Näherin, zwei der Frauen, die vor wenigen Tagen mit ihm den großen Erfolg eingefahren hatten.

Und mit einem Mal weitete sich der Blick, erfassten seine Gedanken, wie viele Menschen mit seiner Familie und ihm gerade ihre Existenz verloren hatten und sprichwörtlich auf der Straße standen.

Jetzt spürte er, wie sehr er fror. Seine Füße schmerzten vor Kälte, die Lunge schien sich nicht mehr zu weiten. Er torkelte, fand keinen Halt, stolperte und stürzte auf das Pflaster.

Um ihn herum wurde es ruhig und dunkel.

Hedi

Alles wird sich ändern!

Hedi schlug die Augen auf und schob sich unter der Bettdecke hervor.

Umgehend korrigierte sie sich: Nein, es hatte sich schon alles geändert: Sie war jetzt Vorführdame, und sie war verliebt. Auch in dieser Nacht hatte sie kaum ein Auge zugemacht, hatte ihrem Herzschlag gelauscht, der sich seit dem Modetee nicht beruhigen wollte. Erst am Morgen war sie in einen tiefen Schlaf gefallen und doch pünktlich erwacht. Sie lief in die Küche, um die Waschschüssel zu füllen.

Irritiert hielt sie inne.

Im Waschbecken standen zwei Gläser, auf dem Tisch eine geleerte Flasche Wein. Es war mitten in der Woche – mit wem hatte die Mutter abends noch zusammengesessen und getrunken? Hilde hatte bisher jedes Gespräch über den Tanzfee-Abend verweigert.

Schnell ging Hedi zum Schlafzimmer, zögerte und öffnete dann doch die Tür. Sie sah den geflochtenen Zopf, ein Bein lugte unter der Decke hervor. Die andere Betthälfte war unberührt. Also hatte Hilde ihren Gast – war es wieder der Anwalt gewesen? – immerhin noch aus dem Haus komplimentiert. Leise zog Hedi die Tür ins Schloss.

Was machte sie hier?

Kontrollierte sie ihre Mutter?

Gönnte sie ihr kein neues Liebesglück?

Oder war es die Angst, dass die Mutter ernst machte? Sich verheiratete, um dann die Tochter einem Mann anzudrehen? Oder die Reihenfolge gleich umdrehte?

Hastig wusch Hedi sich in der Küche, schlüpfte in ihr Kleid und verließ die Wohnung. Angewidert von sich selbst.

Erst als sie am Hausvogteiplatz den Bahnsteig entlanglief, wie immer inmitten all der anderen Frauen, die morgens den Zug mit ihr teilten, und den Wind eines einfahrenden Zuges spürte, der sie die Treppen hinaufzuschieben schien, löste sich langsam die Enge in ihrer Brust. Auf dem Platz war es heute noch voller als gewöhnlich. Mehrere elektrobetriebene Feuerwehrwagen fuhren an ihr vorbei, sogar einer mit Dampfspritze und Leiter, gefolgt von zwei offenen Wagen, auf denen etwa zehn Feuerwehrmänner in dunklen Uniformen mit glänzenden Helmen saßen.

Die Uniformen – Hedi musste lachen, und es tat gut. Es wischte den verqueren Start in den Tag beiseite und führte dorthin, wo fast alle gedanklichen Wege momentan zusammenliefen: bei Hannes. Gestern hatte er einen Anzug getragen, der so dunkel wie die Uniformen gewesen war. Passend zum Braunton seiner Augen, die manchmal so dunkel waren wie schwarz glänzender Turmalin. Unvermittelt erklang Musik in ihr, sie spürte das Frohlocken der Geigen im Bauch, das Trällern der Flöten als Gänsehaut auf den Armen und den leisen Gesang der Harfe als verborgenes Lied ihres Herzens. Hedi musste sich beherrschen, nicht vom Lauf- in einen Tanzschritt zu verfallen. Sie bog in die Jerusalemer Straße ab und blieb wie angewurzelt stehen.

Eine Rauchsäule wuchs an der Kreuzung der Leipziger Straße über den Dächern in die Höhe.

Sofort raffte Hedi ihren Rock und rannte los, drängte sich an Passanten vorbei, rempelte an Schultern, lief auf die Straße, zwischen Droschken hindurch, wechselte wieder auf den Bürgersteig, überhörte die Flüche, die ihr nachgeschickt wurden. Die

Musik war verstummt, vom schmerzhaft treibenden Herzschlag verdrängt. Als sie sich der Leipziger Straße näherte, sah sie Flammen aus den Fenstern des Lichtenstein lodern.

Vor dem Haus drängten sich zahlreiche Löschwagen, auch jene, die soeben an ihr vorbeigefahren waren. Die Straße war in beide Fahrtrichtungen durch hinzugeeilte Helfer gesperrt.

»Ich arbeite dort!«, schrie sie. »Ich muss da hin.«

Der Mann vor ihr sah sie mitleidig an. Sie kannte ihn, er arbeitete in der chemischen Waschanstalt, einige Häuser entfernt. Wie konnte er ihr den Zutritt verwehren?

»Ich arbeite dort!«, schrie sie noch einmal, lauter und drängender.

»Ich würde sagen, du hast dort gearbeitet. Und deshalb bleibst du jetzt hier stehen. Wir wollen die Löscharbeiten doch nicht behindern«, sagte er nur und rührte sich nicht vom Fleck.

Thea

Thea konnte nicht sagen, ob es Hedi war, die in ihren Armen zitterte, oder ob es ihr eigener Leib war, der sich jeglicher Kontrolle entzog. Sie starrte auf das Lichtenstein oder vielmehr auf das, was das Feuer bisher noch nicht erfasst hatte, und fühlte nichts. Alles in ihr war stumpf. Grau. Glatt und kalt. Der nicht enden wollende Streit am Morgen zwischen Gerd und Lenchen wirkte mit einem Mal rührend; der Vater, der mit Schmerzen zur Arbeit aufgebrochen war, mitleiderregend; und die Mutter, die sich allem entzogen und hinter der Nähmaschine verkrochen hatte, einsam.

All das war weit entfernt.

Lächerliche, traurige und doch tröstliche Alltäglichkeiten. Wie fremd und düster waren dagegen die Bilder ihrer Zukunft: die dunkle Halle einer Fabrik, sie mittendrin und dabei, Glühstrümpfe zu fertigen oder andere stumpfsinnige Tätigkeiten zu verrichten. Um einen ähnlichen Lohn wie im Lichtenstein zu verdienen, musste sie in die Fabrik. Nur dort gab es entsprechend hohe Einstiegslöhne. Die Familie brauchte das Geld.

Ein Taxameter bremste und riss sie aus ihren Gedanken. Ludwig Lichtenstein stieg aus und rannte mit offenem Mantel und verheddertem Schal, den Hut in den Händen, auf die Straßenabsperrung zu. Sein Gesicht war kalkweiß und verzerrt. Er schob sich durch die Wartenden hindurch. Die Mitarbeiter, die versuchten, ihm Fragen zu stellen, oder ihn festhielten, um ihre Trauer und Angst mit ihm zu teilen, wies er von sich, drängte weiter vor und kam neben Thea zum Stehen. Seine Hand fiel schwer auf ihre Schulter.

Nie hätte er eine Angestellte berührt, da war sie sicher, erst recht nicht in der Öffentlichkeit. Und sosehr sie sich nach einer Berührung vom ihm gesehnt hatte, so grauenvoll fühlten sich seine Finger jetzt an, wie sie sich, trotz des Mantels, schmerzhaft in ihr Fleisch gruben. Erschrocken löste sie sich von Hedi, die derart in ihren Gedanken verfangen war, dass sie Ludwigs Ankunft erst jetzt bemerkte.

Im Gegensatz zu Thea fand sie Worte: »Es tut mir so leid, ich … Ihre Familie ist in Sicherheit, Ihr Bruder wurde gerade weggebracht, er ist unverletzt.«

»Wo sind sie? In der Charité?«

»Ich weiß es nicht.«

Einer der Polizisten hörte den Wortwechsel und winkte Ludwig durch die Absperrung. Doch der zerrte Thea mit sich an den Feuerwehrmännern vorbei, die auswichen.

Die Zeit schien sich zu dehnen.

In Theas Wahrnehmung drängten sich einzelne Begebenheiten in den Vordergrund, ohne dass sie verstand, warum sie ausgerechnet diese bemerkte: den Hydranten, der sicherlich schon immer vor dem Lichtenstein gestanden und den sie nie gesehen hatte; die Abbildung der golden glänzenden Krone auf dem Löschwagen, unter der sich als Halbkreis der leuchtend rote Schriftzug der Berliner Feuerwehr wölbte, den gezwirbelten Bart des Brandmeisters und den Rauch, ein graues Tuch, über die Straße gelegt.

Ein Feuerwehrmann kam auf Ludwig und sie zu, hob die Hand, als wollte er sie aufhalten, dann, im Näherkommen, sank sein Arm herab. Er kniff die Augen zusammen. »Gehören Sie zur Familie Lichtenstein?«, fragte er nur.

Ludwig nickte.

»Gut, dann begeben Sie sich bitte ins Hotel Prager Hof. Dort ist Ihre Familie untergebracht, einer der Herren, ein junger Mann – wir haben ihn eben dorthin begleitet.«

»Ist er verletzt?«

»Nein, aber er wird, wie auch die anderen, ärztlich versorgt. Bisher haben wir niemanden mehr im Haus entdecken können.«

»Keine Toten?«

»Keine Toten.«

Die Hand schlug Thea zweimal auf die Schulter, halb Dank, halb Abschied. Ohne sich umzusehen, lief Ludwig los.

Thea starrte den Feuerwehrmann an, dann das Lichtenstein. Im ersten Stock, wo gestern Fenster gewesen waren, klafften nun Löcher, die leeren Augenhöhlen glichen.

Dort oben, dachte sie, da war mein Arbeitsplatz.

Sie sah die Schläuche, die Pumpe und das Wasser, das die Fassade herablief. Selbst aus dem Eingangsportal floss es träge die hellen Marmorstufen hinab. Was das Feuer verschont hatte, das verschlang jetzt das Wasser.

Sie schlug die Hand vor den Mund, die Augen mit einem Wimpernschlag tränenblind.

Hedi. Wo war Hedi?

Sie musste sich anlehnen. Die Welt schien zu wanken.

Alles, einfach alles war zerstört.

Jacob

Philipp Freudenberg und seine Söhne, Julius und Hermann, betraten mit ernsten Gesichtern die Suite. Ihnen folgten Angestellte des Hauses Gerson, die wortlos mehrere mit Tüchern verhängte Rollwagen ins Zimmer schoben, um danach ebenso wortlos wieder zu verschwinden.

Die Familien kannten sich seit mehr als zwei Jahrzehnten. Die Branche der Waren- und Kaufhausbetreiber war eine verschworene Gemeinschaft, stets in Konkurrenz, doch wenn es darum ging, sich nach außen zu verteidigen – beispielsweise gegen die Politik und deren maßlose Warenhaussteuern –, standen sie Seite an Seite. Und, der Beweis war mit dem heutigen Tag angetreten, auch in persönlichen Notsituationen endete die Konkurrenz.

Philipp Freudenberg musste an die achtzig Jahre alt sein. Vom Vater damals nach Berlin geschickt, hatte Friedrich bei ihm seine ersten beruflichen Erfahrungen sammeln können. Obwohl Jahrzehnte sie trennten, waren die beiden Männer einander freundschaftlich verbunden geblieben.

Schwerfällig schob Jacob die Decke beiseite, die ihm eine Angestellte des Hotels über den Schoß gelegt hatte. Sein Kopf dröhnte, die Augen fühlten sich an, als wären sie zu Kieselsteinen geworden, noch immer schmerzte seine Lunge bei jedem Atemzug. Der Arzt hatte ihn ermahnt, Ruhe zu halten, aber den Freudenbergs wollte er wenigstens ein Getränk anbieten. Er versuchte, sich aufzurichten.

Doch Julius kam ihm zuvor. Er drückte ihn wieder in den Sessel. »Du wirst uns nicht bewirten! Schone dich! Es tut mir so leid – mir fehlen die Worte! Aber mich tröstet, dass ihr versichert seid …« Er griff die Whiskyflasche, die der Hotelchef persönlich auf der Kommode zurückgelassen hatte, und schenkte vier Gläser ein.

Jacob konnte sich nicht erinnern, jemals so früh am Morgen auf nüchternen Magen Hochprozentiges getrunken zu haben. »Woher wisst ihr …«, fragte er und genoss das Brennen, das für einen Moment die anderen Schmerzen betäubte.

Hermann schüttelte kurz den Kopf und kniff die Augen zusammen. »Ganz Berlin weiß es.« Er fuhr sich mit dem Ärmel über den Mund. »Wir waren beunruhigt und haben einen Hausdiener losgeschickt, damit er sich ein Bild macht. Er erfuhr, wo ihr untergebracht seid. Aber wo sind deine Eltern? Wo ist Ludwig?«

»Ludwig wohnt seit einiger Zeit in Wilmersdorf, er wird sicherlich gleich erscheinen. Vater ist nebenan. Bei Mutter.«

»Wie geht es ihnen?«

»Mutter ist außer sich, ebenso Käthe, das Dienstmädchen. Der Arzt hat sie in Augenschein genommen, aber Käthe wollte zu ihrer Familie.« Er stockte. Wo Grete abgeblieben war, wusste er nicht, aber er nahm an, sie würde zurechtkommen. »Und Vater«, fuhr er fort, »er versucht, Haltung zu bewahren. Mir scheint, er vermeidet es, in seinem Aufzug Besuch zu empfangen.«

»Das verstehe ich«, sagte Freudenberg Senior nun. Der weiße Vollbart verbarg das Zittern seines Kinns nicht. Er begreift noch viel mehr als ich das Ausmaß der Katastrophe, dachte Jacob und wischte sich mit der Hand über das Gesicht. Obwohl er sie mehrfach gewaschen hatte, roch sie noch immer nach Ruß.

»Es war ein Zufall, dass wir heute Morgen derart früh schon im Kontor waren. Es sollte so sein. Deshalb«, Freudenberg wies auf die verhängten Rollwagen, »nehmt die Kleidung, sucht aus, was ihr benötigt, und macht euch bitte keine Sorgen. Ihr könnt gern erst einmal alles hierbehalten, auch für die kommenden Tage, und wenn etwas fehlt, lasst es uns wissen. Bitte grüß deine Eltern und deinen Bruder.«

Jacobs Augen füllten sich mit Tränen, so gerührt war er von dieser Geste. Erleichtert bemerkte er den Vater, der in diesem Moment ins Zimmer trat. Er legte den Finger auf die Lippen und schob hastig die Tür hinter sich zu, erst dann sagte er mit brüchiger Stimme: »Sie schläft.« Verloren sah er in dem seidig glänzenden Hotel-Morgenmantel aus, der zu groß war und unter dem er noch immer seinen Pyjama trug, auch die nackten Füße steckten in seinen Pantoffeln. Bis zur Unkenntlichkeit verkrusteten Pantoffeln. Kurz überlegte Jacob, warum sein Vater die Schuhe des Hotels noch nicht angezogen hatte, dann fragte er sich, warum er über solche Nichtigkeiten nachdachte.

»Und ich habe euch gehört«, sagte Friedrich nun und ging auf Julius zu, schüttelte erst ihm die Hand, dann Hermann. Als er Philipp Freudenberg erreichte, ließen die beiden einander nicht mehr los, verharrten, die Hände übereinandergelegt, und wieder zitterte das Kinn von Freudenberg Senior. »Ich kann nur erahnen, was ihr durchmacht«, sagte er leise. Sein Blick konnte kaum mitfühlender sein.

Der Kopf des Vaters sank herab, die Schultern begannen zu zucken. »Danke für deine Anteilnahme. Aber wenn du wüsstest …«, flüsterte er.

Freudenberg zog ihn kurz an sich und klopfte ihm auf die Schulter. »Alles wird gut! Grüß bitte Marianne und Ludwig.« Dann zog er sein Taschentuch hervor, schnäuzte sich und verließ, das zusammengeknüllte Taschentuch in der geballten Faust, mit seinen Söhnen die Suite.

Jacob saß.

Noch immer.

Nicht in der Lage, sich aus dem Sessel zu erheben, um auf seinen verloren im Zimmer stehenden Vater zuzugehen. Wo blieb bloß Ludwig? Tatsächlich vermisste er ihn. Ein Gefühl der Traurigkeit, wie damals, als der Bruder sein eigenes Zimmer bezogen hatte. Ein als Kind realer Schmerz, der nun nur noch rührend schön war.

Eine Erinnerung aus Kindheitstagen.

Eine Erinnerung aus seinem früheren Leben.

Hedi

Brand unter Kontrolle! Innenangriff zieht sich zurück!« Der Ruf des Brandmeisters gellte durch die Straße. Vielleicht sollte er Zuversicht vermitteln, vielleicht war er auch nur eine Information an seine Mannschaft. Hedi hickste, dann seufzte sie. Die Tränen waren versiegt, zurückgeblieben waren Übelkeit, Kälte und Erschöpfung. Sie zog Thea enger an sich, um sich an ihr zu wärmen. Immer wieder tauchten Schreckensszenarien vor ihren Augen auf: Sie würden die Wohnung verlieren oder, schlimmer noch, ihre Mutter würde einen Idioten heiraten, vielleicht diesen Anwalt oder sonst wen, einfach einen Kerl, dessen Taschen voller Geld waren.

Sicherheit, immer ging es nur um Sicherheit.

Heute Morgen war sie in Rauch aufgegangen.

Was hatte sie auch gedacht? Sie könnte Hilde und sich retten? Mit ihrem schmalen Lohntütchen von achtzig Mark, das sie am Monatsende in Empfang nahm und brav ablieferte? Wäre sie ein Sohn, dann würde sie mehr Geld nach Hause bringen, mindestens einhundertfünfzig Mark, aber ihre Mutter hatte Pech: Sie hatte nur eine Tochter, bei der es galt, sie unter die erstbeste Haube zu bekommen. Denn jeder Tag, den das Kind älter wurde, war ein Wertverlust. Es ließ sich nicht leugnen: Sie, Hedi Markwardt, war gescheitert, aus ihren Luftschlössern gestoßen.

Es gab einen Gedanken, der wärmte: Hannes.

Abermals seufzte sie. Er würde schnell wieder eine Anstellung finden, als Konfektionär in einem anderen Warenhaus anfangen.

Sein Leben weiterführen. So wie er es wollte. Und selbst wenn sie wieder eine Arbeit aufnahm – eine Vorführdame würde sie woanders sicherlich nicht wieder werden. Zu rar waren diese Gelegenheiten, ein wenig mehr zu erreichen als erträumt. Sie hatte diesen Traum kurz erleben dürfen. Sie hatte sich blenden lassen von der ungehörigen Annahme, ihr Leben selbst in der Hand zu haben.

Andere hatten ihr Leben in der Hand.

Aber den anderen war das eigene Leben entglitten und damit auch ihres.

Warum hatte sie nie die Unterlagen geprüft, wenn die Mutter aus dem Haus war? Wie oft hatte sie sich vorgenommen, sich einen Überblick über die finanzielle Situation zu verschaffen. Hedi sah sich um. Musterte Josefine und Trude, auch sie hielten einander fest, suchten die Nähe, ein wenig Halt. Hinter ihnen standen weitere Kolleginnen und Kollegen. Denken sie auch nur ans Geld? An sich selbst? So wie ich?

Kiesewetter, nun ein Lagerist ohne Lager, tippte Hedi auf die Schulter. »Komm, wir gehen alle ins Aschinger.«

Erstaunt starrte sie Kiesewetter an. Sie konnten doch nicht weggehen, das Lichtenstein sich selbst überlassen. »Warum?«, fragte sie.

»Wo sollen wir sonst hin?«

»Er hat recht«, sagte Thea und löste sich aus der Umarmung. Die Kälte des Morgens schob sich zwischen sie und kroch unter Hedis Mantel. »Was nützt es, wenn wir hier herumstehen? Aber es ist gut, wenn wir in der Nähe bleiben. Vielleicht erfahren wir noch, wie es weitergeht.« Sie hakte sich bei Hedi unter und schob sie von der Absperrung weg.

Gemeinsam folgten sie den Frauen und Männern des Lichtenstein, die gemeinsam aufbrachen. Eine Trauerprozession, der Passanten betroffen schweigend Platz machten.

Thea

Als sie die große Halle des Aschinger betraten, verstummten die Gäste an den Stehtischen, selbst die Kellner, die sonst wieselflink umhereilten, hielten inne. Jeder schien zu wissen, was sich zugetragen hatte. Keines der Gesichter sah fragend aus, dafür mitfühlende Blicke. Einer der Kellner, ein schmächtiger Mann mit Haarsträhnen, die sorgfältig über das schütter werdende Haupt gekämmt waren, löste sich als Erster aus dem Augenblick der Stille. Den Brotkorb, den er in Händen hielt, stellte er achtlos auf einem der Tische ab und kam mit erhobenen, offenen Armen auf sie zu. »Willkommen, treten Sie ein, wie viele Leute sind Sie?«

»Einhundertfünfzig bis zweihundert«, sagte Kiesewetter, sein Bart war zerfranst, den losen Knopf seiner Uniform hatte er inzwischen verloren, die Schirmmütze war weit in den Nacken gerutscht.

Thea runzelte die Stirn. Kiesewetter hatte seine Uniform an? Er musste sie wohl auf dem Hin- und Rückweg zur Arbeit tragen, anders war nicht zu erklären, dass sie nicht im Garderobenraum verbrannt war.

»Kein Problem, wenn alle zusammenrücken, haben wir genug Platz«, hörte sie den Kellner rufen und sah zu, wie erste Gäste von sich aus ihre Teller und Gläser nahmen, um sich an Nachbartische zu begeben. Mehrere Männer schoben Stehtische zu einer Traube zusammen, auf die sie Brotkörbe stellten. Thea lief das Wasser im Mund zusammen, als sie das frisch gebackene

Brot erblickte und die Erbsensuppe roch, für die das Aschinger berühmt war.

Für die älteren Kolleginnen und Kollegen wurden Stühle und Hocker herangetragen, die anderen lehnten sich an die Tische, kraftlos, als würden sie stürzen, wenn sie nicht Halt fanden. Die Fragen, die durch den Saal rasten, waren immer die gleichen: »Ist jemand verletzt? Fehlt irgendwer? Wie wird es weitergehen? Wie ist der Brand entstanden? Ist das Lichtenstein noch zu retten?«

Eine Fremde blieb vor Thea stehen. Sie hielt ihr ein Glas Tee entgegen. »Hier, trinken Sie einen Schluck. Bis der Kellner Ihnen etwas bringt, wird das sicherlich dauern bei so vielen Leuten.«

»Danke, aber ich habe kein Geld bei mir.«

»Das ist mein Tee, den müssen Sie nicht zahlen, und wenn ich ehrlich bin, habe ich auch schon einen Schluck genommen. Aber Sie brauchen ihn dringender.«

Dankbar ergriff Thea den Tee, und erst nachdem die Frau sich überzeugt hatte, dass sie daran nippte, kehrte sie an ihren Tisch zurück. Thea reichte das Glas Hedi, die einen Schluck nahm und es dann an Cilly weiterreichte, die ebenfalls trank und den Rest an Trude gab.

Immer mehr Gäste brachten ihnen ihre Getränke, andere orderten sogar Bier oder Suppe, und die Brotkörbe, die auf jedem Tisch standen, damit die Gäste sich umsonst bedienen konnten, wanderten ebenfalls zur Lichtenstein-Belegschaft.

Thea begann zu schwitzen. Sie zog ihren Mantel aus, und als sie ihn über den Arm legte, bemerkte sie, wie stark verrußt er war. Auf ihrer Bluse zeichneten sich bereits dunkle Schatten ab. Erschrocken hielt sie sich den Mantel vom Leib und begann, mit der freien Hand an einem der Flecken herumzuwischen. Doch sie schmierte den Dreck nur in die Breite und tiefer in den Stoff hinein. Ihre Nase begann zu brennen, der Blick verschwamm. Wut loderte in ihr auf und Verzweiflung.

Nie wieder würde sie diese Flecken herausbekommen!

Alles war ruiniert!

Gott verdammt noch mal, alles!

Sie konnte nichts dagegen tun, das Weinen erfasste erneut ihren Leib, schüttelte ihn heftiger als zuvor und ließ sie hörbar aufschluchzen.

Mit einem Mal stand Georg Meuser vor ihr.

»Was machst du hier?«, stammelte sie zwischen zwei Schluchzern.

Der Zwischenmeister zog ein Taschentuch hervor und reichte es ihr. Eines der Tücher, die sie im Lichtenstein verkauften.

Verkauft hatten.

Thea starrte auf das Tuch, dann auf Georg. »Meine Bluse, ich sehe aus wie …«

Er nahm ihr den Mantel ab und drückte ihn einem Hausdiener in den Arm. »Hier, gehe den bitte draußen mal ordentlich ausklopfen.« Dann legte er seine Hand auf ihren Arm, für einen Moment schien er zu warten, vielleicht ob es für sie in Ordnung war, dass er sie berührte. Dann führte er sie zur Damentoilette. Inzwischen lief ihr der Rotz die Nase hinab, aber sie hielt das Taschentuch weit von sich. Es war so weiß, so sauber. Sie konnte es nicht benutzen, sie würde dieses letzte Überbleibsel in Ehren halten.

Georg öffnete die Tür zur Damentoilette, und keine der Frauen störte sich daran, als er eintrat. Er nahm das Taschentuch, machte es nass, wrang es aus und reichte es Thea. »Dein Gesicht«, sagte er und wies auf den Spiegel.

Stocksteif stand sie da, hielt sich am Waschbecken fest und betrachtete sich. Ein hellgrauer Schatten lag auf ihrer Haut, der durch die Tränen zu schwarzen Schlieren auf den Wangen geronnen war. Verquollene Augen, eine rote Nase, Dreck. Überall.

»Deine Bluse«, sagte er ruhig und blickte sie weiterhin im Spiegel an, »solltest du zu Hause mit weichem Brot abreiben.«

»Warum?«

»Damit gehen Rußflecken meistens raus. Wenn das nicht ausreicht, wasch die Bluse in lauwarmem Wasser und reibe mit einem Benzinläppchen nach.«

»Woher weißt du so was?«

»Was glaubst du, wie oft ich verarbeitete Stoffe mit Flecken darauf wiederbekomme. Da bin ich zum Fachmann geworden.« Georg nahm ihr das Taschentuch wieder ab und legte seine Hand unter ihr Kinn. Wieder wartete er einen Augenblick. Dann wischte er langsam über ihre Wange. »So geht es«, sagte er nach einer Weile. »Und jetzt lass uns wieder zu den anderen gehen.«

»Ich will nach Hause.«

»Sie brauchen dich.«

Thea zog die Augenbrauen zusammen. Scherzte er? Hier und jetzt? »Wer soll mich brauchen?«, fuhr sie ihn an. »Niemand braucht mich. Und jetzt schon gar nicht mehr.«

»Das denkst auch nur du. Und so wie du klingst, brauchst du erst einmal eine Erbsensuppe.«

Hedi

Im Gedränge hatte Hedi Thea aus den Augen verloren. Neben ihr stand Josefine, den Rücken durchgedrückt, mit starrem Blick. In sich gekehrt, schien auch sie zu überlegen, wie es mit ihrem Leben weiterging. Kurz schüttelte sie den Kopf, als würde sie mit sich selber sprechen, und sah dann Hedi an. »So etwas habe ich noch nie erlebt, und ich kann mich auch nicht erinnern, so etwas jemals gehört zu haben.«

Heiner Hoffmann, als Vorsteher der statistischen Abteilung stets überkorrekt in Haltung und Ausdruck, sogar zu Pferde, beugte sich vor und hielt zwei Schnapsgläser in der Hand. »Hier, werte Damen. Weg damit! Manchmal hilft nichts anderes mehr.«

Hedi entdeckte Hannes, er hing an einem Tisch, eingekeilt zwischen den Packjungen, die ebenfalls mitgelaufen waren. Einige von ihnen sahen verstört aus wie Kinder, die man in den Arm hätte nehmen sollen. Hannes hielt ein großes Glas Bier in der Hand. Er setzte an und trank es in einem Zug zur Hälfte leer. Der Kellner ging vorbei. Hannes winkte ihm zu, um ein neues Glas Bier zu bestellen.

Er betrinkt sich, dachte Hedi. Vielleicht sollte ich das auch machen. Misstrauisch schaute sie auf das kleine Glas vor sich, hielt die Luft an und trank es aus. Sie hustete und sah sich noch währenddessen nach dem Statistiker um. Wie hoch war die Wahrscheinlichkeit, dass er noch einen Schnaps besorgen konnte?

»Hoffentlich wissen die Herren Lichtenstein, wo sie uns finden können«, sagte Josefine unvermittelt, ohne ihr Glas angerührt zu haben. »Hoffentlich kommen sie bald und sagen uns, wie es weitergeht. Wir können nicht ewig im Aschinger bleiben.«

»Ja, aber wir können auch nicht nach Hause gehen«, entgegnete Hedi. Tatsächlich hielt ihr Heiner Hoffmann wenige Minuten später wieder einen Schnaps unter die Nase. Statistik begann ihr Spaß zu machen. Sie kippte den Schnaps weg, hustete erneut, straffte die Schultern, nickte Josefine entschuldigend zu und schob sich durch die Menge.

Josefine war ihre Chefin.

Zumindest bis gestern gewesen.

Und sie hatte recht: Irgendwann würden sie nach Hause gehen.

Dann war endgültig alles vorbei.

Doch bevor das geschah, musste sie ihren Mut zusammennehmen und vorbauen: Nicht noch einmal sollte Hannes sang- und klanglos aus ihrem Leben verschwinden.

Jacob

Ich muss Helene eine Nachricht zukommen lassen, dass es mir gut geht. Sie wird vom Brand hören und sich sorgen. Vor allem soll sie nicht herkommen, sie soll das nicht sehen. Es ist schockierend. Jacob betrachtete den Brandmeister, der voranging und sich gerade freundlich lächelnd zu Ludwig und ihm umwandte. Zufrieden sah er aus, sehr zufrieden, was Jacob befremdlich erschien.

»Die Löschzüge beenden den Einsatz und ziehen sich nach und nach zurück. Wir werden eine Brandwache im Haus belassen, um sicherzustellen, dass keine weiteren Glutnester mehr aufflammen«, sagte der Brandmeister und wies, die Arme in weiten Bewegungen schwingend, um sich.

Die Leichtigkeit, mit der er durch das Chaos im Verkaufsraum schritt und darüber sprach, machte Jacob aggressiv. Er konnte nicht so schnell folgen, sein Entsetzen verlangsamte sowohl die Bewegungen als auch die Wahrnehmung. Das Lichtenstein stank, ein abstoßend stechender Geruch, zudem sah es zum Fürchten aus. An den Decken hatte der Ruß feinste, zuvor unsichtbare Spinnweben zum Vorschein gebracht, die wie ein schwarzer Trauerflor an den Wänden und von den Decken herabhingen. Sollten wir jemals wieder eröffnen, werde ich jede Woche Wände und Decken feudeln lassen, dachte Jacob und empfand den Gedanken als sinnlos. Schon die Hoffnung auf eine Wiedereröffnung wirkte, wenn man den Schaden betrachtete, wie der Fiebertraum eines schwer Erkrankten, dem die Realität abhandengekommen war.

Auf dem Boden stand zwei Finger hoch das Löschwasser, selbst die Vitrinen und Tresen, die verschont geblieben waren, würden sich ob der Nässe binnen Kurzem verziehen. Die Stoffe der abgedeckten Tresen waren schwarz-grau, der hintere Bereich, in dem sich der Kunstsalon befunden hatte, war ebenfalls von den Flammen erfasst worden. Die schöne Frieda war nicht mehr als ein Klumpen, aus dem noch an einigen Stellen Haarfusseln wie zu lang geratene Bartstoppeln herausragten.

»Was hat das Feuer verursacht?«, fragte Ludwig nun.

»Der Brand ist in einem der Schaufenster ausgebrochen.«

Die Intensiv-Flammen-Bogenlampen, durchfuhr es Jacob. Vermutlich ein Defekt der Elektrik. Und ausgerechnet er hatte sich für eine bessere Beleuchtung stark gemacht. »Wie sehen die Kontore aus?«, fragte er, um das auflodernde Schuldgefühl in Schach zu halten.

Das Zucken der Schultern des Feuerwehrmannes ließ nichts Gutes erahnen. »Das Feuer hat auch auf den ersten Stock übergegriffen, da, wo Ihre Nähmaschinen standen. Na ja, das Löschwasser und der Qualm, beides hat sich – also, ich weiß nicht, ob Sie viel retten können.«

»Wie konnte das Feuer vom Erdgeschoss in den ersten Stock kommen? Wir sind doch durchs Treppenhaus geflohen …« Jacob spürte, wie es ihm noch einmal die Luft abschnürte.

Der Brandmeister zuckte die Schultern. »Dann hatten Sie Glück. Das Treppenhaus, also das hintere, das mit den Holztreppen, sieht übel aus. Das vorne mit den Marmortreppen ist intakt.«

Ludwig presste die Lippen zusammen und schob sich an einer Vitrine vorbei, in der Parfumflakons standen, die sonst in allen Farben schillerten und nun mattschwarz überzogen waren.

»Warum hast du dich an Freudenberg gewandt?«

Jacob fuhr herum. »Wir besichtigen hier die Reste unserer Existenz, und dich beschäftigt, wessen Kleidung ich am Leib habe? Ich war im Pyjama, im Hausmantel, am Ende bin ich barfuß durch die Straße gerannt.«

Abwehrend hob Ludwig die Hände. »Das mag jetzt unpassend klingen, aber der Ansatz meiner Frage ist nicht boshaft, wie du mir vermutlich unterstellst. Mir wäre es lieber gewesen, wir hätten Vater den Besuch von Philipp Freudenberg erspart.«

»Vater und Philipp kennen sich seit Jahrzehnten, sie kamen ins Hotel, um uns zu unterstützen.«

»Hast du Vater gefragt, ob es ihm recht ist?«

»Nein! Sie standen irgendwann im Zimmer, mit Rollwagen voller Kleidung. Eine gütige Tat, wie ich finde. Vater kam erst hinzu, das hätte er nicht machen müssen«, zischte Jacob, dankbar, dass der Brandmeister vorangeeilt war und dieses unselige Gespräch nicht mit anhören musste.

»Versteh doch, in letzter Zeit haben die drei Herren bei den Verbandstreffen, insbesondere als es letzten Sommer um die Warenhaussteuer ging, sich …«

»Mich interessieren jetzt keine Verbandstreffen oder Steuern, mich interessiert, wie es hier weitergeht. Wir müssen ins Aschinger, dort warten die Angestellten auf uns.«

»Ach, in der Erbsbude sind die alle? Woher weißt du das?«

»Sie haben einen der Packjungen geschickt, der Bescheid gegeben hat, und die Preise der Erbsbude, wie du es nennst, sind wenigstens bezahlbar. Unsere Angestellten haben gerade Angst um ihr Geld, kannst du das verstehen?«

»Ist ja gut! Was willst du ihnen sagen?«

»Wenn ich das wüsste, aber wir haben die Verantwortung und …«

»Gar nichts haben wir! Sieh dich doch um, unsere Verantwortung ist gerade abgebrannt. Wir können froh sein, wenn wir unseren eigenen Arsch retten.«

Wie hatte er seinen Bruder vermissen können? Inzwischen war Jacob diese Sehnsucht, die ihn im Hotel gepackt hatte, ein

Rätsel. Er lief dem Brandmeister hinterher, der bereits im Flurbereich wartete. »Sagen Sie, wie sieht es mit der Statik des Hauses aus? Können wir das Haus, sollten keine Brandnester mehr auftauchen, betreten, es mit der Belegschaft räumen?«

»Ja, wenn das Haus freigegeben wird, steht dem sicherlich nichts im Wege. Die Statik scheint nicht in Mitleidenschaft gezogen. Es wird dauern, bis alles durchgetrocknet ist. Na ja, die Holztreppe, wie gesagt, da sollten Sie vorsichtig sein und erst einen Fachmann draufschauen lassen.«

»Gut, Ludwig«, rief Jacob, »bleib hier oder komm mit, ich hole Vater, und dann gehen wir ins Aschinger. Ich weiß, was ich zu tun habe.«

Ella

Das frühe Aufstehen hat sich gelohnt. Ich habe unterschrieben. Lefebre wird künftig ohne mich auskommen müssen!« Ella hielt triumphierend den Vertrag in die Höhe. »Wenn *Frau Inger auf Östrot* abgesetzt wird, bin ich weg.« Gut gelaunt drehte sie sich um sich selbst, legte dabei den Kopf schräg und lachte Albert an.

»Wenn schon drehen, dann richtig«, sagte Albert, hob sie in die Höhe und wirbelte mit ihr im Kreis herum. Verlegen sah Ella sich um, aber der Flur im Prinzregenten-Theater war am frühen Vormittag menschenleer.

»Aber was wird aus dir? Willst du wirklich weiter mit diesem Tyrannen arbeiten?« Sie wand sich aus seinen Armen, um ihn auf Abstand zu bekommen. Schon in der Nacht hatte sie sich nicht anfassen lassen, hatte es wortreich mit der Aufregung erklärt, mit dem Termin im Theater, mit der Angst, der Vertrag könne nicht zustande kommen. Doch der Wahrheit entsprach es nicht. Sie wusste es, er ahnte es, und keiner von ihnen sprach es an. Albert hatte ihr dieses neue Engagement vermittelt. Sie fühlte Dankbarkeit, aber auch Schuld, so absurd es war. Herrgott, hör auf, dich so kindisch zu benehmen, schalt sie sich. Willst du jetzt die Beine breit machen, weil Albert nett zu dir war? Dir beruflich weitergeholfen hat? Ihr hattet Spaß, jetzt hast du keinen mehr, also zumindest nicht mit ihm. So ist das manchmal.

»Ist alles gut bei dir?« Suchend tastete Alberts Blick über ihr Gesicht.

Irgendwann muss ich ihm reinen Wein einschenken, dachte Ella und wusste, sie würde ihm wehtun. Traurig sah sie ihn an und strich ihm über die Wange.

Albert nahm ihre Hand. Sicherlich hatte er die Schatten in ihrem Blick gesehen, ahnte, dass sie ein verwerfliches Weib war, und trotzdem verließ er mit ihr, auch noch galant den Arm anbietend, das Theater und führte sie die sonnenbeschienene Straße entlang. »Ich werde vermutlich auch nicht am Ring-Theater bleiben«, sagte er nach einer Weile. »Mir ist ein Engagement in Wien angeboten worden, am Burgtheater.«

Ella blieb stehen und starrte ihn an. »Oh, mein Gott!«, rief sie viel zu laut. Einige Passanten sahen sie missbilligend an. »Wie großartig! Was hält dich davon ab? Das Wiener Burgtheater – ich fasse es nicht!«

Albert nickte.

»Die heiligen Hallen. Seit wann weißt du es? Ich bin sprachlos. Du musst annehmen. Ich habe Familie in Wien, dann kann ich dich immer besuchen.« Dass sie nicht mehr mit ihrer Familie redete oder ihre Familie nicht mit ihr, das gehörte hier jetzt nicht hin, beschloss Ella.

»Es gibt eine Reihe von Gründen, die mich zögern lassen. Mir fällt es schwer, Berlin zu verlassen. Wien ist weit weg.«

Ella spürte in sich den Wunsch, ihn nach Wien zu schicken. Es war seine Chance, er würde all jene, mit denen sie im Ring-Theater arbeiteten, weit hinter sich lassen – im Hinblick auf seine schauspielerischen Fähigkeiten, den Verdienst und den Erfolg. Er würde berühmt werden, weit über Preußens Grenzen hinaus. Und auch ihr kam dieses Angebot zupass: Sie hoffte, auf diese Weise ihr schlechtes Gewissen zu minimieren.

Wieder einmal schien Albert zu ahnen, was ihr durch den Kopf ging. »Wie ich sehe, wäre es dir recht, wenn ich gehe?«

»Ja, natürlich. Und nein – ach, sei nicht so kompliziert. Du siehst Gespenster. Das Wiener Burgtheater ist eine einmalige

Chance, du wirst irgendwann nach Berlin zurückkommen, als gefeierter Bühnenstar. Ich wäre gerne ans Burgtheater gegangen, aber ich habe kein Engagement bekommen. Egal, was dich hier hält, du solltest es dir gut überlegen. Und ich finde, wir beide haben heute genug Grund zu feiern.«

»Ja, bis um sechs Uhr. Dann haben wir in der Garderobe zu erscheinen und uns auf den Abend vorzubereiten.«

»Genau! Und bis dahin tun wir so, als wenn die Welt um uns herum nicht existiert. Wir zwei sind heute vogelfrei.«

»Na dann, mein Vögelchen, dann lass uns jetzt was essen gehen, ich habe Frühstückshunger.«

»Ich auch.«

Sie wollten die Straße überqueren und mussten warten, denn mehrere Feuerwehrwagen fuhren an ihnen vorbei. »Oh, es muss einen großen Brand geben, wenn die Wagen allesamt unterwegs sind«, sagte Albert und runzelte die Stirn.

Eine Frau blieb stehen. »Allerdings, mein Guter!«, schnauzte sie ihn an. »Und wie es gebrannt hat, hier, mitten in der Stadt! Wir sind knapp einer Katastrophe entgangen! Wenn das Feuer auf die anderen Häuser übergegriffen hätte – ich mag es mir gar nicht ausdenken.«

Der Frau den Rücken zugewandt, verdrehte Ella übermütig die Augen.

Albert ignorierte sie. »Wo hat es denn gebrannt?«

»Im Lichtenstein, in der Leipziger Straße. Das Haus kennen Sie sicherlich.«

Ella wurde kalt. Die Gesichtszüge entglitten ihr. Sie sah Albert an und vergaß zu atmen.

Abermals wusste er, was in ihr vorging. Er streckte die Hand aus und winkte ein Taxameter heran.

Sie weinte nicht, sie heulte.

Die ganze Fahrt über.

Zuerst suchte der Droschkenkutscher einen Weg zum Lichtenstein. Näher an den Ort des Geschehens heranzukommen, stellte sich jedoch aufgrund der Absperrungen als unmöglich heraus.

Albert sprang in der Leipziger Straße vom Wagen, redete mit Schaulustigen und erfuhr, wo die Lichtensteiner zu finden waren.

Selbst das kurze Stück zum Aschinger fuhren sie noch, und Ella saß hinten in der Droschke, sichtbar für jedermann. Tränen liefen ihr übers Gesicht, Schluchzer schüttelten ihren Leib, ließen sie nach Luft ringen und machten jedes Gespräch unmöglich. Alberts Arm ertrug sie nicht, nur sein Taschentuch durfte er ihr reichen.

Und während sie weinte, raste ihr die Frage durch den Kopf, warum der Brand sie so aufwühlte? Es war nicht die verlorene Chance auf eine Zusammenarbeit mit dem Lichtenstein. Wie vielen anderen auch hatte das Leben ihr oft Aussichten und Dinge vor die Nase gehalten, um sie ihr in letzter Sekunde wieder zu entreißen. Die Liste war lang: Engagements, Gelegenheiten zur Untermiete, Männer – all das konnte sie nicht mehr treffen. Ergab sich das eine nicht, ergab sich eben das andere. Und so würde es auch den Mitarbeiterinnen und Mitarbeitern des Lichtenstein ergehen: Sie würden Arbeit finden, und alles würde irgendwann seiner Wege gehen. Dann würde das Haus abgerissen, dem Erdboden gleichgemacht, und etwas Neues konnte entstehen.

Etwas Neues – das war es!

Sie näherte sich der eigenen Wunde.

Das Neue – wenn es entstand, war das Schlimmste überstanden. Aber zuvor, auf dem Weg dorthin, gab es die Entwurzelung, den Moment, aus dem Leben gerissen worden zu sein. Schlagartig außen vor zu stehen, zu sehen, wie die Tür zum alten Leben sich schließt. Durch ein Feuer oder die Hand der Eltern.

Ihr Magen schmerzte, die Tränen versiegten. Ella bemerkte selbst, wie sich ihre Gesichtszüge verhärteten. Sie wischte sich über die Augen, schnäuzte sich lautstark und schaute Albert an: »Geht's? Oder sehe ich schlimm aus?«

Sein schiefes Lächeln war Antwort genug.

Wieder kam der Wagen zum Stehen. So schnell hatte Ella noch nie eine Droschke verlassen, um die Bezahlung musste Albert sich kümmern.

Schon durch die großen Glasfronten konnte sie erkennen, wie voll es im Aschinger war. Ohne zu zögern, drängte sie sich im Saal durch die Menge, bis sie die ersten Gesichter aus dem Lichtenstein erkannte. Sie hielten sich im Arm, redeten. Spendeten sich Trost.

Dann sah sie Hedi.

Sie war wohlauf und stand neben Hannes an einem der Stehtische in der Nähe des Tresens. Die beiden schauten einander nicht an. Schweigend verharrten sie miteinander. Es war ergreifend anzusehen. Der Anblick ließ bei Ella erneut alle Dämme brechen.

Hedi, sie war nicht allein.

Niemand war hier allein.

Fast niemand.

Jacob

Der Anzug saß tadellos. Jacob wusste, er hätte Helene gefallen. Er war nach der allerneuesten Mode aus feinem englischen Tuch – Freudenberg hatte sich nicht lumpen lassen und mehrere Modelle in verschiedenen Größen und Farben jeweils mit passenden Schuhen und Accessoires zur Verfügung gestellt. Selbst Mäntel, Handschuhe und Zylinder waren auf den Rollwagen sortiert gewesen. Jacob starrte auf die neuen Schuhe, sie glänzten, als wären sie nie durch das verdreckte Löschwasser im Lichtenstein gelaufen.

Aber wer interessierte sich jetzt schon für seine Schuhe?

Außer Ludwig?

Jacob sah auf. Fixierte die Griffe der Eingangstür des Aschinger, zwei Messingbögen, die ein U bildeten, das auf dem Kopf stand, in der Mitte stumpf von den zahlreichen Händen, die im Laufe der Jahre zugepackt hatten.

Sein Vater räusperte sich. »Vielleicht sollten wir abwarten? Lieber in den kommenden Tagen die Mitarbeiter zusammenrufen?«

»Ganz meine Meinung!«, knurrte Ludwig.

Den Kopf schüttelnd, schob Jacob die Tür auf. Sollten die beiden machen, was sie wollten. Er musste da jetzt hinein. Der Saal wirkte heute größer, voller und lauter denn je. Es war warm und stickig, der Geruch von Erbssuppe und Bierwürstchen hing in der Luft.

Ein Pfiff ertönte. Dann brandete Applaus auf.

Jacob schluckte schwer.

Immer mehr Männer und Frauen, die sich in den Gängen und um die Tische drängten, traten beiseite, damit sein Vater, sein Bruder und er sich den Weg bahnen konnten.

Ein Kellner hielt sie nach wenigen Metern auf, verbeugte sich leicht. »Es ist mir eine Ehre, darf ich Ihnen etwas anbieten?«

»Haben Sie einen Stuhl für meinen Vater?«

»Selbstverständlich.«

»Ich muss mit meinen Angestellten sprechen. Gibt es einen Raum, in dem wir nicht stören?«

Der Kellner schüttelte den Kopf, sein schütteres Haar verrutschte und legte die Halbglatze frei. »Nein, leider nicht. Aber wenn Sie möchten, können Sie gern hier sprechen. Jeder in diesem Saal nimmt Anteil am Schicksal des Hauses Lichtenstein.«

Jacob sah sich um. Wie sollte er hier das Wort erheben? In der riesigen Halle mit den vielen Menschen, in all dem Lärm?

Der Kellner verschwand und kam umgehend wieder zurück, in der Hand einen hölzernen Tritt mit drei Stufen. »Nehmen Sie diesen! Dann stehen Sie höher, und alle können Sie sehen.«

»Der wird doch zusammenbrechen«, wehrte Jacob ab und befürchtete viel eher, er würde einen weiteren Schwächeanfall erleiden. Der Arzt hatte ihn zur Ruhe gemahnt.

»Den Tritt hat mein Vater gebaut. Für die Ewigkeit. Und vielleicht für diesen Moment.«

»Was hast du vor? Mach nichts Unüberlegtes«, flüsterte Friedrich neben ihm, doch Jacob schüttelte seine Hand ab.

Er stieg auf den Tritt und sah in die Gesichter der Mitarbeiter, die näher drängten, um keines seiner Worte zu verpassen. Im Saal verstummten die Gespräche. »Wir alle haben heute den leibhaftigen Albtraum erlebt«, begann er, erstaunt, wie laut und fest seine Stimme klang. »Das Lichtenstein ist das Zentrum so vieler Leben, es gibt Ihnen und Ihren Familien Sicherheit. Und das wird es weiterhin tun. Auch wenn es kein einfacher Weg wird, verspreche ich Ihnen: Wir werden das Lichtenstein wieder aufbauen. Zusammen.«

Der Jubel und das Lachen der Menschen, die einander umarmten und sich zuprosteten, machten ein Weitersprechen unmöglich. Jacob, über und doch inmitten der Welle der Erleichterung, spürte, wie er Kraft aus der Glückseligkeit der anderen schöpfte.

Nachdem die erste Freude sich gelegt hatte, setzte er erneut an: »Die Schäden können behoben werden, ein Neubau ist nicht erforderlich, und so wird unser geliebtes Kaufhaus wieder erstrahlen, aber nicht im alten Glanz, sondern weitaus bezaubernder und einnehmender. Es wird ein Haus sein mit einem für die Zukunft geebneten Weg. Nicht nur für uns, die Familie Lichtenstein, auch und vor allem für Sie und Ihre Familien. Wenn Sie den Mut finden, diesen Aufbau mit uns zu beginnen, dann möchte ich Sie bitten, morgen wie gewohnt Ihren Dienst anzutreten.«

Abermals rollte ein Sturm der Begeisterung durch den Saal.

Erleichtert stieg Jacob vom Tritt, seine Wangen waren heiß vor Glück. Am liebsten wäre er sofort zum Lichtenstein gelaufen, mit all diesen Menschen, um das Aufräumen zu beginnen.

Der glasige Blick seines Vaters ließ ihn zusammenzucken.

»Wie konntest du das versprechen? Was hast du getan?«, fragte Friedrich. Immer schneller und schneller schüttelte er den Kopf, dann ließ er ihn vorsinken und verbarg das Gesicht in seinen Händen.

»Das Richtige, Vater, das einzig Richtige«, sagte Jacob, nahm Friedrich am Arm und führte ihn zu einem der leeren Stühle.

Thea

Sie waren alle erschienen, jede Mitarbeiterin und jeder Mitarbeiter des Lichtenstein. Selbst die Packjungen, die kamen und gingen, wie es ihnen gefiel, und die ihren Dienst auch bei anderen Kaufhäusern hätten antreten können, standen im Gedränge vor der Brandruine. Es war unvorstellbar, aus diesem schwarzen Koloss jemals wieder einen Ort zu machen, an dem das Arbeiten denkbar war. Aber Jacob Lichtensteins Worte beflügelten auch heute, trotz der Kälte. Thea band das Tuch enger um ihren Kopf und zog die Fäustlinge an. Sie war bereit.

Cilly schob sich durch die Menge, gefolgt von Trude. Beide blieben vor ihr stehen und musterten sie neugierig. »Wer war gestern der Kerl auf der Damentoilette?«, fragte Cilly.

»Ihr wart gestern auf der Damentoilette?«, fragte Thea entgeistert.

»Ja, du hast mich sogar angeschaut.«

Thea versuchte, sich zu erinnern, aber die Bilder blieben verschwommen, die Frauen gesichtslos. »Nein, ich weiß es nicht. Meine Bluse …, ich war so durcheinander. Überall Ruß, ich hatte das Gefühl, alles ist zerstört. Alles! Das Lichtenstein, meine Nähmaschine und auch ich …« Sie merkte selbst, dass sie immer schneller sprach.

»Ja, ja«, unterbrach Cilly sie ungeduldig, »das war nicht zu übersehen. Aber wer war das? Nun sag schon.«

»Na, Georg, unser Zwischenmeister.«

Enttäuschung machte sich auf Cillys Gesicht breit. »Ach so,

der. Ich habe ihn gar nicht erkannt. Er trug keine Mütze, vermutlich lag es daran.« Sie wandte sich zu Trude um. »Fehlalarm!«, sagte sie und winkte ab.

Theas Magen zog sich zusammen. So war es immer: Der Mann kannte sie, deswegen hatte er ihr geholfen. Und nicht, weil er sie mochte. Vermutlich dachten die beiden, er hätte aus reinem Mitleid gehandelt.

Das hat er doch auch!, ertönte eine Stimme in ihr. Was hast du denn gedacht? Georg Meuser ist fleißig, als Zwischenmeister wird er schon die eine oder andere Mark machen. Und er hat täglich mit zahllosen Näherinnen zu tun – glaubst du, da findet er an dir Gefallen? Warum sollte er? Schnapp dir einen Eimer, hör auf zu jammern und mach sauber.

Ludwigs Haarschopf ragte aus der Menge. Er stand vor einer Kiste und reichte nagelneue Zinkeimer weiter. Seine kraftvollen Bewegungen waren ein wohltuender Anblick. Schnell huschte sie hinüber, ließ sich einen Eimer geben, bekam aber Ludwigs Blick nicht zu fassen.

Die Stimme in ihr brach in schallendes Gelächter aus. Wann wirst du endlich aufhören, auf Männer zu schielen, die nicht deine Kragenweite sind? Mädchen, du hast nur Augen für Kerle, die dich nicht einmal bemerken würden, wenn man dich ihnen … ach, lassen wir das.

Hedis Gesicht tauchte in Theas Blickfeld auf: ein Lächeln, rosige Wangen, müde Augen und eine fusselige Wollmütze. »Was hast du zu tun?«, wollte sie wissen.

»Irgendwas sauber machen. Und du?«

»Ich soll den Straßenverkauf mit vorbereiten.«

»Straßenverkauf?« Thea zog die Fäustlinge aus und stopfte sie in ihre Manteltasche. »Mir ist immer noch ein Rätsel, wie das funktionieren soll.«

»Lassen wir uns überraschen.«

Thea lugte in den gesperrten Personaleingang. Die zotigen

Schmierereien und geschmacklosen Sprüche an den Wänden waren unter Ruß verschwunden. Nun fehlten sie ihr.

»Du kannst trotzdem durchgehen. Nur die Treppe soll nicht betreten werden. Ansonsten musst du vorne rum. Wasser gibt es am Hydranten.«

Thea nickte und betrat zögernd den düsteren Flur. Er stank grauenvoll. Sie zog ihr Halstuch vors Gesicht und hastete zum Verkaufsraum. Irgendwer hatte die Tür aus den Angeln gehoben. Zwischen den schwarz-grauen Vitrinen, Tresen und Regalen standen bereits viele der Kolleginnen und Kollegen. Sie sortierten Waren, offensichtlich in zwei Kategorien: Die einen waren unrettbar verloren und landeten scheppernd auf Schubkarren, um entsorgt zu werden. Aber es gab anscheinend auch Ecken, die das Feuer nicht erreicht hatte. Thea konnte erkennen, wie mehrere Kassenmädchen Töpfe, Kessel und Emailleartikel abwuschen, um sie in Kisten zu räumen. Ein Rollwagen, dessen Messing wieder golden glänzte, stach aus dem Dreck strahlend schön hervor.

»Nun los, wenn du noch länger stehen bleibst, wird es nicht besser«, sagte Grete, die an ihr vorbeieilte. Noch nie hatte Thea die Frau laufen sehen, bisher war sie stets sitzend in ihrer Portiersloge hinter der Glasscheibe verborgen gewesen. »Komm, meine Kleine, wir sind bei den Alsenidewaren. Dieses ganze Besteckzeug und die Döschen polieren wir auf, da kann man sich am Ende wieder drin spiegeln. Wenn du möchtest, kannst du uns gern helfen.«

Thea trottete Grete hinterher und sah vor sich die Singer-Nähmaschine, an der sie immer gearbeitet hatte. Tiefschwarz mit zierlichem Rankenmuster, die kleine Schublade links, das kühle Handrad rechts. Mit dem ins dunkle Holz des Tisches eingearbeiteten Maß und dem goldgelben Emblem, auf dem unter anderem zwei gekreuzte Nadeln zu sehen gewesen waren. Hatte sie noch letzthin befürchtet, hinter ihrer eisernen Mamsell zu versauern, wünschte sie nun nichts sehnlicher als wieder gleichmäßig den Fußtritt zu bewegen, um das leise Surren zu vernehmen.

Hedi

Die Weihnachtszeit nahte. In vielen Warenhäusern begannen sich die Regale unter den Spielwaren zu biegen. Die Mutter hatte Hedi am Morgen von einem Kaufhaus erzählt, in dem weihnachtlich dekorierte Volieren aufgestellt worden waren, in denen Hunderte Vögel herumflatterten. Sicherlich würden diese nach der Weihnachtszeit günstig verkauft. Erstaunlich zaghaft hatte sie gefragt, ob sie sich dann einen Vogel nach Hause holen wollten. Dabei hatte Hilde nicht einmal mit Bestimmtheit sagen können, ob es sich um Wellensittiche oder Kanarienvögel handelte, dafür hatte sie die kleinen schwarzen Knopfaugen beschrieben, die leuchtenden Farben des Gefieders und den lieblichen Gesang. Hedi hatte die Einsamkeit aus ihren Worten herausgehört und sich nicht getraut, nach dem Mann zu fragen, der Hilde letzthin begleitet hatte. Gab es ihn noch?

»Maman, komm doch einfach mit«, hatte sie gesagt, ohne lange zu überlegen. »Wir können jede helfende Hand gebrauchen. Ob du nun bei deinen Wohltätigkeitssachen hilfst oder uns, das ist doch gleich.«

Hildes Gesicht hatte aufgeleuchtet, und kurz darauf hatten sie zu zweit das Haus verlassen. Die Mutter hatte geredet, den ganzen Weg über, als hätte sie sich alle Worte der letzten Wochen aufgespart, um sie nun ihrer Tochter zu widmen. Worte, die nicht einmal im Ansatz die Themen berührten, die Hedi auf den Nägeln brannten.

Erst jetzt, vor dem Lichtenstein, verstummte Hilde.

Die Schaufenster waren mit Brettern geschlossen, das schwarz glänzende Schild über dem Eingang, auf dem golden die Lettern des Lichtenstein geleuchtet hatten, war nicht mehr lesbar. Dennoch war es ein Ort der Hoffnung, und das spürte auch die Mutter umgehend.

»Zum Glück habe ich den alten Rock angezogen«, sagte sie und marschierte in die Hofeinfahrt.

Hedi folgte ihr grinsend.

Im Hof traf sich, wie auch am Tag zuvor, die Belegschaft. Trotz der Kälte herrschte eine fiebrige Hitze, eine Aufgeregtheit, der sich niemand entziehen konnte.

Jacob Lichtenstein kletterte auf eine Holzkiste, und Hedi musste lachen. Anscheinend kam ihr Chef auf den Geschmack, vermutlich würde er in Zukunft im Verkaufsraum auf einem Podest stehen und von dort das Geschäft leiten. »Werte Damen, werte Herren!«, sagte er mit ernster Miene in die Runde. »Sie haben mir eine schlaflose Nacht beschert.«

Erstaunte Zwischenrufe ließen ihn spitzbübisch lächeln. »Ja, das haben Sie. Ihr Engagement und Ihre Leidenschaft haben mich derart gerührt, dass ich keine Ruhe gefunden habe. Dafür wollte ich Ihnen danken. Von Herzen!«

Nun waren die Lacher auf seiner Seite. Er winkte ab, um weitersprechen zu können. »Nachdem wir gestern den Straßenverkauf aus einer Reihe von Widrigkeiten nicht beginnen konnten, sind wir heute so weit: Tische, Wechselgeld, Kisten, die als Kassenersatz fungieren, Blöcke und Stifte, um Rechnungen auszuschreiben – und natürlich genug Waren, die wir anbieten können. Wir haben alles beisammen. Wir waren fleißig, und wir können loslegen. Am Vormittag werde ich mich um die Tischler kümmern, damit die Treppe in den ersten Stock abgesichert und wieder begehbar wird. Ihre heutigen Ansprechpartner sind Hausmeister Kühn und die Herren Kiesewetter, Hallberg, Hoffmann und unsere verehrte Frau Kaiser. Ich hoffe, der Tag wird ein Erfolg, denn ich freue mich auf die nächste schlaflose Nacht!«

»Nett ist er, wirklich nett«, sagte Hilde und riss die Hände in die Höhe, um in den Applaus der anderen mit einzufallen. »Wäre der nicht was für dich?«

Zu gern hätte Hedi ihren Chef umarmt für seinen Humor und die Wärme, die er zu verbreiten verstand. Ihrer Mutter hätte sie dagegen gern auf den Fuß getreten. »Psst«, zischte sie. »Was erzählst du für Zeug? Natürlich nicht!« Erst jetzt, durch Hildes Frage, fiel ihr auf, dass sie Jacob noch nie in weiblicher Begleitung gesehen hatte. Genau genommen hatte sie auch Ludwig noch nie mit einer Frau erlebt. Aber seine Liebschaften waren legendär und sorgten für beständigen Gesprächsstoff, wobei es den tratschenden Damen nicht darum ging, der Wahrheit nahezukommen, sondern sich prächtig zu unterhalten und in ruhigeren Stunden die Zeit zu vertreiben. Auch wenn Hedi sich nicht beteiligte, musste sie zugeben, gern zuzuhören. Doch in all diesen Geschichten war nie Jacob aufgetaucht. Sie runzelte die Stirn ob der Erkenntnis, aber vermutlich war er mit dem Lichtenstein verheiratet. Erschrocken über den Gedanken, verzog sie das Gesicht. Wenn dem so war, wie musste es ihm dann erst gehen?

»Man wird ja mal fragen dürfen«, antwortete ihre Mutter leicht beleidigt.

Hedi sah sie an. »Komm nicht auf die Idee, mich an den Mann bringen zu wollen.«

»Ja, aber das ist als deine Mutter doch meine Aufgabe!«

»Das erledige ich allein!«

»Ach, Unsinn! Dir fehlt da der Weitblick.«

»Hier ist ein Zinkeimer, da hinten, das ist Herr Bernhard. Ihm kannst du helfen.« Erleichtert sah Hedi ihrer Mutter nach, die tatsächlich verschwand.

»Wer war das?«, fragte Thea, die neben ihr stehen blieb, eine Kiste auf dem Arm.

»Meine Mutter.«

»Oh, du traust dich was, ich würde meine Mutter hier nicht ertragen.«

»Ich meine auch nicht«, sagte Hedi lachend. »Lass uns das Ungetüm zu zweit nehmen, es ist zu schwer für dich allein.«

Schnaufend ließ Thea die Kiste zu Boden sinken. »Gern. Das sind unter anderem erste Kurzwaren, Silberrahmen, Parfumflakons und Emailleschüsseln. Sie sollen auf den Tischen vor dem Eingang ausgepackt werden.«

Als Hedi und Thea die Straße erreichten, reihten sich auf dem Bürgersteig vor dem Lichtenstein gut zehn Tische aneinander, die Kopf an Kopf aufgestellt und bereits mit dunklem Kattun bedeckt waren. Eine Menschentraube drängte sich am Rande des Gehwegs, es blieb gerade genug Platz, sich an ihr vorbeizuzwängen. »Was haben Sie in der Kiste?«, fragte eine Frau, die weit vorne wartete.

Jawohl, es wird funktionieren, durchfuhr es Hedi. Sie erkannte einige der Kundinnen und Kunden in der Menschenmenge. Vermutlich trieb sie allesamt die Neugier an: Denn wann gab es schon ein ausgebranntes Kaufhaus in der Stadt zu besichtigen?

Thea und sie wuchteten die Kiste auf den Tisch. Als sie die ersten blank gewaschenen Waren, in erster Linie Küchenbedarf, auf den Tisch stellten, waren sie bereits umringt.

»Hast du eigentlich eine Kasse?«, fragte Thea über mehrere vorgebeugte Köpfe hinweg.

»Nein, ich kenne nicht mal die Preise …« Für einen Moment wurde Hedi mulmig. »Ach, was soll's, das ist ein Straßenverkauf. Das wird schon.«

»Ja, vermutlich«, sagte Thea, der eine Kundin gerade einen Topf aus der Hand riss. »Es hieß doch, Hallberg wäre ansprechbar, willst du ihn zur Verstärkung holen?«

Hedi lachte auf. Von Thea sollte sich die Mutter mal eine Scheibe abschneiden, die wusste, wie es ging. Vergnügt machte sie sich auf den Weg, Hannes zu suchen.

Jacob

Stirnrunzelnd schaute Jacob zu seinem Vater, der – wie am Morgen – mit gebeugtem Rücken am Tisch saß und auf die Zeitung starrte, ohne eine Zeile zu lesen. Seit dem Besuch im Aschinger hatte es ihm die Sprache verschlagen. Im wahrsten Sinne des Wortes: Er schwieg, und wenn er auf Fragen reagierte, nickte er oder schüttelte den Kopf. Geweint hatte er viel und so oft, dass Ludwig noch einmal nach dem Arzt geschickt hatte. Aber auch Tropfen und Pillen, die der Vater nun verabreicht bekam, hatten die Sprache nicht zurückgebracht. Marianne, die sich von ihrem Schock erholt hatte, umsorgte Friedrich und redete ohne Unterlass, um das Schweigen zu füllen.

Als sie Jacob in der Tür bemerkte, kam sie lächelnd auf ihn zu. Gut sah sie aus in dem Zweiteiler der Gersons, ein dezentes Ensemble mit einer taupefarbenen Bluse aus leichtem Musselin mit großem Kragen, der in weichen Volants auslief. Der einen Ton dunklere, schmale bodenlange Rock endete in einer mit Blumenranken bestickten Bordüre. Wer auch immer die Garderobe zusammengestellt hatte, war mit sicherer Hand vorgegangen und hatte im Blick gehabt, dass er Marianne einkleiden würde. Eine der beneidenswerten Stärken des Hauses Gersons: Sie schienen immer zu wissen, was sie taten.

»Schön, dass du da bist.« Für einen Augenblick konnte Jacob im Blick der Mutter erkennen, was es bedeutete, mit einem schweigenden, gebrochenen Ehemann und den Sorgen, die damit einhergingen, den Tag über allein gelassen zu sein.

»Es ist überwältigend, wie sich alle ins Zeug werfen«, begann Jacob zu erzählen, weil er nicht wusste, was er entgegnen konnte, um in Anwesenheit des Vaters deutlich zu machen, dass er ihre Situation begriff. »Einige Angestellte haben sogar Familienmitglieder oder Freunde mitgebracht, die helfen.«

»Friedrich, hast du gehört? Sie sind alle da und packen mit an!«

Der Vater wandte das Gesicht zum Fenster.

Jacob senkte die Stimme. »Soll ich dir Käthe schicken? Wir sind so viele, vielleicht brauchst du … ich weiß nicht …, so etwas wie Gesellschaft?«

»Ich denke darüber nach, danke, mein Guter.«

»Wir haben den Straßenverkauf begonnen, die Leute reißen uns alles aus den Händen. So viel Unterstützung, es ist unglaublich«, fuhr Jacob fort. »Aber jetzt werde ich mich erst einmal frisch machen. Der Dreck frisst sich in jede Pore. Wann kommt Ludwig eigentlich, und wo ist er überhaupt?«

Seine Mutter klatschte in die Hände. »Ich weiß es nicht, aber es gibt eine Überraschung für uns, das hat er mir versprochen«, sagte sie laut und schaute abermals zu Friedrich hinüber.

Wieder reagierte er nicht.

Als hätte er auf die Ankündigung gewartet, stürmte Ludwig ins Zimmer. Sein Gesicht war von der Kälte gerötet. Er umarmte die Mutter, schlug Jacob auf die Schulter, warf seinen Mantel achtlos über einen Stuhl und setzte sich an den Tisch, dem Vater gegenüber. »Kommt her, nehmt Platz«, sagte er, an die Mutter und Jacob gewandt. »Ich habe euch was zu erzählen.«

Der Vater schaute ihn mit einem Blick an, der nicht zu deuten war.

»Soll ich Wein bringen lassen?«, fragte die Mutter aufgeregt.

»Später, später. Also«, Ludwig rieb sich die Hände, »ihr könnt ja nicht ewig in diesem Hotel bleiben. Könnt ihr schon, aber auf Dauer wäre das etwas eng mit zwei Zimmern. Und da nicht absehbar ist, wann eure Wohnung wieder bewohnbar ist, und die Arbeiten erst einmal dem Verkaufsraum und der ersten Etage zugutekommen, habe ich mich in den letzten Tagen umgeschaut.«

»Nach einer Wohnung für uns?«

»Besser!«

»Nach einem Haus?«

»Allerdings!« Ludwig lachte und griff über den Tisch hinweg nach den Händen der Mutter. »In Zehlendorf und Dahlem gibt es wunderbare Häuser, richtige Villen mit Garten und allem, was das Herz begehrt. Du wirst es lieben.«

»Kein Haus!«, rief der Vater und schlug mit der Faust auf den Tisch.

Erschrocken zuckten sie zusammen.

Ludwig fasste sich als Erster. »Schön, du sprichst wieder«, sagte er sarkastisch.

»Friedrich, was ist los?« Die Arme vor der Brust verschränkt, sah Marianne streng über den Tisch hinweg.

»Kein Haus, bloß kein Haus.«

»Du möchtest kein Haus?«, fragte sie nun, milder im Ton. »Was möchtest du denn? Lieber eine Wohnung?«

»Nichts von alledem.«

»Willst du wieder ins Lichtenstein ziehen?«

Er nickte.

»Das geht vorläufig nicht, und die Situation bietet Gelegenheit für eine Veränderung.« Ludwig trommelte mit den Fingern auf der Tischplatte herum.

»Wir haben kein Geld!«, fiel der Vater ihm ins Wort, mit einer Härte in der Stimme, die Jacob eine Gänsehaut über den Rücken jagte.

»Ach was, wir sind versichert. Das wird schon!«

»Nein, Ludwig, nein.«

»Was? Nein? Wir …«

»Wir sind nicht versichert.« Mit einem Mal flüsterte der Vater wieder, und Jacob befürchtete, ihm würde abermals die Stimme verloren gehen.

»Natürlich, bei diesem Dillinger, wir haben doch letzthin erst darüber gesprochen.«

»Ja, haben wir. Aber ich …, ich habe die Versicherungsbeiträge nicht bezahlt, also nicht regelmäßig. Wir haben keinen Versicherungsschutz mehr. Das heißt, wir müssen alles selbst bezahlen. Und das werden wir nicht schaffen …«

Hedi

Es war ein kühler Morgen, was anscheinend niemanden davon abhielt, vor dem Lichtenstein vorbeizuschauen. Neben der reinen Schaulust – noch immer sah das Gebäude furchterregend aus – spürte Hedi aber auch die Solidarität. Zahlreiche Kundinnen und Kunden betonten ihre Unterstützung, und die wahllos gegriffenen Dinge, die sie kauften, sprachen für sich.

Während Hedi eine der Kisten für den Straßenverkauf auspackte, fröstelte sie. Heute hatte sie Töpfe im Angebot. Einer von ihnen war mit Knöpfen und Scheren gefüllt, eine kleine Kiste mit Nähnadeln mittenmang. Was für den Verkauf zusammengelegt wurde, war derzeit noch abenteuerlich, aber vielleicht wurde es in den nächsten Tagen möglich, themenbezogen zu gestalten: Haushaltswaren, Nähzeug, Galanteriewaren …

»Da sind die Tischler«, unterbrach Thea ihre Überlegungen. Hedi bemerkte drei Männer mit schwarzen Schlapphüten und Kraxen, Männer, die aussahen, als wären sie auf der Walz. Sie würden vielleicht dafür sorgen, dass das Haus bald wieder durchgehend begehbar werden konnte. Inzwischen wäre dies ein Etappensieg.

Erstaunlich, wie sich Bewertungen verschoben.

»Die drei Herren sind doch ein guter Grund, gleich die nächste Kiste zu holen. Ich bin so neugierig, was die machen sollen«, rief sie und lief den Handwerkern hinterher. Sie musste regelrecht abbremsen, denn die drei Männer hielten inne, kaum dass sie das Lichtenstein betreten hatten, und schauten sich betroffen um.

»Kommen Sie, seien Sie nicht so schüchtern!«, rief ihnen Grete entgegen und winkte sie zu sich. Sie hatte ein Haarband um den Kopf geschlungen und wrang einen Waschlappen aus. »Das sieht nur aus wie eine Räuberhöhle, ist aber keine. Sie hätten das vor drei Tagen sehen sollen. Nun brauchen wir Ihre Hilfe, damit wir über die Personaltreppe ins erste Stockwerk kommen. Sonst müssen wir immer die Treppe auf der anderen Seite des Hauses nehmen, und damit verlieren wir zu viel Zeit.« Sie wies in Richtung des Lagers. »Gehen Sie mal da durch, dort finden Sie unseren Chef, Herrn Lichtenstein Junior.«

Hedi bog in die Portiersloge ab. Hier lagerten – weil das Kabuff nur wenig verrußt war – die Kisten für den Straßenverkauf.

Als sie sich umwandte, stand Hannes vor ihr. Obwohl sie versuchte, noch rechtzeitig innezuhalten, lief sie mit der Kiste in ihn hinein. Er geriet ins Wanken, lachte auf und griff ebenfalls nach der Kiste, wobei ihre Hände sich berührten. Für einen Moment bewegten sie sich nicht und blickten sich an.

»Das ist zu schwer, lass mich die Kiste nach draußen bringen, suche dir gerne eine, die leichter ist.«

»Da sind nur Teekessel drin, so schwer sind die nicht.«

»Du weißt, was in der Kiste ist?« Kurz ließ er seinen Blick über die Kistenreihen wandern.

»Natürlich.« Hedi konnte den Blick nicht von ihm nehmen.

»Das sind viele. Sie sind nicht beschriftet.«

»Ich kann mir so was merken.«

»Meine Güte, ich bin beeindruckt. Ehrlich.«

Hedi wusste nicht, was sie entgegnen sollte. Sie hoffte, ihre roten Wangen würden aussehen, als wären sie von der Kälte gerötet. Sie schwiegen.

Hannes nickte nun in Richtung des Lagers. »Ich freue mich …, sie zu sehen. Die Handwerker. Es gibt Menschen, deren Gegenwart so guttut, über die man sich immer freut, wenn man ihnen begegnet.«

»Ja … ja, so ist es.« Hedi musste sich daran erinnern, die Kiste loszulassen. Irgendwann gelang es ihr. Nervös fuhr sie mit den Händen über ihren Mantel. »Warst du schon oben?«

Hannes schüttelte den Kopf. »Nein, und ich muss sagen, es gruselt mich davor. Übrigens werde ich heute wieder draußen den Verkauf begleiten.« Er wandte sich mit der Teekesselkiste ab.

Sie war dankbar, dass er den Jubel in ihr nicht hören konnte. Hannes würde heute den gesamten Tag im Straßenverkauf tätig sein. Sie würde ihn, auch wenn er von Stand zu Stand sprang und hier und dort aushalf, um sich haben. Stundenlang mit ihm zusammenarbeiten, was sonst kaum möglich war. Sie schob eine Kiste voller Bohnerwachsdosen, die die Hitze erstaunlich gut überstanden hatten, mit dem Fuß vor die Portiersloge, zog die Tür zu und schüttelte innerlich den Kopf. Selbst in dieser schweren Stunde konnte sie Kleinigkeiten entdecken, die sie wärmten. Anscheinend hatte wirklich alles zwei Seiten.

Thea

Sie waren eine Gruppe von vielleicht zehn oder elf Frauen und Männern. Gemeinsam standen sie vor der Personaltreppe und schauten hinauf. Thea hielt sich im Hintergrund. Obwohl die Angst, den Arbeitsplatz zu verlieren, längst verflogen war, fürchtete sie den Anblick. Sollten die anderen ruhig vorangehen. Die Zerstörung, der Abschied von lieb gewonnenen Kleinigkeiten und Gegenständen, die sie über Jahre hinweg im Arbeitsalltag begleitet hatten und die nun über Nacht unwiederbringlich in Staub und Asche aufgegangen waren, schmerzten sie weit stärker, als sie jemals vermutet hätte.

»Und die ist wirklich wieder begehbar?«, fragte Frau Kaiser, während sie die ausgetauschten Stufen und das provisorische Geländer musterte.

Kiesewetter nickte. »Sagt zumindest der Tischler. Und an mich wurde die Bitte herangetragen, uns oben umzuschauen und mit dem Aufräumen anzufangen. Wir sollen wie bisher verfahren: alles aussortieren, was nicht mehr verwendbar ist, und die anderen Dinge reinigen.«

Die Müllersche schob sich in den Vordergrund. Sie wedelte mit den Händen, als würde sie sich Luft zufächeln wollen. »In welchem Zustand werden wohl die Unterlagen sein? Und vor allem meine Schreibmaschine?«

»Dann lassen Sie uns hochgehen und nachsehen«, antwortete Frau Kaiser. »Hier weiter herumzustehen, bringt uns wenig.« Dann marschierte sie voran. Auf dem Treppenabsatz blieb sie stehen und sah den Flur hinab, erst nach links, dann nach rechts. »Unten sah es schlimmer aus«, rief sie und winkte ungeduldig, damit die anderen ihr folgten.

Thea trödelte die Stufen hinauf. Ihr erging es wie der Müllerschen: Wie würde der eigene Arbeitsplatz aussehen, vor allem die Nähmaschine? Gab es ihr Stuhlkissen noch, und wenn ja – war es noch verwendbar? So gern hätte sie jetzt Hedi an ihrer Seite gehabt, doch die stand im Straßenverkauf.

Sie spürte, dass jemand dicht hinter ihr lief, und schaute über ihre Schulter. Hannes. Seine Anwesenheit beruhigte sie ein wenig.

Zögernd trat sie in das Atelier, das durch die mit Holz vernagelten Fenster im Dämmerlicht lag. Soweit es sich erkennen ließ, hielt sich der Schaden in Grenzen. Alles war mit einem grauen Schleier überzogen – die Nähmaschinen, die Nähtische und die Wände. Auch die Farbpracht der Stoffballen war unter einem satten Grau fast komplett verschwunden und nur noch zu erahnen. Sie würden nicht mehr zu retten sein, vielleicht war das eine oder andere auskochbar, wenn Mitarbeiter sich erbarmten, die Stoffe mitzunehmen. Konnte man den Brandgeruch überhaupt restlos entfernen?

Thea näherte sich gedankenverloren ihrem Arbeitsplatz. Das Kissen lag auf dem Stuhl. Ich werde es nachher mitnehmen, dachte sie, beugte sich vor und strich mit den Fingerspitzen über den Stoff. Sie seufzte und wandte sich um.

Nun galt es, die Stoffe durchzugehen und die Kurzwaren zu prüfen, ob noch etwas zu retten war. Die Regale mussten geleert werden. Die Maler warteten darauf, sich in das erste Stockwerk vorzuarbeiten. Im Erdgeschoss kamen sie mit enormer Geschwindigkeit voran. Wie es schien, hatten die Herren Lichtenstein keine Kosten gescheut, die Bauarbeiten so schnell wie möglich voranzutreiben.

In diesem Moment schrie die Müllersche auf.

Thea eilte zur Tür und konnte sehen, wie die Vorzimmerdame sich weigerte, ihren bisherigen Arbeitsplatz zu betreten. »Nie werde ich da reingehen«, murmelte sie. »Niemals.«

Vorsichtig lugte Thea an ihr vorbei. Ja, es sah verrußt aus, aber bei Weitem nicht so arg wie erwartet. Sie hob erstaunt die Augenbrauen. Die Müllersche war empfindsamer als angenommen. Behutsam legte sie der Kollegin die Hand auf die Schulter.

»Da steht die Arbeit von Jahren, und alles ist ruiniert.«

»Wollen wir nicht erst einmal schauen?«

Die Müllersche schüttelte den Kopf, als wäre sie ein trotziges Kind. Thea musste lächeln. Tatsächlich ähnelte sie dem Lenchen, vielleicht half ja die eine oder andere Hinterlist, mit der sie bei der Schwester weiterkam?

»Brauchen Sie Hilfe?«

Erneut ein heftiges Kopfschütteln.

»Ich wette, die Schäden sind nicht so schlimm. Wir könnten bis heute Abend zumindest die Regale und Schränke ausgeräumt haben.«

»Aber ohne mich!«

Gut, nun half nur noch eines: Langsam betrat Thea den Raum und ging auf den Schreibtisch der Müllerschen zu.

»Was machst du da?«

»Anfangen.«

»Du sollst doch drüben mitmachen.«

»Da waren so viele, ich glaube, einige der Näherinnen werden noch mit anpacken, und ich habe auch Herrn Hallberg hochgehen sehen. Sicherlich wird er die Räumerei im Atelier anleiten, und Sie, Sie sind allein hier. Deshalb kann ich Ihnen helfen.« Thea blieb vor dem Tisch stehen und fixierte die Schreibmaschine. Den heiligen Gral der Müllerschen. Wenn sie richtig informiert war, ein Import aus Amerika. Langsam hob sie die Hand und berührte das Tuch, mit dem das gute Stück abgedeckt war.

»Finger weg!«, fauchte die Müllersche, schoss ins Zimmer, am Tisch vorbei und schob Thea beiseite. Dann zog sie das Tuch weg und strich wahllos über die Tasten. H, Z, G, O.

»Wir bekommen sie sauber. Versprochen«, sagte Thea und hoffte, überzeugend zu klingen.

Jacob

Als er von der Leipziger Straße in die Friedrichstraße einbog, spürte er sofort wieder seine Abneigung. Er hasste diese Straße!

Im Volksmund wurde sie nicht ohne Grund die Saufstraße Berlins genannt. Die Leipziger Straße war die Kaufstraße, Unter den Linden die Laufstraße. Wenn er zu Helene, vielmehr an ihrem Haus vorbeilaufen wollte, musste er ein Stück der Friedrichstraße passieren. Nur in den frühen Morgenstunden ertrug er es, durch die Saufstraße zu laufen, ohne aggressiv zu werden. Jetzt, zur Mittagszeit, war sie ihm zu laut, zu voll, zu stinkend. Laden reihte sich an Laden, Wagen und Busse drängten sich, Menschenmassen schoben sich, Kinder spielten auf dem Bürgersteig, Zeitungsjungen schrien um Aufmerksamkeit, Schuhputzer bedrängten einen noch im Vorbeigehen. Tingeltangel, Amüsemang. Vereinzelte Markisen der Läden hingen so tief über den Bürgersteigen, dass man aufpassen musste, nicht in sie hineinzurennen. Die Leipziger Straße war ebenfalls laut und voll, aber sie war breiter, bot mehr Raum, das Gefühl, Luft zu bekommen.

Jacob konnte das Gebäude schon sehen. Schräg gegenüber dem prachtvollen Eckhaus der amerikanischen Versicherung Equitable hatte Dillinger seine Gesellschaft. Der einstige Klassenkamerad hatte sich nicht auf eine Verabredung in einer der Weinstuben oder bei Niquets eingelassen, und Jacob ahnte auch, warum. Er sollte als Bittsteller im Bureau des großen Geschäftsmannes erscheinen, Gast sein, sich fremd fühlen. Dillinger wollte vermutlich den Heimvorteil ausspielen, sich hinter seinem Schreibtisch verschanzen und ihm gönnerhaft präsentieren, was seine Familie – vielleicht auch nur er allein – im Laufe der Jahre geschaffen hatte.

Kaum dem Gewühl der Friedrichstraße entkommen, hielt Jacob für einen Moment im Treppenhaus inne. Ein in die marmorne Wandverkleidung eingelassener Spiegel bot ihm die Möglichkeit, noch einmal sein Äußeres zu überprüfen, bevor er Dillingers Bureau betrat. Doch es war wie immer, einfach zwecklos: Das Haar war zu flusig, die Augenringe zu tief, der Kragen schief. Er nahm zwei Stufen auf einmal und stürmte in die Versicherung, um es hinter sich zu bringen.

Ein großer Eingangsbereich, fast einem Atrium gleich, mit einem edel glänzenden Fischgrätparkett und eine aufgeräumt lächelnde Vorzimmerdame empfingen ihn. Auch Dillinger kam ihm bereits entgegen, als hätte er im langen Flur auf seinen Gast gelauert. Ein Mann, den die Natur ebenso wenig wie Jacob mit männlichen Vorzügen bedacht hatte. Mittelgroß, mittelschlank, mittelmäßig freundliches Gesicht, das Haar nur noch als kurz rasierter Kranz vorhanden. Der Schmiss auf der Wange dafür umso größer, der Bart in Perfektion zurechtgestutzt.

»Schade, dass wir uns erst jetzt und unter diesen Umständen wiedersehen!«, rief er zu laut und schlug ihm bei der Begrüßung zu fest auf die Schulter. »Aber trotzdem freut es mich, dass du hier bist. Mein Vater bat mich, deiner Familie und dir auszurichten, wie sehr euer Schicksalsschlag uns mitgenommen hat. Wie geht es euch? Was macht das Lichtenstein?«

Jacob ließ sich in den Sessel fallen, der ähnlich dem Bureau, das er bis vor Kurzem sein Eigen genannt hatte, vor dem Fenster stand. Eine Zweiergruppe mit kleinem, flachem Tisch. »Danke der Nachfrage. Es geht uns gut, wir sind unverletzt dem Inferno entkommen, doch nun gilt es, wieder einen Neuanfang zu schaffen. Und das gelingt uns allen unterschiedlich gut.«

»Da braucht ihr euch um viele Dinge keine Sorgen zu machen, ihr seid ja bei uns versichert.« Dillinger lachte und nahm immerhin nicht hinter seinem Schreibtisch, sondern ihm gegenüber Platz. »Selbstverständlich werde ich Mitarbeiter zur Schadensbegutachtung schicken, dafür hättest du nicht herkommen müssen. Das hätten wir telefonisch regeln können. Nicht dass du denkst, ich freue mich nicht über deinen Besuch, aber ich würde dir gerne Umstände ersparen.«

Jacob runzelte die Stirn. Wusste Dillinger tatsächlich nicht, dass Friedrich die Raten unregelmäßig gezahlt hatte, oder weidete er sich an der Aussicht, dieses Eingeständnis nun laut ausgesprochen zu hören? Die Ellbogen auf die Lehnen gestützt, die Hände mit den Fingerspitzen vor sich aneinandergelegt, sah Jacob aus dem Fenster hinaus auf die Dächer und deren qualmende Schornsteine. Die Luft hing heute grau über der Stadt. Passend zu diesem Gespräch.

»Was führt dich denn nun zu mir? Was kann ich für dich tun?« Kurz zog Dillinger eine Savonette hervor und ließ den Deckel aufspringen, ein Klicken, das aufdringlich laut in der Stille wirkte.

»Wir haben die Versicherungsraten nicht regelmäßig bezahlt.« Jacob schluckte schwer. »Und derzeit kann ich nicht prüfen, welche euch erreicht haben.«

Die Lippen geschürzt, kniff Dillinger die Augen zusammen und musterte ihn. »Du willst mir sagen, ihr habt Außenstände bei uns, und euer Versicherungsschutz ist nicht …?«

»Genau das will ich sagen.«

Dillinger erhob sich, verschränkte die Arme hinter dem Rücken und lief vor der Fensterfront auf und ab. »Oh, das ist ein Problem.« Er sah auf den Boden, als wollte er sich das Muster des dunkelroten Orientteppichs einprägen. Dann hob er den Kopf. »Ihr werdet den Betrieb wieder aufnehmen?«

Jacob nickte.

»Im gleichen Umfang?«

Abermals nickte Jacob.

»Ich bin gleich wieder zurück!« Dillinger verließ das Zimmer.

Überrascht sah Jacob ihm nach. Sein Unbehagen wuchs, wenn das noch möglich war, minütlich. Erst jetzt hörte er den Verkehr von der Friedrichstraße, das Ticken der Uhr auf dem Schreibtisch, eine Frau, die den Flur entlanglief. Er umklammerte die Sessellehnen und überlegte zu gehen. Was sollte das alles? Ließ Dillinger ihn hier schmoren? Stand er vorne bei seiner Vorzimmerdame und genoss einen Kaffee? Oder rannte er zu Dillinger Senior, um sich zu beratschlagen? Erschrocken zuckte Jacob zusammen, als die Tür aufgerissen wurde.

Dillinger baute sich vor ihm auf. »Das musste ich erst klären. Wir kennen uns seit nunmehr fünfzehn Jahren, und unsere Väter sind geschäftlich weit länger miteinander verbunden. Wir werden selbstverständlich auf dem kurzen Dienstweg eine Lösung finden. Habt ihr die Möglichkeit, die ausstehenden Raten zu begleichen?«

»Vermutlich. Allerdings müsstest du mir die Außenstände genau benennen, denn ich kann nicht mit Sicherheit sagen, in welchem Zustand sich die Unterlagen befinden.«

»Gut, ich werde das prüfen und dir eine Nachricht zukommen lassen. Auf den Schreck brauche ich erst einmal einen Kaffee. Du auch?«

Es war so glatt gelaufen.

So seltsam glatt.

Ob sich Dillinger verändert, ja weiterentwickelt hatte? Seine Versicherung musste nun erhebliche Leistungen übernehmen. Dafür war der frühere Klassenkamerad ausgesprochen entspannt.

Mit gemächlichen Bewegungen öffnete er die Tür zum Vorzimmer, bestellte Kaffee, um sich dann wieder in den Sessel fallen zu lassen. Er grinste. »Das hätte ich mir auch nicht träumen lassen, dass sich unsere Wege noch einmal kreuzen, also auf diese Art. Aber mach dir keine Sorgen, das bekommen wir schon hin. Und es kann ja nicht von Nachteil sein, bei einem Warenhausbesitzer einen Gefallen gut zu haben.«

Da war es!

Genau darauf hatte Jacob die ganze Zeit gewartet.

In Gedanken sah er das Lichtenstein vor sich, seine Familie, die Angestellten. Er hatte keine Wahl und fand es, während er lächelnd nickte, gar nicht so schwer, seine Seele zu verkaufen.

Ella

»Wie geht es denn deinem Kaufhaus? Dem Lichtenstein, meine ich.«

Irritiert sah Ella Gustav an, während sie aus dem Wagen stieg. »Es ist doch nicht mein Kaufhaus!«

»Aber sie wollten dich doch einkleiden, oder?«, fragte er, während er beim Fahrer zahlte.

»Schon, aber da halte ich mich zurück, die haben gerade andere Sorgen als meine Kleidung. Am Tag des Brandes waren jedenfalls alle Lichtensteiner wohlauf. Komm mir jetzt in nächster Zeit aber nicht auf die Idee, wieder ins KaDeWe zu fahren, wenn du was brauchst.«

Gustav schmunzelte und hielt Ella den Arm entgegen.

»Nein, ich meine das ernst. Ich möchte dich um Solidarität bitten.«

»Jawohl, Gnädigste.« Er deutete eine Verbeugung an. »Ihr Wunsch sei mir Befehl. Wie auch der heutige Besuch des Lichtspielhauses.«

»Ach, hör doch auf. Der Film läuft schon seit September, und ich habe es immer noch nicht geschafft, ihn zu sehen.«

»Ja, wenn du auch dauernd abends arbeiten musst. Was wollen wir uns denn jetzt angucken?«

Ella zeigte auf das Filmplakat, auf dem Asta Nielsen in einem bodenlangen, sanft schimmernden Kleid mit einem großen Kragen zu sehen war. Vor ihr saß ein Hund, ein riesiges Tier.

»*Die Suffragette*?« Gustavs Gesicht legte sich in Falten.

»Ja, ich muss den unbedingt sehen. Das ist wichtig für meine Arbeit.« Ella hätte nicht genau benennen können, warum dieser Film für ihre Arbeit wichtig sein könnte.

Verlegen trat Gustav von einem Bein aufs andere und sah den Ku'damm hinab.

»Wenn es dir unangenehm ist, musst du nicht mitkommen.«

»Ich lass dich doch nicht alleine ins Kino. Das kommt nicht infrage!« Gustav hielt ihr den Arm entgegen und betrat mit ihr das Kino.

Als wenig später der Film startete und die Musik erklang, hätte Ella sich am liebsten vor Aufregung die Fingernägel abgekaut. Es war überwältigend. Der im Dämmerlicht liegende Saal, das flackernde Licht. Die Musik. Der Geruch der Sessel, und dann diese Frau. Ella hatte bereits Kritiken gelesen, die Astas Mienenspiel als unübertrefflich rühmten. Sie konnte dem nur zustimmen. Die Bilder fielen in sie hinein, in eine Leere, die sie füllten.

»Ich muss zum Film«, flüsterte sie plötzlich und krallte sich in Gustavs Arm.

Das Licht der Leinwand erhellte sein Gesicht ein wenig. Sie konnte sehen, wie er die Stirn in Falten legte.

»Weil die Schauspielerinnen da gerade die Schaufenster mit Steinen einwerfen durften?«, fragte er und verfolgte den Film konzentriert weiter.

»Ich meine es ernst.«

»Lass uns später darüber reden. Schließlich befestigt Nelly gerade die Bombe unter Lord Ascues Stuhl.«

Als sie den Kinosaal wenig später verließen, war Ella schwindelig vor Glück. Sie hakte sich bei Gustav ein, und gemeinsam betraten sie die Straße. Die kühle Luft strich wohltuend über ihre Gesichter.

»Siehst du, Urban Gad hat es gewusst«, eröffnete Gustav das Gespräch. »Am Ende hat er die Nielsen verheiratet, auch noch mit ihrem Widersacher, und ihr vier Kinder angedreht.«

Ella blieb stehen und entzog ihm ihren Arm. »Das ist die männliche Sicht auf weibliche Lebenswege. Du erwartest aber nicht, dass ich nach einer Hochzeit alles aufgebe, viele Kinder bekomme und zu Hause bleibe?«

Gustav schien amüsiert. »Wer redet denn von Hochzeit?« Er hakte sich wieder bei ihr ein. »Sagen wir es so: Ich hätte nichts dagegen. Wenn du eines Tages meinst, du möchtest dich von der Bühne verabschieden, dann werde ich dich nicht aufhalten.«

»Für mich ist dieses Ende grauenvoll. Ich finde, sie erscheint da, umringt von ihren Kinder, so gezähmt, fast umzingelt. Hast du in dem Moment auf die Musik gehört?«

»Nein, ich kann mich nicht erinnern, aber ich glaube, da hast du auch einen sehr speziellen Blick drauf.«

»Ja, das könnte sein. Aber habe ich dich vorhin richtig verstanden – du willst mich nicht beim Film sehen?«

»So habe ich das nicht gemeint. Ich weiß nicht, was ich davon halten soll. Mich interessiert der Film, wie die Macher ihre Bilder inszenieren, das Szenenbild bauen und für welche Kostüme sie sich entscheiden. Die Inhalte haben mich bisher selten überzeugt, und ich weiß nicht, wie es mir gehen würde, dich in einem Film zu sehen. Meinst du, du könntest das? So in die Kamera spielen?«

»Natürlich! Also, vielleicht nicht wie Asta Nielsen, ich würde es nicht wagen, mich mit ihr zu vergleichen. Aber schau dir die Nebenrollen an. Da haben wir eben verschiedene Schauspieler gesehen, die ich nicht so gut besetzt fand.«

Gustav lachte auf. »Ach, gib es doch zu: Du hast nur ein Problem mit der Rolle der Geliebten gehabt, weil sie so gut aussah.«

Ella sah Gustav von der Seite an. »Nein, die Geliebte war großartig besetzt.«

»Urban Gad dreht doch hier in Berlin, oder?«

»Ja, warum? Im Union-Filmatelier in Tempelhof.«

»Dann geh halt hin. Stell dich vor.«

»Ehrlich? Soll ich das machen? Ist das nicht aufdringlich, da einfach hineinzumarschieren?«

»Du kannst dich auch brav anmelden, aber ich denke, dreist kommt weiter.« Er lächelte sie an. »Bei mir hat es jedenfalls geklappt. Ich habe, indem ich mich aufgedrängt habe, eine umwerfende Frau kennengelernt.«

»Das hast du charmant formuliert!« Ella bemühte sich, ein wenig verlegen dreinzuschauen. »Dann denke ich mal drüber nach. Mal schauen, vielleicht siehst du mich irgendwann in irgendeinem Film.«

»Ja, geh lieber beim Film Steine schmeißen. Bei dir weiß man nie, sonst kommst du mir am Ende noch auf die Idee, das Wahlrecht für Frauen zu fordern.«

Hedi

Hilde umklammerte zwei gefüllte Einkaufsbeutel, während ihr Blick die Fassade hinaufwanderte. »Es hat mir durchaus Freude bereitet, euch zu helfen. Das muss ich rückblickend zugeben.«

Hedis Herz zog sich zusammen. Die Körperhaltung, der Ton der Stimme, einfach alles verriet die Einsamkeit der Mutter.

»Ich wollte noch mal zum Kolonialwarenhändler hier um die Ecke, ich fand ihn letzthin preiswert und gut sortiert. Es fehlte uns noch ein wenig Zucker und Malzkaffee. Ich hatte überlegt, heute Abend Pellkartoffeln mit Quark zu machen. Möchtest du mit mir essen?«

»Ja, sehr gern, es wäre schön, wenn wir ein wenig Zeit finden, noch zusammenzusitzen.« Hedi nickte in Richtung des Einganges. »Möchtest du einen Blick hineinwerfen?«

»Unbedingt! Also, wenn niemand etwas dagegen hat. Du sollst doch keinen Besuch bekommen.«

»Glaub mir, momentan haben alle andere Sorgen als auf solche Dinge zu achten. Und du bist durch deine Hilfe letzthin jetzt fast so etwas wie eine Lichtensteinerin.«

Hilde reckte sich und ließ den Blick über die Kolleginnen schweifen, die, in warme Kleidung eingehüllt, um die Tische im Straßenverkauf standen. »Vielleicht kannst du dich dann auch kurz aufwärmen.«

»Wir wechseln uns immer ab, es lässt sich aushalten.«

»Wann könnt ihr denn wieder eröffnen?«

»Lange wird es nicht mehr dauern, vielleicht ein bis zwei Wochen. Du hast ja gesehen, was zu tun war: Erst alles ausräumen, die Vertäfelungen entfernen, den Boden rausreißen und neu machen, die Wände tapezieren. Jetzt werden die Waren nach und nach angeliefert. Das Weihnachtsgeschäft werden wir wohl trotzdem verpassen.«

Gemeinsam stiegen sie die Treppen zum Eingang hinauf. Kaum hatten sie den Verkaufsraum betreten, spürte Hedi die wohlige Wärme der wieder in Betrieb genommenen Heizungsanlage. Hatte sie sich vorher nie über Bodenbeläge, Wandverkleidungen oder Belüftungs- und Beleuchtungstechnik Gedanken gemacht, sondern nur Tresen und Auslagen wahrgenommen, so verfolgte sie jetzt jeden Fortschritt der Bauarbeiten mit aufrichtiger Dankbarkeit. Es standen noch Leitern herum, überall wuselten Handwerker, zahlreiche neue Regale und Tresen waren bereits wieder aufgebaut.

»Das neue Parkett ist schön, ein angenehmer und einladender Holzton«, sagte Hilde und schaute sich anerkennend um. »Meine Güte, man macht sich so gar keine Vorstellung, welcher Aufwand nach einem Brand auf die Betroffenen zukommt.«

»In den nächsten Tagen wird wahrscheinlich viel Überarbeit auf mich zukommen. Wir müssen die Regale, die Tresen, die Auslagen, kurzum den ganzen Laden wieder füllen. Das Lichtenstein zum Leben erwecken.«

»Meinst du, ihr könnt noch einmal Hilfe gebrauchen?« Hilde gab vor, einen der Handwerker bei der Arbeit zu beobachten.

Hedi zögerte.

»Ach, ich habe schon genug mit meinem Sozialverein zu tun«, winkte Hilde ab. »Aber solltet ihr vielleicht wirklich kurzfristig Hilfe brauchen, komme ich gern.« Nun sah sie Hedi direkt an. »Keine Sorge, du musst nicht mit deiner Mutter in einem Geschäft arbeiten.«

Was sollte sie darauf erwidern? Hedi legte der Mutter die Hand auf den Arm und wies auf die Tür zum Personalflur. »Komm, lass uns über den Hof hinausgehen. Aber dann muss ich wieder an meinen Tisch.« Mehr als diese Ablenkung fiel ihr nicht ein.

»Du hast deine Aufgabe, und du hast sie behalten.«

Der Ton in der Stimme der Mutter, er war auffällig. Dann blieb Hilde stehen und sah prüfend durch den Personalflur. »Weißt du, ich habe eigentlich nichts dagegen, dass du arbeitest. Das hier ist ein gutes Haus, die Lichtensteins sind ehrbare Kaufleute. Ein wenig Zubrot schadet uns nicht, und ich finde es auch nicht so schlimm, wenn du ein wenig selbstständiger bist.«

Hedi zog die Augenbrauen in die Höhe.

»Ich weiß, dass … Ich habe mich gefürchtet. Vor dem Alleinsein. Und es ist furchtbar. Dieses sich um die eigene Achse Drehen, immer und immer wieder.« Sie schluckte.

Hedi war wie vom Donner gerührt. Noch nie hatte Hilde mit ihr von Frau zu Frau gesprochen. Und nun tat sie es hier, in diesem zugigen Flur, jetzt, da es kaum Zeit gab. »Du triffst deine Freundinnen, gehst zum Tanztee, wenn das auch manchmal seltsame Folgen hat, du …«

»Das ist Zerstreuung. Siehst du den Unterschied zwischen Zerstreuung und Aufgabe?«

»Was macht denn der Anwalt, mit dem du beim Tanztee warst?«

»Es stellte sich heraus, dass er verheiratet ist. Das ist nicht leicht in meinem Alter. Wenigstens der Sozialverein gibt mir manchmal das Gefühl, noch zu etwas zu taugen.«

»Maman! Das klingt schrecklich!« Hedi schlang die Arme um ihre Mutter. Doch zu viel Nähe in aller Öffentlichkeit widerstrebte Hilde. Sie trat einen Schritt zurück. »Ach, da habe ich eine Idee! Heute gibt es wieder einen Vortrag vom Verein, hier in der Nähe. Es hat mich nicht sonderlich interessiert, aber bevor ich zu Hause herumhocke, kann ich mal vorbeigehen. Bis du kommst, werde ich sicherlich da sein.«

»Was ist es denn für ein Vortrag?« Hedi musste sich ein Grinsen verkneifen. Ihre Mutter wollte still sitzen und irgendwem zuhören?

»Irgendeine Gerhild Bäumer kommt. Du kannst den Einkauf mit nach Hause nehmen. Den kannst du doch unterstellen, oder?« Sie hielt Hedi die Einkaufsbeutel entgegen.

»Meinst du Gertrud Bäumer?«

»Kann sein. Du kennst sie?«

»Ja, das ist doch die von der Frauenbewegung.«

»Ich sage es ja. Es war ein Thema, das mich nicht so interessiert.« Hilde hob die Hand, strich Hedi über die Wange. Dann machte sie sich auf den Weg.

Thea

Komm bitte mit.«

Überrascht legte Thea mehrere neue Tuchscheren ins Regal und folgte Hannes. Er lief mit ihr durch den Flur und die Treppen hinauf in die ehemalige Wohnung der Lichtensteins. Dann wandte er sich um. »Hier wird alles anders. Komplett.«

»Ich war noch nie hier oben. Es fühlt sich … Ich komme mir vor wie ein Eindringling.« Sechs Stühle und ein Esstisch standen im Flur, zwei Handwerker liefen an ihnen vorbei und musterten sie neugierig. In einem der Zimmer wurde gerade mit heftigen Hammerschlägen etwas Hölzernes zerlegt.

»Nahezu alles Private wurde längst herausgeholt. Die Wohnung wird derzeit geräumt, denn es gibt einen Umbau. Unsere Abteilung wird neu aufgestellt, wir werden sehr viel mehr Platz erhalten.« Hannes ließ die Arme sinken.

»Woher weißt du das?«

»Gestern Abend haben Jacob Lichtenstein und ich zusammengesessen, er hat mir seine Pläne vorgestellt. Ich weiß gar nicht, wo ich anfangen soll.« Hannes strich sich kurz über die geschlossenen Lider. »Vermutlich im Hof. Dort wird ein Keller ausgehoben, in diesem wird die Heizungsanlage untergebracht. Das heißt, der Anbau am Lager kann abgerissen werden. Auch der Pferdestall muss weichen, und dann haben wir erheblich mehr Platz. Es soll einen Neubau geben, der so hoch wie das jetzige Gebäude und direkt ans Haus anschließen wird. Die Lichtensteins werden, so wie ich es verstanden habe, irgendwo in

Dahlem ein Haus beziehen. Das wiederum bedeutet, wir können das obere Stockwerk nutzen. Langfristig wird das Lichtenstein zwei Verkaufsetagen haben, alle Bureaus und Ateliers ziehen ins obere Stockwerk – sowohl im Neubau als auch in diesem Gebäude. Das Lager bleibt hinten im Hof, wird aber ebenfalls im Keller des Neubaus untergebracht.«

Thea starrte auf die Wände, die noch nicht geweißt waren. Im Flur hörte sie Schritte und Gesprächsfetzen. Handwerker, die vermutlich gleich in den Raum treten und sie mit Lärm verscheuchen würden. »Gut, es klingt nach langfristigen Plänen. Und jetzt?«

»Du bist die Einzige der Näherinnen, die eine Schneiderinausbildung hat. Wir werden unseren Bereich neu aufstellen müssen. Neben der Entwurfsabteilung bleibt natürlich das Nähatelier erhalten. Wir werden dort künftig Prototypen von den jeweiligen Kollektionsmodellen erstellen. An ihnen werden die Passform und die Silhouette überprüft, und anhand dieses Schnittes erfolgt die Kalkulation des Wareneinsatzes. Wir werden also eine Materialabteilung schaffen. Sie wird neben der Kalkulation für den Einkauf der Stoffe verantwortlich sein. Weiterhin wird es eine Zutatenabteilung geben. Dort werden sogenannte Zutatenpakete zusammengestellt, die den Zwischenmeistern mitgegeben werden.«

»Du meinst, all das, was zum Nähen des jeweiligen Auftrags gebraucht wird? Knöpfe, Garne, Spitze, Pelzbesätze, Futterstoffe und so?«

Hannes nickte. »Ganz am Ende gibt es noch eine Abteilung: die Schneiderkontrolle.«

Thea seufzte. »Mir brummt schon jetzt der Schädel.« Die Handwerker liefen im Flur an der Tür vorbei, und Thea war dankbar, noch einen Moment Zeit zu haben, die Neuigkeiten gedanklich zu sortieren. »Von diesem System habe ich schon gehört.«

»Viele der großen Waren- und Kaufhäuser arbeiten so. Die Schneiderkontrolle überprüft die Arbeit der Zutatenabteilung. Stimmen die Paketinhalte? Die Stofflängen, die Anzahl der Ballen? Ist es die gewünschte Qualität der Stoffe?«

»Das klingt aufregend. So ganz anders. Aber warum erzählst du mir das?«

»Möchtest du wechseln? In die Entwurfsabteilung?«

Theas Blick tastete über Hannes' Gesicht. Versuchte er, mit ihr zu scherzen? Er wirkte ernst. Sie schüttelte den Kopf. »Nein, da wäre Hedi geeigneter. Mich würde die Schneiderkontrolle interessieren. Ich mag es, wenn alles seine Ordnung hat.«

»Du würdest dann nicht mehr nähen.«

»Das ist wahr.« Der Brand war ein Abschied, anscheinend für immer. Denn so wie es aussah, war sie gerade befördert worden. Ihr Herz klopfte, ihre Hände waren feucht.

»Und warum wäre Hedi für die Entwurfsabteilung geeignet?«

»Sie hat ein Gefühl für Formen und Farben, das hat sogar Lichtenstein Junior mitbekommen und sie umgehend von den Krawatten zur Damenkleidung versetzt.«

»Interessant! Sehr interessant.«

Jacob

Käthe und Marianne trugen einen Weidenkorb durch den Flur, aus dem leinene Handtücher herauslugten. Im Gegensatz zum Erdgeschoss und der ersten Etage hing in der ehemaligen Wohnung noch immer ein leichter Rauchgeruch in der Luft.

»Kann ich euch helfen?«, fragte Jacob und lief den beiden Frauen entgegen.

»Das bekommen wir schon hin, keine Sorge«, sagte Marianne. »Der Korb ist nicht schwer.«

Jacob sah sich um. Die Bilder waren bereits von den Wänden genommen, die Möbel aus den Räumen getragen, nur zusammengerollte Teppiche und vereinzelte offene Koffer standen noch herum.

»Lass uns in die Küche gehen. Ich habe übrigens gute Nachrichten: Wir können einiges retten, indem wir Teppiche und Polster reinigen und das eine oder andere Holzmöbel aufarbeiten lassen.«

»Was sagt Vater? Solltest du nicht bei ihm im Hotel bleiben?«

»Was soll er sagen? Die Arbeit muss gemacht werden. Ich möchte auch nicht länger im Prager Hof bleiben. Das Personal ist entzückend, aber es ist ein Hotel. Wieder ein Zuhause zu haben, das wäre schön.«

»So wie es scheint, gefällt dir das neue Haus?«

»Es gefällt mir sehr gut, das hat Ludwig wirklich wunderbar ausgesucht. Er ist uns zurzeit eine große Hilfe.«

»Das ist gut so«, sagte Jacob. Genau aus diesem Grund konnte er selbst im Lichtenstein momentan schalten und walten. Er öffnete einen der Küchenschränke und begann, Geschirr herauszuräumen.

»Dahlem ist sehr hübsch, so grün und ruhig. Du hast das Haus noch nicht gesehen, aber es wird dir gefallen. Es gibt jeweils ein Wohn- und Esszimmer, die eher an Salons erinnern, zwei Schlafzimmer, eine geräumige Küche, Keller und Vorratskeller, auch ein Arbeitszimmer ist vorhanden. Für das Personal ist gesorgt mit zwei kleinen Zimmern. Angetan hat es mir die Terrasse, die mit geschwungenen Treppenbögen in den Garten führt. Sie erweckt den Eindruck einer hochherrschaftlichen Villa. Der Garten an sich ist weitläufig und ähnelt einem Park. Aber mir liegt – es lässt sich vermutlich erahnen – die Miete schwer im Magen.« Sie hielt inne und sah besorgt aus.

»Wir werden ohnehin einen Kredit aufnehmen müssen«, entfuhr es Jacob.

Erschrocken bekreuzigte sich die Mutter. »Mein Gott, das Geld von der Versicherung reicht nicht? Sollen wir eine Wohnung suchen, etwas Kleineres vielleicht, wir können auch mit bedeutend weniger auskommen und …«

»Entschuldige bitte, ich wollte dich nicht erschrecken.« Jacob legte seine Hand auf ihren Arm. »Es bleibt wie geplant: Ihr zieht nach Dahlem, noch haben wir private Rücklagen. Das Geld der Versicherung stecken wir in die Renovierung, aber den Umbau können wir nicht aus eigener Kraft finanzieren.«

»Dein Vater hat es stets vermieden, Schulden zu machen. Sollten wir dann nicht lieber abwarten, bis wir uns weitere Bauarbeiten leisten können?«

»Vater wollte finanziell nie ein Risiko eingehen, ich weiß. Aber viele von denen, die heute weit oben mitspielen, haben irgendwann Geld in die Hand genommen. Sie haben es sich geliehen und etwas daraus gemacht.«

»Du meinst, wie dieser Adlon?«

Jacob nickte. Jeder in Berlin kannte die Geschichte des Hoteliers, der für den Bau des Hotels – so wurde gemunkelt – fünfzehn Millionen Mark und mehr hatte aufbringen müssen. Irgendwann war er in finanzielle Schräglage geraten. Sogar Kaiser Wilhelm hatte sich am Ende für ihn verwendet und mit zahlreichen Berliner Kaufleuten verhindert, dass Adlon aufgeben musste. »Wir müssen ja nicht so viel Geld in die Hand nehmen wie seinerzeit Adlon. So wie ich das sehe, dürfte er in Kürze aus den Schulden raus sein. In diesem Tempo würde uns das nicht gelingen. Meinst du, wir sollten es trotzdem wagen?«

Marianne schlug das Geschirr inzwischen in Zeitungspapier ein. Ihre Finger waren dunkelgrau von Druckerschwärze und Ruß, der selbst durch die geschlossenen Schranktüren gedrungen war. »Ich kann das schlecht einschätzen, aber wenn du denkst, es ist wichtig, dann stimme ich diesem Vorhaben zu. Wie steht es denn momentan? Wird es eine Einweihung geben, wenn die Bauarbeiten im hinteren Bereich des Verkaufsraums abgeschlossen sind? Den Straßenverkauf habt ihr ja bereits eingestellt.«

»Ich möchte erst eine Einweihung feiern, wenn der Umbau und auch der Neubau im Hof abgeschlossen sind. Dann können wir zwei Verkaufsetagen präsentieren, das wird mehr Eindruck machen. Und zwei Eröffnungen kosten einfach mehr Geld, wir bräuchten Reklame und Sonderangebote. Gerade jetzt, so kurz vor Weihnachten, müssten wir noch enorm in eine passende Dekoration investieren, das summiert sich alles schnell.«

»Du hast recht: Vermutlich ist es besser, das Geld zusammenzuhalten. Wie läuft das mit der Geldleiherei?«

»Die Hamburger Hypothekenbank würde uns einen Kredit zu einer Verzinsung von 3,5 Prozent gewähren. Auch Wertheim hat hier sein Geld her, wenn ich recht informiert bin. Die Zinsen halte ich für marktüblich.«

»Wie hoch wäre die Summe, die wir brauchen?«

»Das weiß ich noch nicht genau«, sagte Jacob ausweichend. Ob andere Familien solch weitreichende Entscheidungen beim Ausräumen von Küchenschränken fällten? In Gesprächen unter vier Augen, zwischen Umzug und Neuanfang? »Wer bringt es Vater und Ludwig bei?«

»Das lass mal meine Sorge sein«, sagte die Mutter. »Aber dafür musst du mir, bevor du wieder runtergehst, noch beim Abnehmen von Großvater Lichtensteins Porträt helfen. Dieses Gemälde durfte keiner der Umzugshelfer bisher anrühren.«

Thea

Ludwig.

Sie hatte ihn lange nicht gesehen. Nun stand er vor ihr im Flur des zweiten Stockwerks.

Gut sah er aus.

Den Hut leicht ins Gesicht gezogen, auf seinen Stock gestützt, der Schal hing offen über dem Mantel herab. »Fräulein Stübner, sind Sie gut ins Neue Jahr gekommen?«, begrüßte er sie jovial.

»Äh, ja, vielen Dank. Sie sind … Also, sind Sie auch gut angekommen?«

»Das können Sie glauben. Was machen Sie denn hier so allein?«

»Ich möchte Tüll und Satin holen. Das Stockwerk wurde zwischen den Jahren gestrichen, deshalb konnten wir das Lager bereits nach oben verlegen.«

»Mir wurde berichtet, Sie werden mehr Verantwortung übernehmen. Eine Entscheidung, die ich sehr begrüße.«

Was sollte sie darauf erwidern? Wie konnten sich die Sätze in ihrem Kopf nur immer so verknoten? Thea ahnte, weshalb sie sich für die Schneiderkontrolle gemeldet hatte. Dort musste sie nur zählen, messen und rechnen. Niemand erwartete sprachliche Gewandtheit.

»Wollen Sie mir vielleicht den Stand der Renovierung zeigen?« Ludwig schob mit dem Schuh die Tür zur ehemaligen Küche seiner Eltern auf und betrat den Raum. »So, was kommt denn hier jetzt hin?«

Warum wusste er das nicht? Hatte er die Umbaupläne nicht mitentwickelt?

»Nun seien Sie nicht so schüchtern, erzählen Sie.«

»In diesem Bereich werden wir die Schneiderkontrolle aufbauen. Anfangs werden wir zu dritt sein. Wir überwachen den Warenausgang, uns obliegt es, mit den Zwischenmeistern zusammenzuarbeiten.«

»Oh, das bedeutet einen ordentlichen finanziellen Sprung auf hundert bis hundertzwanzig Mark, wenn ich es richtig sehe?«

Thea nickte und lief durch den Flur, dorthin, wo sich früher das Lichtensteinsche Wohnzimmer befunden hatte. Die Seitenwand war herausgenommen worden und ein großer, heller Raum entstanden. »Hier werden wir die Entwürfe fertigen. Diese bilden die Grundlage für alle weiteren Bestellungen.« Sie durchquerte den Raum und trat durch eine neu in die Wand eingelassene Tür, die ins Nachbarzimmer führte. »Nebenan zieht die Zutatenabteilung ein, auch dieser Raum wurde vergrößert. Diese Abteilung braucht einiges an Platz, denn sie werden Hand in Hand mit der Materialabteilung zusammenarbeiten. Deren Raum schließt auf der anderen Seite direkt an.«

»Das klingt gut. Mein Bruder erwähnte es letzthin, aber ich hatte den Kopf voll.« Ludwig blinzelte verschwörerisch. »Da habe ich ihm nicht so recht zugehört. Und Sie können sich ja vorstellen, was losgewesen wäre, wenn ich das zugegeben hätte.«

Sie mussten beide lachen, und noch während Thea sich amüsierte, schien sie auf sich selbst herabzuschauen.

Was geschah hier gerade?

Sie stand mit ihrem Chef zusammen, plauderte und lachte?

Mit ihm?

»Ich habe das Gefühl, der Neubeginn bekommt Ihnen.«

Thea verschluckte sich fast an ihrem Lachen, brach ab und wusste mit einem Mal nicht, wohin sie schauen sollte.

»Da müssen Sie nicht verlegen werden, ich bemerke das doch. Sie haben sogar ein neues Kleid an.«

Erstaunt sah Thea an sich herab. Zurzeit mussten sie weder Kittel noch Schürze im Lichtenstein tragen. Bis neue genäht und der Umkleideraum wieder hergerichtet war. Ludwig hatte recht: Sie hatte ein neues Kleid an. Woher wusste er das?

»Fräulein Stübner, das ist einer der Schnitte, die wir im Angebot hatten, auch der Stoff kommt mir bekannt vor.«

Ihre Kinnlade sackte herab. Das Kleid war tatsächlich aus einem der aussortierten Stoffe genäht. Sie hatte sich einen Serge de Nîmes ausgesucht, der strapazierbar war und hoffentlich lange halten würde. Zudem war er gut zu reinigen. Einen ganzen Sonntag hatte sie auf dem Dachboden am Waschbottich geschuftet – erst den Stoff in verdünntem Salmiakgeist eingeweicht, schön handwarm, mit vorsichtigem Umrühren. Dann hatte sie ihn mit Seifenspiritus gewaschen und gründlich ausgespült. Offensichtlich hatte die Arbeit sich gelohnt. »Ja, das ist richtig. Danke und …«

»Schon gut. Vergessen Sie nicht, ich bin vom Fach!«

Erneut mussten sie lachen.

Gern hätte Thea für einen Moment die Zeit angehalten.

Nur für einen klitzekleinen Moment.

»Dann lassen Sie mich Ihnen doch beim Tragen helfen. Solche Stoffballen können ja einiges wiegen.« Er klemmte sich den Gehstock unter den Arm.

»Sie wollen mir den Stoff …«

»Keine Sorge, das mache ich nur für Sie!« Er zwinkerte ihr zu.

»Das geht nicht … Das ist sehr aufmerksam, aber ich muss erst noch … sortieren. Das kann einen Augenblick dauern!«

Kurz krauste Ludwig die Nase. »Schade, ich muss weiter, aber sagen Sie nicht, ich hätte es Ihnen nicht angeboten.« Er nickte ihr zu und verließ, nun den Stock wieder in der Hand, das Zimmer.

Erst als Thea die Tür zum Treppenhaus zufallen hörte, wagte

sie aufzuatmen. Sie hatte ihn angelogen, ihren eigenen Chef. Sie bekreuzigte sich. Es gab nichts zu sortieren, aber das Geschwätz der Kolleginnen wäre nicht zu ertragen gewesen, wenn er ihr die Stoffe hinterhergetragen hätte.

Sie zog kanariengelben Satin hervor und blassgelben Tüll, zwei Ballen, deren Gewicht sie aufseufzen ließ.

Georg Meuser war rasiert, auch sein Haar schien frisch geschnitten. Die Mütze hielt er in den Händen und knetete darauf herum. Er blieb in der offenen Tür stehen, sah sich um. »Was habe ich gehört? Du wirst eine Abteilung leiten?«

Thea ließ die Tuchschere sinken.

Erst Ludwig, nun Georg.

Was war das heute für ein Tag?

Die Herren schienen daran interessiert, sie in Gespräche zu verwickeln. Lag das am Wetter, den lausekalten Nächten? Am neuen Kleid? »Natürlich werde ich die Schneiderkontrolle nicht leiten. Sie untersteht weiterhin den Herren Lichtenstein und Herrn Hallmann.«

»Aber Grete erzählte, wir werden jetzt öfter miteinander arbeiten.«

»Wenn du weiterhin Zwischenmeister bleibst, dann schon.«

»Natürlich bleibe ich Zwischenmeister. So wie ich es verstanden habe, werde ich bald erheblich mehr mit dem Lichtenstein zu tun haben. Wie viele andere Kollegen holt ihr denn noch an Bord?« Er betrat das Atelier und lehnte sich gegen den Zuschneidetisch.

»Das ist abhängig von der Größe der Kollektion, die entstehen wird. Beunruhigt es dich, wenn weitere Zwischenmeister für uns tätig werden?«

»Um Gottes willen – nein! Ich habe schon jetzt ständig Bedarf an Näherinnen. Man muss auch wissen, wo seine Grenzen sind. Sicherlich spricht nichts dagegen, nach und nach mehr Aufträge zu übernehmen. Doch bis dahin muss ich darauf vorbereitet sein.«

»Du suchst Leute?«

»Ja, warum? Gefällt es dir im Lichtenstein nicht, willst du bei mir anfangen?« Er grinste.

»Du Witzbold. Meine Mutter näht.«

»Hat sie eine eigene Maschine, oder näht sie per Hand? Ich suche auch jemanden für Knopflöcher, du siehst, sie hätte die freie Wahl.«

»Sie hat eine Maschine.«

»Oh, sie hat eine eigene Maschine! Das ist gut.«

»Um genau zu sein: Sie zahlt noch die Raten ab, aber bald gehört sie ihr.«

»Das ist ja für mich unerheblich. Wenn du möchtest, kann sie gerne für mich nähen.«

»Was zahlst du?«

»Achtundfünfzig Pfennig die Stunde.«

»Sechzig.«

Er lachte. »Ich ahne, warum du jetzt hier sitzt. Gut, dann machen wir das, aber deine Mutter darf kein Wort darüber verlieren, dass ich sie derart fürstlich entlohne.«

»Fürstlich ist etwas anderes.« Bisher bekam die Mutter fünfzig Pfennig die Stunde – das würde eine Freude werden. Doch ihre Aufregung durfte sie sich nicht anmerken lassen. Ein leises Erstaunen, wie einfach es war, für andere zu verhandeln, spürte sie aber durchaus.

»Wann gebt ihr die ersten Bestellungen raus? Was denkst du?«

Kurz wies Thea um sich. »Na ja, auch wenn die Handwerker allenthalben werkeln, entstehen schon Entwürfe. Halt weiterhin im ersten Stock. Wann es mit zusätzlichen Aufträgen losgeht, kann ich nicht genau sagen.«

»Gut, deine Mutter kann trotzdem schon mal anfangen, für mich zu nähen. Je schneller die Abläufe sitzen, umso besser. Dann verrate mir mal, wo du wohnst.«

Erstaunt sah Thea Georg an. »Wie bitte?«

»Du wohnst doch zu Hause, oder? Wenn deine Mutter für mich arbeiten soll, dann muss ich Stoffe liefern. Außerdem wäre es sinnvoll, wenn ich sie vorher mal kennenlerne.«

Vor Schreck vergaß Thea zu atmen. Daran hatte sie nicht gedacht: Georg würde bei ihr zu Hause erscheinen, das Elend hautnah erleben. Regelmäßig. Ihr Gesicht verzog sich vor Schreck.

»Das ist schon in Ordnung, ich bekomme viel zu sehen, glaub es mir. Machen wir es doch so: Du fragst sie erst einmal und sagst mir dann Bescheid, ja?«

Thea nickte.

Georg stieß sich vom Tisch ab und zog seine Mütze auf. »Und damit es keinen Ärger gibt, werde ich die Herren Lichtenstein informieren. Nicht dass es irgendwann heißt, hier würde geklüngelt.«

Hedi

Josefine, dürfte ich heute mal die halbe Stunde in Anspruch nehmen, die für Einkäufe im Haus gedacht ist?«

»Ja, natürlich, die steht dir doch zu. Einmal in der Woche. Hast du die noch nie genutzt, oder warum fragst du so komisch?«

»Nein, bisher …«

»Herrje«, fiel Josefine ihr ins Wort. »Solche Strebereien kann ich nicht leiden. Nun mach dich davon, und wenn du ein paar Minuten später kommst, werde ich nicht auf die Uhr schauen. Was brauchst du denn?«

»Ich habe ein bisschen vom Taschengeld gespart, das meine Mutter mir gibt. Ich müsste mir ein paar neue Handschuhe zulegen, meine alten zerfallen langsam. Da helfen auch Nadel und Faden nichts mehr. Und dann würde ich gerne einige Kleinigkeiten mitnehmen.«

»Einige Kleinigkeiten? Das klingt ja geheimnisvoll.« Josefine grinste, während sie mit dem Staubwedel über das Regal fuhr. »Ich kann dir gleich sagen: Wenn du im Lichtenstein etwas kaufst, schauen alle immer genau hin. Vor allen Dingen an so ruhigen Tagen wie heute.«

»Gut, ich brauche Stifte. Und vielleicht ein wenig Tusche.«

Josefine ließ den Wedel sinken und schaute enttäuscht drein. »Ach so, ich dachte, du kaufst Leibwäsche für deinen Liebhaber oder irgendetwas Spannendes. Was Sensationelles, etwas, worüber wir Damen die nächsten Stunden tratschen und uns das Maul zerreißen können. Aber das wird wohl nichts.« Wie ein

Dirigent schwang sie den Wedel durch die Luft. »Nun gut, langweile mich nicht weiter und amüsiere dich schön.«

»Im Anschluss habe ich noch oben das Treffen, im Atelier. Um drei Uhr.«

»Aha!« Triumphierend stach Josefine mit dem Wedel in die Luft. »Das könnte doch interessant werden. Wage es nicht, ohne etwas Unterhaltung zurückzukehren.«

Hedi grinste und machte sich auf den Weg. Wenn sie sonst durchs Haus lief, meist um etwas von A zu holen und es nach B zu bringen, schritt sie stets zügig aus. Doch jetzt genoss sie es, durch die Gänge zu schlendern, im Vorbeigehen die Kolleginnen und Kollegen zu grüßen und in aller Ruhe die Veränderungen wahrzunehmen, die durch die Renovierung Einzug gehalten hatten.

Große Tische, im gesamten Parterre verstreut, luden nun dazu ein, die Waren selbst in die Hand zu nehmen. Vor allem in der Nähe des Haupteingangs fanden sich mehrere dieser Ausstelltische, die wechselnd dekoriert wurden, meist mit Sonderangeboten. Viele Regale standen nicht mehr hinter den Tresen, unerreichbar für Kundinnen und Kunden, sondern waren ebenfalls frei zugänglich. Als Hedi den Kunstsalon erreichte, sah sie, dass diese Form der Präsentation auch hier Einzug gehalten hatte, obwohl es reichlich Zerbrechliches und teure Stücke gab.

»Was kann ich denn für dich tun?«

Erstaunt sah Hedi auf. Trude stand vor ihr, die Hände gefaltet. »Was machst du denn hier? Du bist doch sonst woanders im Einsatz.«

»Ja, bei meinen weißen Schätzchen. Ich mache eine Krankheitsvertretung. Aber es ist schön, dich zu sehen. Was führt dich hierher?«

»Also, ich hätte gerne einige Utensilien zum Zeichnen.«

»Oh, da ist die Auswahl überschaubar. Was genau brauchst du denn?«

»Bleistifte. Am besten einen mit weicherer Mine und einen mit festerer. Und dann fehlt mir noch Tusche.«

»Welche Farben?«

»Grün. Und rot.«

»Soll ich die Sachen als Geschenk verpacken?«

»Nein, danke. Die sind für mich.«

»Ach, du zeichnest?« Trudes Blick wurde ernst. Sie trat an den Tresen, öffnete einen Schub und legte ein Blatt Papier sowie einen Stift vor Hedi. »Bevor ich dir Zeichenutensilien verkaufe, möchte ich wissen, ob du damit auch wirklich umgehen kannst. So viele habe ich davon nicht. Die bewahre ich sonst für Kundinnen auf.«

Fassungslos starrte Hedi die Kollegin an.

Doch die prustete nun los. »Nein, entschuldige. Ganz im Ernst: Ich kann gar nicht malen und finde es immer hübsch zu sehen, wie das andere machen. Also, wenn du gerade ein, zwei Minuten Zeit hast …«

Hedi runzelte die Stirn. Es war ein ruhiger Vormittag, der offensichtlich seltsame Blüten trieb.

»Es ist ja niemand hier«, sagte Trude. »Es muss doch einen Vorteil haben, wenn man in der Abteilung in der letzten Ecke des Ladens direkt vor der Bauabsperrung steht. Bitte!«

Noch nie hatte Hedi auf Bestellung gemalt. Ein wenig nervös nahm sie den Stift. »Ich kann aber nur Frauen und Kleider malen.«

»Ehrlich?« Aufgeregt klatschte Trude in die Hände. »Ich habe von den Stoffen, die so verrußt waren, einige Ballen mitgenommen. Und ich möchte mir ein Kleid nähen. Wie soll es aussehen? Was würdest du mir empfehlen?«

»Was hast du für Stoffe?«

»Garbadine und Cheviot. Und etwas Samt.«

»Du hast den Geruch aus Wolle und Samt waschen können?«

»Natürlich, ich habe zwei Kinder. Du möchtest nicht wissen,

was ich da schon alles aus verschiedenen Stoffen entfernen musste.«

Hedi grinste. »Gut, weiter: Für welchen Anlass brauchst du das Kleid?«

»Eher ein Tageskleid. Aber eines, das auch trotzdem etwas hermacht.«

Ohne zu überlegen, begann Hedi, die Länge eines Rocks mit einem lockeren Faltenwurf zu zeichnen. »Es ist ein geschlossenes Kleid, der Rock besteht aus zwei Lagen. Siehst du, die obere endet auf der Höhe der Wadenmitte, die untere Lage ist bodenlang. Sie umspielt die Knöchel und liegt enger an. Dadurch entsteht eine Fracktunika. Du kannst den Samt nutzen, um dir ein Ausschlagteil, also einen Besatz, der rundum führt, auf den oberen Rockteil zu nähen.« Sie zog eine Linie, schraffierte den dadurch abgetrennten Bereich und tippte mit dem Stift darauf. Dann deutete sie mit wenigen Strichen den Oberkörper an. »In der Bluse kannst du diese Samtbesätze aufnehmen, auch in den Aufschlägen der Ärmel bietet sich das an. Fracktuniken sind gerade sehr beliebt, das würde ich dir empfehlen. Und ich glaube, es würde dir sehr gut stehen.«

Trude starrte auf die Zeichnung. »Dafür einen Schnitt zu entwerfen, ist wahrscheinlich nicht einfach.«

»Stimmt. Ich glaube, letzthin in *Die Dame* Bestellscheine für den Schnitt gesehen zu haben. Im Atelier gibt es die Zeitschrift. Frage doch mal bei Thea nach.«

»Die Näherin? Die uns beim Modetee geholfen hat?«

»Ja, selbst wenn da kein Bestellschein mehr auffindbar ist, sie ist gelernte Schneiderin. Die weiß, wie es geht.«

»Auf die Idee bin ich noch nie gekommen. Danke!«

Hedi zog das Blatt noch einmal zu sich und skizzierte eine Blüte in die untere Ecke. »Als Aufputz bieten sich schöne Knöpfe an. Mit dunklen Kreppknöpfen wirkt das Ensemble eher streng, und wenn du dir eine Kunstblume zulegst, im Ausschnitt noch mit ein wenig Spitze arbeitest oder dir vielleicht ein farbig passendes Schultertuch umlegst, dann kannst du das Kleid auch am Sonntag tragen. So kann dich dein Liebster fein ausführen.«

»Ja, ich ahne, was du meinst.«

»Darf ich jetzt die Stifte haben?«

»Aber sicher, und weißt du was?« Trude strahlte sie an. »Meine zehn Prozent Personalnachlass spendiere ich dir als Dank für diese wunderbare Beratung! Mein Liebster, der führt mich schon lange nicht mehr aus, aber wenn meine Mutter demnächst Geburtstag feiert, werde ich der buckligen Verwandtschaft zeigen, was eine Frau in meinem Alter noch zu bieten hat. Ich nehme gleich mal eine verfrühte Vesperpause und sause zu Thea hoch. Wir sehen uns nachher im Atelier, oder?«

»Ach, bist du auch um drei Uhr nach oben beordert worden?«

Trude nickte abwesend und betrachtete die Skizze.

»Dann werde ich mich mal beeilen, ich wollte noch Handschuhe besorgen.«

Hannes drehte sich langsam um die eigene Achse und sah begeistert aus.

»Ist das alles in Ihrem Sinne?«, fragte Jacob Lichtenstein, der neben ihm stand und über die Anordnung der Tische, Regale, Ablagen und Tafeln wies. »Diese Entwurfsabteilung ist noch sehr provisorisch, und ich weiß, es ist schwierig, einen Teil der Stoffe bereits im zweiten Stockwerk zu lagern. Aber die Materialabteilung wird als Nächste eingerichtet, das dürfte wieder einiges vereinfachen. Die Handwerker brauchen nicht mehr lange. Mit diesem Notbehelf müssten wir aber erst einmal für ein paar Wochen zurechtkommen.«

Hannes nickte anerkennend. »Selbst wenn die Materialabteilung im zweiten Stockwerk fertig ist, hat unser Umzug noch Zeit. Die Zutatenabteilung kann allerdings auch gleich an ihrem zukünftigen Standort im zweiten Stockwerk entstehen, das wäre praktisch. Für unsere Arbeit ist es wichtig, den Zuschnitt und die Näherinnen weiterhin nebenan zu haben.«

Während Hedi sich im frisch renovierten Raum umsah, der fast einem Saal ähnelte, spürte sie Trudes Schulter an ihrer. Kurz fragte sie sich, ob die Kollegin schon mit Thea gesprochen hatte. Sie beschloss, nachzuhaken, wenn sie hier fertig waren. Neben der Weißwarenverkäuferin stand, ebenfalls reglos, Frau Kaiser. Warum sie alle bei einem Gespräch der Chefs dabei sein sollten, war Hedi ein Rätsel.

»Meine Damen, sicherlich wundern Sie sich, warum wir Sie hierherbestellt haben«, sagte Jacob Lichtenstein, als hätte er den Gedankengang vernommen. »Wir werden künftig mehr Kollektionen beziehungsweise Modelle entwerfen als bisher. Die Damenmode ist unser umsatzstärkster Bereich, und wir werden ihn erweitern. Erheblich erweitern, und dabei wollen wir uns an der Pariser Haute Couture orientieren. Die Betonung liegt auf dem Wort ›orientieren‹, denn wir möchten die französischen Entwürfe – im Gegensatz zu vielen unserer Konkurrenten – nicht eins zu eins übernehmen.«

Hedi konnte fühlen, wie Trudes Körperspannung sich erhöhte, sie von einem Fuß auf den anderen trat.

»Es mag ein wenig erstaunlich wirken«, ergriff Hannes das Wort. »Bisher wurde in der Berliner Mode, auch von uns, stets betont, wenn bei einem Kleidungsstück ein originaler Schnitt von Jeanne Paquin, Paul Poiret, Marie Durand oder anderen Modeschöpfern von Weltrang übernommen wurde. Unser Plan, also der des Hauses Lichtenstein, ist es jedoch, eine eigene Handschrift zu entwickeln. Wir lassen uns in Paris anregen, schaffen aber dennoch etwas Eigenständiges.«

»Haute Couture? Wer soll denn das bezahlen?« Der Zweifel in Frau Kaisers Stimme war nicht zu überhören.

Die Arme hinter dem Rücken verschränkt, lief Hannes vor

ihnen auf und ab. »Genau das ist der Punkt, Frau Kaiser: Wir machen keine Haute Couture! Wir lassen uns anregen und entwickeln Konfektionsware, bezahlbar, hochwertig und unverkennbar Lichtenstein. Im besten Fall entwickeln wir den Berliner Chic weiter. Geplant ist, ein bis zwei Modeschauen im Jahr auf die Beine zu stellen, nicht bis zu vier wie in Paris. Natürlich bieten wir, wie jedes gute Warenhaus, weiterhin Maßarbeit an. Aber wir planen, im Mittelgenre das Angebot breiter aufzufächern. Und auch günstige Mode im Stapelgenre offerieren wir künftig. Demnächst finden also alle Frauen, ganz gleich, ob Frau Gräfin aus Charlottenburg oder die Melkerin aus Stahnsdorf, geschmackvolle Kleidung im Lichtenstein.«

»Und was haben die Damen mit uns zu tun?«, fragte Trude.

Hannes grinste. »Bisher wenig. Aber wir werden Sie in nächster Zeit des Öfteren für Anproben brauchen. Die Modelle, die wir entwickeln, sollen passgenau sein, wenn sie von Ihnen vorgeführt werden. Nun wollten wir erfragen, ob Sie nach Ihrer ersten Erfahrung mit dem Modetee weiterhin daran interessiert sind, dafür freigestellt zu werden.«

Natürlich!, schrie es in Hedi, und ein Glücksgefühl durchströmte ihren Leib. Sie würde wieder Vorführdame werden! Sie würde viel Zeit mit und bei Hannes verbringen. Und wenn sie daran dachte, seine Hände zu spüren, wenn er absteckte, zupfte und dekorierte, lief ihr schon jetzt ein Kribbeln über die Haut. Vielleicht hatte die Mutter recht – sie musste mehr essen, und zwar ganz schnell. Und sich Giesekes Veilchenseife gönnen, sie war teuer, aber duftete so wundervoll.

Während sie nickte, hörte sie Trude antworten, und auch Frau Kaiser fügte sich gnädig in ihr Los.

Dann richtete wieder Jacob Lichtenstein das Wort an sie: »Sehr gut, meine Damen. Somit sind Sie informiert, wie es weitergeht. Vielen Dank, Sie können jetzt gern wieder an die Arbeit gehen.«

Hedi folgte Trude, die in ihrem üblichen Tempo davonstürmte, und zupfte sie am Ärmel. »Sage mal, hast du schon mit Thea sprechen können?«

»Ja, das habe ich, und als wir fertig waren, sah Herr Hallberg die Zeichnung. Er hat sie an sich genommen.« Trude runzelte die Stirn. »Er stand überraschend neben uns. Ich weiß nicht, ob Thea und ich Ärger bekommen. Wir haben uns mit privaten Dingen beschäftigt. Dich wird es sicherlich nicht treffen, Hallberg weiß ja nicht, wann du die Skizze gezeichnet hast.«

Schweigend gingen sie durch den Flur.

»Würdest du mir das Kleid noch einmal zeichnen?«

Hedi grinste.

Ella

Sind Sie auch bei der Nachtvorstellung im Deutschen Theater dabei, am Montag? Das ist doch eine Wohltätigkeitsveranstaltung – für welchen Anlass wird da gesammelt?«

»Dazu weiß ich nichts, denn ich bin nicht dabei.« Ella lächelte gequält.

»Warum denn nicht?«

Auch wenn sie Schauspielerin war, konnte sie unmöglich mit jeder Veranstaltung der Stadt zu tun haben. Aber das zu entgegnen, würde ihr Gegenüber vermutlich als Unhöflichkeit werten.

»Na ja, bisher haben auch hauptsächlich königliche Sängerinnen zugesagt.«

»Das ist einer der Gründe: Ich bin Schauspielerin, keine Sängerin.«

»Oh, ach so.« Der Mann, der im Klubsessel neben ihr saß, zwirbelte seinen Bart. Zog die Augenbrauen in die Höhe, während er den Blick über Ellas Brüste, den Bauch hinab und dann über ihre Beine wandern ließ.

Sie verschränkte die Arme und sah demonstrativ zur Seite. Die Luft im Salon war von Zigarrenrauch vernebelt, irgendwer klimperte auf dem Flügel. Gustav stand einige Meter entfernt und …

»Was halten Sie denn von Arthur Schnitzlers *Liebelei*?«

Würde sie jetzt auf diese Frage eingehen, würde dieser Widerling sie in eine doppelbödige Unterhaltung über die pikanten Inhalte des Stücks verwickeln. Wenn sie mit der Antwort vage blieb, würde er seinen Freunden erzählen, dass Schauspielerinnen tatsächlich ungebildet seien.

Gustavs Dienstmädchen trug ein Tablett mit Gläsern voll glänzendem Likör und bahnte sich den Weg durch die diskutierenden Gäste, vornehmlich Männer. Ich will einen Likör, und ich trinke in letzter Zeit zu viel, dachte Ella und ließ ihr Gegenüber weiterhin auf eine Antwort warten.

»Es wurde ein Caravaggio-Bild entdeckt, in Italien, in einer Villa in Florenz. Es soll über zwei Meter breit sein und ein Konzert zeigen, bei dem ein älterer Herr drei Jünglingen zuhört, die Instrumente spielen. Zwei weitere singen. Es galt als verschollen«, hörte sie einen Herren sagen, und seine Stimme überschlug sich fast vor Gier. Vermutlich war auch er Galerist, und es war wohl sein Lebenstraum, ein derartiges Werk zu verkaufen.

Ella fixierte nun wieder den Widerling neben sich. »Was meinen Sie, ist unser Wohlstand durch die Aufrüstung der Russen gefährdet?«

»Wie bitte?« Die Finger ließen den Bart los. Nun wurde Ella erneut angestarrt, zur Abwechslung ins Gesicht.

»Mich beunruhigen diese Aufrüstungen, auch die bei den Franzosen. Noch kann Russland seine Drohgebärden nicht mit Waffengewalt unterstreichen, aber was ist in drei bis vier Jahren?«

»Sind das nicht etwas schwerwiegende Themen für so einen Abend? Für den Frühling?«

»Haben Sie keine Furcht vor einem Krieg? Der liegt doch in der Luft. Sollten wir uns nicht lieber damit befassen?«

Der Mann sah hinüber zum Tisch. Dort saß eine Gruppe Bridge spielender und Konfekt in sich hineinschiebender Maler, mit denen er sich zuvor über Edvard Munchs Arbeitstechniken gestritten hatte.

»Entschuldigen Sie bitte, ich wurde vorhin gefragt, ob ich ein wenig Kartenspielen wolle. Die Herren erwarten mich.«

Ella nickte huldvoll und sah ihm nach.

»Sehr raffiniert!« Schwungvoll ließ sich ein anderer Mann in den Sessel neben ihr fallen. Er grinste spitzbübisch.

»Was meinen Sie bitte?«

»Es klappt immer wieder. Ein Thema aus der aktuellen Tagespolitik, von einer Frau ausgesprochen, und schon stieben die Kerle auseinander wie aufgescheuchte Fliegen.«

»Ertappt!«, sagte sie lachend.

»Machen Sie sich wirklich Sorgen wegen der Aufrüstung?«

Ella erwiderte seinen aufmerksamen Blick, zögerte, dann sagte sie: »Ich habe gelesen, die russische Infanterie wird gerade in einem noch nie da gewesenen Maße ausgestattet. Und die Franzosen wollen Feldgeschütze anschaffen, die bis zu zehn Kilometer weit schießen. Hat nicht auch Churchill just Mehrausgaben für Waffen freigegeben?«

»Sie haben also Angst vor einem Krieg?«

»Natürlich. Sie nicht?«

»Nein, wir gehen keinem Krieg entgegen.« Der Mann runzelte die Stirn. »Wenn ich ehrlich bin, muss ich zugeben: Es ist nicht mehr als eine Hoffnung. Sobald ich unruhig werde, sage ich mir, die Zeitungen schreien die Kriegsgefahr nur herbei, um ihre Verkaufszahlen zu erhöhen.«

Das Dienstmädchen hielt Ella ein Tablett vor die Nase, auf dem nun Zigaretten, Streichhölzer und Aschenbecher standen. Dankbar griff sie zu. »Nun haben wir über mich gesprochen. Was macht Ihnen denn Sorgen?«

»Eine gute Frage, aber passender wäre zu fragen, was mir keine Sorgen macht. Bleiben wir weiter bei der Aufrüstung – was ist, wenn diese Schreiberlinge, ganz gleich, wie laut sie auf dem Papier krakeelen, doch recht haben? Ich kann Ihren Beobachtungen nicht widersprechen, sie sind beunruhigend.«

Ella reichte ihm eine Zigarette und Streichhölzer weiter. »Sie haben mir gerade zugestimmt.«

»Ich weiß.« Nun grinste er noch breiter und zündete sich die Zigarette an. »Tja«, sagte er nachdenklich. »Die Liste ist lang. Der Frauenmörder, der am Teufelssee zwei Frauen erschlagen hat, oder der immer wieder aufblitzende Hass gegen die Juden. Nicht einmal Milch kann man heute mehr kaufen und sich über den günstigen Preis freuen. Selbst hier tobt ein Krieg.« Er hob die Arme und zog ein bedrohliches Gesicht. »Das Schreckgespenst des Milchkrieges geht um. Viel Gutes gibt es nicht zu berichten.«

»Na ja, immerhin haben wir in Berlin jetzt eine neue Ausgabe des Telefonbuchs«, erwiderte Ella. »Das ist doch schon mal was.«

Irritiert sah ihr Gegenüber sie über den Rauch seiner Zigarette hinweg an. Ellas Gesicht verzog sich, dann brachen sie beide in Gelächter aus.

»Sie sind Gustavs neue Freundin, oder?«

»Ja, Ella, und wer sind Sie?«

»Max, einer der Maler, dessen Werke in der Feinsteinschen Galerie hängen. Wenn ich recht informiert bin, sind Sie Schauspielerin. Können Sie mir verraten, die Arbeit welchen Regisseurs ich erlebt haben sollte?«

»Gern, wenn Sie mir verraten, von welchem Maler ich mich porträtieren lassen soll.«

»Oh, das ist einfach: Schauen Sie nicht auf sein Renommee, schauen Sie auf seine Haltung Frauen gegenüber. Ein Bild ist auch immer der individuelle Blick des Malers, also eines Mannes, auf die vor ihm sitzende Frau. Und wenn er Frauen nicht schätzt, was soll dann dabei herauskommen? Schauen Sie sich denjenigen, dem Sie sich anvertrauen, genau an. Schließlich werden Sie viel Geld dafür auf den Tisch legen.«

Ella war beeindruckt. So hatte sie es noch nie betrachtet, ein guter Ansatz, befand sie. Kurz schaute sie zu Gustav. Ob er sie in der Frage, welcher Maler Frauen wertschätzte, gut beraten konnte? Er bemerkte ihren Blick und lächelte. Sofort prickelte es in Ellas Unterleib. Gut, vielleicht konnte er das eine nicht, aber dafür etwas anderes, und das ziemlich gut.

Hedi

Maman, stell dir vor, was heute passiert ist!« Hedi stürzte in die Küche und blieb vor ihrer Mutter stehen.

»Möchtest du dich nicht erst einmal setzen?«

Ungeduldig ließ Hedi sich auf einen der Küchenstühle sinken.

»Also, was ist denn passiert?«

»Maman, heute kam Hannes zu mir …«

»Ist das dieser Konfektionär, von dem wir neulich bereits sprachen?«

»Ja, also er kam zu mir. Ins Rayon.«

»Du bist sehr aufgeregt, wie mir scheint.«

»Ja, und er hatte eine Zeichnung für ein Kleid dabei, die ich gemacht habe. Es war eher eine Skizze, für eine Kollegin, die Trude. Durch Zufall hat Hannes diese Zeichnung gesehen. Er kam zu mir, weil sie ihn begeistert hat.«

»Das wundert mich nicht, du hast viele Talente. Ich weiß das. Als du klein warst, hast du immer …«

»Warte bitte kurz, ich bin gleich fertig. Hannes hat auch bemerkt, dass ich ein gutes Gedächtnis habe. Und jetzt kommt es: Sie wollen nach Paris, und sie wollen mich mitnehmen!«

»Moment, mein Fräulein! Wohin wollen sie? Und wer ist ›sie‹ überhaupt?«

»Hannes, der Konfektionär, und Jacob Lichtenstein. Sie wollen nach *Paris*«, jubelte Hedi, sprang auf und umarmte die Mutter.

»Was wollen sie denn da?« Stocksteif saß Hilde, die Hände auf dem Tisch gefaltet.

Hedi ließ von ihr ab und trat einen Schritt zurück. »Sie wollen Modenschauen besuchen, das macht man als Modeschöpfer so.«

»Modeschöpfer!« Hilde schnaufte, und ihr Blick blieb abweisend. »Und was hat das mit dir zu tun?«

Hedi spürte, wie ihr der Schweiß ausbrach. »Ich soll mitkommen, also – ich darf mitkommen, und dann mache ich die Zeichnungen.«

»Ja, und warum erledigt das der Herr Modeschöpfer nicht selbst? Er wird doch wohl den Stift führen können.«

»Wahrscheinlich muss er sich konzentrieren, was weiß ich denn, Maman? Sie bieten mir die Chance, nach Paris zu fahren. In die Stadt der Mode! Ich werde alles sehen – die Kaufhäuser, wir werden zu Madame Paquin und Madame Durand gehen, in die Warenhäuser und …«

»Ich wusste gar nicht, dass du dich so sehr für Mode interessierst.«

»Wie bitte? Ich nähe schon seit Jahren.«

»Ich auch, und trotzdem will ich nicht nach Paris fahren.«

»Siehst du das denn nicht? Das ist eine einmalige Gelegenheit, und ich freue mich so!«

Hilde erhob sich und strich ihren Rock glatt. »Du wirst natürlich nicht mitfahren!«

Hedis Hand, die gerade noch durch die Luft fliegen wollte, um die nächsten Worte zu unterstreichen, klatschte kraftlos auf den Tisch. »Aber warum?«

»Natürlich wirst du nicht mit nach Paris fahren. Was sind denn das für Flausen? Das ist unsittlich – mit zwei Männern, die ich nicht einmal kenne. Wo kommen wir da hin?«

»Der eine ist mein Chef, der Sohn deiner Freundin oder Bekannten. Ein ehrbarer Kaufmann. Du hast ihn doch erlebt. Was denkst du denn? Ich werde natürlich ein eigenes Zimmer haben. Maman!«, rief Hedi flehentlich. »In einem Hotel, einem ganz feinen Hotel.«

»Und wer soll das bezahlen?«

»Auch der Herr Lichtenstein!«

»Hedi, ich habe dir erlaubt, als Ladenmädchen zu arbeiten. Und ich habe auch nichts gesagt, als du damit ankamst, du würdest eine Probiermamsell werden. Nach dem Brand habe ich euch gern geholfen, aber langsam reicht es mir! Lichtenstein hier, Lichtenstein da.«

»Letzthin hast du gesagt, es stört dich nicht, dass ich arbeite.«

»Zwischen arbeiten und nach Paris reisen, gibt es wohl einen Unterschied.«

»Vor wenigen Minuten hast du festgestellt, ich hätte viele Talente. Jetzt werden diese von meinem Vorgesetzten gesehen und gefördert, und plötzlich stehst du mir im Weg?«

»Nein, ich stehe dir nicht im Weg, ich setze die Erziehung, die dein Vater …«

»Nun komm mir nicht mit Vater!«, schrie Hedi. »Das ist unfair!« Sie sprang wutentbrannt auf, stürmte in den Flur, riss ihren Mantel aus dem Schrank und warf ihn sich über.

Schon stand Hilde neben ihr. »Wo willst du hin? Es ist bereits nach neun Uhr.«

»Das weiß ich noch nicht, aber hier ist anscheinend kein Platz für mich!« Hedi riss die Tür auf und eilte, gleich zwei Stufen auf einmal nehmend, die Treppen hinunter.

Hilde folgte ihr ins Treppenhaus. »Wenn du jetzt gehst, dann …«

Doch Hedi presste sich die Hände auf die Ohren und lief, so schnell sie konnte. Weiter. Hinaus. Auf die Straße. Kaum fiel die schwere Holztür hinter ihr zu, blieb sie stehen, zitternd vor Wut und Angst vor dem, was sie gerade tat. Was hatte sie sich dabei gedacht? Wo wollte sie hin? Lohnte es, sich für Paris mit der Mutter zu überwerfen?

Es gab nur einen Menschen, der ihr jetzt weiterhelfen konnte: Ella!

Hedi versuchte, ruhiger zu atmen und sich zu erinnern, was die Freundin heute vorhatte. Stand sie auf der Bühne? War sie bei sich zu Hause? Eher nicht, in letzter Zeit war sie häufig bei Gustav anzutreffen. Gustav Feinstein, genau das hatte sie gesagt. Aber wie hieß die Straße, in der er wohnte? Seine Galerie war in Charlottenburg. In der Nähe des Ku'damms. Aber er wohnte nicht weit entfernt von ihr. Im Bayerischen Viertel. War es nicht sogar direkt am Bayerischen Platz gewesen? Ella hatte einen Springbrunnen erwähnt und eine chemische Waschanstalt im Haus. Sie würde die Freundin finden.

Bestimmt.

Wahrscheinlich …

Vielleicht auch nicht?

Zögernd trat Hedi einige Schritte vor und sah am Haus hinauf. Tatsächlich verspürte sie den Wunsch, die Mutter oben am Fenster zu sehen, hoffte, sie würde herunterrufen und sie bitten, nach Hause zu kommen. Doch die Fenster waren dunkel, anscheinend hatte Hilde sich wieder in die Küche zurückgezogen.

Gut, dann ist es so, ich gehe da jetzt nicht aus freien Stücken hinauf, beschloss Hedi. Dann werde ich mich eben auf den Weg machen.

»Was führt dich denn zu uns?« Wie immer sah Ella aus, als wäre sie einem Modejournal entstiegen. Sie trug ein cremefarbenes Kleid aus Seidenchiffon, das unter der Brust gerafft und mit einem schmalen Blütenband abgesetzt war, auf dem kleine silbergraue Perlen glänzten.

Hedi hörte Stimmengewirr, irgendwen Klavier spielen, roch Zigarren. »Ich wollte dich nicht stören, es tut mir leid, ich gehe gleich wieder.«

»Gar nichts tust du!« Ella schob sie in ein Zimmer, das offensichtlich als Bibliothek genutzt wurde. Deckenhohe Regale voller

Bücher, ein dunkler Schreibtisch, ein großer Sessel. Mehr konnte Hedi im Halbdunkel nicht ausmachen. »Wenn du hier erscheinst, so spät am Abend, dann ist irgendetwas passiert.«

»Ich habe Ärger mit meiner Mutter.«

Ella lachte auf. »Wer hat das nicht? Ich glaube, du solltest ablegen und mir alles in Ruhe erzählen.«

Während Hedi den Mantel aufknöpfte, bemühte sie sich, die Ereignisse des Tages schnellstmöglich zusammenzufassen.

Ella lief vor ihr auf und ab. »Gut, ich verstehe«, sagte sie, als Hedi ihre Erklärung beendet hatte. »Deine Mutter möchte dich nicht nach Paris fahren lassen. Weiß sie, dass du in Hannes verliebt bist?«

»Ich bin verliebt? Wer sagt denn so was?«

»Alles an dir sagt das, nein, schreit es förmlich heraus. Wenn du es nicht wahrhaben willst, dann wird es deine Mutter vermutlich auch noch nicht wissen. Ich befürchte aber, sie ahnt es. Dabei ist der Kerl doch eine gute Wahl. Eigentlich hättest du nicht abzulegen brauchen, denn jetzt geht's ab nach Hause.«

»Was? Ich bin hierhergelaufen, im Dunkeln, und jetzt soll ich einfach wieder verschwinden?«

»Du hast recht, wir sollten den Abend mit Gustavs Freunden noch ein wenig genießen und deine Mutter damit weichkochen. Wir dürfen es aber auch nicht übertreiben. Wenn wir nachts um drei Uhr bei ihr einfallen, könnte sie das noch mehr verstimmen.«

»Was soll ich denn machen?«

»Das, was du gleich hättest tun sollen: ihr erklären, du würdest es Marianne Lichtenstein erzählen. Alles. Dass deine Mutter dich nicht fahren lässt, weil sie ihrem Sohn, dem guten Jacob, nicht über den Weg traut. Ich glaube, da wäre die Gnädigste nicht begeistert. Und wir wissen beide, wie viel Wert deine Mutter darauf legt, was andere Menschen über sie denken.«

»Du kannst ja richtig boshaft sein.«

Ella grinste. »Wenn es weiterhilft.«

»Ich denke, die Idee ist gut. Richtig gut.«

»Dann lass uns noch zu den anderen gehen. Dann lernst du auch Gustav kennen. Und mache dir keine Sorgen, das bekommen wir heute Abend alles noch geregelt.«

Ella

Wir müssen dorthin, unbedingt! Wir müssen das gesehen haben«, sagte Ella und schritt zügig durch die Auguststraße. Weiß stieg ihr Atem vor dem Schwarz des nächtlichen Himmels auf. Ungeduldig wandte sie sich um. »Nun komm schon!«

Missmutig wie ein kleiner Junge, der nicht zur Schule will, starrte Albert auf den Bürgersteig. »Mir ist heute nicht nach tanzen.«

Die Arme in die Seiten gestemmt, sah Ella ihn streng an. »Ach, und warum hast du dich so schick gemacht?«

Albert schluckte, und Ella erkannte, dass sie dünnes Eis betreten hatte. Es war nicht gut, nach den Gründen seines Handelns zu fragen. Es bestand die Möglichkeit, dass er ihr die Wahrheit sagte. Eine, die sie nicht hören wollte, die diese Nacht zerstören könnte. »Nun komm«, sie trat an ihn heran und legte die Hand auf den Revers seines Mantels. Mit der anderen wies sie auf die Warteschlange im Hof. »Das ist das neue Ballhaus. Es ist erst seit ein paar Monaten offen. Und alle sind begeistert davon, ich möchte es einmal sehen. Bitte, bitte!«

Als Ella ihren Mantel an der Garderobe abgab, spürte sie, wie ihr Herzschlag sich im Rhythmus der Musik, die aus dem Ballsaal drang, beschleunigte. Sie liebte es, sich in überhitzte Räume zu stürzen, die vom Dunst der Menschen erwärmt waren, in denen das Dämmerlicht gerade noch ausreichte, die Feuchtigkeit, die an den Fensterscheiben herablief, zum Glitzern zu bringen. Sie konnte eins werden mit Stimmengewirr, Gelächter und Musik und sich nicht sattsehen, wenn Tanzende einander übers Parkett schoben, lüsterne Blicke tauschten und Finger fordernd die Rücken hinabwanderten.

Manche Nacht war Sinnlichkeit pur.

Sie warf einen letzten prüfenden Blick in den Spiegel. »Tango!«, rief sie begeistert, als ein neues Stück begann. »Ich liebe ihn. Du kannst doch Tango tanzen, oder etwa nicht?«

»Ich brauche erst mal ein Glas Wein. Und wo ist überhaupt heute dein Galerist?« Albert betonte das letzte Wort und klang schnippisch dabei.

»Er ist nach München gefahren, dort will er irgendeine Ausstellung besuchen. Ich kann aber nicht mit, weil …« Sie brach ab und schüttelte den Kopf. »Was interessiert dich Gustav?«

»Ich habe mich ein wenig gewundert, warum du heute Abend Zeit hast.«

Ella stupste ihn mit dem Ellenbogen in die Seite. »So, mein Guter, du bekommst jetzt deinen Wein und ich dann meinen Tango.«

Während sie an der Bar warteten, ließ sie ihren Blick umherschweifen und genoss es, die Musik im Bauch zu spüren. Sie war glücklich. Zwischen all diesen Menschen, hier und jetzt. Keine Leere. Keine Zweifel.

»Hast du das mit Alexander Moissi gehört?«, fragte Albert, als er ihr ein Glas Wein reichte.

»Ja, das habe ich. Aber lass uns lieber nicht darüber reden.«

Albert nahm einen großen Schluck. »Einhunderttausend Mark Gage im Jahr. Für einen einzigen Schauspieler. Dann noch unter der Regie von Max Reinhardt am Deutschen Theater. Und das nur, weil der gute Alexander einen italienischen Dialekt hat.«

»Ein paar Gründe mehr wird es wohl geben«, sagte Ella und nahm Albert das Glas ab, stellte es auf den Tresen. Neben ihres, das bereits geleert war. »Und du kannst dich wohl kaum beschweren mit deinen Wiener Aussichten. Du bist keine Frau, sei dankbar dafür.«

Mit einem Mal schien Albert sich entschieden zu haben. Kaum hatten sie die Tanzfläche betreten, packte er Ella und zog sie an sich. Viel zu nah, unschicklich dicht. Sie spürte seinen Leib, seinen festen Bauch, die kräftigen Schenkel. Sein Gesicht war dicht vor ihrem, so nah, dass sich fast ihre Nasenspitzen berührten. Atemlos sah sie auf Alberts halb geöffnete Lippen und spürte das Kribbeln im Bauch. Ihre Mutter hatte so recht gehabt. Sie war eine verlorene Seele …

Hedi

Der Himmel lag grau über dem Wasser, das, einen Ton dunkler, fast steinern wirkte. Doch es war nicht irgendein Gewässer, nicht irgendein Fluss – es war die Seine, die träge an ihnen vorbeifloss. Selbst jetzt, im März, war der Anblick überwältigend. Rechter Hand lag der Jardin des Tuileries, der Garten im Herzen von Paris, in den letzten Zügen seines Winterschlafs.

»Wir müssen weiter«, sagte Jacob, und seiner Stimme war anzuhören, wie schwer es ihm fiel, sich von dem Anblick zu lösen. Sie passierten die Place de la Concorde und hielten sich rechts, um ein Stück die Rue de Rivoli hinabzuschlendern. An der ersten Straße, die nach links führte, zeigte Hannes in die Ferne. »Seht, dort ist die Siegessäule vom Place Vendôme, und dahinter beginnt sie, die Rue de la Paix.«

Während sie die Rue Castiglione durchquerten, wies nun Jacob auf die Siegessäule. »Die erste Siegessäule hat wohl Napoleon errichten lassen, aus Kanonen, die er in der Schlacht von Austerlitz erbeutet hat.«

Doch das mit Patina überzogene Relief der Säule konnte Hedis Blick nur kurz bannen. Der achteckige Platz eröffnete eine weitere beeindruckende Aussicht, vor allem auf das Hôtel Ritz, vor dem unentwegt Wagen hielten.

»Ja, ins Ritz geht man nicht zu Fuß, dort fährt man vor«, lachte Hannes.

Hedi betrachtete die Gebäude, ein Stadtpalais reihte sich ans nächste. »So habe ich mir die Herrensitze reicher Prinzen vorgestellt.«

»Da liegst du nicht verkehrt, denn diesen Platz hat König Ludwig XIV. höchstselbst anlegen lassen.«

»Das sieht man.« Mit jedem Schritt wuchs die Demut. Hedi hatte immer angenommen, es wären böse Zungen, die behaupteten, Berlin sei keine Weltstadt. Aber nun sah sie es: Berlin war übersichtlich, preußisch-bieder und wirkte nahezu verschlafen gegen die Pracht und Größe von Paris.

Und mit einem Mal standen sie vor der Rue de la Paix.

Der Straße schlechthin, wenn es um Haute Couture ging. Vornehme dreigeschossige Stadthäuser, von denen die meisten im Erdgeschoss mit einem Laden zum Verweilen einluden. Sie waren alle versammelt: Jacques Doucet, Charles Frederick Worth, Alfred Cartier und Pierre Guerlain, der dieser Straße sogar ein Parfum gewidmet hatte. Nun verstand Hedi, weshalb.

»Wir müssen zur Hausnummer 3a.« Suchend sah Hannes die Fassaden entlang.

»Dort hinten, das muss es sein«, sagte Jacob und wies die belebte Straße hinab. »Direkt neben Worth.« Vor einem der Häuser scharte sich eine Traube Menschen. Wagen reihte sich an Wagen, und jedem entstiegen Damen, die eleganter nicht sein konnten.

Im Weitergehen erspähte Hedi eine Einfahrt. Wenigstens das ist wie bei uns, dachte sie. Auch hier gibt es den Personaleingang. Sie passierten die Schaufenster einiger Läden – viele von ihnen waren leer. Die Modehäuser in der Rue de la Paix schienen es nicht nötig zu haben, ihre Waren dem Fußvolk auf der Straße zu präsentieren.

Sie näherten sich dem Entrée. In großen Lettern prangte DURAND über dem Eingang, daneben zwei Statuen, Frauen, halb nackt schienen sie das Obergeschoss zu stützen. Vor dem zweiten Stock verlief ein Gitter, das einen Austritt erlaubte. An diesem Gitter prangte ebenfalls, noch weit größer, der Name DURAND. Sonst nichts.

Sie standen tatsächlich vor dem Laden von Madame Durand. Hedi wurde es heiß und kalt, aber auch Hannes und Jacob sahen ehrfürchtig aus. »Wir verschaffen uns nur einen Überblick«, flüsterte Jacob. »Wir werden nichts ordern. Ich möchte mich gern von ihrer Abendmode inspirieren lassen. Die Februarschauen sind ohnehin gelaufen, aber das sollte uns nicht abhalten.«

»Das bedeutet, wir haben eine eigene Vorführung, einen Termin?«

»Ja, den haben wir, allerdings wird Madame vermutlich nicht persönlich anwesend sein.«

Dafür ist unser Haus eben nicht bekannt genug, dachte Hedi. »Ist es wirklich richtig, nach Paris zu reisen, wenn wir in Berlin etwas verändern wollen?«

»Allerdings, das denke ich«, sagte Hannes. »Madame Durands Tangokleider haben zuletzt für Furore gesorgt. Diese Frau beeinflusst die Mode seit über zwanzig Jahren. Weltweit! Deshalb müssen wir bei ihr vorbeischauen. Bei ihr gehen die Berühmtheiten ein und aus. Sie hat beispielsweise damit angefangen, mit Theatern zusammenzuarbeiten. Wenn jemand alle Register zieht, um Aufmerksamkeit zu erlangen, dann sie.«

»Wie sieht sie denn aus?«

»Ich weiß nicht, ob ich sie erkennen würde. Sie ist ungefähr Mitte vierzig und dunkelhaarig, durchaus attraktiv, aber es ist eine Weile her, dass ich ein Bild von ihr gesehen habe. Sicherlich wird sie fernab des Trubels bleiben und sich nicht im Verkaufsraum zeigen.«

Sie betraten das Foyer. Die großen Fensterflächen ließen viel Licht in den Raum fallen, dessen zarte weiße Möbel, ein weicher Teppich und dezente Leuchter an Decken und Wänden ein stimmungsvolles Licht schufen, eines, das schmeichelte. Zwei Hunde, die aussahen, als wären sie passend zum wollweißen Teppich angeschafft worden, spielten miteinander, mehrere Frauen betrachteten verschiedene Stoffe. Verkäuferinnen eilten hin und her.

»Und jetzt kommt es auf dich an«, sagte Hannes leise, während ein Verkäufer Jacob begrüßte und sie bat, ihm zu folgen. »Bitte merke dir, was auch immer du dir merken kannst.«

Hedi tastete über ihren Mantel. In ihm verwahrte sie einige Zettel und einen Bleistift.

Gut eine Stunde später bat Hedi darum, sich frisch machen zu dürfen. Sie war am Ende, nicht mehr in der Lage, sich zu konzentrieren, und es war wichtig, erste Notizen zu machen. Erschöpft begann sie, in der Toilette zu zeichnen, warf hastig grobe Linien auf verschiedene Papiere, versuchte Einsätze und Spitzen anzudeuten, Schleifen zu erinnern, Längen zu vermerken, Besonderheiten wie Federn und Perlen festzuhalten. Sie notierte Farben und Stoffe, alles, was ihr in Erinnerung geblieben war. Dann betätigte sie die Spülung und verließ die Toilette.

Vor der Tür stand eine Frau.

Hedi zuckte zusammen und fühlte sich ertappt. »Oh, excusez moi, Gnädigste«, stammelte sie und versuchte hastig, die Papiere und den Stift zu verstecken. Was für ein Anfängerfehler, nein, gleich mehrere!, schalt sie sich und ließ zu allem Überfluss einen der Zettel fallen.

Er sank zu Boden, vor die Füße der Frau. Sie hob ihn auf, warf einen Blick darauf, dann schüttelte sie den Kopf. Zwischen ihren großen dunklen Augen bildete sich eine Falte. »C'est le bleu«, sagte sie. »C'est inexact.« Dann wies sie energisch auf den Stift und drückte das Blatt an die Wand. Erneut sagte sie etwas, eine Kaskade perlenden französischen Singsangs, den Hedi nicht verstand. Mit dem Zeigefinger fuhr die Frau dabei die Silhouette des Kleides entlang. Mit einigen Strichen verschmälerte sie sowohl die Taille als auch den Rock und deutete mit schräg gesetzten

Schraffuren zarte Spitzenverläufe im Oberteil an. Dann schrieb sie »Le Bleu« darüber und unterstrich die beiden Wörter zweimal.

Nervös musterte Hedi die gekonnten Linien, dann vorsichtig das Profil der Frau.

Sie war ungefähr Mitte vierzig.

Und dunkelhaarig.

Ihr schwarzes Kleid war elegant.

Sie redete unentwegt, sah auf die Zeichnung und immer wieder auf Hedi. Dann setzte sie ihren Namen rechts unten in die Ecke.

Hedi erstarrte.

M. Durand. Gut lesbar standen die Buchstaben auf dem Papier.

Madame Durand!

Die Grande Dame der Mode hatte sie beim Spicken erwischt. Auf der Toilette. Ihr wurde übel.

Doch Madame legte den Finger auf die Lippen, blinzelte ihr verschwörerisch zu. »Profitez de Paris!«, sagte sie und verschwand.

»Genießen Sie Paris!«, hallte es in Hedi nach, und sie wusste nicht, ob sie lachen oder weinen sollte.

Jacob

Meine liebste Helene,

nun bin ich schon drei Tage in Paris und so voller Eindrücke. Ich habe beschlossen, mich einige Stunden allem zu entziehen und meine Zeit mit Dir zu teilen. Meine Begleiter, der Konfektionär des Lichtenstein und eine Zeichnerin, die er sich zur Begleitung wünschte, werden es mir nicht verübeln, wenn sie einen Nachmittag zur freien Verfügung haben. Denn Paris scheint seinem Ruf gerecht zu werden – Du mit Deinem großen Herzen hättest Deine Freude an den beiden. Es ist herzerwärmend zu sehen, wie sie einander anhimmeln und sich verstohlen berühren, sobald sie sich unbeobachtet fühlen. Ja, ich gebe zu, das Mädchen hätte ich nicht mitnehmen müssen. Da sie aber über gute zeichnerische Fähigkeiten verfügt, als Vorführdame bei uns eingesetzt wird und ich den Konfektionär glücklich machen wollte, habe ich gern in den sauren Apfel gebissen. Vom sauren Apfel spreche ich, weil ich diese Reise für uns drei zahle – nicht das Lichtenstein. Du kannst sicherlich ermessen, welche Empörung diese vier Tage im Herzen Frankreichs bei meinem Bruder hervorgerufen haben. Er träumt von einer deutschen Mode und beschwört seit Jahren mäßig weite Kleiderröcke aus einfarbigem Cheviot. Natürlich soll dieser Wollstoff in Deutschland hergestellt werden. Gediegen und praktisch. Würdevoll nennt er das.
Doch der Brand hat vieles zerstört – auch verkrustete Strukturen. So können wir nun wie Phoenix aus der Asche auferstehen.

Deshalb musste und muss ich Paris sehen. Die französische Extravaganz und Kreativität erleben. Ganz gleich, was Ludwig davon hält.
Hier kann ich ihn spüren, den Herzschlag der Mode, den Puls der Zeit. Und ich nehme an, Du hättest Deine Freude an unseren Terminen und Zielen: Da wären zum Beispiel die Galeries Lafayette. Eigentlich müssten sie in der Haupthalle Liegen vermieten. Dann könnte man sich in Ruhe niederlegen, die Arme hinter dem Kopf verschränken und den Prunk betrachten. An vielen Stellen ist mir die Gestaltung zu üppig, aber generell scheint sie mir zeitlos, trotz ihrer Überladenheit. Und die Glaskuppel – ich halte sie für ein gigantisches Kunstwerk, das noch Generationen nach uns begeistern wird. Insofern ist es fast schwierig, sich auf das Entscheidende zu konzentrieren, denn bei dieser Architektur wird die Mode zur Nebensache. Wenn ich ehrlich bin und in mich hineinhöre – so etwas zu erschaffen, etwas derart Überwältigendes, an dem der Geschmack der Kunden en passant gebildet und geschult wird, es wäre ein Traum für mich.
Und die Grand Magasins du Printemps haben wir besucht – welch wunderbarer Gedanke, einen Konsumtempel »Frühling« zu benennen. Es berührte mich, dieses Haus zu betreten. Denn es ist vor langer Zeit ebenfalls abgebrannt und hat sich neu erfunden. Angeblich sollen hier erstmals Festpreise eingesetzt worden sein. So wie ich meine Zunft kenne, werden sich um diesen Verdienst aber viele streiten.
Wir waren bei Madame Durand, und hier trug sich eine schöne kleine Geschichte zu, die ich mir aber als Gutenachtgeschichte aufhebe. Ich kann Dir so viel verraten: Die junge Dame, die Zeichnerin, die mit uns reist, ist nun im Besitz einer Originalzeichnung von Madame Durand, und ich nehme an, sie wird diese niemals herausrücken und dem Lichtenstein überlassen. Sie hütet sie schon jetzt wie ihren Augapfel. Das darauf abgebildete Kleid heißt nur »Le Bleu«, und den Rest, den erzähle ich Dir

später. Du sollst viele kleine und hoffentlich große, gewichtige Gründe haben, mich wiedersehen zu wollen.
Für morgen haben wir weitere Anlaufpunkte auf dem Programm, beispielsweise das Haus von Charles Frederick Worth, das seine Söhne recht erfolgreich weiterführen. Ich bin gespannt auf die Preise, die sagenhaft hoch sein sollen. Zu guter Letzt wollen wir das Au Bon Marché besichtigen.
Wir rennen durch diese Stadt und erleben die Wucht der Schönheit, die hier allem inne ist. Und das mit diesen beiden Turteltauben zu erleben, lässt mich Dich umso mehr vermissen. Was würde ich darum geben – ach, was schreibe ich hier! Ich mache jetzt Nägel mit Köpfen: Helene, ich werde Dir Paris zeigen! Und ich hoffe, dass dieser Brief Dich wie besprochen, ohne in die falschen Hände zu geraten, über Deine Freundin erreicht. Gerade frage ich mich, was wäre die Liebe, wenn Frauen nicht immer wieder solidarisch wären? Obwohl – vielleicht wäre es auch ganz schön, wenn wir endlich öffentlich Farbe bekennen müssten? Keine Sorge, ich scherze – nichts wird ohne Deine Zustimmung geschehen.
Aus weiter Ferne sende ich Dir nun glühende Küsse oder beaucoup de bisous, wie man hier sagen würde.

In Liebe,
Dein Jacob

Hedi

Hedi wusste nicht, wie sie sich verhalten sollte. Weder Hannes noch sie hatten den Abend beendet, als ihr Chef sich nach dem Essen zur Nachtruhe verabschiedet hatte. Nun schauten sie einander über die leeren Gläser hinweg an.

»Kannst du mir noch einmal die Zeichnung von Madame Durand zeigen?«, fragte Hannes nach einer Weile und strich gedankenverloren mit dem Finger über den Rand seines Glases. »Hast du sie mit?«

»Nein, aber was möchtest du wissen?«

»Mir gefiel die Art, wie sie den Kragen gearbeitet hat, das wollte ich mir noch einmal anschauen. Das hat aber auch Zeit bis morgen.«

»Ach so, wenn das alles ist. Das kann ich dir aufzeichnen. Ich habe keinen Zettel«, sie begann, mit dem Finger über die Tischdecke zu fahren, um die Kragenform anzudeuten, »aber die Spitzen liefen …«

Plötzlich fasste Hannes nach ihrer Hand.

Hedi verstummte schlagartig. Sah ihn an. Meinte, über den Tisch hinweg sein Parfum zu riechen.

»Lass uns aufhören zu arbeiten. Möchtest du vielleicht einen Abendspaziergang machen?« Abrupt zog er seine Hand wieder zurück, und der Zug um seinen Mund war mit einem Mal angespannt.

Allerdings – sie wollte spazieren gehen, sie wollte alles tun, ganz gleich, was es war, um weiter ihre Zeit mit ihm zu verbringen. Sie brauchte keinen Schlaf. »Nach dem Tag würde ich gern noch ein paar Schritte gehen, aber in Ruhe, ohne Eile. Es wäre schön, ein wenig Luft zu schnappen.«

Hedi konnte zusehen, wie Hannes' Mundwinkel sich zu einem Lächeln hoben. Er bot ihr den Arm an und führte sie aus dem Hotelrestaurant. »Ich würde vorschlagen, wir holen unsere Mäntel und treffen uns hier in wenigen Minuten. Ich warte auf dich«, sagte er im Foyer. Seine Augen wirkten dunkler als sonst.

Mit rasendem Puls eilte Hedi durch den Flur zu ihrem Zimmer, schloss die Tür auf, betrachtete sich im Spiegel, schob einige Haarsträhnen zurecht, lief ins Bad, um sich ein wenig Duft aufzusprühen, schlüpfte in ihren Mantel, drapierte den Schal und setzte den Hut auf. Behutsam zupfte sie einige Haarsträhnen hervor, die einen schönen Kontrast zum dunklen Hut bildeten. Ein kurzer Blick auf ihre Schuhe – sie würden ihre Füße nicht lange warm halten. Doch man konnte nicht alles haben.

Sie würde gleich in Paris herumschlendern.

Mitten in der Nacht.

Wenn Hilde davon erfahren würde …

Die Luft war kalt, und über der Seine hing Nebel.

Sie liefen wie am ersten Tag den Quai des Tuileries entlang. Doch dieses Mal schwiegen sie, es gab nichts, das gesagt werden musste. Beieinander sein in diesem Moment, nichts anderes war wichtig. Seinen Arm zu spüren, seinem Atem zu lauschen.

Hier und da spiegelten sich die Lichter der Stadt auf dem Wasser.

»Ich möchte, dass du das weißt«, zerschnitt mit einem Mal Hannes' Stimme die Stille. Er hielt den Blick ins Unbestimmte gerichtet. »Als mir Ludwig gekündigt hat, war ich empört. Sicherlich. Aber ich hatte keine Angst, meine Arbeit zu verlieren. Ich wusste, ich würde schnell eine neue Stelle antreten. Was mich tatsächlich besorgt hat«, mit einem Mal blieb er stehen und sah sie eindringlich an, »war die Angst, dich nicht wiederzusehen. Und so habe ich mir das Hirn zermartert, wie ich es anstellen sollte, dir nochmals zu begegnen. Ich hatte bereits beschlossen, dich im Geschäft aufzusuchen oder am Personaleingang auf dich zu warten, ich weiß nicht, ob ich den Mut gefunden hätte, aber die Angst war so …« Er stockte. Seine Augen waren im Dunkel kaum noch auszumachen.

Hedi spürte seine Hand auf ihrem linken Arm und wie er sanft die andere auf ihren rechten Arm legte.

Langsam näherte sich Hannes' Gesicht ihrem, kam immer näher, und Hedi konnte nicht aufhören, ihn anzustarren.

Ihre Lippen zitterten unvermittelt.

Erst als er sanft mit seinen Lippen die ihren berührte, schloss sie die Augen. Spürte, wie seine Arme sich um sie schlossen.

Sie fühlte sich geborgen.

Und glückstrunken wie nie zuvor.

Thea

Es stand völlig außer Frage und war selbst auf die Entfernung hin erkennbar: Hedi und Hannes hatten sich in Paris gefunden! Die Nähe der beiden, die Art, wie Hannes Hedi am Arm berührte, die Wärme in ihren Blicken – all das sprach für sich. Thea lief Hedi entgegen und umarmte sie schwungvoll. »Wie war es? Ich möchte alles wissen!«

Hedi lächelte verlegen.

»Ist es das, was ich denke? Paris, die Stadt der Liebe?«, fragte Thea albern, während sie zwei Bauarbeitern Platz machte, die auf Karren Erdreich an ihnen vorbeischoben.

»Der Pferdeschuppen ist ja bereits weg.« Kurz blieb Hedi stehen und sah sich um.

»Nun lenk nicht ab.«

»Dann frag halt mich mal!«, maulte Hannes, der ihnen in den Personaleingang folgte. Thea drehte sich zu ihm um, grinste ihn an, und er blinzelte ihr zu.

»Himmel, hier ist auch so viel geschehen. Wir waren doch nur ein paar Tage weg …« Abermals verharrte Hedi erstaunt und betrachtete den gestrichenen Flur. Nichts erinnerte mehr an den Brand. Die Wände im Treppenhaus erstrahlten in hellem Cremeton, mittig durch eine weiße Bordüre abgesetzt, darüber ein rohes Weiß.

Gemeinsam betraten sie das Atelier. Während sie ihre Mäntel ablegten, grüßten sie die Kolleginnen, die bereits am Zuschneidetisch mitten im Raum Platz genommen hatten.

Hannes legte seine Tasche auf den Tisch und zog diverse Zeichenpapiere hervor, auch mehrere Briefumschläge und Reklameblätter, allesamt mit Skizzen versehen. Er schob die Entwürfe in die Runde. Auch Hedi öffnete eine Mappe und zog eine Zeichnung hervor, die eine Überschrift trug. Mehr konnte Thea nicht erkennen.

»Sicherlich fragt ihr euch, was wir aus Paris mitgebracht haben, das es in Berlin nicht gäbe. Es sind viele Ideen, Anregungen und Erkenntnisse«, sagte Hannes. »Es ist wichtig, die Entwürfe so detailgenau wie möglich zu planen, nach Möglichkeit alles aus einer Hand anzubieten, damit die Kundinnen nicht zusätzlich durch die Stadt eilen müssen. Es empfiehlt sich beispielsweise, die Hüte selbst herzustellen und beim Entwurfsprozess mitzudenken, welcher Schmuck passt, welche Blüten wohin gehören und angesteckt werden, welche Tücher die Toilette abrunden. Wir müssen künftig wesentlich größer denken.«

Thea bemerkte, dass Hedi von einem Bein aufs andere trat, und als Hannes schwieg, hob sie kurz die Hand. »Ich müsste jetzt aber runtergehen«, sagte sie. »Josefine freut sich, wenn ich mal wieder im Rayon erscheine.«

»Gleich, gleich, du hast die Zeichnungen gemacht, und ich würde sie gerne gemeinsam durchsprechen. An vielen Stellen bin ich mir nicht sicher, ob ich mich an alles richtig erinnere.«

Es war so auffällig, wie Hannes versuchte, Hedi in seiner Nähe zu behalten. Thea unterdrückte ein Lächeln.

»In den kommenden Tagen müssen wir«, er tippte auf eine der Skizzen, »Stoffe bestellen und uns zuvor Gedanken machen, welchen wir für welches Kleid benötigen. Thea, wir werden bei unserem Hersteller besonders erlesene Stoffe ordern, aber auch preisgünstigere Varianten, die sich eignen, die Kleidung ins Mittel- oder gar Stapelgenre zu übertragen. Das werden wir an jedem einzelnen Kleid besprechen.«

Thea holte verschiedene Kartons aus dem Stofferegal und

stellte sie auf den Tisch. »Der erste Hersteller hat uns bereits Muster geschickt.« Sie hob ein Bündel aus der Kiste, säuberlich zugeschnittene Quadrate mit einer Kantenlänge von exakt vierzig Zentimetern, die kleineren, farblich abgestimmten maßen zehn Zentimeter. Sie breitete das erste Bündel vor sich aus, schob Farbkombinationen zu Hannes weiter.

Hedi, die eben noch zu Josefine hatte eilen wollen, trat vor und zog ein grob kariertes Stoffmuster zu sich. Suchend sah sie über die Skizzen, griff die mit der Überschrift und hielt den Stoff daneben. »Das könnte ich mir beispielsweise dafür vorstellen.«

Hannes zog die Augenbrauen in die Höhe. »Das ist komplett anders, als wir es gesehen haben.«

»Genau deshalb.« Hedi versuchte, den Stoff zu einem kleinen Dreieck zu falten, um ihn auf das skizzierte Kleid zu legen.

»Also, ich habe das Original nicht gesehen, ich finde den Kontrast zwischen dem großen Karo und dem weich fallenden Rock gut«, sagte Thea, als Hedi ihr Entwurf und Muster zur Ansicht hinüberschob. »Aber ihr wisst, einige Stoffe können nicht so schnell gewebt werden, wie wir sie brauchen. Das dürfen wir nicht vergessen. Der Lieferant hat im Umland nun schon mehrere Dörfer, in denen er Hunderte Spinner beschäftigt, um seine Aufträge auszuführen. Wir sind beileibe nicht die Einzigen, die Stoffe ordern. Das dürfen wir nicht vergessen.«

»Das mag sein, und das wird sich ändern, irgendwann wird er nur für uns produzieren«, entgegnete Hannes. Dann wies er auf das karierte Stoffmuster. »Wie auch immer: Dieses Kleid bleibt blau.«

Hedi lachte auf und sah ihn vergnügt an.

Auch Hannes schmunzelte mit einem Mal.

Thea seufzte. »Könnt ihr jetzt mal erklären, was das bedeuten soll?«

Ella

Der Lärm im Haus war beeindruckend. Ella überlegte, was die Bauarbeiter mit dumpfen Schlägen einrissen oder errichteten, während Hannes sie an die Schulter fasste und zum Fenster schob. Hier konnte sie noch deutlicher hören, dass nicht nur im Stockwerk über ihnen, sondern auch im Hof der Hammer geschwungen wurde. »Wie kannst du dich so konzentrieren?«

»Meinst du wegen des Lärms? Das geht seit Wochen so, und das wird auch noch Wochen oder gar Monate weitergehen. Daran gewöhnt man sich.« Erstaunt sah er sie an, während er vom Tisch ein Stück karierten Stoff nahm und neben ihre Wange hielt.

Ella neigte den Kopf zur Seite und lachte. »Was macht er da?«, fragte sie und sah zu Hedi hinüber.

»Lass ihn einfach, das macht er jetzt stundenlang«, sagte sie und lächelte fast nachsichtig.

Hannes beugte sich nun über den Tisch und wühlte in verschiedenen Stoffteilen herum. »Ella, das kann dauern. Wenn du nicht zu viel Zeit verlieren willst, dann nutze sie doch.«

»Wie und wofür?«

»Zum Proben beispielsweise. Das würde auch unseren Horizont erweitern.«

»Ach, und wie soll das gehen?«

»Hast du deinen Text dabei?«

»Natürlich.« Schon der Gedanke daran machte Ella schwindelig. Die Proben für das kommende Stück liefen, eine wunderbare

Groteske von Carl Sternheim. Sie liebte ihre Rolle, die der Luise, und die damit verbundene Möglichkeit, sich von ihrer komischen Seite zu zeigen und doch den Finger in die Wunde zu legen. Das Spießertum aufs Korn zu nehmen. Die Sprechweise, die direkt dem Leben abgelauscht schien, dieser Verzicht auf schwülstige Monologe oder endlose Tiraden, begeisterte sie. Trotzdem war es eine Herausforderung, denn meist wurde das Heitere als das Einfache angesehen.

Hannes wählte in aller Ruhe drei verschiedene Muster aus und trat wieder zu ihr. »Hast du den Text in der Tasche?«

Ella nickte, während er feierlich ein Stoffquadrat auf ihre rechte Schulter legte, ein anderes auf die linke. »Darf Hedi ihn herausholen?«

Abermals nickte sie.

Noch einmal trat Hannes zurück und musterte seine Wahl. Gedankenverloren faltete er das dritte Quadrat, um dann fast schlafwandlerisch an den Tisch zurückzukehren. Dort verteilte er die Stoffe auf mehrere Skizzen.

»So, hier ist der Text«, sagte Hedi.

Das Lesezeichen, durchfuhr es Ella. Es ist das Billett vom Ballsaal. Dann atmete sie tief durch. Hedi konnte nicht ahnen, wie frivol dieser Abend letzthin gewesen war. Sie lächelte kurz. Albert hatte sie heiß gemacht, sie fast in den Wahnsinn getrieben. Als sie an seinem Hals gehangen und angefangen hatte, sein Ohrläppchen mit der Zunge zu umspielen, sie sein Becken an ihrem gespürt und die Finger die Gänsehaut in seinem Nacken ertastet hatten, hatte er ihr zugeflüstert, dass es all das erst wieder gäbe, wenn sie die Finger von diesem Galeristen ließe. Hätte sich jeder andere Kerl ein Abenteuer gegönnt, das willige Weib am besten unterwegs noch genommen, begann Albert Karmaker sein Spiel und ließ sie zappeln.

Ein herrliches Gefühl.

Er wusste, wie er sich ihren Respekt verschaffte.

»Na, dann fangt mal an!« Hannes' Stimme riss sie aus ihren Gedanken. Erneut hielt er ein Stoffstück neben ihre Wange. Dann – als würde er erwachen und sie sehen – lächelte er.

»Dass ich nicht närrisch werde!«, rief Hedi durch den Raum.

Erstaunlich laut, befand Ella, und wie von selbst entfuhr ihr die Antwort: *»Tu den Stock fort!«*

Hedis Hand donnerte auf den Tisch, und alle Umstehenden zuckten zusammen. *»Geschändet im Maul der Nachbarn, des ganzen Viertels, Frau Maske verliert die Hose!«*

Ella schrie empört auf, so, wie sie meinte, dass es Luise tun würde, während sie überlegte, wie lange sie noch am Fenster warten sollte. Ihre Beine begannen zu schmerzen, der Magen knurrte.

»Auf offener Straße, vor den Augen des Königs sozusagen. Ich, ein einfacher Beamter!«

»Genug!«

»Genau, lasst mich bitte kurz Luft holen«, fuhr Hannes dazwischen. »Wie lange ich das aushalte, weiß ich nicht. Ich dachte an Bildung, aber das hier ist ja ein Exzess. Bevor der mich völlig durcheinanderbringt, wollte ich dir noch schnell das eine oder andere erklären: Wenn du die Kleidung präsentierst, möchte ich gern verschiedene Modelle maßschneidern, sie sollen wie angegossen sitzen. Dabei ist es wichtig, Stoffe auszusuchen, die wir in großen Mengen bestellen können. Trotzdem möchte ich darauf achten, dass die Kleider oder vielmehr die Stoffe und ihre Farben nicht nur den Schnitt unterstützen, sondern auch euch, den Vorführdamen, schmeicheln.«

Ella hatte verstanden: Die Stoffauswahl würde noch dauern. Sie nickte Hedi zu.

Die zog bedrohlich die Augenbrauen in die Tiefe und zischte: *»Ist nicht zu Haus Zeit, Bänder zu binden, Knöpfe zu knöpfen? Unmaß, Traum, Fantasien im Leib, nach außen Liederlichkeit und Verwahrlosung.«*

Hannes drapierte derweil einen weiteren Stoff um Ellas Hals. Sie schob seine Hand beiseite. »Der kratzt, wenn ich das sagen darf.«

»Sehr gut! Bitte streichen«, rief er über die Schulter Thea zu und legte den Stoff beiseite. »Ella, bevor du gehst, werde ich genauestens Maß nehmen.«

Es fühlte sich ein wenig an wie in einem Laboratorium, dachte sie. Zumindest stellte sie sich so eines vor. *»Ich hatte eine feste Doppelschleife gebunden«*, rief sie Hedi zu.

»Eine feste Doppelschleife. Herrgott, hör das niederträchtige Geschnatter. Eine feste – da hast du eine feste Doppelohrfeige. Die Folgen! Ich wage nicht, zu denken. Entehrt, aus Brot und Dienst gejagt.«

»Beruhige dich …« Ella zögerte, kniff kurz die Augen zusammen. »Wie war das? Ach ja: *Du bist unschuldig.*«

»Du siehst angestrengt aus. Ist das für dich einzurichten mit deinen Theaterproben? Oder wird es dir zu viel?«, flüsterte Hannes nun.

»Was stehen denn noch für Termine an? Die Sachen müssen doch jetzt genäht werden, das dauert sicherlich, oder?«

»Wir werden erst Leinenmodelle fertigen, diese sind weniger kostspielig, als wenn wir sofort ein Probemodell aus dem Originalstoff nähen. Daran können wir prüfen, wie der Schnitt sitzt. Dafür müsstest du allerdings hin und wieder vorbeikommen.«

Es war wie immer: Sie wollte zu viel. Von allem. Im Lichtenstein erscheinen und Teil dieser Welt sein. Sie wollte von Hannes Kleidung auf den Leib geschneidert bekommen. Sie wollte Luise sein. Aber ein wenig Zeit mit Gustav verbringen, das wollte sie auch. Und was sie mit Albert machte, das wusste sie noch nicht. Sie seufzte. »Das wird schon. Wo waren wir?«

»Schuldig, ein solches Weib zu haben, solche Schlampe, Trulle, Sternguckerin. Wo ist die Welt?« Hedi erhob abermals die Stimme, um dann abrupt den Ton zu wechseln: *»Er packt sie am Kopf und*

schlägt ihn auf den Tisch.« Erneut donnerte sie mit der Hand auf den Tisch.

Bei jedem Schlag schrie Ella schmerzerfüllt auf.

Hannes trat irritiert einen Schritt zurück und vergaß seine Arbeit über dem Geschrei.

Und Hedi, das Textbuch umklammernd, setzte nach, mit aller Verachtung, die sie in ihre Stimme legen konnte: »*Wo ist die Welt? Unten im Kochtopf, auf dem mit Staub bedecktem Boden deiner Stube, nicht im Himmel, hörst du?*«

Thea

Sobald die Stofflieferungen der aktuellen Bestellung ankamen, würde es ein Platzproblem geben. Bis die Arbeiten im zweiten Stock abgeschlossen waren, mussten sie improvisieren. Es galt, jeden Winkel auszunutzen. In den provisorisch aufgestellten Regalen stapelten sich bereits Stoffballen. Thea musterte das oberste Brett. Auf dem Regal konnten sie ebenfalls Stoffballen lagern, vielleicht sogar mehrere Reihen übereinanderlegen. Doch dann würden sie eine Leiter benötigen. »Leiter« notierte sie auf einem Zettel, schob ihn beiseite und sah auf die Stoffmuster.

Nach der Anprobe mit Ella hatte Hannes die kleinen Vierecke den Zeichnungen zugeordnet, damit sie die Bestellung auslösen konnten. Jetzt sah der Tisch aus, als wären Katzen darüber hinweggefegt.

Thea öffnete eine Schublade, nahm ein Schnurknäuel heraus und schob einen Stuhl an das Regal. Es hatte oben einen Vorsprung, an dem sie die Schnur festknoten konnte.

»Was machen Sie da?«

Vor Schreck wäre Thea fast vom Stuhl gefallen.

Ludwig Lichtenstein.

Schon wieder trafen sie allein im Atelier aufeinander! »Ich möchte eine Schnur spannen«, entgegnete sie hastig.

»Ja, und wozu? Wollen Sie Wäsche trocknen?«

»Ich möchte … ich würde gerne, also …«, stotterte Thea, »die Skizzen aufhängen und die Stoffe dazu drapieren. Damit wir den Überblick behalten und alles ständig vor Augen haben.«

Ludwig lief den Tisch entlang. »Ja, es ist ein ziemliches Chaos, das ist eine gute Idee. Aber ich möchte sichergehen, dass Ihnen nichts passiert.« Er stellte sich neben den Stuhl und legte seine Hand auf ihren Rücken, nur ganz leicht und unaufdringlich, aber deutlich spürbar. »Nun können Sie weitermachen.«

Mit zitternden Fingern knotete Thea den Faden, dann sah sie zu Ludwig herab. Eine seltsame Perspektive.

»Soll ich Ihnen helfen?«, fragte er und hielt ihr die Hand entgegen.

Thea berührte seine Hand, nur kurz, es war eher ein Darüberwischen. Hastig sprang sie vom Stuhl und hatte das Gefühl, dabei zu verglühen.

Ludwig griff das Knäuel und lief damit los. »Wo wollen Sie denn das Ende festmachen?«

Sollte sie ihm jetzt Anweisungen geben? Unsicher beobachtete Thea, wie er nach einem Punkt suchte, der sich zum Festbinden eignete. Sein Gesicht war weich und freundlich.

»Ich hatte ans Fenster, an den Griff dort oben gedacht.«

Sofort lief Ludwig auf das Fenster zu, reckte sich und knüpfte das Band wie gewünscht fest. »Und jetzt?«

»Ich würde nun die Skizzen befestigen.«

»Womit, wir haben doch nichts, oder?«

Hatte er gerade »wir« gesagt? Thea wurde noch wärmer. Sie wandte sich ab und öffnete hastig mehrere Schubladen. »Irgendwo habe ich Klammern.«

Als sie den Beutel fand und ihn auf den Tisch legte, langte Ludwig umgehend danach. »Na, dann fangen Sie mal an. Sie reichen mir die Blätter.«

Thea zögerte.

»Nun machen Sie schon, ich habe die längeren Arme. Und auch wenn ich immer zu irgendwelchen Sitzungen unterwegs bin, gehöre ich zur Konfektion des Lichtenstein.«

Da hat er recht, dachte Thea und sah sich auf dem Tisch um.

Sie griff eine beliebige Zeichnung, die sie ansprechend fand und der sie den Stoff zuordnen konnte. Beides reichte sie Ludwig. Dabei berührten seine Finger ihren Handrücken.

»Ein interessanter Entwurf.«

»Ja, das finde ich auch«, erwiderte Thea so leise, dass es fast ein Flüstern war. Sie räusperte sich und reichte ihm die nächste Skizze.

»Anscheinend kommt die Kollektion gut voran.« Ludwig klemmte das Blatt an der Leine fest und trat einen Schritt zurück.

»Ja, so ist es. Und das hier hilft uns weiter: Auf dieser Höhe und nebeneinander hat man alles im Blick. Wenn wir mehr Platz haben, könnten wir eine Tafel aufstellen, aber jetzt müssen wir mit den Gegebenheiten auskommen.«

»Solange wir Angestellte wie Sie haben«, sagte Ludwig und sah ihr in die Augen, »kann nichts schiefgehen.«

Was macht er, wenn ich gleich umfalle? Einfach in eine Ohnmacht sinke?, fragte Thea sich, während sie den dichten Wimpernkranz seiner Augen bewunderte. Dann schüttelte sie innerlich den Kopf. Elegant darniedersinken kann ich nicht. So wie ich mich kenne, würde ich nur wie ein gefällter Baum auf den Boden knallen. Sie senkte den Blick, um ein Kichern zu unterdrücken und ihr rasendes Herz zu beruhigen.

Ella

Ella hing noch die Aufführung des heutigen Abends in den Knochen. Sosehr sie sich über die Rolle der Luise gefreut hatte, sosehr litt sie nun darunter, dass dieses Weib von ihrem Gatten, dem widerlichen Theobald Maske, übers Ohr gehauen wurde. Missmutig trommelte sie mit den Fingern einen unruhigen Takt auf die Lehne des Klubsessels und sah sich um: Es war die Runde aus Galeristen und Künstlern, die bereits vor einigen Wochen bei Gustav zusammengesessen hatte. Die Luft war zum Schneiden dick, und wieder saß der Mann am Flügel, der schon beim letzten Mal Zuflucht zu den Tasten gesucht hatte. Doch heute klang sein Spiel ölig.

Gustav war dabei, den Spieltisch zu eröffnen. Er holte Karten heraus und mischte sie. Alles, was er machte, war elegant. Ob er sich anzog, die Tür aufschloss, selbst wenn er am frühen Morgen erwachte, hatte das Grandezza. Ganz anders als Albert, dessen Charme eher jungenhaft-witzig war. Und es gab eine fürsorgliche Seite an Albert, die jedoch kippen konnte. In etwas, das nicht greifbar war. Etwas Forderndes. Fast Revolutionäres. Ella schüttelte den Kopf. Albert nahm seit dem Besuch im Ballhaus zu viel Raum in ihren Gedanken ein.

Sie konzentrierte sich auf das Dienstmädchen, das wieder ein Tablett trug, auf dem Gläser mit Champagner und Obst standen. Beim letzten Mal hatte Gustav Likör und Konfekt servieren lassen – Ella ahnte, welchen Wert er darauf legte, seine Gäste zu verwöhnen und ihnen dabei Abwechslung zu bieten. Als das

Mädchen die Gläser verteilt hatte, öffnete sie das Fenster und zog den Vorhang davor. Mit aufmerksamem Blick sah sie sich noch einmal um und verließ den Salon.

Ella ließ ebenfalls den Blick schweifen. Der Widerling, der sie letzthin in ein Gespräch hatte verwickeln wollen, war anwesend. Nur Maler Max, der fehlte. Aber auch die Ausgelassenheit war abhandengekommen, oder nahm sie es nur so wahr? Drei Monate waren seit dem letzten Treffen der Herrenrunde ins Land gegangen, aber dieses Mal schien alles anders. Die Musik war getragener, die Gläser nur halb voll.

»Lass uns noch eine Runde spielen und gefälligst um Geld«, sagte der Widerling zu Gustav. »Wer weiß, wann wir wieder beieinandersitzen werden.«

»Jetzt fang nicht auch noch damit an. Du glaubst auch, wir laufen in einen Krieg?«

»Natürlich, sieh dir doch an, was in den letzten Wochen los war.«

Wie auf Kommando ertönte auf der Straße Gesang. Leise, aber deutlich vernehmbar.

»Da, hörst du sie? Wieder so eine Kundgebung.«

Gustav drückte sich aus seinem Sessel in die Höhe und trat ans Fenster. Er zog den vom Wind leicht geblähten Vorhang zur Seite und lehnte sich vor, holte seine Savonette hervor und ließ den Deckel aufspringen. »Es ist jetzt ein Uhr. Demnach ist das keine Kundgebung, sondern eine Frechheit betrunkener Studenten, die sich die Kellnerinnen der zuletzt besuchten Lokalität schnappen und mit ihnen durch die Straßen ziehen. Kerle, die glauben, die Damen mit ihren gesanglichen Kraftmeiereien beeindrucken zu können.«

Ella spürte einen Luftzug und meinte, ein wenig Flieder darin zu riechen. Sie sog den Geruch gierig ein.

Das Klavierspiel endete abrupt. »Ich habe das bisher anders erlebt. Gestern zogen Tausende Unterstützer der Österreicher zum Schloss. Sie alle waren der Meinung, es sei richtig, die Beziehungen zu Serbien abzubrechen …«, sagte nun der Pianist, der bisher den Eindruck erweckt hatte, nichts von den Gesprächen um sich herum mitzubekommen.

»Ja, aber das macht noch keinen Krieg«, erwiderte Gustav energisch. »Niemand in Europa will ernsthaft einen Krieg. Weder Russland noch Frankreich. Und dass wir den Österreichern zeigen, dass wir an ihrer Seite stehen, begrüße ich.«

Ella trat neben Gustav ans Fenster, hielt ihr Gesicht in den lauen Abendwind. Dabei blickte sie auf den Platz und den Brunnen hinab, der, von steinernen Portalbögen und schlanken Bäumen umstanden, auch im Dunkeln eine Augenweide war. Einige der Studenten kletterten in den Brunnen und bespritzten sich mit Wasser. Wenn diese grölende Bande da unten endlich verschwand, würde sie sich zurückziehen, beschloss Ella. Morgen früh musste sie ins Lichtenstein, dafür wollte sie halbwegs frisch aussehen. Die Welt musste sich jetzt erst einmal ohne sie weiterdrehen, und sie konnte Gustav nur zustimmen: Wer wollte schon einen Krieg?

Hedi

Vorführdamen saßen oft stundenlang gelangweilt im Atelier herum und warteten. Darauf, dass Kleider an ihnen anprobiert, gesteckt und angepasst, dann begutachtet und wieder ausgezogen wurden, um sie noch einmal zu verändern und wieder von vorn zu beginnen.

Zärtlich blickte Hedi Hannes an. Konnte Arbeit schöner sein? In den letzten Tagen war sie mehrfach zur Anprobe einbestellt worden, um den Sitz des ersten Kleides zu überprüfen. Heute sollte sie es erstmals vorführen.

Madame Durands Kleid.

Ein hellblauer Traum aus Seidenchiffon mit Spitzeneinsätzen.

Thea begleitete Hedi hinter den Paravent. »Meine Güte, an dem Ding«, sie hob das Kleid in die Höhe, »arbeitet er jetzt schon ewig.«

»Du weißt, warum, ich habe es dir erzählt.«

»Ich mache mir Sorgen, er könnte Ärger bekommen.«

Hedi zog das Kleid über und sah Thea an. »Das glaube ich nicht. Sage mir lieber: Wie sieht es aus?«, flüsterte sie. »Es fühlt sich an wie für mich gemacht.«

»Herrgott, es ist für dich gemacht!« Thea runzelte die Stirn. »Was hier fehlt, ist ein Spiegel.«

»Na ja, es geht ja eigentlich nicht darum, dass ich das Kleid sehe …«

»Doch, natürlich. Du musst es nicht nur fühlen, du musst es sehen, du musst wissen, was es aus dir macht. Steht es dir, braucht es eine besondere Haltung, oder solltest du es dir schnellstmöglich vom Leib reißen? Aber was soll ich viele Worte machen? Lassen wir doch Hannes entscheiden.«

Hedi kniff sich in die Wangen und presste mehrfach die Lippen zusammen, dann drückte sie den Rücken durch und schritt vor den Paravent.

Hannes und einige Näherinnen standen beisammen, mit verschränkten Armen, und begutachteten sie. Auf den Gesichtern ließ sich wenig ablesen. Cilly, die am Tisch gesessen hatte, trat kurz näher, schaute auf eine der Heftnähte, trennte einen Faden ab, um dann wieder an den Tisch zu verschwinden und ebenfalls die Arme zu verschränken.

Hedi lief zum Fenster, drehte sich und kam zurück.

Sofort sank Hannes auf die Knie und steckte eine der Stofflagen des Unterrocks um.

»Bist du zufrieden?«

Hannes, noch immer vor Hedi auf den Knien, sah zu ihr auf. »Es ist Madame Durands Kleid. Das erste Kleid, das ich dir auf den Leib schneidere«, flüsterte er, »eine Reminiszenz an uns und Paris. Und wenn du es mir gestattest, wird es nicht das letzte und schon gar nicht das schönste Kleid sein, das ich dir nähe.«

Die Härchen auf Hedis Armen stellten sich auf.

Dann spürte sie den Stoff, der sie sanft umhüllte.

Eine unvergessliche Liebkosung.

Sie schloss die Augen.

Jacob

Die Müllersche betrat das provisorische Kontor inzwischen mit der gleichen Tatkraft, mit der sie vor dem Brand zugange gewesen war. Auch an diesem Abend erschien sie pünktlich um sechs Uhr, um die zur Unterschrift vorgelegten Rechnungen abzuholen. Heute hatte sie jedoch die Abendausgabe der Zeitung in den Händen. Wortlos legte sie ihm das Titelblatt vor.

Deutschland in Kriegszustand! prangte dort. Hatte die Morgenausgabe noch von zähen Verhandlungen berichtet, stand nun mit der Abendausgabe fest, dass sich Deutschland im Krieg befand. Während Jacob sich mit Kiesewetters Fehlbüchern befasst hatte, die ihm verrieten, was bestellt werden musste, war dieser Freitag, der 31. Juli 1914, zu einem schicksalhaften Tag geworden.

Vielleicht sollte er mit Helene das Land verlassen? Vielleicht sogar Europa? Weit weggehen, zum Beispiel nach New York? Dort ließ es sich bestimmt gut leben. Ob sie sich in Sicherheit bringen lassen würde?

Es irritierte ihn zu sehen, wie routiniert die Müllersche die Postmappen griff, ihm zunickte und verschwand. Zwar ohne Lächeln, ohne kessen Spruch – aber auch ohne große Regung. Musste die Furcht nicht jedem fratzenhaft ins Gesicht geschrieben sein?

Jacob schob die Zeitung von sich, starrte auf die schwarzen Buchstaben, bis sie vor seinen Augen zu tanzen begannen. Er wusste, auf den langen Text, der dieser Ankündigung folgte, konnte er sich jetzt nicht konzentrieren.

Drei Wörter.

Die Folgen unabsehbar.

Inwiefern sich der Krieg auf das Land, die Stadt, das Warenhaus, die Familie und auf ihn auswirken würde, konnte er sich nicht vorstellen, in diesem Moment nicht durchdenken. Er wusste, es war einer dieser Augenblicke, an die er sich noch in sechzig Jahren erinnern würde, sollte er so lange leben und ihn jemand nach dem Kriegsbeginn fragen. Und er wusste, sein Bruder würde bei nächster Gelegenheit seinen Triumph auskosten.

Warum dachte er jetzt an Ludwig?

Warum war ihm dessen Triumph jetzt einen Gedanken wert?

Sicher: Niemand würde nunmehr Mode aus Paris kaufen wollen, alle Welt würde, so wie es sich der Bruder wünschte, fortan deutsche Mode bevorzugen. Doch gab es jetzt nicht Wichtigeres als diesen alten Konflikt?

In ihm blieb es still.

Seit Wochen hatte er – wider besseres Wissen – die immer reißerischer werdenden Artikel der Zeitungen gemieden, nur die Schlagzeilen überflogen, das Unbehagen beiseitegeschoben und sich den Wirtschaftsseiten zugewandt. Nun zog er die Zeitung wieder näher, blätterte darin, immer schneller, und fluchte. Jede Seite befasste sich mit Krieg und Mobilmachung, ganz gleich, wohin er schaute.

Das amtliche Groß-Berlin und die Kriegsgefahr
Das Brot des Soldaten im Kriege
Kriegszustand
Die Berliner Verkehrsmittel im Falle einer Mobilmachung
Die russische Mobilmachung an der deutschen Grenze.
Ein Wort zur Lage von Dr. Walther Rathenau

In Grünau hatte man ein junges Paar aufgefunden, das Selbstmord begangen hatte, weil dem jungen Mann ein Stellungsbefehl zugegangen war. Für Jacob war schon diese Verzweiflungstat genug Grund, den Krieg abzublasen, die Mobilmachung zu beenden. Als er den Wirtschaftsteil erreichte, sah es auch hier nicht anders aus. Der Börsenvorstand hatte beschlossen, die Kurse für die Wertpapiere an diesem Tag nicht festzustellen und am Samstag in gleicher Weise vorzugehen, unter anderem weil die Ausfuhr von Nahrungsmitteln untersagt worden war.

Er stützte die Ellenbogen auf den Tisch und ließ den Kopf in seine Hände sinken. Wenn nun reihenweise Männer an die Front verschwanden, würden in der Personaldecke große Löcher entstehen. Wäre er in der Lage, sie zu schließen? Was würden die fehlenden Männer für die Bauarbeiten im Haus bedeuten? Und die Zulieferer – was war mit ihnen? Die Stoffbestellungen, würde er sie erhalten? Würde es zu Engpässen kommen? Wie würde sich die Lebensmittellage entwickeln? Würden ihm vielleicht auch die Frauen unter den Angestellten abhandenkommen, weil sie andere Angebote, besser bezahlte, erhalten würden? Konnten Frauen überhaupt all die Aufgaben übernehmen?

Langsam entstand in ihm eine Vision des Lebens im Krieg. Jacob blieb in seinem Sessel sitzen und wusste: Es lohnte nicht, am Abend in den Prager Hof zurückzukehren. Er würde sich hier im Bureau die Sessel zusammenschieben, wenn die Arbeit erledigt war. Denn heute Nacht würde er gar nicht schlafen können.

Hedi

Im Lichtenstein war die Stimmung wie nie zuvor. Niemand arbeitete, dafür standen überall Grüppchen zusammen, und selbst die wenigen Kundinnen und Kunden, die das Haus betraten, kannten nur ein Thema: die Mobilmachung und den Krieg.

Die Verrichtungen des Tages, seien es das Staubwischen, Spiegelputzen, Messingpolieren und beständige Zurechtlegen der Waren, all die Abläufe, die sonst unverzichtbar erschienen, zerfielen heute, wirkten wie alberne Nichtigkeiten.

Hedi lauschte einem Gespräch zwischen Josefine und Bernhard, als plötzlich Grete vom Eingang her rief: »Kommt schnell, helft mir! Wir müssen das Warenhaus zumachen!«

Einen Hilferuf von Grete hatte es noch nie gegeben. Hedis Herz raste.

Mehrere Lichtensteiner und Kunden liefen zum Eingang, hin zu Grete, die ihre Portiersloge verlassen hatte. Sie stand auf den Stufen vor der Tür und blickte die Leipziger Straße hinab. Hedi spähte aus dem Hintergrund hinaus. Sie konnte nichts Auffälliges entdecken, hörte aber Gesang:

»Es braust ein Ruf wie Donnerhall, wie Schwertgeklirr und Wogenprall: Zum Rhein, zum Rhein, zum deutschen Rhein …«

Nun trat sie ebenfalls auf die Treppe und sah eine Horde junger Männer, sicherlich Studenten, von rechts auf das Lichtenstein zusteuern.

»*Wer will des Stromes Hüter sein?*«, erscholl lautstarker Gesang der Voranlaufenden.

»Lieb' Vaterland, magst ruhig sein, fest steht und treu die Wacht am Rhein!«, ertönte einer Antwort gleich der Refrain des dahinterlaufenden Pulks.

Grete wies nun die linke Straßenseite hinab. »Dort kommen die anderen, und ich sage euch: Die sind sich nicht grün!«

»Sozialistenpack!«, fluchte Bernhard und zerrte an seiner Krawatte. »Wenn ich das Gejaule schon höre!«

Grete sah ihn strafend an und fuhr dann fort: »Gleich gibt's hier eine Prügelei allererster Sahne.«

»Wohlan, wer Recht und Wahrheit achtet, zu unsrer Fahne steh allzuhauf! Wenn auch die Lüg uns noch umnachtet, bald steigt der Morgen hell herauf! Ein schwerer Kampf ist's, den wir wagen«, übertönte nun die Arbeiter-Marseillaise Gretes Worte.

Die gegnerische Antwort kam umgehend: *»Durch Hunderttausend zuckt es schnell, und aller Augen blitzen hell; der deutsche Jüngling, fromm und stark, beschirmt die heil'ge Landesmark.«*

»Aber Polizeipräsident Jagow hat doch alle Demonstrationen und jeglichen Auflauf verboten!«, rief Bernhard empört.

»Ja, Herrgott, wo aber kein Polizeipräsident ist, ist auch kein Verbot. Sieht zumindest sehr danach aus.« Grete schaute ihn nun mitleidig an, so als wäre er ein begriffsstutziges Kind.

Entsetzt beobachtete Hedi, wie die Männer aufeinander zuliefen und die von rechts kommenden nun wieder die Wacht am Rhein beschworen, um die andere Gruppe zu übertönen. Doch die ließ das nicht auf sich sitzen und holte noch einmal stimmlich Anlauf: *»Nicht fürchten wir den Feind, stehn wir im Kampf vereint! Marsch, marsch, marsch, marsch, und sei's durch Qual und Not, für Freiheit, Recht und Brot!«*

Auf beiden Seiten veränderten sich die Körperhaltungen merklich. Arme hoben, Rücken reckten, Fäuste ballten sich. Immer schneller näherten sich die Gruppen einander, und aus den letzten Fetzen Gesang wurde Gebrüll.

Passanten hielten inne oder beschleunigten ihren Schritt, um vor dem Aufeinandertreffen in sicherer Entfernung zu sein.

»Ich bin Reservist, ich bin heute nur kurz hier, um Bescheid zu geben, dass ich ins Feld ziehe.«

Erschrocken zuckte Hedi zusammen. Hannes war hinter sie getreten. Sie hatte ihn nicht bemerkt, so sehr hatte der Sängerkrieg sie in seinen Bann gezogen. Nachdenklich sah sie Hannes an. »Wenn ich das höre, mache ich mir zuallererst Sorgen.«

»Seit dreiundvierzig Jahren leben wir in Frieden, wir haben vergessen, wie es ist, im Krieg zu sein. Aber unsere Väter und Großväter haben 1871 die Franzosen besiegt, so glanzvoll – wir werden es auch dieses Mal schaffen, uns zu verteidigen. Und dabei werde ich helfen, sehr gern und voller Stolz.«

Noch immer stand Hannes hinter ihr, als würde er über sie hinweg auf die Straße schauen. Im Gedränge spürte sie seine Hand auf ihrer Hüfte. Niemand bemerkte es.

»Wenn ich gehe, tue ich das für unser Land. Und für dich, also für uns.«

Hedi spürte, wie ihr Herz warm und ihr Gesicht weich wurde. »Ich bin stolz auf dich«, sagte sie, dankbar, dass das Gebrüll der Männer auf der Straße ihren Worten Schutz schenkte. »Aber du musst mir versprechen, gut auf dich aufzupassen.«

»Das verspreche ich dir, das werde ich. Und seien wir ehrlich: Weihnachten ist der Krieg wahrscheinlich ausgestanden. Wir werden zusammen feiern und zufrieden in unsere Zukunft blicken.«

»Meinst du wirklich? Der Krieg könnte schon Weihnachten vorbei sein?«

Inzwischen waren die Gruppen mitten auf der Straße aufeinandergetroffen, sie blockierten die Fahrbahn, und erste Schubsereien begannen.

»Da habe ich wenig Zweifel, unser Heer ist gut vorbereitet. Und wenn ich zurückkomme, dann werden wir«, er beugte sich vor, und Hedi spürte seinen Atem an ihrem Ohr, »viele Kinder machen.«

Ein Schauder lief ihr wohlig lustvoll den Rücken hinab und verebbte in ihrem Unterleib. Wie konnte er hier über solche Dinge sprechen? Sie knuffte ihn in die Seite und platzte fast vor Glück.

Mit einem Mal stürzten aus der Jerusalemer Straße Polizisten heraus, unerwartet, fast einer Explosion gleich, rannten die Leipziger Straße entlang auf die Studenten und Arbeiter zu und jagten sie auseinander.

Binnen Sekunden war der Spuk wieder verschwunden.

Die Türen des Lichtenstein blieben offen.

Thea

Thea runzelte die Stirn. Es war erst Mittag, und der Vater hatte anscheinend schon getrunken, jedenfalls sah er so aus. Seine Wangen waren gerötet, die Augen glänzten. »›Eine schwere Stunde ist heute über Deutschland hereingebrochen‹«, sagte er mit einer Stimme, die wesentlich dunkler klang als gewöhnlich. »Gerd, höre zu!«, wies er seinen Sohn zurecht, der vor Thea auf dem Nachtlager saß und gerade Murmeln aus der Hosentasche holte. »So hat es der Kaiser gesagt! Schreibt euch das hinter die Ohren, das ist nämlich ein Satz, der in die Geschichtsbücher eingehen wird. Also, am Freitagnachmittag ist er, nachdem der Schlossplatz sich mit Menschenmassen gefüllt hatte, ans Fenster getreten und hat nach einem stürmischen Jubel diese Worte gesprochen.«

Die kühle Wand im Rücken, Lenchen an ihre angewinkelten Beine gelehnt, sah Thea gelangweilt zum Fenster hinaus. Ein kleines Stück des Himmels, im linken Fenster, konnte sie über den Dächern des gegenüberliegenden Seitenflügels erkennen.

Kornblumenblau.

Sonnenblau.

Ein Ton, den es nur im Sommer und nur am Himmel gab, wenn die Sonne schien. Genau das Wetter, um die Geschwister zu nehmen und ans Wasser zu fahren, vielleicht an den Müggelsee. Vielleicht würde auch ein Ausflug an die Spree reichen. Sie sah ihren Vater an und wusste: Heute konnten sie nicht schwimmen gehen, es käme einem Sakrileg gleich.

»›Man drückt uns das Schwert in die Hand‹«, zitierte er gerade. »Und dann hat Seine Majestät uns aufgefordert, in die Kirche zu gehen, vor Gott niederzuknien und ihn um Hilfe zu bitten für unser braves Heer.« Plötzlich schoss der Vater in die Höhe, sprang auf Gerd zu und nahm ihm die Murmeln weg. »Ich habe dir gesagt, du sollst zuhören. Denn dieser Mann, der auch dein Kaiser ist, hat noch viele kluge Dinge gesagt.«

Als Gerd den Mund öffnete, um zu Widerworten anzusetzen, kniff Thea ihn ins Bein. Wütend blickte er sich um, sah ihr Kopfschütteln, schwieg und schob die Unterlippe schmollend vor.

»Der Kaiser hat so recht«, fuhr der Vater unterdessen fort. »Er sagt, er würde nur noch Deutsche kennen! Lasst euch das auf der Zunge zergehen. Das trifft es! Es ist völlig gleich, ob man ein Tagelöhner ist wie ich oder so ein feiner Pinkel aus der besseren Gesellschaft. Der Krieg macht uns alle gleich, und wir werden gemeinsam die Waffen ergreifen, ins Feld hinausgehen, weil wir zu Opfern an Gut und Blut bereit sind und unsere Pflicht erfüllen. Wir eilen zu den Fahnen.« Schwungvoll riss er den Arm in die Höhe, die geballte Faust gestreckt, und schaute zur Zimmerdecke, als würde dort oben die Verkündung gesprochen.

Thea kicherte, während Gerd weiterhin seine Murmeln fixierte, die neben dem Vater auf dem Tisch lagen. Lenchen zupfte an einem ihrer Fingernägel herum, die Mutter nähte Knöpfe an eine Bluse.

Erwartungsvoll ließ der Vater den Kopf sinken, und sein Blick blieb an seiner Frau hängen. Sie spürte es, ohne aufzuschauen. »Rudolf, ich finde, jetzt übertreibst du«, sagte sie, während sie einen neuen Faden von der Garnrolle riss.

»Was machst du da, Agnes? Du weißt doch: langes Fädchen, faules Mädchen«, erwiderte der Vater erbost.

Die Mutter betrachtete den Faden, dann sah sie ihren Mann an und lächelte. »Ist ja gut. Trotzdem solltest du mal Luft holen.«

»Ich werde ein Feldgrauer, ich werde gebraucht!«

Er schien das ernst zu meinen. Thea suchte nach Worten, die

taugten, den Vater abzuhalten. Ihren Vater, der sie früher bei den seltenen Familienausflügen auf den Schultern getragen hatte und in einen Galopp verfallen war, um sie zum Lachen zu bringen. Der, als sie erkrankt war, stundenlang Wadenwickel angelegt und trotzdem oft hilflos gewirkt und sich hinter seiner Frau verschanzt hatte. Wie sollte dieser Mann mit dem zu weichen Herzen, der unter seiner Arbeitslosigkeit litt, der zu oft dem Bier zusprach, jetzt an die Front gehen? Welcher Feind würde ihn als gefährlich ansehen? Er konnte keiner Fliege was zuleide tun, das sah jeder. Wie oft war sie wütend auf ihren Vater gewesen? Wegen der vielen Entscheidungen, die er ganz anders oder auch gar nicht getroffen hatte. Jetzt, da es im Raum stand, er würde fürs Vaterland zur Waffe greifen, schlug ihr Herz einen unruhigen Takt.

Er schien es zu spüren, denn er sah sie direkt an. »Jetzt kann ich ihm mal zeigen, dass ich zu etwas tauge«, sagte er.

»Wem willst du das zeigen?«

»Thea, schau mich nicht immer so zweifelnd an. Dem Kaiser will ich's zeigen.« Der Vater drückte den Rücken durch, als hätte er schon jetzt ein Verdienstkreuz verliehen bekommen. »Ich kann dem Kaiser zeigen, was ich für ein guter Preuße bin.«

»Willst du nicht lieber ein guter Vater sein?«, entfuhr es Thea.

Der Vater riss die Hand drohend in die Höhe. »Mein Fräulein, pass auf, was du sagst! Du scheinst den Ernst der Lage zu verkennen. Es geht doch nicht um uns. Es geht ums Große und Ganze.« Er stand auf und strich den Kleinen übers Haar. »Ich bin ein guter Vater, hört nicht auf sie. Und wenn ich wiederkomme, dann bringe ich euch was Hübsches mit. Aus einem der Länder, die wir besiegt haben. So werden wir es machen, oder?«

Lenchen und Gerd nickten eifrig. Jetzt glänzten auch ihre Augen.

Die Mutter nähte weiter Knöpfe an eine Bluse.

Hedi

»Maman, heute bin ich mit Hannes verabredet«, rief Hedi, über die Waschschüssel gebeugt.

»Schon wieder? Was habt ihr vor?«, erklang die Antwort aus dem Schlafzimmer. »Du musst mir helfen! Dieses verflixte Kleid! Mein Gott, ich muss weniger Kuchen essen.«

»Ich komme gleich. Wir möchten gern ein wenig Unter den Linden entlangflanieren. Vielleicht haben wir Glück und sehen den Kaiser am Schloßplatz, können eine seiner Reden hören.« Hedi griff das Handtuch, trocknete sich ab und zog die Bluse an.

»Passt auf euch auf, ich habe gehört, es gibt jede Menge Kriegsgegner, so Sozialistenpack, das marodierend durch die Straßen zieht.«

»Oh, das machen sie doch schon seit Tagen. Aber die Befürworter sind auch nicht besser.« Hedi betrat das Schlafzimmer und half der Mutter, mehrere Knöpfe an der Seite des Kleides zu schließen. »Gestern sind bei uns vor dem Lichtenstein zwei Gruppen aufeinandergetroffen, ich sage dir …«

Es klopfte.

Hedi ließ Hilde stehen, öffnete die Tür und hielt erstaunt inne, als sie Hannes' ernstes Gesicht sah. Auch die Mutter schien die Stille zu bemerken. Sie trat aus dem Schlafzimmer in den Flur. Auf den hilfesuchenden Blick der Tochter reagierte sie mit einem Schulterzucken.

Hannes schloss die Tür hinter sich. Er trug einen rechteckigen Karton mit dem Aufdruck »Lichtenstein«.

Sofort erkannte Hedi einen Versandkarton für Kleider. »Was bringst du mit?«

Hannes trat in die Wohnstube und legte den Karton feierlich auf den Tisch. Er winkte beide Frauen heran, ohne Hilde groß Beachtung geschenkt zu haben. »Hedi«, sagte er, und seine Stimme klang brüchig, »das hier ist unser ›Le Bleu‹. Ich möchte dir dieses Kleid schenken. Madame Durand hat es mit letzten Strichen perfektioniert, ich glaube, sie tat es – für dich. Und ich nähte das Kleid – für dich. Schon während ich daran arbeitete, habe ich überlegt, wie ich es schaffe, es aus der Kollektion zu nehmen, um es dir zu schenken. Und nun: Da ist es.«

Hedi liefen die Tränen über die Wangen, sie rang die Hände, starrte auf die Verpackung, schaute dann zu ihrer Mutter, schließlich zu Hannes. Sie glaubte, auch in seinen Augen Tränen zu erkennen.

Vorsichtig öffnete sie den Karton. Tatsächlich, dort lag es – ihr ›Le Bleu‹. Das hellblaue Kleid, das für Hedi immer für Paris, Mode, Madame Durand und den ersten Kuss von Hannes stehen würde. Auch wenn er behauptete, noch schönere Kleider für sie nähen zu wollen, konnte sie nicht glauben, dass es irgendwann ein Kleid gäbe, das vollkommener wäre als dieses.

In diesem Moment wandte sich Hannes zur Mutter um. »Gnädigste, darf ich um die Hand Ihrer Tochter anhalten?«

Hilde rang hörbar nach Luft und tastete nach dem Stuhl. Eilig zog Hannes ihn für sie vor, und Hilde ließ sich schnaufend darauf fallen. Sie winkte nur mit der Hand, eine Geste, die unmissverständlich sagte: Was für eine Frage? Nun mach schon!

»Natürlich will ich deine Frau werden«, flüsterte Hedi und weinte nun haltlos.

»Ich möchte dich aber noch bitten, mich zu heiraten«, sagte Hannes. Sie schauten einander an und mussten beide lachen. Nun sank er auf die Knie und griff ihre Hand. »Bitte werde heute meine Frau.«

Hedi erstarrte. Vergaß das Lachen und das Weinen.

Für den Bruchteil einer Sekunde war kein Geräusch im Zimmer mehr zu vernehmen. Selbst die Mutter hatte aufgehört zu schnaufen.

»Wann bitte?«, fragte Hedi.

»Es werden ab heute überall Nottrauungen angeboten. Wenn ich kurzfristig und überraschend aufbreche – und es kann schnell gehen dieser Tage –, dann möchte ich dich in meinem Herzen wissen und unseren Ring am Finger tragen.«

Für einen klitzekleinen Augenblick wehte Hedi Leere an, eine dunkle Ahnung, wie das Leben sein könnte, wenn er nicht da war. Im Krieg war. An der Front. Und allenthalben fehlte. Schnell schob sie dieses würgende Gefühl beiseite. Wo war ihr Stolz auf Hannes? Sich daran festzuhalten, war tröstlich.

»Was ist das, eine Nottrauung?«, fragte Hilde nun aus dem Hintergrund, auf ihrer Stirn glänzten Schweißperlen.

»Standesbeamte können formlos die Trauung vollziehen. Überall, ganz schnell. Ohne Aufgebot. Wir müssen nur sagen, wir seien verlobt.«

»Was ist mit deinen Eltern, Hannes?«

Er schüttelte den Kopf. »Sie sind in Trebbin bei meiner Tante«, erklärte er, ohne den Blick von Hedi zu nehmen. »Ich wünschte, es wäre anders, aber ich weiß, was mir in diesem Moment wichtiger ist. Irgendwann können wir gerne groß feiern, mit den Verwandten und Anverwandten. Wir können aller Welt zeigen, dass wir uns füreinander entschieden haben. All das können wir tun, wenn der Krieg vorbei ist. Aber bitte, meine Schöne, lass mich nicht ziehen, ohne dich an meiner Seite zu wissen.« Mit zitternden Fingern zog er ein Beutelchen hervor und enthüllte, auf weichen Samt gebettet, zwei schmale goldene Ringe.

Hedi atmete tief ein, trat an den Tisch und nahm behutsam das Kleid aus dem Karton. Der Stoff, er roch so wunderbar. Nach Lichtenstein, nach Paris, nach Hannes, nach Liebe. »Ich werde mich fertig machen. Maman, zieh bitte dein schönstes Kleid an, und dann lass uns gehen. Hannes und ich werden heute heiraten.«

Thea

»Das ist ja ein Zufall!«

Thea fuhr herum und wusste nichts zu erwidern. War es wirklich ein Zufall? Wenn nicht, was war es dann? Ludwig stand nun binnen kürzester Zeit zum wiederholten Male vor ihr, und erneut fühlte sie sich vom Glück geküsst. Überarbeit hatte neuerdings eine Seite, die ihr gefiel.

Ludwig rieb sich die Augen. »Es ist unglaublich, wie viel Arbeit die Mobilmachung mit sich bringt«, sagte er. »Aber was erzähle ich Ihnen – auch Sie werden Ihr Päckchen zu tragen haben. Ihr Herr Vater – ist er bereits eingezogen?«

»Fast, er wird übermorgen aufbrechen.«

»Sehr gut, nicht so ein vaterlandsloser Geselle, sondern ein kaisertreuer Mann! Sie können stolz auf ihn sein.« Aufmerksam schritt er durch den Raum, betrachtete die Skizzen, die Stoffe. »Umsonst, all das hier«, sagte er betrübt und schüttelte den Kopf. »Die Reise nach Paris, die Neuausrichtung der Kollektion, alles umsonst.«

Thea hielt die Luft an. Seine Feststellung schmerzte, aber sie konnte es nicht abstreiten: Es war derzeit unmöglich, die Kleider als den letzten Schrei aus Paris vorzustellen. »Aus diesem Grund werden wir Änderungen vornehmen«, sagte sie zaghaft.

Ludwig musterte sie. »Und das hellblaue Kleid? Der Hallberg hat es jetzt?«

»Ja, ich hörte davon«, sagte Thea vage.

»Das war ein Geschenk, ein ausgesprochen großzügiges Geschenk von meinem Bruder. Aber hin und wieder sollte man die Loyalität der Mitarbeiter würdigen. Ihnen Danke sagen und etwas Gutes zukommen lassen.«

Ja, Jacob hatte Hannes und Hedi mit nach Paris genommen, nun hatte er das Kleid hergegeben, damit Hannes es Hedi schenken konnte. Die Freundin hatte darin geheiratet. Von jetzt auf gleich. Samstag hatten sie sich zum Feierabend als Thea Stübner und Hedi Markwardt voneinander verabschiedet. Am Montag waren sie als Hedi Hallberg und Thea Stübner wieder aufeinandergetroffen. Thea wollte den Gedanken nicht denken, aber dieses Wie-immer-Gefühl war wieder da. Ein Grimmen in der Magengegend.

Sie spürte, wie Ludwig sie beobachtete. Er trat einen Schritt näher und legte die Hand auf ihre Schulter. »Fräulein Stübner, wenn Sie gestatten, würde ich mich ebenfalls gern erkenntlich zeigen und meine Wertschätzung für Ihre Arbeit deutlich machen. Haben Sie einen Wunsch?«

Haben Sie einen Wunsch?

Thea konnte sich nicht daran erinnern, dass irgendwer sie das in den letzten Jahren gefragt hatte. Vielleicht ihre Mutter, als sie als Kind an Masern erkrankt war und darniedergelegen hatte. Sicherlich hatte sie damals einen Wunsch geäußert, sie wusste längst nicht mehr, welchen. So wie sie nicht wusste, was sie sich jetzt wünschte.

Warum stellte Ludwig immer genau jene Fragen, die nie jemand an sie richtete?

»Nun gut, ich sehe schon, Sie sind sehr bescheiden«, lachte Ludwig. »Los, lassen Sie uns gehen.« Er öffnete die Tür.

Während Thea die Treppen hinablief, schaute sie an sich herab. War das Kleid fleckenfrei, waren die Schuhe geputzt? Vorsichtig schob sie ihre Hände vor. Nicht, dass sie jetzt nach etwas griff und dann Ränder unter den Nägeln hatte. Den Sitz ihrer Haare konnte sie nicht mehr ändern.

Im Verkaufsraum sah Thea sich um.

»Möchten Sie vielleicht Parfum?«

»Nein, vielen Dank.«

»Eine Bluse? Die Bluse ist das Kleidungsstück, das wir am meisten verkaufen.«

»Das ist wirklich sehr aufmerksam.«

»Stimmt, Sie haben sich ja erst ein neues Kleid genäht, Sie tragen lieber Kleider, richtig? Soll es ein Kleid sein? Einfach machen Sie es mir aber nicht.«

»Ich hätte da einen Wunsch …«

»Na, das ist doch ein Wort, was darf es denn sein?«

»Eine elektrische Taschenlaterne.«

Ludwig hielt inne, sah sie an und krauste die Nase. »Ich habe gerade Taschenlaterne verstanden.«

»Ja.«

»Was wollen Sie denn damit? Oder scherzen Sie mit mir?«

»Nein, ich möchte sie für meinen Vater, ich würde sie ihm gern schenken, wenn er ins Feld zieht. Er packt doch gerade seine Sachen.«

Schweigend sah Ludwig sie an. »Die wird ihm gleich geklaut. Schon in der Kaserne, ich weiß, wie das läuft. Und von Ihnen ist das sehr löblich, Fräulein Stübner.« Er öffnete die Arme und wies um sich. »Aber jetzt sollen Sie sich etwas wünschen. Für sich.«

»Dann bitte noch eine.«

»Und für wen ist die dann?«

»Für mich.«

»Fräulein Stübner, ich will jetzt nicht gegenrechnen, aber Sie wissen schon, dass ein Kleid wie das hellblaue vierundvierzig Mark im Verkauf gekostet hätte. Zwei Taschenlampen kommen auf zwei Mark.«

»Ich fürchte mich im Dunkeln.«

Ludwigs Schultern sackten herab. »Dagegen kann ich nichts

sagen. Aber bitte versprechen Sie mir, dass Sie immer zu mir kommen, wenn Sie neue Batterien brauchen. Denn es lässt sich nicht leugnen: Es sind durchaus dunkle Zeiten.«

Ella

Und was macht deine Mutter da?« Ella hob die Krempe ihres Strohhuts ein wenig in die Höhe, um den Güterbahnhof Tempelhof besser überblicken zu können. Am Ende des Bahnsteigs konnte sie die Kantine ausmachen, die kurzfristig errichtet worden war.

»Hilde kümmert sich um die freiwillige Bahnhofsverpflegung«, sagte Hedi. »Sie ist seit Tagen unterwegs.«

»Von wem ist das auf die Beine gestellt worden?«

»Vom Roten Kreuz und dem Frauenverein gegen den Alkoholismus. Aber ganz sicher bin ich mir da nicht.«

»Also, was sollen wir da jetzt machen?«

»Ich nehme an, wir werden Brote schmieren. Die gibt es für die Reservisten und Landwehrmänner. Die Herren können während der Fahrt an die Front aussteigen und werden von uns verpflegt.«

»Und du hast dafür im Lichtenstein frei bekommen? Fürs Broteschmieren?«

Hedi nickte.

»Gut, und wie lange werden wir zu tun haben?«

»Immer sechs Stunden.«

»Ich habe ja nichts vor«, sagte Ella leichthin.

»Kommst du zurecht?«

»Natürlich, Unkraut vergeht nicht. Die Schließung der Theater wird nicht dauerhaft sein. Wir werden vermutlich demnächst mit den Proben für *Minna von Barnhelm* beginnen. Wenn die

Sperre aufgehoben wird, können wir gleich mit einem Stück eröffnen, das weniger kontrovers diskutiert wird als *Die Hose.*«

»Ich meine, ob du mit dem Geld zurechtkommst, wenn dir plötzlich die Gage fehlt?«

»Ja, natürlich, und hier gibt's doch gleich geschmierte Brote, hast du gesagt. Und wenn alle Stricke reißen, komme ich wieder zu euch putzen.« Ella umarmte Hedi kurz. »Du bist rührend, aber Gustav kümmert sich um mich. Du weißt ja, Männer seines Alters werden erst mal nicht eingezogen, und er wird sich bestimmt nicht freiwillig melden. Es ist alles gut.«

Die beiden betraten die provisorische Kantine. Sofort kam ihnen Hilde entgegengelaufen, sie stemmte die Hände in die Hüften. »Ihr seid zu spät, wenn das alle machen würden! Jetzt aber schnell, kommt mit.« Sie führte die beiden durch den großen Raum.

Überall arbeiteten Frauen mit fast militärischer Präzision. Nur vereinzelt waren Pfadfinder zu sehen, und an einer Brotschneidemaschine betätigte sich ein kräftiger Mann. An einem anderen Tisch standen Mädchen und bereiteten Limonade, am nächsten kochten mehrere Frauen in einem großen Kessel Kaffee. Es roch köstlich.

»Ihr geht zu den Broten.« Hilde wies auf mehrere leere Plätze. »Auf jedes Brot kommen Butter und eine Scheibe Wurst oder Käse, dann klappt ihr zwei Scheiben zusammen, schneidet sie durch, legt sie aufeinander, stapelt sie auf dem Tablett. Sobald es voll ist, reicht ihr es weiter. Die Damen dort drüben packen die Brote ein und legen sie in Körbe. Sobald ein Zug einfährt, können die Päckchen schnellstmöglich verteilt werden. Und in wenigen Minuten kommt der nächste Zug. Also: husch, husch!«

Interessiert sah Ella sich um. »Na, das ist ja ein Ding. Jetzt sitzen wir hier und fertigen Liebesgaben.« Sie grinste. »Liebesgaben! Ein fast schon anrüchiges Wort.«

Hedi schüttelte den Kopf. »Du und deine Fantasien. Aber jetzt im Ernst: Was wir hier machen, geht doch noch. Unsere Wohnung ist zurzeit eine Glasflaschensammelstelle. Leere Flaschen überall. Vor allem in der Küche. Meine Mutter nimmt dann jeden Morgen welche mit.«

Glasflaschensammlung? Ella kratzte sich am Kopf. Ob sie vielleicht doch zu wenig mitbekam von all den Dingen, die gerade um sie herum geschahen. »Wofür sind die Flaschen?«

»Sie werden gefüllt und den Soldaten mitgegeben. Aber auch Brot, Butter, Wurst, Käse, Schokolade und Zigarren können gespendet werden.«

Ella schmierte schneller, mit einem Mal fühlte sie sich unwohl. Ihre Gedanken waren in den letzten Tagen eher darum gekreist, ob der Krieg sich langfristig auf ihre weitere Karriere auswirken würde. Flaschen hatte sie vornehmlich geleert. Den einen oder anderen Rotwein. Zusammen mit Gustav. Aber auf die Idee, die Flaschen zu sammeln, waren sie nicht gekommen. Zügig schnitt Ella mehrere Scheiben einer fettäugigen Wurst ab, die sie auf die Brote legte.

»Eine Scheibe pro Brothälfte«, mahnte eine Frau, die ihr über die Schulter schaute.

Seufzend nahm Ella zwei Scheiben vom Brot, klappte es zusammen, schnitt es durch und legte die Hälften aufs Tablett.

Ein Zug fuhr ein und kam mit kreischenden Bremsen zum Stehen. Die Mädchen, die das Brot eingeschlagen hatten, schnappten sich die bereits gefüllten Körbe und liefen vor zum Bahnsteig. Die Soldaten verließen die Wagen, und Ella schaute genauer hin. Albert war auch schon ins Feld gezogen, zumindest hatte das eine Kollegin behauptet, die sie beim Einkaufen getroffen hatte. Wohin es ihn verschlagen hatte, seit wann er unterwegs war – all das wusste sie nicht. Wie schön wäre es gewesen, ihn hier noch einmal zu sehen, ihn verabschieden zu können. Ob das Angebot an ihn, nach Wien zu gehen, nach dem Krieg noch Bestand hatte? Die Männer in feschem Grau, viele von ihnen in ihrem

Alter, versuchten, an einem der riesigen Kessel einen Teller Linsensuppe zu bekommen. Währenddessen umschwärmten die Mädchen sie und verteilten Brote, die in den Taschen der Feldröcke verschwanden. Am Buffet mit der Limonade herrschte Hochbetrieb, auch beim Kaffee bildete sich eine Schlange.

»Hannes ist jetzt auch weg.«

Ella zuckte zusammen. »Was?«

Erschrocken sah Hedi sie an. »Ja, er ist Reservist.«

»Wir haben uns eindeutig zu lange nicht mehr gesehen. Trotzdem verstehe ich dich nicht: Ich habe dich zu Hause abgeholt, wir sind eine gute Dreiviertelstunde hierhergelaufen. Wir sitzen jetzt schon eine gewisse Zeit zusammen und schmieren Brote, und erst jetzt sagst du mir, dass Hannes weg ist? Im Krieg ist?« Ella konnte sich kaum beherrschen, nicht aufzuspringen und das Messer auf den Tisch zu knallen.

»Dann wirst du mir wahrscheinlich die Freundschaft kündigen, wenn du den Rest erfährst.«

»Du bist schwanger?«

»Nein, verheiratet.«

Nun sprang Ella auf. Fast hätte sie aufgeschrien. Ihre Freundin war eine Kriegsbraut? »Jetzt sage mir bitte nicht, dass ihr eine von diesen Nottrauungen vollzogen habt.«

»Doch, genau das haben wir.«

»Warum konntet ihr nicht bis Weihnachten warten? Bis der Krieg vorbei ist. Dann hätten wir ein wenig planen können.«

»Es war ihm wichtig. Er hat es sich so gewünscht.«

Ella sank auf ihren Stuhl nieder, umklammerte das Messer und butterte die Brote nun mit doppelter Geschwindigkeit. Tränen standen in ihren Augen. Es schmerzte sie, außen vor zu sein. Nicht mehr an Hedis Leben teilzuhaben. »Du bist jetzt also verheiratet«, sagte sie nach einer Weile und hörte selbst, wie zickig es klang. »Hedi Hallberg. Na ja, es klingt hübsch.« Sie sah die Freundin an. Nichts an ihr hatte mit einer frisch verheirateten, glücklichen Frau zu tun, die sich auf die Zukunft freute. Vor ihr saß eine junge Frau, deren Mann an der Front war und der vielleicht versehrt oder als Krüppel zurückkehren oder gleich im Felde bleiben würde.

»Bitte sei nicht böse«, sagte Hedi. »Es ging alles sehr schnell.«

»Es tut mir leid, ich will mich nicht so hässlich benehmen. Aber ich wünschte, ich wäre dabei gewesen. Ich hätte gerne diesen Moment mit dir geteilt.«

»Wir waren im Standesamt in der Grünstraße, es war nur ein Verwaltungsakt. So Papierkram. Eigentlich schrecklich. Jetzt wollen wir sparen, denn eines Tages wollen wir heiraten, richtig halt. Das haben wir einander versprochen. Ich weiß gar nicht, ob das geht. Aber wenn, dann möchte ich ein Brautkleid, ich möchte in der Kirche getraut werden, ich möchte die Kirchenorgel hören«, sagte Hedi und klang immer wehmütiger. »Vielleicht haben wir bis dahin Kinder, die Blüten streuen.«

Eine Trompete erklang, ein kurzes, hartes Signal. Umgehend bestiegen die Männer wieder den Zug. Erst jetzt bemerkte Ella die Sprüche, die mit Kreide auf die Außenwand geschrieben waren:

»Ausflug nach Paris«.

»Auf Wiedersehen auf dem Boulevard«.

»Auf in den Kampf, mir juckt die Säbelspitze«.

Ella verspürte Übelkeit, als sie die Worte las.

Die Frauen im Bahnhof hielten nun Tücher in den Händen und winkten den sich aus den Fenstern lehnenden Männern zu, die an die Front verschwanden.

Auch Hedi zog ein Tuch aus der Tasche. Sie winkte, lange und heftig.

»Wann wirst du Hannes wiedersehen?«

»Ich weiß es nicht, das konnte er mir nicht sagen. Aber wir schreiben uns täglich.«

Der Zug wurde kleiner und verschwand nach einer Kurve aus ihrem Blickfeld. Noch immer sah Hedi ihm nach. »Deshalb bin ich hier. Nicht wegen Hilde, also vielleicht auch ein bisschen. Diese Liebesgaben – ich fertige sie gerne und hoffe, eine davon erreicht Hannes, im übertragenen Sinne. Vielleicht hält er an einem Bahnhof, und dort ist irgendeine, die ihm geschmierte Brote und eine Limonade reicht. Und ihm winkt, wenn er fährt.« Sie faltete das Taschentuch und schob es in den Ärmel ihrer Bluse. »Ich habe ihn zur Kaserne gebracht, aber irgendwann musste ich gehen. Nach dem gemeinsamen Gebet im Hof begann das Schleifen der Schwerter und Säbel. Das Kreischen des Schleifsteins, die stiebenden Funken – ich habe es nicht ertragen und mich nicht umgedreht. Ich konnte ihm nicht winken.«

Jacob

Zwei Amseln vergnügten sich an der Vogeltränke, im Blumenbeet flog ein Schmetterling umher. Ein Windhauch ließ die langsam gelb werdenden Blätter des Apfelbaumes erzittern. »Wie sollen wir mit der Situation umgehen?«, fragte Jacob, ohne den Blick von der Idylle abzuwenden.

Sowohl seine Eltern als auch Ludwig schwiegen.

Käthe servierte Limonade und Kuchen. Erst als sie durch die Terrassentür im Haus verschwand, ergriff Friedrich das Wort. »Wie ist denn der Stand der Dinge?«, fragte er, wobei er den Kuchen vor sich konzentriert musterte.

»Inzwischen haben sich siebenunddreißig unserer Mitarbeiter für die Front gemeldet, sind einberufen worden oder werden in den kommenden Tagen aufbrechen.«

»Wir werden sie entlassen müssen.«

Die Mutter sah Ludwig empört an. »Warum willst du die Männer, wenn sie in den Kampf ziehen, entlassen?«

»Das ist eine der sogenannten Kriegsklauseln. Es steht uns zu, die Männer zu entlassen, wenn sie länger weg sind, als ein Urlaub dauern würde. Und davon ist auszugehen. Wir können es uns nicht leisten, sie weiter zu bezahlen. Wenn sie zurückkehren, können wir ihnen gerne wieder Arbeitsplätze anbieten.«

Friedrich nickte. »Ich befürchte, wir müssen es so handhaben. Aber ich habe beschlossen, wieder öfter ins Bureau zu kommen, denn wenn jetzt die personelle Decke dünn wird, werden wir alle mit anpacken müssen.«

Auch Marianne nickte: »Sagt, wenn ihr Hilfe braucht, vielleicht im Lager beim Sortieren oder an den Verkaufstresen. Ihr müsstet mich nur einweisen, was heutzutage zu beachten ist.«

Voller Rührung sah Jacob seine Mutter an. Der Gedanke, sie als Verstärkung des Personals im Lichtenstein zu wissen, wärmte sein Herz. Und er wusste, es würde vermutlich nicht lange dauern, bis er darauf zurückgreifen musste.

»Friedrich, nun schaue nicht so garstig drein. Schließlich habe ich«, fuhr sie fort, »früher eine Weile gearbeitet. Ich war gut im Verkauf.« Sie blinzelte ihrem Mann zu. »Vielleicht erinnerst du dich?«

»Zahlreiche kleinere Läden haben inzwischen geschlossen«, antwortete er, während er sich den Bart zwirbelte und ihre Anspielung überging. »Die Arbeitslosenzahlen steigen, vielleicht können wir noch Mitarbeiterinnen anwerben. Allerdings müssen wir mit sinkenden Umsätzen rechnen.«

»Die Rüstungsindustrie zahlt besser«, sagte Ludwig, »sehr viel besser sogar, und das schon eine ganze Weile. Ich weiß nicht, ob wir mit unseren Löhnen dagegen ankommen. Ein Vorteil ist, dass wir durch die Aufhebung des Arbeitsschutzgesetzes die Mitarbeiter zu mehr Überarbeit anhalten können. Vielleicht lässt sich so einiges ausgleichen. Und ich werde, bis ich meinen Befehl erhalte, die Verbandstätigkeiten hintanstellen und wieder im Lichtenstein meine Arbeit aufnehmen.«

Das war es, was Jacob befürchtet hatte. Er verlor reihenweise Mitarbeiter, musste die verbliebenen über Gebühr in Anspruch nehmen, und zu allem Überfluss gewann er den einen oder anderen dazu, auf den er gern verzichtet hätte. Niemals hätte er es gewagt, diesen Gedanken auszusprechen, aber er legte wenig Wert darauf, seinen Vater und seinen Bruder wieder im Lichtenstein zu sehen. Doch eine Wahl hatte er nicht.

»Jacob, wirst du dich freiwillig melden?«, fragte Friedrich unvermittelt.

»Ich bin untauglich erklärt worden.«

»Was? Wieder das Herz?« Seine Mutter wurde blass.

»Ach, das waren Kindergeschichten«, winkte Ludwig ab. »Das war doch wieder alles gut.«

Jacob wiegte den Kopf hin und her. »Na ja, nicht so richtig. Kann sein, dass ich bei späteren Nachmusterungen noch mal dabei bin. Aber momentan bin ich raus.«

Ludwig runzelte die Stirn. »Da hast du doch was getrickst, oder?«

Jacob schaute seinen Bruder mit unbewegter Miene an und überließ es seiner Mutter, dazwischenzugehen. »Lass deinen Bruder, es bekommt ihm nicht, wenn er sich aufregt.«

»Na gut«, Ludwig grinste und legte die Kuchengabel beiseite, »ich habe da noch etwas. Etwas Schönes.« Er griff nach seiner Tasche, die am Stuhl lehnte, und holte eine Zeitschrift hervor, die er umständlich aufschlug. »Das ist die aktuelle Ausgabe der *Eleganten Welt*. Darf ich euch einen Abschnitt aus einem Artikel vorlesen? Die Überschrift lautet ›Los von Paris und London‹.« Er sah Jacob über den Rand der Zeitung herausfordernd an. *»Die deutsche Industrie steht als begeisterndes Beispiel und Vorbild für die deutschen Truppen. Kühn bietet sie der feindlichen Konkurrenz die Spitze und fordert sie zum Kampf heraus. Nicht London, nicht Paris, nein, Berlin ist der Mittelpunkt der Welt in Fragen der Mode, des guten Geschmacks und der Eleganz, die den Weg vorschreibt.«*

Er holte Luft, sah seine Eltern an und schlug geräuschvoll die Zeitung zusammen. Dann fuhr sein Kopf herum, mit zusammengekniffenen Augen musterte er Jacob. »Also, ich hoffe sehr, du ersparst uns weitere Diskussionen, ob wir unsere Kollektion nach französischem Vorbild fertigen.«

»Da, befürchte ich, hat Ludwig recht«, sagte Friedrich und zwirbelte abermals seinen Bart. »So leid es mir für dich tut, Jacob. Wir müssen uns den Gegebenheiten anpassen.«

»Können wir uns wenigstens darauf einigen, Berliner Chic zu kreieren?«

»Im Verband habe ich gehört, dass der Lamprecht sich jetzt an die Rekruten wendet, er hat Leibbinden im Angebot und irgendwelche Lungenschützer. Zudem bietet er spezielle Socken, Unterhosen und Hosenträger an. Ich habe keine Ahnung, was diese vom üblichen Sortiment unterscheidet, aber das ließe sich herausfinden. Und der Kollege Faust soll inzwischen angeblich wasserdichte Westen führen. Der Renner sind momentan Armbanduhren mit leuchtenden Ziffern und Zeigern, die anscheinend im Feld besonders hilfreich sind. Sollten wir uns nicht lieber in diesem Segment noch stärker umtun?«, fragte Ludwig.

Marianne runzelte die Stirn. »Ich weiß nicht, ob man bei uns solche Artikel suchen würde. Ich finde es ausreichend, wenn wir bei dem Angebot bleiben, das wir haben. Noch mehr möchte ich mit dem Krieg nicht zu tun haben.«

»Dann sollten wir unseren Schwerpunkt jetzt auf praktische Kleidung legen: Straßenkleidung, Kittel, Mantelkleider, auch das Schneidern zu Hause dürfen wir nicht aus den Augen verlieren. Das wird, wenn bei den Leuten das Geld knapp ist, wieder eine größere Rolle spielen.«

Für einen Moment schloss Jacob die Augen. Es war schlimmer, als er es sich vorgestellt hatte. »Meint ihr nicht, wir sollten dafür sorgen, dass sich Frauen weiterhin geschmackvoll kleiden, auch wenn wir uns im Krieg befinden? Sollten wir den Fronturlaubern, wenn sie nach Hause kommen, nicht vielleicht einen erfreulichen Anblick bieten?«

»Nein, es geht darum, die Situation ernst zu nehmen, ihr würdig gegenüberzutreten. Bunt, mein lieber Bruder, ist zurzeit nicht gefragt.«

»Nun fangt nicht wieder an zu streiten! Der Kaiser ruft den Burgfrieden aus, alle Parteien und Konfessionen stehen geschlossen Seite an Seite, nur ihr beiden bekommt es nicht hin.« Friedrich schaute erst Ludwig, dann Jacob streng an. »Schluss jetzt damit! Wie sieht es mit den Bauarbeiten aus?«

»Ebenso grauenvoll«, entgegnete Jacob gereizt. »Es mangelt an Handwerkern. Die feierliche Eröffnung beider Etagen rutscht in weite Ferne. Ich befürchte, mit diesem Stand – einem unfertigen zweiten Stock, einem halb ausgehobenen Keller und fehlendem Anbau – werden wir eine Weile leben müssen.«

»Ach, der Verkauf läuft doch gut«, sagte Marianne. »Alle sagen, der Krieg wird bald vorbei sein. Irgendwer erzählte mir, in sechs Wochen ist Frankreich besiegt. Lass uns noch im Osten die Russen bezwingen, dann müssen wir den Winter vorbeigehen lassen, und schon beginnen wir im Frühjahr erneut mit den Bauarbeiten. Das wird schneller gehen als du denkst.«

Jacob hoffte, sie möge recht behalten.

Hedi

Hannes, mein liebster Ehemann,

ich zähle die Tage, die Du nun schon von mir weg bist. Inzwischen sind es 39. Ich hoffe, Du hast meine letzten Briefe erhalten, anhand der Nummerierung kannst Du erkennen, ob Dich alle erreichen.
Gestern flatterten gleich zwei Briefe von Dir ein. Du kannst Dir nicht vorstellen, welch Salto mein Herz schlägt, wenn ich einen in Händen halte. Wie sehr alles in mir darauf brennt, den Umschlag aufzureißen und den Brief herauszunehmen. Behutsam streiche ich ihn glatt, und alles, was mich in den nächsten Minuten stören könnte, versuche ich mir vom Leib zu schaffen. Diesen Moment des Lesens, den möchte ich für mich. Den möchte ich nur mit Dir und diesem Stück Papier teilen. Ich fühle mich Dir dann so nah, dass ich glaube, wir würden miteinander sprechen. Und während ich lese, weiß ich schon, was ich Dir antworte, und so entsteht ein Dialog in meinem Kopf – das Gefühl, Dich ganz nah bei mir zu haben.
Wenn ich einen Brief von Dir gelesen habe, fahre ich mit dem Finger über das Papier und ertaste die Erhöhungen, die die Tinte an manchen Stellen hinterlassen hat. Immer nehme ich den Brief und rieche daran. Und Du wirst sicherlich lachen, aber jeder hat bisher anders gerochen. Einer war dabei, der roch nach Gras, ein anderer leicht erdig, dann war da einer, der hatte eine rauchige Note, und es gab einen, dem jeglicher Duft fehlte. Bei einem, da

hatte ich das Gefühl, er riecht nach Dir, ganz leicht, ganz entfernt. Vielleicht hast Du das Papier einen Moment unter Dein Hemd geschoben und an Deinem Leib getragen. Ich weiß es nicht, aber all diese Dinge beschäftigen mich, und ich beschäftige mich absichtlich mit ihnen, um den Moment mit Dir zu verlängern. So kann ich die Rückkehr in die Gegenwart hinauszögern.
Die Abende laufen, seitdem Du weg bist, stets gleich ab. Ich fahre nach der Arbeit nach Hause und spreche ein bisschen mit meiner Mutter über den Alltag, so über dies und das. Sie kümmert sich emsig um vieles: die Versorgung der Soldaten mit Essen und Liebesgaben oder auch um den Aufbau eines Lazaretts in einer Villa in Schmargendorf, oder war es Friedenau? Wo auch immer – die Frauen in Berlin rücken zusammen. Du glaubst gar nicht, wie schnell es geht, dass sie alle möglichen Aufgaben der Männer übernehmen. Frauen, die Briefe austragen, die Straßenbahnen fahren, es gibt plötzlich überall Frauen. Und manchmal höre ich ganz neue Ansichten aus dem Munde meiner Mutter, aber das erzähle ich Dir, wenn Du nach Hause kommst. Jedenfalls nehme ich mir spät abends das Briefpapier und die Tinte. Meine Mutter zieht sich dann zurück, sie weiß, dass ich die Zeit brauche, um bei Dir zu sein. Stets sagt sie, ich solle Dir einen Gruß hineinschreiben, aber ich weiß nicht, ob ich das in jedem Brief getan habe. Hiermit hole ich es für jeden Brief nach!
Ich weiß, dass Du alles, was ich Dir schicke, mitnehmen musst. Wenn es Dir eine Erleichterung ist, dann schicke auch meine Briefe wieder zurück. Irgendwann ist dieser Krieg vorbei, und dann haben wir Deine und meine Briefe, die ineinandergreifen und davon erzählen, wie sehr wir uns vermisst haben.
Den Frontverlauf, sei es im Westen, auf der französischen Seite, oder im Osten, verfolge ich in den Zeitungen. Ich kann nicht genau ermessen, wie sehr Du darüber informiert bist. Wenn Du mehr wissen möchtest, dann sage es mir, dann schreibe ich es Dir regelmäßig. Doch momentan möchte ich gern den Platz auf dem

Papier sparen für Zeilen, die ich an Dich richte und nicht dem Krieg widme.
Einen Moment möchte ich Dich nun gerne wieder an die Hand und mit ins Lichtenstein nehmen. Ich hoffe, es ist für Dich stets eine kleine Pause, um Dich an Dingen zu erfreuen, die Deinen eigentlichen Alltag bestimmen. Das Personal besteht inzwischen fast nur noch aus Frauen und Mädchen. Der Senior erscheint wieder, und Kiesewetter ist auch noch da. Jacob Lichtenstein ebenfalls, Ludwig ist aber bereits eingezogen. Bernhard ist weg, Hausmeister Kühn auch – ach, mir fällt keiner mehr ein. Doch wir versuchen gar nicht erst, die Lücken zu schließen, denn die Gänge sind wie leer gefegt. Es scheint, als benötigt kaum jemand etwas. An den ersten Tagen war das anders, da haben wir vor allem praktische Dinge verkauft. Doch die letzten Tage waren nahezu beängstigend. Es ist absehbar, dass sich unser Sortiment stark ändern wird, wenn der Krieg länger anhalten sollte.
Vielleicht gelingt der schnelle Sieg über Frankreich und Russland, aber manchen Abend liege ich da und denke darüber nach, wie klein unser Land ist. Aber ich möchte Dich jetzt nicht mit diesen Gedanken behelligen.
Deshalb lass mich zum Lichtenstein zurückkehren. Kurzum, es ist ruhig, und wenn Du mich fragst, werde ich langsam zum Mädchen für alles: Erst habe ich weiterhin mit Josefine gearbeitet, dann kam ich drei Tage zu den Krawatten, nachdem der Bernhard weg war. Und nun bin ich in der Entwurfsabteilung und weiß nicht, was ich dort soll. Ja, ich zeichne gerne, und ich habe Ideen, wie Kleider mit kleinen Veränderungen verschönert werden können. Aber von der Kunst des Entwurfes, der Arbeit, die ein Konfektionär wie Du leistet, verstehe ich nichts. Thea redet mit Engelszungen auf mich ein und versucht, mich zu ermutigen. Das will nicht richtig bei mir verfangen. Da ich aber aufgefordert wurde, mich der Aufgabe anzunehmen, versuche ich mein Bestes.

Wenn Du wiederkommst, möchte ich nicht, dass Du mit Klagen empfangen wirst.
Unsere Vision, Mode zu schaffen, die darauf ausgerichtet ist, die Persönlichkeit einer Frau zu unterstreichen, ohne ihre Herkunft zu betonen – all das interessiert keinen mehr. Mit einem Mal müssen Kleidungsstücke praktisch sein. Und unsere Arbeit wird schon jetzt eingeschränkt durch die Verfügung, Stoffe wie Wolle für die Front vorzubehalten. Noch verfügen wir über kärgliche Reste in unserem Lager, doch langfristig könnte es unsere Arbeit sehr einschränken. Wir machen uns viele Gedanken darüber, wie wir weitermachen können. Wir werden vermutlich Stoffe verarbeiten, einfach weil sie da sind. Kunstseide oder Samt oder schwere Brokatstoffe. Farbenfrohe Stoffe scheinen unangebracht für diese Zeit. Und wir müssen uns auch mit der Frage beschäftigen, wie viel Trauerkleidung wir anbieten wollen. Aber ist Trauerkleidung nicht auch ein Eingeständnis? Den Verlust von Soldaten zu kalkulieren – das schaffe ich nicht. Ich kann nur hoffen. Darauf, dass Du bald Urlaub hast, die Ablösung Euch erreicht, der Krieg endet, ein Wunder geschieht und wir einfach das werden, was wir sein wollen: Familie Hallberg!
Verzeih mir meine Schwermut, morgen wird es besser! Ich liebe Dich so sehr!

Deine Ehefrau Hedi

Jacob

Die Müllersche blickte ihn nicht an, als sie die Postmappe vor ihm ablegte. Jacob maß dieser kleinen Beobachtung keinerlei Bedeutung zu. Die morgendliche Postdurchsicht war bereits absolviert, die Nachzügler konnten nicht sehr zahlreich sein. Er öffnete die Mappe und ging sie durch. Verschiedene Briefe von Kunden, Rechnungen, Reklame von Lieferanten – das übliche Einerlei. Ganz am Ende fand er jedoch einen Brief im geöffneten Umschlag. Normalerweise entfernte die Müllersche bereits die Umschläge.

Er drehte ihn um und betrachtete den Absender.

Hannes Hallberg.

Aus Nowidor, wenn er es richtig entziffern konnte.

Hannes war also in Russland.

Vielleicht war das gut, denn in Frankreich gab es bereits brutale Kämpfe.

Für einen Moment schlug Jacobs Herz einen unregelmäßigen Takt.

Ein Brief von der Front.

An ihn.

Was sollte das bedeuten?

Mit den Fingern ertastete er eine Ausbuchtung, er öffnete den Umschlag und sah hinein: ein Brief und ein Ring. Er legte ihn vor sich auf den Tisch. Dieser schmale goldene Ring konnte nur Hannes' Ehering sein. Beunruhigt zog er den Brief hervor und begann zu lesen:

Lieber Jacob,

es ist sicherlich ungewöhnlich, dass ich mich an Dich wende, denn Du bist mein Arbeitgeber und nicht mein bester Freund, und doch hast Du für mich in vielerlei Hinsicht mehr getan als manch anderer Mensch in meinem Leben. Dabei denke ich erst einmal gar nicht an die Anstellung, sondern daran, dass Du unsere Pläne und damit auch mich verteidigt hast – sogar innerhalb Deiner Familie. Zudem hast Du es möglich gemacht, dass Hedi mit nach Paris kommen durfte. Dort sind wir uns nähergekommen, und heute sind wir verheiratet. Hedi und ich schreiben uns nahezu täglich, seitdem ich ins Feld gezogen bin.
Inzwischen fühle ich mich, auch wenn ich noch gar nicht lange weg bin, als wäre ich eine Ewigkeit von zu Hause entfernt. Es ist erstaunlich, wie schnell auf einem Schlachtfeld der Kamerad neben Dir fällt und mit ihm der Glaube an die Zivilisation. Es hat mich nach Russland verschlagen, ich weiß nicht, ob Hedi Dir das erzählt hat. Ich dachte, ich würde nach Paris kommen – aber weit gefehlt. Vermutlich hat Hedi kein Wort darüber verloren, ich denke, sie wird Dich nicht mit unseren familiären Belangen belästigen wollen. Doch ich werde das nun tun, und ich hoffe, Du wirst verstehen, warum ich dies mache.
Nachdem der deutsche Angriff auf Russland anfangs hingehalten wurde, weil man erst die Franzosen besiegen wollte, wurden wir inzwischen doch an die Front gebracht. Es war eine zweieinhalb Tage währende Fahrt in einem überfüllten Zug, die in stundenlangem Marsch direkt an die Front endete. Und dann haben wir den Kampf gegen die russische Infanterie begonnen und inzwischen einige Artillerie-Angriffe überlebt. Obwohl ich erst wenige Wochen Soldat bin, habe ich Dinge erlebt, über die ich nicht sprechen möchte und die ich unmöglich meiner Frau mitteilen kann. So schreibe ich ihr Unterhaltsames, bedanke mich für ihre mein Herz wärmenden Briefe und die kleinen Pakete, die sie mir

schickt. Ich teile ihr mit, an was es mir fehlt, meist sind es wollene Kleidungsstücke. Aber ich schreibe kein Wort von dem nieder, was wirklich geschieht. Auch Dir gegenüber möchte ich nichts ausführen. Sei dankbar, wenn Du nicht ins Feld musst, ganz gleich, weshalb.

Aber nun möchte ich zum Anliegen meines Briefes an Dich kommen: Da ich nicht weiß, ob ich die Kämpfe und die immer kälter werdenden Nächte überlebe, schicke ich Dir meinen Ehering. Es ist mir im Felde das Wichtigste, dieses schmale goldene Band um meinen Finger. Es scheint mir inzwischen das Wertvollste und Beste an mir zu sein, und ich möchte es für meine Frau erhalten. Sollte ich nicht zurückkehren, möchte ich Dich bitten, diesen Ring Hedi zu übergeben. Aber bitte mache das erst, wenn Du Gewissheit über mein Ableben hast. Vielleicht wird ihr der Ring Erinnerung sein, vielleicht wird das Gold in Notzeiten beim Pfandleiher oder Juwelier noch ein wenig Geld bringen. Bitte sprich nicht mit Hedi darüber, dass ich Dich angeschrieben habe. Es würde sie beunruhigen, und ich weiß, wie schwer sie, nachdem die erste Euphorie verflogen ist, an ihren Ängsten trägt. Und ich möchte ihr keinen Grund zur Annahme geben, diese könnten berechtigt sein. Aber Hedi ist klug. Ihre Ängste sind berechtigt, auch wenn sie glücklicherweise kein Abbild dessen sind, was sich im Osten zuträgt. Das Leid, das wir hier täglich sehen, erleben und erleiden, ist unerträglich – und darin schließe ich die Männer ein, die uns in den Schützengräben gegenüberliegen. Auch sie sind nichts als Kanonenfutter.

Mein werter Jacob, ich wünsche, ich hätte Dir von besseren Entwicklungen berichten können. Beschütze dieses von uns allen geliebte Haus und die Menschen, die Du mit Deiner Familie durch dunkle Zeiten bringst.

Dein Hannes

Jacob spürte seine Halsschlagadern pochen. Hedis Gesicht vor Augen, schob er den Brief entsetzt von sich, so als würde der Abstand den grausamen Inhalt mildern. Dann stand er auf, öffnete die Tür und trat an den Tisch der Müllerschen. Sie sah durch ihre schlecht geputzte Brille zu ihm auf. Er strich mit dem Zeigefinger über das kühle Metall der Schreibmaschine, die den Brand überlebt hatte, und ließ den Blick beiläufig über den Halbkreis der Typenhebel streifen.

»Frau Müller, haben Sie«, begann er betont langsam, »den Brief gelesen?«

»Leider ja. Zumindest den Anfang habe ich überflogen, dann habe ich verstanden, dieser Brief ist nicht geschäftlich.«

»Bitte sehen Sie mir meine drastische Maßnahme nach, aber ich sehe mich in der Pflicht, alles zu tun, um einen Wunsch zu erfüllen: Wenn jemals auch nur ein Wort über die Existenz oder gar über den Inhalt des Briefes aus diesem Vorzimmer dringt, ganz gleich, zu wem, meine Familie eingeschlossen, werde ich Sie entlassen. Und zwar sofort!« Er tippte auf die Maschine.

Die Augen der Müllerschen hatten sich geweitet, ihr Mund stand offen. »Warum sagen Sie so etwas?«, flüsterte sie nach einem Atemzug.

»Weil es mir ernst ist.«

»Das habe ich verstanden, aber das hätten Sie auch anders deutlich machen können.«

Er seufzte. Wahrscheinlich hatte sie recht: Er war dabei, seine Maßstäbe zu verlieren – was war sinnvoll, was maßlos?

Hedi

Es ist eine Zeit, in der Weichen gestellt werden, die nicht wieder zurückgeschoben werden können. Wenn der Krieg endet, werden die Männer versuchen, uns wieder in unsere Aufgaben zurückzudrängen. Das kann ich euch schon jetzt prophezeien!«

Hedi hielt vor Schreck die Luft an und schlich auf Zehenspitzen an der Wohnstube vorbei, in der die Mutter anscheinend gerade mehrere Freundinnen zu Besuch hatte. Sie wollte jetzt niemanden begrüßen, niemanden sehen. Allein sein wollte sie – mit dem Brief.

Einem weiteren von Hannes.

Sechs Tage hatte sie warten müssen. Am ersten Tag hatte sie sich nicht daran gestört, am zweiten Tag war sie etwas enttäuscht gewesen, und am dritten hatte die Unruhe eingesetzt. Sie war jeden Tag angewachsen und hatte sie mit all dem gequält, was jene, die in der Heimat geblieben waren, fürchteten: die Fantasien, die im Kopf erwuchsen, wenn die Post ausblieb.

»Aber ich glaube, es wird nicht mehr funktionieren, ich glaube, wir Frauen, wir haben uns verändert. Wir müssen mehr fordern, für uns einfordern«, tönte es, während Hedi langsam ihre Zimmertür schloss. Sie warf sich aufs Bett, hielt den Umschlag über sich in die Luft und studierte den Schwung jedes einzelnen Buchstaben. Sie liebte Hannes' Handschrift!

Ungeduldig öffnete sie den Umschlag und entfaltete den Brief:

Meine heißgeliebte Hedi,

noch immer sitze ich in Russland. Noch immer warten wir auf Ablösung, denn ich will endlich meinen Urlaub antreten. Ich will zu Dir. Ich hoffe, Du weißt: In Gedanken bin ich unentwegt bei Dir. In Gedanken schreibe ich Dir noch weit mehr Briefe, als ich es auf Papier schaffe.
Deine Briefe sind Lichtblicke. Wenn ich hier im Graben liege und warte (das machen wir oft – warten auf irgendwas), glaube ich, sie auswendig zu können, so oft lese ich Deine Zeilen. Ich sehe die Welt, die Du ausbreitest, vor mir, und ich erinnere mich daran, wer ich war, bevor ich in diesen Stiefeln steckte.
Du erwähntest letzthin, wie schwer es Dir fällt, zu ertragen, dass manche Frauen ihre Männer bei sich haben. Gräme Dich nicht, oft hat es gute Gründe: Sie verrichten eine Arbeit, die unverzichtbar ist, oder sie sind schwer krank. Gerade auf Letzteres verzichte ich gern. Das hier, das ist irgendwann vorbei, meine wundervolle, liebste Hedi. Und dann wird uns nichts mehr trennen.
Eine besondere Freude war mir das Päckchen, das Du mir zuletzt geschickt hast. Vielen Dank für die Suppenwürfel, sie sind immer schnell gemacht, das hilft. Auch der Tee und die Heftpflaster sind unentbehrlich. Und gestern gab es dank des Zuckers von Dir warmen und süßen Kaffee. Der Fritz, ein Kamerad, hatte den Kaffee, ich den Zucker. Mit einer Kerze haben wir uns die Plörre in der Feldflasche erwärmt, ich sage Dir, manchmal können einfache Dinge so herrlich sein.
Mach Dir keine Sorgen, momentan ist es hier recht ruhig, das Wetter aushaltbar, und auf meinem Strohsack kann ich, wenn ich nicht den Vorposten innehabe, ganz gut schlafen.
Schwer verliebt grüßt und küsst Dich Dein Hannes, der nun das Licht löscht, sich zur Ruhe begibt und von Dir träumt

Berlin, 1918

Hedi

Er schrie.

Wieder einmal.

So laut wie in der Nacht zuvor.

Hedi fuhr in die Höhe, sprang aus dem Bett, in ihre Pantoffeln und lief hinüber in ihr Zimmer, beugte sich über Hannes und rüttelte ihn an der Schulter. Er schlug nach ihr, sie wich ihm aus und blieb schwer atmend in der Dunkelheit stehen.

Mit aufgerissenen Augen sah er sie an.

»Hannes, ich bin es, du hast wieder schlecht geträumt.«

Nun blinzelte er hektisch. »Das tut mir leid«, murmelte er und drehte sich auf die Seite. Für einen Moment starrte Hedi auf seinen Rücken, dann hörte sie die nackten Füße ihrer Mutter über den hölzernen Boden klatschen. »Alles in Ordnung?«

Hedi wandte sich um und verließ mit ihr das Zimmer, ohne die Tür zu schließen. Beide begaben sich wieder ins Schlafzimmer, und Hedi setzte sich auf die Bettkante. Auf die Seite, auf der früher ihr Vater geschlafen hatte. »Wie soll das weitergehen?«, fragte sie.

Hilde ließ auch die Schlafzimmertür offen stehen, so wie sie es sich angewöhnt hatten, seitdem Hannes bei ihnen wohnte. Mit angewinkelten Beinen setzte sich die Mutter neben Hedi und legte den Arm um ihre Schulter. »Du hast ihn wieder, das ist mehr als viele andere Frauen sagen können. Gib ihm Zeit.«

Hedi schluckte. »Jede Nacht schreit er.« Wenn sie ehrlich war, fürchtete sie sich, nachts bei ihm im Zimmer zu sein. Dieser

Mann war ein Fremder. Das schmale Gesicht mit den hohlen Wangen. Die dunklen Augen, einst so glanzvoll, wirkten nur noch mattschwarz, kein verwegenes Nachtschwarz, vielmehr ein bedrohliches Dunkel, düster, sich im stumpfen Blick verlierend. Selbst die Lippen schienen blutleer und trocken. Die dürren Finger, früher feingliedrig wie die eines Pianisten, glichen inzwischen Spinnenbeinen. Ganz zu schweigen von dem halben Bein, das ihm fehlte. Es war ihr schwergefallen, nicht aufzuschreien, als sie das erste Mal den grellweißen Stumpf und die rotfleischigen, wulstigen Narben gesehen hatte.

Er war heimgekehrt.

Ihr Hannes. Und doch ein anderer.

Noch bevor sie eine Ehe hatten führen können, existierte diese nicht mehr. Genau vier Tage und drei Nächte hatten sie als Mann und Frau das Bett teilen können.

»Lass uns schlafen, wir müssen morgen beide früh aufstehen«, flüsterte Hilde und strich ihr noch einmal über den Rücken.

Sie lagen im Dunkel und starrten an die Decke. Hilde griff ihre Hand. Bald hörte Hedi das leise Schnarchen der Mutter.

Doch sie selbst fand keine Ruhe. Ihre Gedanken wanderten weiter. Brav, so wie es der Kaiser wünschte, hatte auch Hannes eine Kriegsanleihe gezeichnet und fünfhundert Mark zur Sparkasse getragen. Wofür? Damit er zusammengeschossen wurde? Aber was um Himmels willen hatte sie gedacht, als er damals aufgebrochen war? Er hatte gesagt, er werde wieder nach Paris fahren, ihr Karten schicken und vielleicht den Sieg mit nach Hause bringen.

Hatte sie das wirklich und wahrhaftig geglaubt?

Hatte er das geglaubt?

Oder hatte er ihr das nur erzählt, um sie in Sicherheit zu wiegen? Und sie nagten am Hungertuch, sie schaffte es kaum, ihn mitzuversorgen. Tausend Kalorien wurden pro Person am Tag noch zugeteilt. Fast nichts gab es mehr, außer Steckrüben. Die gab es in rauen Mengen, gefühlt seit Monaten, immer und immer wieder, als Suppe, als Kotelett, sogar als Kuchen. 90 Gramm Fett, 150 Gramm Fleisch, 2000 Gramm Brot und ein Ei die Woche, vielleicht hatten sich die Mengen auch schon wieder geändert. Hilde stand meistens in den Warteschlangen, mit dem bangen Gefühl, Hannes allein zu lassen. Wenn sie in die kalte Wohnung zurückkehrte – auch Kohlen waren Mangelware –, warf Hilde alles in den Ofen, was sich im Entferntesten verheizen ließ. Wenigstens die Küche wollte sie ein wenig warm bekommen.

Hedi drehte sich auf die Seite und zog die Decke bis zum Kinn hinauf, lauschte in den Flur.

Selbst im Lichtenstein drosselten sie die Heizung und Beleuchtung, die Öffnungszeiten hatten sie längst eingeschränkt. Untergrundbahnen waren unregelmäßig unterwegs, alles, einfach alles war schwieriger geworden.

Sie hörte Hannes den Nachttopf benutzen. Die Decke um die Schultern gelegt, ging sie hinüber.

Zu ihm.

Setzte sich auf die Bettkante und zündete die Kerze an, die Hilde ihm auf den Nachttisch gestellt hatte. Die Flamme zuckte unruhig hin und her. Dann sah Hedi Hannes an. »Sagst du mir, was geschehen ist?«

»Was meinst du?«

»Mit deinem Bein.« Die Luft in ihrem früheren Zimmer war muffig. Der Geruch der Backfischzeiten, in ihrer Erinnerung eine Mischung aus Kuchenduft, Maiglöckchen und sonnengetrockneter Bettwäsche, war verschwunden. Jetzt roch es hier nach Mann, einem ungewaschenen und kranken Mann.

Sein Blick glitt in die Ferne, sofort wurde der Schatten über seinem Gesicht eine Spur dunkler. Hannes schien weit weg zu sein, Angst war nun neben dem Schatten auf seinen Zügen abzulesen. »Es war eines Morgens, irgendein Morgen, ich habe nicht einmal eine Ahnung, welchen Tag wir hatten, weil sie rückblickend ineinanderlaufen. Irgendwie verschwimmen. Nur einzelne Situationen sind da, grell beleuchtet in ihrer Grausamkeit. Jedenfalls gibt es ein unglaubliches Artilleriefeuer, und ich sehe alles vor mir, gestochen scharf, manchmal glaube ich, sogar auf mich hinabschauen zu können, auf das Feld, auf mich, auf die Kameraden. So als wäre ich schon gestorben, während ich dort in einem dieser Gräben hocke: Die Russen, sie brechen hinter unsere Linie, wir sollen sie wieder zurückwerfen, aber es gelingt uns nicht.

Ich werde getroffen.

Unterhalb des Knies.

Ein Durchschuss. Blut spritzt.

Ich will weg. Fliehen. Natürlich stürze ich zu Boden. Es regnet. In meinen Erinnerungen ist es immer kalt und nass, immer rinnt mir Wasser das Gesicht hinab, klebt die Kleidung klamm am Körper. Alles ist voller Schlamm, ich liege im Schlamm. In irgendeinem Geschosstrichter. Keiner meiner Kameraden kann mir helfen. Ein jeder rennt, kriecht, robbt und kämpft um sein Leben. Mir fällt wieder ein, ich habe ein Band in meiner Tasche. Einen Lederriemen für genau solche Fälle, ein Kamerad hatte uns noch unterwiesen, wie wir uns selbst die Gliedmaßen abschnüren, wenn wir getroffen werden. Nun bin also ich dran. Ich lege das Band um mein Bein, und ich kann sie jetzt noch genau zwischen meinen Fingerspitzen spüren, diese ledrige, eher kantige Schnur.« Er hob seine Hände ein Stück in die Höhe, und Hedi glaubte das Lederband zu sehen, das er ihr zeigte. Mit einem Mal ballten sich seine Hände zu Fäusten und rissen voller Wucht an der Schnur, und mit der Bewegung verzerrten sich auch seine Gesichtszüge. »Ich ziehe und zerre und binde das Bein ab. Überall ist Blut, und ich staune, wie viel Blut ich habe. Dann frage ich mich, warum ich so viel Blut verlieren und trotzdem noch handeln kann. Ich spüre keinen Schmerz. Nur diese Kälte. Denn ich liege auf dem Boden, immer noch. Und warte. Alles ist so weit weg. Mein gesamtes Leben, ich weiß, ich werde sterben. Ohne mich verabschieden zu können. Von meiner Ehefrau, von meinen Eltern, meinen Freunden. Von niemandem. Ich werde hier liegen, in diesem Dreck, und verrecken. Und langsam schwinden die Bilder.«

Hedi ließ ihre Hand auf seine sinken, die nun neben ihm lag. Ihn in den Arm zu nehmen, wagte sie nicht. »Ich wusste, dass du schwer verletzt worden bist, aber nicht, dass du beinah gestorben bist.«

Unvermittelt suchte Hannes ihren Blick. »Ich bin gestorben. Genau dort, an diesem Tag. Und manchmal sucht mich mein altes Leben heim, mich, den Wiedergänger.«

Hedi starrte ihn an, setzte an, um etwas zu sagen, nur um überhaupt etwas zu sagen, dem Grauen etwas entgegenzusetzen.

Aber er schnitt ihr mit einem leichten Kopfschütteln das Wort ab. »Ja, falls du gedacht hast, Hannes wäre zurückgekehrt, muss ich dich enttäuschen. Denn als ich die Augen wieder aufschlage, verstehe ich nichts.

Warum bin ich nicht im Himmel?

Dort, wo es hell und warm ist?

Ein Sanitätstrupp, der das Schlachtfeld absucht, hat mich gefunden. Ich liege im Halbdunkel, auf einer harten Pritsche, wieder umgeben von Kälte und nun auch Schmerzen.

Unfassbaren Schmerzen.

Ich hebe den Kopf und sehe zu meinem Bein. Die Hose ist blutdurchtränkt, mit Dreck verkrustet, und trotzdem erkenne ich, wie sehr es geschwollen ist. Irgendwer wird auf mein Geschrei aufmerksam und schneidet meinen Stiefel auf, und ich brülle, wünsche mir, in Ohnmacht zu fallen.

Nein, eigentlich will ich sterben.

So richtig.

Endlich.

Ja, ich verfluche es, am Leben zu sein.

Aber es schert niemanden, was ich will. Denn Mitleid hat keiner. Das kann sich im Feld niemand leisten. Jeder, der dort arbeitet, hat sich abgeschottet, nach innen verkrochen, ist abwesend und macht einer Maschine gleich seine Arbeit.« Kurz sog Hannes die Luft ein und schloss die Augen.

Hedi betrachtete sein Profil, bemerkte kleine Schweißperlen auf seiner Stirn.

»Ich bin nicht der Einzige, der schreit. Hinter dem Vorhang, rechts und links neben mir, werden andere brüllende, wimmernde, röchelnde, würgende, winselnde Männer behandelt, sie geben Geräusche von sich, von denen man nicht einmal erahnen kann, dass ein Mensch sie ausstoßen kann. An den Gesichtern der Männer, die irgendwann erscheinen, um mich zu behandeln, als wäre ich ein Fleischberg in der Auslage des Metzgers, erkenne ich eines: Es sieht nicht gut aus. Erst jetzt begreife ich, dass ich bereits auf einem Operationstisch liege, und irgendeine Karbidfunzel über uns leuchtet spärlich.

Eine Narkose, und als ich erwache, bin ich ein anderer.

Einer, dem ein Stück des Körpers fehlt.

Ein Unvollständiger.

Die Wunde am Bein verheilt, aber ich bin noch woanders getroffen worden. Viel tiefer. Tief innen drin.«

Er schwieg. Dann senkte er den Kopf und starrte auf die Bettdecke. »Ich werde dich verlassen. Sobald es mir möglich ist.«

Hedis Hände begannen zu zittern. »Was meinst du damit? Willst du eine Trennung?«

»Ja, was soll ich sonst wollen?«

»Ach, ich verstehe. Deshalb trägst du deinen Ring nicht mehr.«

Hannes sah erstaunt auf seine Hand. »Nein, ich bin unzumutbar.«

Hedi sog die Luft ein. »Gut, wenn du das meinst, dann müssen wir das so machen. Aber erst, wenn du wieder genesen bist. Jetzt, unter diesen Umständen, bleibt alles, wie es ist.«

»Wer sagt das?«

»Ich, Hannes, ich sage das. Ich bin deine Frau, ich versorge dich, ich erhalte dich, und wenn du meinst, du musst irgendwann gehen, dann mache das.«

»Und ich sage dir: Frage mich niemals wieder, was im Krieg geschehen ist.«

Hedi erhob sich und zog ihren Morgenmantel um sich. Griff nach ihrem Gürtel. Tastete nach ihm und fand ihn nicht.

»Du kannst ihn ruhig wieder anlegen.«

»Wen kann ich anlegen?« Hedi bemerkte, wie lauernd ihre Frage klang.

»Den Gürtel vom Morgenmantel, du kannst ihn anlegen. Und deine Schals oder die von deiner Mutter, du kannst sie wieder herausholen.«

»Woher weißt du …«

»Manchmal ist deine Mutter einkaufen. Oder sie ruht gelegentlich auf der Küchenbank, und sie schläft fest. Auch die Messer habt ihr versteckt. Oder ihr seid der einzige Haushalt Preußens, der nur stumpfe Buttermesser besitzt.« Ein schiefes Lächeln zog über sein Gesicht.

Hedi reckte das Kinn und presste die Lippen aufeinander, damit er deren Zittern nicht sah.

»Keine Sorge, das würde ich Hilde nicht antun.«

»Und mir?«

»Na ja, sie würde mich finden. Das wäre nicht schön.« Kurz fiel sein Blick zum Fenster.

Wut durchzuckte Hedi, heiß und pulsierend wogte sie durch ihren Körper. Sie lief in die Küche, riss die Tür zur Kammer auf, suchte Hammer und Nägel. Rannte in ihr Zimmer und zerrte die Gardinen beiseite.

Hannes setzte sich auf. »Was …? Es ist mitten in der Nacht!«

»Das ist mir doch egal!«, schrie sie. Haare fielen ihr ins Gesicht, sie strich sie beiseite und wandte sich zum Fenster um. Begann, den ersten Nagel in die Fensterbank zu schlagen, dicht vor den Fensterrahmen. Immer wieder schlug sie, bis er fast im Holz verschwand. Hannes sollte keine Chance haben, ihn zu entfernen. »Ich bin deine Frau, und ich werde das nicht zulassen. Niemals!« Noch wütender schlug sie auf den zweiten Nagel ein.

»Was ist hier los?« Hilde stand im Zimmer, Schlaffalten im Gesicht.

»Ich sichere die Fenster.« Der dritte Nagel verschwand im Holz.

»Die Nachbarn ...«

»Pfeif auf die Nachbarn! Für die mache ich das ja. Da müssen sie jetzt durch. Wir wollten doch alle den Krieg, diesen gottverdammten Krieg! Dann kann so ein bisschen Lärm wohl kaum ein Problem sein. Dieses Opfer bringen wir doch auch noch gern, oder?« Hedis Augen waren trocken und brannten heiß, abermals fielen ihr die Haare ins Gesicht. Spucketropfen klebten an der Scheibe. Sie nahm den Hammer und die Kiste mit den Nägeln, sprang auf. »Und du wirst ab heute immer abriegeln, die Haustür meine ich«, fuhr sie im Vorbeigehen die Mutter an. »Und den Schlüssel an dich nehmen, am besten um den Hals tragen. Haben wir uns verstanden?«

Erschrocken wich Hilde aus.

Hedi lief in die Wohnstube. Sah auf die Fenster. Riesig erschien ihr die gläserne Front mit einem Mal. Ihre Schultern zuckten, sie hörte sich schluchzen, spürte die schmerzenden Finger, die den Hammer umklammerten.

Die Tür zum Balkon, mit der würde sie beginnen!

Sie sank auf den Boden und versenkte den ersten Nagel im Parkett. »Ich werde auch kämpfen, das werde ich. Hannes! Um dich, und ich schwöre ...«, ihre Stimme überschlug sich.

Eine Hand.

Auf ihrer Schulter.

Sie hielt inne.

Der Geruch eines ungewaschenen Mannes.

Ihres Mannes.

Der hinter ihr kniete. Seine Arme um sie schlang, das erste Mal, seitdem er zurückgekehrt war.

Hedi fuhr herum, krallte sich an ihm fest, spürte das Kratzen seines Bartes, seine Tränen, sog seinen Geruch auf, fuhr ihm durch die Haare, ertastete dann seinen Rücken, jede einzelne Rippe. Ein knochiger, hagerer Mann. Gebeugt. Zerstört. Jahrtausende alt. Er war so viel weniger geworden. Kurz davor, sich im Nichts aufzulösen.

Aber er war da.

Und sie würde alles daran setzen, dass er blieb.

Ella

Skeptisch blickte Ella die Warteschlange entlang. Nicht nur der Laden war voll, die Leute standen sogar bis weit auf die Straße. Sie fühlte nach ihrer Fettkarte, die sie in der Manteltasche griffbereit hielt. »Das kann dauern«, sagte sie zu Hedi.

Die zuckte mit den Schultern. »Wenn wir Butter wollen, müssen wir warten. Es hilft ja nichts. Aber ich denke, ich schaffe es, die Pausenzeit einzuhalten.«

Ella trat einen Schritt näher an die Freundin heran und senkte die Stimme: »Er hat also mit dir gesprochen?«

Hedi nickte.

»Ja, er hat mir davon erzählt, wie er angeschossen wurde«, antwortete sie ebenso leise. »Es waren – ich kann es dir nicht erklären – so dürre Worte, die mir trotzdem derartige Übelkeit und Angst verursacht haben. Wie muss er sich fühlen? Mit all diesen Bildern, Gefühlen und Erinnerungen? Als ich wieder eingeschlafen bin, habe ich von seinem Bein geträumt, dem amputierten. Es lag in meinem Arm, und irgendein Arzt, der dabei war, den nächsten Mann zu operieren, brüllte mir zu, ich sollte es zu den anderen Gliedmaßen legen. Abgetrennte Hände, Arme, Beine – ein riesiger Berg. Und ich wollte das Bein nicht hergeben.« Hedis Unterlippe zitterte. »Weißt du, was das Schlimme ist?«

Ella starrte eine Frau mit finsterer Miene an, die sich neugierig umwandte. Sie schien die Aufforderung zu verstehen, denn sie drehte sich abrupt um und trat zwei Schritte von ihnen weg. »Nein, ich weiß es nicht.«

»Auf diesem Berg lag noch so vieles andere. Glückliche Zeiten, Liebe, schöne Erinnerungen, kindlicher Übermut, Zärtlichkeit, alberner Leichtsinn – all das, was den Männern ebenfalls entrissen wurde und was sie vielleicht nie wieder finden werden. Ihre alten Leben, zwischen all den Fingern, Füßen, Sehnen und dem Blut.«

»Hör auf, das ist ja grauenvoll!«

»Und Hannes beendete das Gespräch mit der Feststellung, er wolle sich trennen. Und er drohte mir. Ich solle ihn nie wieder fragen, was er im Krieg erlebt hat.«

Ella schüttelte den Kopf. »Da fehlen mir die Worte! Er will dich verlassen?« Es kostete sie Kraft, im Flüsterton zu bleiben und ihre Wut nicht hinauszuschreien.

Hedi wiegte den Kopf hin und her. »Ich glaube, ich kann erahnen, was er meint. Er sieht sich als unzumutbar an. Alles in ihm ist dunkel und schwarz. Es umhüllt ihn, dieses Schwarz, jede Freude ist ihm genommen, sein Körper ist ausgemergelt. Verletzt. Unvollständig.« Kurz schwieg sie und bewegte ihre Hände, dann die Beine. »Wir sind vollständig. Unversehrt. Auch wenn wir inzwischen einiges an Gewicht verloren haben, sind wir doch noch immer wir selbst. Wir konnten ziemlich unbehelligt von allem einfach weiterleben und haben gejammert, weil es kein Fleisch gab oder immer nur Steckrüben. Trotzdem konnten wir lachen, Geburtstage genießen, Weihnachten feiern. Und wir mussten niemanden totschießen, nicht im Dreck kriechen und zusehen, wie neben uns der im Feld gefundene Freund, dein einziger Halt, zerfetzt wird.«

In der Schlange ging es vorwärts. Ella merkte, wie sehr sie fror. Sehnsüchtig schaute sie zur Ladentür, dem hellen Licht dahinter, das Wärme versprach. »Du meinst, Hannes möchte fliehen?«, fragte sie nach einer Weile.

»Ja, vor sich selbst und vor dem Leben, das wir früher hatten. Es ist sein schlimmster Albtraum: das Leben, wie es früher einmal war. Weil der Schmerz, der ihn erfasst, wenn er erwacht und versteht, dass es nur ein Traum war und nichts mehr ist wie früher, ihn in den Wahnsinn treibt. Selbst ich finde die Erinnerung daran inzwischen unerträglich. All unser Glück, das wir nicht zu schätzen wussten, weil wir es für selbstverständlich erachtet haben.«

Ella sah Hedi lange an und fühlte Zärtlichkeit. Fast ein wenig Neid. Weil sie die Bessere von ihnen war. Wenn sie Hedi und sich als ein Ganzes betrachtete, dann war die Freundin das Helle, das Gute und sie selbst das Dunkle, das Verdorbene. »So habe ich das noch nie gesehen. Ich wäre nur wütend. Ich hätte nie gefragt, warum er sich so verhält.«

»Aber nun habe ich viel von Hannes und mir geredet.« Hedi tupfte sich mit dem Taschentuch die Augen. »Wie geht es euch beiden?«

»Du musst doch reden. Dein Mann ist vor Monaten aus dem Krieg zurückgekehrt, und nichts ist mehr, wie es war! Wir haben«, sie zögerte, fast schämte sie sich, es auszusprechen, »so etwas wie Alltag.«

»Bitte, Ella, ich flehe dich an.« Hedis Flüstern war kaum noch zu verstehen, doch ihre ringenden Hände, weiß von der Kälte, sprachen Bände. »Mein erster Gedanke des Tages ist Hannes, und der letzte Gedanke des Tages gehört ebenfalls Hannes. Selbst auf der Arbeit bin ich in Gedanken bei ihm. Du weißt, wie sehr ich ihn liebe. Aber es kann eine Wohltat sein, einmal etwas anderes zu denken, einen Moment aus diesem Elend auszubrechen.« Sie holte ein Taschentuch hervor und schnäuzte sich. »Auch wenn er da ist und ich dankbar sein sollte, bin ich einsam. Und ich habe Angst. So gottverdammt entsetzliche Angst vor allem, was kommt. Jeden Abend fürchte ich mich, nach Hause zu gehen. Meine Mutter kann nicht unentwegt um ihn herum sein. Was ist, wenn er allein ist und sich etwas antut? Ich habe alles versteckt. Bänder, Tücher, Messer, sogar die Fenster zugenagelt, aber was ist, wenn das nichts hilft? Wenn er es nicht schafft? Hierzubleiben?«

»Würde es helfen, wenn ich Hilde entlaste und hin und wieder vormittags vorbeischaue? Dann kann sie mal raus.«

»Würdest du das tun?«

Wo um Himmels willen sind wir gelandet? Worüber reden wir beim Butterkauf?, fragte Ella sich. Was für Leben führen wir eigentlich allesamt? »Für dich würde ich alles tun!«, sagte sie, während sie die Tür aufhielt und Hedi in den Laden trat. Wärme schlug ihnen entgegen, und Ella ahnte, dass die Freundin keine Ahnung hatte, wie ernst sie es meinte.

Jacob

Jacob fühlte sich wie ein Eindringling, der fremdes Terrain betrat, eines, auf dem er nichts, aber auch gar nichts zu suchen hatte. Doch Helenes Karte war unmissverständlich gewesen: Sie hatte das Palmenhaus von Wertheim am Leipziger Platz gezeigt. Neben das Bild hatte sie geschrieben, neue Palmenarten seien gepflanzt worden. Ob er vorbeikommen und sie in Augenschein nehmen wolle, um welche für das Lichtenstein zu erwerben? Unterschrieben hatte sie diese Einladung mit Jan Mühlhauser. Der Name eines vermeintlichen Mitschülers, den Jacob erfunden hatte, damit die Neugier der Müllerschen nicht geweckt wurde, wenn von Zeit zu Zeit Post von Helene einging.

Ein Kassenmädchen eilte an ihm vorbei, mehrere Kleider über dem Arm. Interessiert schaute Jacob auf den Stoff. Jersey, sehr weich fallend. Gute Qualität. Während er weiterlief, sah er sich wieder um. Was würden die Wertheim-Brüder denken, wenn sie ihn hier anträfen? Er konnte nur hoffen, in dem Gewühl nicht über einen von ihnen zu stolpern.

Er erreichte den Lichthof, der durch gläserne Wände vom Verkaufsraum abgetrennt war. Als er die Tür hinter sich schloss, atmete er tief ein. Hier war es wesentlich ruhiger, nichts wurde verkauft. Es war ein Ort, an dem Kundinnen und Kunden sich erholen sollten. Unterschiedliche Palmenarten neigten sich ihm entgegen, auch die Luft war eine andere. Sie war wärmer und feuchter, durchsetzt mit einem leicht erdigen Geruch. Beeindruckt sah er in die Höhe. Das gläserne Pultdach war ungewöhnlich. Jacob sagte die zu einer Seite abfallende Fläche nicht zu, aber er musste anerkennen, dass die Brüder auch architektonisch das eine oder andere gewagt hatten. Selbst wenn er jemals wieder den Anbau vorantreiben könnte, wäre es ihm unmöglich, sich einen derartigen Luxus zu leisten.

Langsam schlenderte er weiter. Hier und da waren Statuen oder Kandelaber neben sich in die Höhe windenden Säulen dekoriert, ein Springbrunnen plätscherte leise vor sich hin. Jacob konnte sich nicht sattsehen. Doch in diesem Zauber fehlte sie – seine Helene. Ob etwas dazwischengekommen war? Er spähte in die Nischen, in denen Marmorbänke einluden, einen Augenblick zu verweilen. Auf einer der letzten, besonders gut verborgenen Bänke fand er sie.

Endlich.

Die Hände im Schoß gefaltet, einen großkrempigen Hut ins Gesicht gezogen. Zu gern hätte er sich vorgebeugt, sie geküsst, doch er wagte es nicht. »Es ist schön, dich zu sehen«, sagte er mit gedämpfter Stimme, während er sich neben Helene setzte.

»Wir haben leider nicht viel Zeit. Unser Dienstmädchen erledigt diverse Einkäufe, ich habe eine lange Liste geschrieben, mit vielen Kleinigkeiten. Als wir ankamen, habe ich behauptet, ich würde mich nicht wohlfühlen, und sie gefragt, ob es in Ordnung wäre, wenn ich mir ein Buch aus der Leihbibliothek hole und mich damit zurückziehe. Wir haben uns später im Restaurant verabredet, in vierzig Minuten muss ich drüben sein. Ich glaube, sie freut sich sehr, dass ich sie zu Kuchen und Kaffee einladen möchte.«

Noch einmal sah Jacob sich um. »Nun gut, dann wollen wir hoffen, dass sie sich daran hält und im Restaurant erscheint, ohne sich zuvor nach deinem Befinden erkundigen zu wollen.«

»Natürlich nicht, sie hat die einmalige Gelegenheit, während der Arbeit durchs Warenhaus zu bummeln. Selbst wenn sie früher fertig werden sollte, wird sie sich das nicht entgehen lassen.«

»Ach, deshalb der Vorschlag, sich hier zu treffen«, lachte Jacob. »Jetzt verstehe ich, warum du mich zur Konkurrenz schleppst.«

»Es tut mir fast leid, aber eben nur fast«, sagte Helene, »doch man muss die Feste feiern, wie sie fallen.« Sie nestelte an ihrem Armband herum und runzelte unvermittelt die Stirn. »Du hast letzthin gesagt, du würdest mich ernsthaft heiraten wollen?«

»Ja, das sage ich dir seit drei Jahren, oder ist es noch länger? Ich würde alles darum geben, bei deinem Vater vorstellig werden zu dürfen.«

»Ich habe immer gezögert, weil … Also, ich habe Sorge, er könnte sich dagegen aussprechen. Noch könnte alles geschehen, wie ich es mir erträume, aber was machen wir, wenn mein Vater sich dagegenstellt?«

Jacob sah in die Palmenkronen hinauf. »Dann brennen wir durch, in die Kolonien.«

»Das ist der Grund, warum ich so lange nicht glauben wollte, du könntest es ernst meinen. Bei dir wirkt das immer wie eine Tändelei. Bitte, ich habe wirklich Angst davor.«

»Es scheint, dass du mich nicht ernst nimmst.« Er strich mit seinem Blick sanft über ihr Profil, das ihm perfekt erschien. Ein Gleichmaß, das er selten bei anderen Menschen wahrgenommen hatte. Die Augen im Blau von Vergissmeinnichtblüten, das Haar kastanienfarben. Und ihr Name: Helene Rachel Antoinette Schrader. Musik in seinen Ohren. Genau wie ihre Stimme. »Wovor hast du Angst, warum sollte dein Vater das tun?«, fragte er. »Du hast mir erzählt, er möchte dich glücklich sehen.«

»Du bist ein Christ.«

»In den Erzählungen habe ich deine Eltern nie als sehr gläubig erlebt. Und auch in beruflichen Zusammenhängen, wenn dein Vater irgendwo in den Zeitungen erscheint, du weißt, wenn er sich zur Börse äußert oder Ähnliches, dann spielt sein Glaube nie eine große Rolle. Genau genommen gar keine.«

»Ja, aber letzthin hat er einen jungen Herrn aus der Bank eingeladen, die seine geschäftlichen Konten betreut. Und der war Jude.«

»Oh! Und du meinst, dieser Besuch galt dir?«

»Ja, ich habe dieses Ansinnen meines Vaters weit von mir gewiesen. Der Herr war freundlich, aber er erschien ohne Vorankündigung. So durch die kalte Küche, es war grässlich. Ich habe danach zwei Tage nicht mit meinem Vater geredet, aber das ist auch keine Lösung.« Sie sah auf und ihm direkt in die Augen. »Er macht ernst. Ich kann mir mein Zögern nicht länger leisten. Ich wollte es dich wissen lassen. Du bist der wunderbarste Mann, den ich kenne, und du bist ein guter Geschäftsmann. Ich hoffe, mein Vater erkennt beides an und kann über deinen Glauben hinwegsehen.«

Der Moment, auf den er so lange gewartet hatte, war eingetreten: Helene gestattete es ihm, sich an ihren Vater zu wenden. Jacob hielt den Atem an. Wie oft hatte er davon geträumt, und trotzdem wusste er nicht, was er nun sagen sollte. Nach einem tiefen Atemzug fragte er leise: »Und was möchtest du mir jetzt damit sagen?«

»Wenn du einverstanden bist, würde ich meiner Mutter von dir erzählen, ich glaube, sie würde sich sehr freuen. Sie, oder vielmehr mein Vater, wird dann hoffentlich eine Einladung aussprechen, damit du bei uns abends zu Tisch erscheinst und meine Eltern dich kennenlernen können. Möchtest du das?«

Jacobs Herz schien sich einmal um sich selbst zu drehen. Am liebsten hätte er Helene an sich gerissen, sie hochgehoben, um hier, unter Palmen, mit ihr zu tanzen. Zu einer Musik, die nur sie beide zu hören vermochten. Doch er begnügte sich damit, noch näher zu rücken und ihren Arm an seinem zu spüren. »Es gibt wirklich nichts, was ich mir sehnlicher wünsche«, flüsterte er. »Ich hätte es nie für möglich gehalten, aber so ist es.« Beide lauschten sie dem leisen Plätschern des Springbrunnens. So musste das Paradies ausgesehen haben, dachte Jacob. Eindeutig.

Ella

Ich bin dir dankbar, dass du uns hilfst«, sagte Hilde und knöpfte sich den Mantel zu. »Meinst du, das klappt wirklich?«

Ella hätte fast die Augen verdreht. Stattdessen legte sie die Hand auf Hildes Arm und schob sie in Richtung Tür. »Ja, natürlich. Hannes und ich, wir kennen uns doch.«

Kurz blieb Hilde stehen. »Ich beeile mich!«

»Das ist nicht nötig!« Nachdem Ella die Tür verriegelt hatte, legte sie das Band, an dem der Schlüssel hing, um ihren Hals. Sie blieb stehen und atmete tief durch. Ein beklemmendes Gefühl, sich in einer Wohnung zu befinden, deren Fenster zugenagelt waren und deren Tür unentwegt verschlossen blieb.

Zaudern gilt nicht!, dachte sie, schob die Ärmel hoch und marschierte in Hedis früheres Zimmer. Kurz sah sie sich um und beschloss, auf einem Stuhl, der vor einem Sekretär stand, Platz zu nehmen. »Guten Morgen, Hannes!«, sagte sie.

Er drehte sich kurz zu ihr um. Sein Blick schien zu sagen: Hau ab!

»Wir haben uns lange nicht mehr gesehen. Und ich weiß noch nicht genau, wie wir die kommenden Stunden verbringen. Wollen wir uns unterhalten? Vielleicht Karten spielen?«

Hannes rollte sich wieder auf die Seite und starrte zur Wand.

»Das habe ich befürchtet.« Ella seufzte. »Schon auf dem Weg hierher habe ich überlegt, was ich dann mache. Ich glaube, ich möchte dir erst einmal sagen, wie sehr es mich freut, dass wir deinen Namen nicht auf einer der zahllosen Verlustlisten entdecken mussten. Für dich scheint das im Moment kein Trost zu sein, aber ich bin mir sicher: Die Zeiten werden sich ändern. Und dann wirst auch du wieder im Leben stehen, halt auf einem Bein.«

Kurz wartete Ella ab, ob er auf ihre Respektlosigkeit reagierte. Nichts geschah. »Hannes, als Vorwarnung: Ich bin kein Mensch für großes Mitleid. Man muss das Leben nehmen, wie es ist, und das Beste daraus machen. Und wir müssen schon jetzt darüber nachdenken, wie es weitergeht. Der Krieg wird bald enden.«

Hannes schnaufte kurz auf.

»Oh, du hörst zu, das freut mich. Mit dem Kriegsende bin ich mir sicher: Da laufen jetzt die Verhandlungen, die Russen haben seit ihrer Revolution andere Sorgen. Dann wird nur noch an der Westfront gekämpft. Aber wie lange? Was denkst du? Irgendwann haben wir doch gar keine Männer mehr, die wir ins Feld schicken können. Ein Freund von einem Freund erzählte, die Oberste Heeresleitung würde gerade die Frühjahrsoffensive vorbereiten. Das soll ein großes Geheimnis sein, aber dann frage ich mich, warum sogar ich davon weiß. Und was ist das überhaupt für ein Wort? Frühjahrsoffensive? Als würden sie neueste Kleider in einer Reklame feilbieten. Wie auch immer … Da werden also wieder Soldaten zusammengekratzt und in den Krieg gehetzt. Aber die werten Herren, die das planen, in einem gut geheizten Zimmer, eine Tasse Kaffee oder Tee in der Hand, die werden sich nicht dahin stellen, an die Front, in den Schlamm, und sich zusammenschießen lassen. Hindenburg, Ludendorff und wie sie alle heißen.«

Kurz betrachtete Ella Hannes' Hinterkopf. Die Haare brauchten dringend eine Bürste. Doch das war mitnichten ihre Aufgabe. »Gut, wenn dich das Thema nicht interessiert, möchte ich dir noch etwas sagen«, fuhr sie fort. »Vielleicht hätte ich es dir nie erzählt, wenn wir jetzt nicht hier so lange alleine wären und die Zeit dazu hätten. Aber ich habe es dir übel genommen, dass du Hedi in einer Nottrauung zu deiner Frau gemacht hast. Sie ist eine, die hätte eine Hochzeit wie im Märchenbuch verdient. Und ich bin eine Frau, die es verdient hätte, im Aufgebot dabei zu sein. Aber nun gut. Dann kann ich ja wenigstens Patin eures ersten Kindes werden.«

Abermals wartete sie kurz ab, doch auch dieses Mal reagierte Hannes nicht. Er zog die Decke ein Stück höher, und das war es.

»In den Zeitungen schreiben sie heute, in Wien würden bereits Proteste gegen die Herabsetzung der Mehlquote laufen. Ich sage dir, das sind die Wiener! Du kannst ihnen alles nehmen, aber nicht das Essen, nicht das Mehl. Und nicht den Kaffee. Da lacht mein österreichisches Herz. Irgendwann möchte ich mit Gustav dort hinfahren, ich möchte ihm diese Stadt zeigen. Ja, meine Eltern wird er vermutlich nicht kennenlernen. Sie reden nicht mit mir. Das wundert dich sicherlich nicht, oder?« Sie lachte auf. »Aber gut, man kann nicht alles haben.«

Für einen Moment sah Ella nun Alberts Gesicht vor sich. Ob er inzwischen in Wien angekommen war, ob er immer noch im Krieg war, ob er vielleicht gar nicht mehr lebte und sie ihn auf den Verlustlisten nur nicht entdeckt hatte?

Sie schob den Gedanken beiseite. »Wo war ich stehen geblieben? Ach ja, Wien! Stell dir vor, die Theater werden nicht mehr bespielt, in der Hofoper haben sie sogar das Publikum nach Hause geschickt. Ein unglaublicher Vorgang! Aber ich sage dir, es ist vieles in Bewegung, und irgendwann machen wir da weiter, wo wir aufgehört haben. Es gibt da noch einige Kleider, die genäht werden wollen. Weißt du was? Jetzt verschone ich dich ein paar Minuten. Ich hole mir einen Eimer, ein paar Scheuerlappen, und während ich mit dir plaudere, mache ich ein bisschen sauber. Wie früher. Wusstest du, dass ich hier mal geputzt habe? Jetzt weißt du es, aber behalte es für dich!«

Als Ella ins Zimmer zurückkam und auf das schwappende Wasser sah, fuhr sie fort: »Am Rhein gab es ein Hochwasser. Das ist doch in all dem Elend noch die Krönung, oder? Der Krieg, der Hunger, und dann ist plötzlich alles weggespült. Der Kaiser hat Geld gespendet. Mir tun die Leute leid, das ist furchtbar. Hmm, also, du hörst es ja – ein wenig Mitleid regt sich doch dann und wann in mir. Hannes, ich sage es dir: Uns geht es gut. Zumindest relativ.«

Sie ging auf die Knie, wrang den Lappen aus und klatschte ihn auf die Dielen. Als sie sich vorbeugte, um zum Wischen anzusetzen, entdeckte sie unter dem Bett Hannes' Stelze. Neugierig zog sie das hölzerne Ding hervor. »Oh, das sieht unbequem aus. Wie machst du das fest? Ich nehme an, im Lazarett zeigen sie einem, wie man damit läuft?«

Jetzt schoss Hannes in die Höhe, das Gesicht verzerrt. »Was fällt dir ein?«, brüllte er auf. Er beugte sich vor, entriss ihr die Stelze, schob sie unter die Decke und warf sich wieder auf die Seite.

»Oh, du redest. Wir machen Fortschritte!« Ella spürte ihr Herz klopfen, seine heftige Reaktion, auch wenn sie verständlich war, hatte sie erschreckt. »Entschuldige, da bin ich zu weit gegangen. Übrigens, in der Luisenstraße gibt es Kunstbeine. Ich habe eine Reklame gesehen. Das machte einen guten Eindruck, das Ding.«

Um sich selbst zu beruhigen, zog sie den Lappen nun in gleichmäßigen Bewegungen über den Boden. »Gustav war auch im Feld, aber nur kurz. Er hatte eine Blinddarmentzündung, musste operiert werden, und die Narbe heilt nicht gut. Aber das willst du wahrscheinlich gar nicht wissen.«

Ella schob den Stuhl vor dem Sekretär beiseite und wischte auch hier jeden Winkel. »Und ich arbeite. Eine Weile waren die Theater geschlossen, aber inzwischen bin ich im Lustspielhaus in der Friedrichstraße. Vielleicht fragst du dich, warum ich ausgerechnet dort ein Engagement angenommen habe. Ich kann es dir verraten: Heinrich Bolten-Baeckers ist der Direktor, ich weiß nicht, ob du den Namen schon mal gehört hast? Das ist der, der das Lied *Berliner Luft* getextet hat. Und mit Heinrich lässt es sich ganz gut auskommen, da kann ich sogar ein Stück wie *Die blonden Mädels vom Lindenhof* ertragen. Ich bin eingesprungen für eine kranke Kollegin. Was die Arbeit aber spannend macht, ist das Gebäude: Dort sitzen viele Filmfirmen. Auch der Heinrich hat schon gedreht, zum Beispiel mit Henny Porten. Im Film liegt die Zukunft, auch da bin ich sicher. Deshalb hoffe ich sehr darauf, auf diesem Weg einen Fuß in die Tür zu bekommen.«

Ella fuhr sich mit dem Unterarm übers Gesicht, erhob sich und nahm den Eimer. »Hannes, ich habe beschlossen, mich von deinem Schweigen nicht abschrecken zu lassen. Ich werde reden. So lange, bis dir die Ohren schmerzen und du mich bittest, ruhig zu sein. Und wenn du das nicht tust, mache ich weiter, immer weiter. Es gibt unendlich viel, was ich dir erzählen kann, und unterschätze mich nicht: Es ist meine Aufgabe, Menschen zu unterhalten, stundenlang, ohne Antwort zu erwarten. Das nächste Mal bringe ich mein Textbuch mit, dann kann ich dir das Stück vorlesen. Aber jetzt wische ich mal im Flur weiter. Hedi und Hilde werden sich freuen.« Sie verließ das Zimmer. »Verdammt, jetzt habe ich das Lied im Ohr.« Lautstark begann sie zu singen:

»Ja, ja, ja, das ist die Berliner Luft, Luft, Luft,
so mit ihrem holden Duft, Duft, Duft,
wo nur selten was verpufft, pufft, pufft,
in dem Duft, Duft, Duft
dieser Luft, Luft, Luft …«

Hedi

Hilde hatte die Haare zu einem Knoten gebunden. Sie war blass und ihre Schürze fleckig. Ohne Hedi zu begrüßen, begann sie sofort, auf sie einzureden. »Er ist heute wieder nicht aufgestanden, ich weiß nicht mehr, was ich tun soll. Er ist entsetzlich störrisch.«

»Hat er gegessen?«

»Ja, ein wenig. Aber er wäscht sich weiterhin nicht.«

»Keine Sorge, ich helfe ihm nachher.«

»Wir müssen etwas ändern. Das Lüften ist jetzt schwierig, seitdem du alles zugenagelt hast. Ich komme ja kaum an die Oberlichter der Fenster, ich ersticke noch. Und gleichzeitig erfriere ich. Die Kohlen sind fast alle, es ist bitterkalt in der Wohnung. Ich kann doch nicht den ganzen Tag im Mantel herumsitzen und lauschen, was nebenan geschieht.«

So konnte es nicht weitergehen.

Trotz Ellas Unterstützung war die Mutter an ihren Grenzen angekommen. Wieder verspürte Hedi unbändige Wut, doch dieses Mal nicht auf Hannes und auch nicht auf ihre Mutter.

Vielmehr aufs Leben.

Weil es so war, wie es war.

Sie durfte es so nicht weiterlaufen lassen, dieses Leben. Sie musste es wieder in die Hand nehmen. Eines war klar: Sie konnte nicht weiterhin einen erwachsenen Mann in Hildes Obhut zurücklassen.

Hedi schleuderte den Mantel auf einen der Küchenstühle und spürte umgehend die Kälte. Sie zögerte und zerrte dann doch an den Handschuhen, warf sie auf den Tisch.

Die Schuhe behielt sie an.

Sie brauchte jetzt einen festen Stand.

Energisch wusch sie sich die Hände, füllte die Waschschüssel mit Wasser und warf einen Lappen hinein. »Danke, Maman!«, sagte sie.

»Ich setze uns einen Tee auf.«

»Tee, du hast Tee bekommen?«

Hilde nickte. »Ein paar getrocknete Kamillenblüten von unserer Nachbarin, Frau Szymanek. Die aus der Apotheke. Sie hat von Hannes gehört.«

Hedi nickte, trug die Schüssel in ihr Zimmer, zog die Gardinen beiseite und öffnete trotz der Kälte das Fenster – soweit die Nägel es zuließen. Einen Moment blieb sie stehen, schaute in den Hof, den dunklen Himmel. Vereinzelte Schneeflocken tanzten durch die Luft, eine sank auf die Fensterbank. Für wenige Sekunden offenbarte die Flocke ihre kristallene, hauchzarte Sternform, um sich am Ende ihres Weges in einen glänzenden Wassertropfen zu verwandeln. Ohne den Blick vom Wassertropfen zu nehmen, krempelte Hedi ihre Blusenärmel in die Höhe. Dann trat sie neben das Bett und half Hannes, sich aufzurichten.

Heute sah er wieder fremd aus. Abwesend. Und abweisend.

Sie war durchaus in der Lage, ihn zu waschen, ihm Essen hinzustellen, aber eine Rasur bekam sie nicht hin. Und so stand in seinem Gesicht ein fusseliger Bart. Einer, der ihn noch fremder, fast wild wirken ließ.

»Hannes, ich muss mit dir reden.« Sie klang strenger als beabsichtigt. »Du wirst dich jetzt waschen, und ich werde dir das Rasierzeug hinstellen.«

»Das deines Vaters?«

»Anderes habe ich nicht. Währenddessen werde ich deinen Anzug ausbürsten und über Nacht zum Lüften ans Fenster hängen.«

»Meine Sachen sind hier?«

»Ich habe das Wichtigste von deinen Eltern abgeholt. Das ist schon lange her, ich habe es dir erzählt.«

»Kann sein. Wie geht es ihnen?«

»Das war im Spätsommer, als du nach Hause kamst. Da sind sie nach Trebbin gefahren. Dort habt ihr irgendwelche Verwandte.«

»Meine Tante.«

Nicht einmal seine Familie habe ich richtig kennengelernt, so schnell kam der Krieg in unser Leben, dachte Hedi. »Ja, genau, deine Tante – sie scheint Hilfe zu brauchen. Ich habe deiner Mutter versichert, dass du bei uns gut versorgt bist, und ich schreibe ihr dann und wann, damit sie weiß, wie es dir geht.«

»Soll ich gehen? Nach Trebbin? Wenn ich fertig bin?«

»Ja, du sollst gehen.« Sie lächelte. »Morgen, mit mir. Zur Arbeit.«

Hannes lehnte sich entsetzt zurück. »Wie bitte? Ich kann nicht arbeiten, wie stellst du dir das vor? Ich kann mich nicht konzentrieren, in meinem Kopf ist nur Grau, alles ist grau, wie soll ich …«

»Wir werden aus dem Salon«, fiel Hedi ihm ins Wort, »einen der Stühle holen, sie stauben eh nur vor sich hin. Dann kannst du dich zu uns gesellen oder in eine der damals geplanten Abteilungen setzen. Du glaubst gar nicht, wie viele leer stehende Räume wir haben, weil Personal fehlt. Dort kannst du die Zeit verbringen, bis wir abends wieder nach Hause fahren.«

»Ich weiß nicht, ob ich es so weit schaffe.«

»Du wirst es schaffen.«

»Ich will das nicht.«

»Du kommt mit und fertig!«

»Wie sehr du dich verändert hast.« Hannes musterte sie wie eine Frau, die er noch nie gesehen hatte.

»Vielleicht hättest du länger darüber nachdenken sollen, wen du heiratest. So ist das manchmal mit den Wünschen: Nicht alle erfüllen sich, wie wir es uns erhoffen.«

Thea

Schon als sie die Küche betrat, sah sie es. Und zwar sofort. Sie konnte nicht sagen, woran es lag.

Vielleicht an den halb zugezogenen Gardinen. Sie tauchten die Küche in ein Dämmerlicht, welches das Nähen unmöglich machte.

Vielleicht war es die Stille, das fehlende Surren der Nähmaschine.

Vielleicht waren es die Hände der Mutter, die untätig auf dem Tisch ruhten, die hängenden Schultern, der abgesenkte Kopf und der in sich gekehrte Blick.

Noch bevor Thea die Mutter erreichte, liefen ihr die Tränen das Gesicht hinab. »Nein!«, flüsterte sie. Immer wieder: »Nein!«

Vor der Mutter lag ein Schreiben, zerrissen in kleinste Stücke. »Doch, mein Kind, so leid es mir tut«, sagte sie und fegte die Papierfetzen vom Tisch. »Dein Vater ist an einer Krankheit gestorben. Verstehst du? Da überlebt der Rudolf das Schlachtfeld, wird sogar, wie er uns schrieb, in Gefangenschaft ordentlich behandelt, und dann das – Typhus. Er ist einfach weg, wegen so einem Scheißdurchfall.« Dann schrie sie, einen schrillen, schier endlosen Ton, der irgendwann in ein Greinen überging. »Das ist nicht gerecht, ich will ihn zurück.«

Den Blick zur Decke gerichtet, blieb Thea stocksteif stehen. Sah Spinnweben, die sich leicht in einem nicht spürbaren Luftzug bewegten. Dorthin, an die Decke, hatte sie geschaut, als ihr Vater die flammende Rede gehalten hatte: darüber, etwas wert zu sein, Preußen und dem Kaiser etwas zurückgeben zu können. Sie hatte gekichert an diesem Tag, seine übertriebenen Gesten belächelt. Immerhin hatte sie ihm noch die Taschenlaterne geschenkt. Er hatte verstanden, was sie ihm damit hatte sagen wollen.

Nun war er tot.

Sie spürte, wie es ihr den Brustkorb zuschnürte. »Wo sind Lenchen und Gerd?«

»Sie sind Milch holen, ich habe sie weggeschickt. Habe es geahnt. Sage mir: Wie wird es jetzt weitergehen?«

Thea schlang die Arme um ihre Mutter und presste das Gesicht an deren Hals, sog den Geruch der verschwitzten Haut ein. »Ich weiß es nicht! Ich weiß überhaupt nichts. Wahrscheinlich wie bei all den anderen: einfach so, als wäre er nie da gewesen.« Dann löste sie sich von der Mutter, sank auf die Knie und sammelte die auf dem Küchenboden verstreuten Schnipsel ein. Den letzten Nachweis, dass es ihren Vater gegeben hatte. Bis ihnen der allerletzte Nachweis, der Totenschein, zugeschickt wurde.

Hedi

Sie hatte ihn überfordert. Ganz ohne Frage. Hannes' Gesicht war bei jedem Schritt vom Schmerz verzogen, auf der Stirn glänzten Schweißperlen, und er zitterte vor Anstrengung. Hedis Angebot, ihn ein wenig zu stützen, hatte er von sich gewiesen. Erleichtert sah sie das Lichtenstein in ihrem Blickfeld auftauchen. Kurz hoffte sie, der Anblick würde bei Hannes eine Reaktion auslösen, ein kurzes Lächeln oder irgendeinen anderen Ausdruck der Freude, und ihm ein wenig Kraft geben.

Doch je näher sie dem Gebäude kamen, umso schleppender wurde sein Gang. Hedi beschloss, von ihrem Vorhaben abzusehen, das Lichtenstein über den Haupteingang zu betreten. Schweigend führte sie Hannes durch die Hofeinfahrt mit ihrer geschwungenen Gewölbedecke, und auch er schien erleichtert, keine Lieferanten anzutreffen.

»Gibt es den Salon noch?«

Sie waren so früh dran, dass noch nicht einmal der Personaleinlass besetzt war. Hedi nickte und hielt Hannes die Tür auf.

»Stimmt, du hast gesagt, dort würden die Stühle einstauben.«

Immerhin, dachte sie. Er hörte ihr zu, auch wenn er oft unbeteiligt wirkte.

»Ich bleibe dort.«

»Du möchtest den ganzen Tag im Salon sitzen? Er ist nicht geheizt.«

»Das stört mich nicht.«

»Momentan wird der Salon nicht benötigt.« Kurz sah Hedi die

Bilder vom Modetee, der Nachhall einer, wie ihr schien, längst vergangenen Zeit. »Er ist ein Abstellraum geworden. Wenn es für dich gut ist, zwischen all dem Kram zu sitzen, kannst du das sicher machen.«

Hannes zog den Hut ins Gesicht, die Schultern in die Höhe und verschwand am ersten Treppenabsatz.

Hedi blieb allein zurück.

Er wollte niemanden sehen, niemanden begrüßen. Nicht reden. Sich verstecken.

Sie ging ihm nach. Hannes hatte bereits einen der Stühle ans Fenster gezogen, saß im Mantel, den Arm auf dem Fensterbrett abgelegt, und starrte auf die Straße, vermutlich ohne irgendetwas zu sehen. Leise schloss sie die Tür und ging schweren Herzens ins obere Stockwerk.

Thea faltete einen Schnittbogen auseinander, als Hedi eintrat. Sie ließ ihn raschelnd auf den Tisch sinken. »Und – hast du ihn mitgebracht?«

»Ja. Du bist aber früh da.«

Den Blick aufs Papier gerichtet, fragte Thea: »Wo ist er?«

»Im Salon.«

»Dort ist es kalt. Sollte er nicht bei uns sitzen?«

»Er möchte nicht.« Hedi betrachtete Thea. Ihre Augen wirkten verquollen, die Nase rot, die Oberlippe wund. »Bist du erkältet?«

»Nein! Meinst du, ich kann nachher mal hingehen und ihn begrüßen?«

»Versuche es halt.« Wahllos zog Hedi einen Stapel Stoffmuster zu sich heran.

»Gut, dann lass uns anfangen. Das lenkt ab.«

»Mit dem Stoff hat der Meuser mal irgendwas genäht«, sagte Hedi und ließ den Finger über einen schwarzen Brokat streichen. »Er war letzthin auf Fronturlaub, richtig?«

»Ja, und Ludwig auch.«

»Wie ist es bei euch zu Hause?«

Thea ließ abrupt die Schere fallen und verbarg ihr Gesicht in den Händen. Ihre Schultern zuckten.

Hedi sprang auf, eilte zu ihr und nahm sie in den Arm. »Dein Vater?«

Thea klammerte sich an ihr fest. Zitterte und schluchzte. Das Nicken war kaum spürbar.

»Ist er …«

Wieder ein Nicken.

Hedi schloss die Freundin, so fest es ihr möglich war, in die Arme und weinte mit ihr. Irgendwann hörten sie die Tür. Cilly erschien, sie erfasste die Situation, nickte nur und nahm an der Nähmaschine Platz.

Thea schob Hedi von sich. »Meine Mutter ist stark. Drei Kinder sind kein Pappenstiel.«

»Hat sie überhaupt Arbeit?«

»Seit Meuser an der Front ist, trägt sie Zeitungen aus. Wir werden Unterstützung bekommen, und dann ist da ja auch mein Geld. Wir kommen zurecht. Glaube ich …«

»Willst du nach Hause gehen?«

»Hier ist es besser. Meine Mutter muss Zeitungen austragen, die Kinder hat sie in die Schule gebracht. Was soll ich allein zu Hause.«

Beide sahen sie schweigend auf den Tisch. Die Arbeit wartete – nadelfertige Stoffe in Steingrau, Schwarz und Bombenbraun. Auch wenn sich die Modewelt längst von diesem Namen verabschiedet hatte, wusste Hedi, sie würde den Farbton nie wieder anschauen können, ohne an Krieg zu denken. Wenn er jemals enden und wieder alles gut werden würde, wenn es jemals wieder Frieden, Ruhe und Glück gäbe, schwor sie sich, dann würde sie kein Braun mehr tragen.

Nie wieder.

Jacob

Hedi rutschte auf dem Stuhl umher und wich seinem Blick aus.

Jacob blieb unerbittlich. »Es stimmt also: Du hast Hannes mitgebracht, hierher, ins Lichtenstein?«

Nun sah sie konzentriert auf ihre Hände, die über die Zeichnung fuhren und imaginäre Fusseln vom Tisch wischten, um dann den Stift gerade neben den Blattrand zu legen.

»Und das machst du schon seit zwei Wochen?«

»Fast drei, aber er sitzt nur im Salon.« Sie hob den Kopf, hastig tasteten ihre Augen über sein Gesicht, als wollte sie ermessen, wie er reagierte. »Er macht keinen Aufwand. Ich weiß nicht, wie ich es sagen soll, aber …«

»Es geht nicht darum, ob er Aufwand verursacht oder Kosten oder sonst irgendetwas. Hast du vielleicht mal darüber nachgedacht, ob ich ihn gerne sehen würde? Dass ich mich freuen könnte, ihn willkommen zu heißen? Was soll er denken, wenn ich es nicht einmal für nötig erachte, bei ihm vorbeizuschauen?« Jacob atmete tief durch. Sie konnte nichts vom Ring wissen, den er samt dem dazugehörigen Brief in Sicherheit gebracht hatte. Sie konnte nichts von seiner Entlassungsdrohung wissen, für die ihn die Müllersche wochenlang mit einem aufs Minimum reduzierten Austausch abgestraft hatte.

»Ich habe mich nicht getraut.«

»Was hast du dich nicht getraut?«

»Es Ihnen zu sagen. Es ist nicht … Er ist nicht der Hannes, den

Sie kennen. Er mag niemanden sehen, er redet kaum, er ist reizbar und abweisend.«

Jacobs Schultern sackten herab. »So schlimm?«

Das Nicken war erneut kaum wahrnehmbar.

Jacob schob einen Stapel Modejournale zusammen. »Ich werde sie ihm bringen, vielleicht ist das ein guter Vorwand.«

Er umklammerte die Zeitschriften, eilte ins Kontor und schloss die Tür. Dann ging er vor den neuen Klubsesseln auf die Knie. Schob die Hand vorbei an den geschnitzten Füßen unter dem Korpus und befühlte den Holzrahmen. Noch immer war das, was er einen Unterboden genannt hätte, durch eine Lage straff gespannten Stoff geschlossen. Suchend tastete Jacob weiter, bis er den schmalen Schnitt fand, in den er den Brief geschoben hatte. Langsam zog er den Umschlag hervor, öffnete ihn und entnahm den Ring. Von feierlichem Ernst gepackt, setzte er sich auf den Teppich, holte sein Taschentuch heraus, hauchte den Ring an und begann, ihn zu polieren. Als er mit dem Ergebnis zufrieden war, schob er den Brief in den Schnitt am Sesselgrund zurück, warf das Taschentuch auf seinen Schreibtisch und nahm abermals die Zeitschriften an sich.

Als er ein paar Minuten später die Tür zum Salon öffnete, zerfiel die Vorfreude, Hannes wiederzusehen. Am Fenster saß er, auf einem Stuhl, im Mantel, neben sich die Achselstütze. Von dem Mann, der er einst gewesen war – ein groß gewachsener Konfektionär, der begeisterungsfähig und souverän im Leben stand –, war nicht viel übergeblieben.

Jacob erschauderte.

Auf den ersten Blick schien Hannes körperlich unversehrt. Schmal war er geworden, sodass der Anzug zu groß wirkte. Das Haar war weder glänzend noch gut geschnitten, sondern vielmehr praktisch gestutzt, mit Pomade dürftig zurechtgelegt. In seinem Gesicht stand der Schatten eines unsauber rasierten Bartes.

Den Blick in die Ferne gerichtet, reagierte er nicht auf Jacob. Erst als er vor ihm stand, sah er kurz auf. »Guten Tag«, sagte er nur.

Jacob legte die Journale auf das Fensterbrett. »Mein Guter, ich freue mich, dich zu sehen.«

»Ja.«

»Wann immer du möchtest, wird es für dich in diesem Haus Arbeit geben.«

Hannes zog die Augenbrauen zusammen, sonst rührte er sich nicht. »Warst du inzwischen an der Front?«

»Nein.«

»Warum?«

»Herzfehler.«

»Angeboren?«

»Nein.«

»Gekauft?«

»Ja.« Jacob sah zu Boden.

Nun war es ausgesprochen.

Erstmalig.

Er war ein Vaterlandsverräter, der den Dienst verweigert hatte. »Es gab mal Probleme, in der Kindheit«, sagte er, »aber die sind jetzt vom Arzt aufgebauscht worden … Außer ihm und mir weiß niemand darum. Selbst meine Familie glaubt die Geschichte.«

Hannes starrte wieder ins Leere.

Jacob öffnete seine Hand. Legte den Ring auf die Fensterbank. »Bitte«, sagte er nur.

Schweren Schrittes durchquerte er den Salon. Kurz bevor er die Tür erreichte, hörte er ein leises »Warte!«.

Müde drehte Jacob sich um.

»Danke! Hedi hat ihn vermisst.«

Thea

Die Tür wurde aufgerissen, und Thea fuhr zusammen. Auch Hedi, Cilly und zwei weitere Kolleginnen schauten entsetzt auf.

In der Tür stand Hannes.

Sein Gesicht war gerötet.

Er hielt eine Zeitschrift in der Hand und wedelte damit drohend in der Luft herum. »Was ist das?«, fragte er.

Hastig sah Thea zu Hedi hinüber, doch die schien sprachlos zu sein. Sie hatte die Hände vors Gesicht geschlagen und starrte ihren Mann mit weit aufgerissenen Augen an.

Thea beschloss, die Antwort zu übernehmen: »Das ist eine Ausgabe der *Eleganten Welt.*«

Hannes humpelte ins Atelier und warf die Zeitung auf den Tisch. »Das sehe ich.« Er tippte wutentbrannt auf die aufgeschlagene Seite. »Das hier, das meine ich – diese Mode!«

Theas Herz begann zu klopfen. »Diese Rockmode hat sich durchgesetzt, schon eine Weile«, sagte sie behutsam.

»Das sieht aus wie vor dreißig oder vierzig Jahren, wie diese Krinolinen.«

»Ja, daran erinnert dieser Schnitt.«

»Ihr konntet diese sperrigen Dinger doch nicht schnell genug loswerden, und jetzt lauft ihr, mitten im Krieg, so herum?«

Hedi starrte abwechselnd auf Hannes' Hände und sein Gesicht. Dann beugte sie sich zu Thea vor. »Er trägt seinen Ring!«, flüsterte sie.

»Ja, und? Ich sehe weit denkwürdigeres Verhalten. Dein Mann redet, und dann noch über Mode. Soweit ich weiß, hat er in den letzten Monaten gar nicht gesprochen oder nur das Nötigste.«

»Das auch, aber der Ring, verstehst du, er war …«

Thea winkte ab, trat an den Tisch heran und sah sich die Zeichnung in der Zeitschrift an. Es war der klassische schwingende Rock mit einer klar markierten Taille, der an einen Reifrock erinnerte und durch eine gekürzte Saumlänge auffiel.

Erneut tippte Hannes erbost auf das Papier. »Was steht da? Was ist das für eine Farbe?«

Thea kniff die Augen zusammen. »Hechtgrau.«

»Das ist doch keine Farbe, das ist ein Zustand!«

Cilly und die Kolleginnen kicherten, sie schienen diese Meinung zu teilen. Und auch Hedi lächelte.

Nichts davon schien Hannes zu bemerken. »Und was ist das, sind das Anleihen von Militäruniformen?«

»Ja, solche Tressen, Spangen, Litzen und Borten sind schon lange gefragt«, warf nun Hedi ein. »Man versucht, die Mode geradlinig und zurückgenommen zu halten. Sie soll zudem ein Zeichen der Solidarität sein. Mit euch, die ihr an der Front seid.«

»Das ist mir gar nicht aufgefallen.« Dann sah er in die Runde. »Werte Damen, bitte ratet, warum! Glaubt auch nur eine von euch, wir Männer wollen, wenn wir nach Hause kommen«, er wies an seinem Leib herab, »das sehen, was die letzten Wochen, Monate, im schlimmsten Fall Jahre unser Leben bestimmt hat? Was meint ihr, was den vom Kampf, Sterben und Grausamkeiten abgestumpften Blick erreicht? Schlammfarben? Grau? Schwarz? Unsere Haut ist schlammfarben, wir bekommen den grauen Dreck des Schlachtfeldes nicht aus unseren Poren gescheuert, von innen sind wir ausgebrannt und schwarz. Verschont uns! Aber bitte erspart uns auch sattes Rot. Unser Blut und Fleisch, im besten Fall das Rote Kreuz – es wird uns nichts Gutes dazu einfallen. Nehmt stattdessen die Farben des Frühlings, erfreut uns mit ihnen – wie eine Wiese, von der Sonne wachgeküsst.« Er hinkte um den Tisch herum, warf seine Stütze beiseite, schob mehrere Blätter vor sich und legte Stifte dazu. »Ich zeige euch, was ich meine. Mal sehen, ob ich das noch kann«, sagte er und setzte kraftvoll den ersten Strich.

Jacob

»Schnell, schnell! Komm mit!«, rief die Müllersche. Ihr Dutt sah noch aufgelöster aus als sonst.

Jacob überlegte, seiner Verwunderung darüber Ausdruck zu verleihen, dass sie nicht geklopft hatte und ihn duzte, beschloss aber, sich erst einmal anzuhören, was sie derart aus der Fassung brachte.

»Der Hannes … Der Hannes ist da«, keuchte sie.

»Das ist er schon längere Zeit. Im Salon. Er will nur niemanden sehen.«

»Das weiß ich, aber das meine ich nicht. Er ist im Atelier. Und er zeichnet!«

Jacob schoss in die Höhe und rannte an der Müllerschen vorbei, hörte, wie sie ihm umgehend folgte. Bereits im Flur, vor der Tür, standen schon weitere Kolleginnen und Kollegen, die ins Atelier sahen.

Grete war gerade bei Hannes am Tisch, beugte sich zu ihm und umarmte ihn. »Ich freue mich, Junge! Ich freue mich«, stammelte sie.

Hannes lachte. »Na ja, jetzt mal ehrlich: Es sieht so aus, als könnte man euch nicht allein lassen!«

Jacob kratzte sich am Kopf. Er stellte sich durchaus die Frage, wer noch im Verkaufsraum war.

Vor Hannes lagen mehrere Blätter mit verschiedenen Zeichnungen, die verrieten, wie brillant dieser Mann war. Jacob schnürte es den Hals vor Freude zu.

Hannes sah ihn an, seine Augen glänzten. »Und du bist schuld«, sagte er. »Du hast mir die *Elegante Welt* mit den unsäglichen Bildern vorgelegt. Sie sind wundervoll gezeichnet – aber der Schnitt, der Putz, die vorgeschlagenen Farbtöne! Da kann niemand in Ruhe aus dem Fenster schauen, nicht einmal ich.«

Hedi sah aus, als wäre sie am liebsten durchs Atelier getanzt.

Gut gelaunt wandte sich Jacob zur Müllerschen um. »Irgendwo im Lager gibt es ein oder zwei Flaschen Champagner. Bitte sagen Sie Kiesewetter, er soll sie hochbringen. Holen Sie Gläser, Tassen, holen Sie alles zusammen, von mir aus machen Sie sogar für einen Moment den Laden zu.« Jacob, selbst überrascht von seiner verwegenen Idee, zuckte die Schultern. »Für einen Moment wird es gehen, hängen Sie einen Zettel an die Tür: ›Wir sind gleich wieder für Sie da!‹ Oder schreiben Sie wegen ›technischer Probleme‹, was auch immer. Jetzt sind wir für uns.«

Wenig später stand die Belegschaft des Lichtenstein im Atelier, dicht gedrängt. Ein Häufchen, eine Restmannschaft.

»Wir müssen das Leben feiern«, sagte Jacob. »Wir werden nicht jedes Mal unser Haus schließen können, wenn wir Kriegsrückkehrer in unseren Reihen begrüßen. Aber ich werde jeden Einzelnen von ihnen empfangen und seinen Verdienst fürs Vaterland würdigen.« Er hob das Glas und sah sich um. Alle prosteten ihm zu. »Hannes, willkommen zu Hause!«

»Ich habe vernommen«, fuhr Jacob nach einigen Schlucken fort, »dass im August die Berliner Modewoche stattfinden soll. Was halten Sie davon, wenn wir uns als Lichtenstein den August als Ziel stecken? Oder eine eigene Schau in dieser Zeit veranstalten? Was halten Sie davon, wenn wir dort wieder anknüpfen, wo wir damals aufgehört haben? Wenn wir es wieder wagen, die Schönheit und die Eleganz zu würdigen?«

»Oh, dann würde ich gern sehen, was wir an Kleidung im Angebot und welche Stoffe wir im Lager haben. Mag irgendwer mitkommen?«

Jacob grinste, als die Kolleginnen und Kiesewetter Hannes in die Mitte nahmen und aus dem Atelier verschwanden. An den Tisch gelehnt, blieb er einen Moment stehen, dann schenkte er sich noch einen Schluck Champagner ein.

Es war Mitarbeitersprechstunde, und Jacob war überrascht, als es an der Tür klopfte. Niemand hatte einen Termin vereinbart, und er fragte sich, wen es wohl kurzfristig zu ihm führte. Noch immer spürte er den Champagner, ganz leicht wie ein angenehmes Hintergrundrauschen.

»Ein Doktor Schrader möchte Sie sprechen«, sagte die Müllersche, wie immer den Kopf nur durch einen schmalen Türspalt geschoben.

Jacob fiel der Stift aus der Hand, er sprang auf, fuhr sich über das Haar und sagte eine Spur zu hastig: »Ja, gerne. Bitten Sie ihn herein, und bringen Sie uns Kaffee und Wasser.«

Einen Augenblick später stand er im Bureau.

Helenes Vater.

Er musterte Jacob, dessen Versuch, den Gast zu begrüßen, in der Luft hängen blieb: eine ausgestreckte Hand, die keine Erwiderung fand.

Noch hatte Doktor Schrader kein Wort gesagt, und Jacob wusste, was sein Erscheinen zu bedeuten hatte. Vermutlich hatte Helene, dem von ihr geschmiedeten Plan folgend, der Mutter von ihm erzählt. Und diese hatte wiederum den Vater in Kenntnis gesetzt.

Doch es war eindeutig: Doktor Schrader war nicht hier, um sich vorab einen Eindruck zu verschaffen. Die Arme hinter dem Rücken verschränkt, stand er im geschlossenen Mantel, nicht einmal den Hut legte er ab.

Jacob fühlte sich in Schulzeiten versetzt. Als er das Champagnerglas auf seinem Schreibtisch entdeckte, durchfuhr es ihn heiß und kalt. Wie hatte er auf die Idee kommen können, als ehrbarer Kaufmann im Hause Schrader Anklang zu finden? Der falsche Glaube, weder Studium noch Doktortitel und am helllichten Tag Alkohol auf dem Tisch. »Doktor Schrader, es freut mich, Sie kennenzulernen. Möchten Sie vielleicht Platz nehmen?« Er wies auf die Klubsessel, um seinen Gast von der Tür wegzubewegen. Doch der blieb wie angewurzelt stehen.

Auch als die Müllersche mit einem Tablett zwischen ihnen stand, rührte er sich nicht. Sie schaute die beiden Männer an und stellte das Tablett auf den kleinen Tisch beim Fenster. Wortlos verschwand sie, und Jacob wusste, sie hatte die unangenehme Stimmung gespürt.

»Nein, vielen Dank«, ergriff Doktor Schrader endlich das Wort. »Ich suche Sie auf, um Sie aufzufordern, meine Tochter in Ruhe zu lassen. Meine Frau hat mir erzählt, Helene würde für Sie schwärmen. Ich muss Ihnen leider mitteilen, dass ich nicht daran interessiert bin, Sie auch nur als Gast in unserer Familie zu begrüßen.«

»Herr Doktor Schrader, darf ich fragen, warum? Weil ich Christ bin?«

»Ich bin nicht hierhergekommen, um mich zu rechtfertigen.« Schrader runzelte die Stirn. »Wenn Sie es genau wissen möchten: Ja, weil Sie Christ sind. Aber was für mich noch viel schwerer wiegt: Ihre Familie ist konvertiert.«

»Verzeihen Sie, wenn ich widerspreche: Konvertiert ist in der Familie nur mein Vater.«

»Gut, dann war es Ihr Vater. Er hat dem jüdischen Glauben abgeschworen und sich dem Christentum zugewandt. Ich weiß nicht, ob Sie das verstehen: Sicherlich gehöre ich nicht zu den energischen Anhängern meiner Religion und Judenheit, aber wenn Menschen sich von uns abwenden, dann tun sie dies dauerhaft und mit allen Konsequenzen. Ihr Vater hat sich abgewendet, und Sie müssen nun ebenfalls die Konsequenzen tragen.«

»Herr Doktor, ich habe …«

»Bitte bemühen Sie sich nicht, für mich ist es unvereinbar. Und deshalb fordere ich Sie auf, meine Entscheidung zu respektieren. Meine Tochter wird einen Juden heiraten und die jüdische Kultur in Ehren halten. Es sind keine leichten Zeiten für die jüdische Gemeinde, und Sie verstehen, dass dem Zusammenhalt in meinem Wertesystem ein besonderer Stellenwert zukommt.«

»Entschuldigen Sie, ich bin sprachlos!« Mit allem hatte Jacob gerechnet, aber nicht, mit einem Thema konfrontiert zu werden, das in seiner Familie keine Rolle spielte.

»Ich möchte nicht unhöflich erscheinen, aber ich denke, es ist ohnehin alles gesagt.« Schrader nickte ihm zu und fasste nach der Klinke.

Jacobs Kopf war komplett leer gefegt, der Mund trocken, die Zeit schien sich zu dehnen. Das konnte nicht sein! Das konnte nicht sein Ernst sein! Doktor Schrader kannte ihn nicht, hatte ihn noch nie gesehen! Das waren die ersten Worte gewesen, die er mit ihm gewechselt hatte. Und er wusste: Alles, wirklich alles war verloren, wenn Helenes Vater jetzt diese Schwelle überschreiten und gehen würde.

Er machte zwei große Schritte in seine Richtung. »Bitte, warten Sie! Wollen wir uns nicht noch einmal hinsetzen, wir können doch in Ruhe darüber reden, oder?«

Die Tür stand bereits offen, im Hintergrund schien die Müllersche unbeteiligt ihrer Arbeit nachzugehen. Als würde sie nichts um sich herum wahrnehmen, griff sie eine Postmappe und verließ das Vorzimmer. Jacob spürte eine tiefe Dankbarkeit für dieses überraschende Feingefühl, denn Doktor Schrader machte keine Anstalten, die Tür zu schließen und das Gespräch wieder ins Private zu ziehen.

»Nein, es tut mir leid! Auch wenn Sie mir das nicht glauben, es ist mir nicht leichtgefallen, hierherzukommen. Auch ich hätte mir gewünscht, es wäre anders. Ich bin mir sehr wohl bewusst, wie sehr meine Entscheidung Helene schmerzen wird. Aus diesem Grund habe ich Sie hier aufgesucht, damit wir uns dieses Gespräch vor ihr ersparen. Aber Sie müssen verstehen: Es gibt Werte und Pflichten, die sind unverhandelbar.«

Jacob schaute ihn mit offenem Mund an und wusste: Er hatte verloren.

Doktor Schrader würde jetzt gehen, durchs Vorzimmer, aus dem Lichtenstein, und Helene würde er mitnehmen.

Für immer.

Ella

Die Fenster des Salons waren geputzt und weit geöffnet, die Stühle sorgfältig vor den Wänden aufgereiht. Ein Großteil der Mitarbeiter des Lichtenstein stand inmitten des Raumes im Halbkreis. Auch Hedi und Thea waren anwesend. Alle blickten auf Hannes, und Ella war überrascht, dass die Stütze wie ein Teil von ihm wirkte.

»Inzwischen habe ich erfahren«, sagte er, »dass es bereits letztes Jahr in Bern eine Modenschau gab, an der sich fünfundzwanzig Modehäuser aus Deutschland beteiligt haben. Wir müssen aufpassen, den Anschluss nicht zu verlieren. Wir haben mit Personalverlust zu kämpfen, wie auch die anderen, doch wir stehen durch den Brand vor weiteren Problemen, zum Beispiel die bauliche Situation. Kurzum: Es gibt vieles, das uns aus der Bahn geworfen hat. Ich bin unsicher, ob wir uns der Modewoche im August anschließen. Wir könnten uns auf eigene Art präsentieren, unabhängig von den anderen. Die Redaktion von *Der Konfektionär* verfügt über Fremdenlisten. In ihnen sind Händler verzeichnet, die zur Modewoche anreisen. Wir könnten die Listen abonnieren und die für uns interessanten Ansprechpartner rechtzeitig einladen. Doch wir müssen uns zuvor klar sein: Wollen wir unsere Mode weltweit exportieren, deutschlandweit vertreiben, oder geht es uns darum, hier, in Berlin, unseren Standort auszubauen?«

Die Kolleginnen und Kollegen hingen an Hannes' Lippen. Insgeheim war Ella stolz, denn die Tatsache, dass dieser Mann wieder mitreißende Visionen entwickelte, war auch ein wenig ihr Werk. Sie hatte, dessen war sie sich sicher, seine Motivation vergrößert, sich vom Krankenlager zu erheben. In manchen Wochen war sie zwei- bis dreimal erschienen, immer bewaffnet mit neuestem Tratsch, den Nachrichten des Tages und Theatertexten. Und nun stand er dort, dürr und klapprig, aber die alte Ausstrahlung, sie begann, wieder den Raum zu füllen. Für einen Moment betrübte es Ella, dass Jacob Lichtenstein diese Ansprache nicht hören konnte. Hedi hatte erzählt, er sei krank. Der Magen, sagten die einen, der Rücken, die anderen. Ob er immer noch im Hotel wohnte?

»Für diese Präsentation, die wir nun anfangen zu planen«, hörte sie Hannes, der inzwischen, angetrieben von seinen Ideen, rastlos durch das Atelier lief, »werden wir Zeit und Ruhe brauchen. Wir werden Bilder schaffen, und ich kann sagen: Sie sind lebensrettend. Ich bin mir sicher: Nicht nur Soldaten an der Front, sondern auch Frauen haben Bilder im Kopf. Träume. Erinnerungen an bessere Zeiten. Hoffnungen auf die Zukunft. Normalität. Lichtblicke.«

Thea begann zu weinen und verließ das Atelier. Ella schluckte schwer.

»Und deshalb möchte ich Bilder kreieren, die wunderschön und dennoch realistisch sind. Einen Tee-Empfang, vielleicht eine Begegnung auf der Straße, ein Nachmittag im Biergarten – wir müssen eine Kollektion entwickeln, die Erinnerungen und Hoffnungen verbindet.«

Dann wandte sich Hannes Ella zu. »Für alle, die es bisher nicht mitbekommen haben: Das Gesicht des Lichtenstein wird Ella Winkler.«

Ein wenig erschrocken, aus dem Gefühl des Moments gerissen, verneigte sie sich ein wenig und nahm den Applaus lächelnd entgegen.

»Die meisten von Ihnen werden sie bereits aus verschiedenen

Theaterinszenierungen kennen. Sie wird unsere Kleidung in der Öffentlichkeit tragen und in Theaterstücken präsentieren. Vielleicht gelingt es uns auch, über sie den Film zu erobern. Wie Sie sehen, haben wir Pläne und alle Hände voll zu tun. Trotzdem sind längst nicht alle Fragen geklärt: Werden wir überhaupt genug gute und ansprechende Stoffe finden? Können wir bezahlbare Preise bieten? Wir werden in den kommenden Tagen die Abteilungen schaffen, die wir mit dem Ausbruch des Krieges nicht mehr einführen konnten. Es wird eng, da uns der Neubau fehlt. Vieles werden wir in Eigenleistung erbringen, aber wir müssen schon jetzt darüber nachdenken, wie es weitergeht, um für die Zeit nach der Präsentation gewappnet zu sein.«

Ellas Herz sprang plötzlich vor Freude: Das waren genau ihre Worte! Sie hatte ihn erreicht, tatsächlich ihren Teil zu all dem, was hier gerade geschah, beigetragen.

Hannes schaute sie an.

Er lächelte.

Jacob

Helene sah schlecht aus. Unfassbar schlecht.
Jacob zerriss es zum zweiten Mal das Herz.

Unter ihren Augen zeichneten sich bläuliche Ringe ab, die glänzenden, leicht geschwollenen Augenlider ließen erkennen, dass sie viel geweint hatte. Das Haar war nachlässig hochgesteckt, und auch das Kleid, das sie trug, kam mit seinen fahlen Sandtönen einer Verweigerung gleich. Sie schüttelte den Kopf, blickte beiseite, hinab zu den Krokodilen. »Noch immer ringe ich um meine Fassung«, sagte sie mit belegter Stimme, »immer wieder, Tag um Tag.«

»Ich weiß nicht, was dein Vater dir erzählt hat, aber ich hatte keine Chance. Nicht einen Augenblick.«

Sie holte ein Taschentuch aus ihrer Tasche. »Ich ertrage es nicht, dich zu sehen. Mir wird schwindelig, aber wir werden ohnehin nicht lange hierbleiben können«, flüsterte sie. »Er hat es entschieden. Meine Mutter hat versucht, mit ihm zu reden, und ich erst. Er will es so, und ich weiß nicht, was ich tun soll. Mir war nur wichtig, dich wissen zu lassen, wie sehr es mich schmerzt.«

Jacob folgte ihrem Blick, dann sah er hinauf in die Palmen, an ihnen vorbei zu den Mosaikfenstern. Die Farben des Glases leuchteten. Wie konnte es sein, dass die Welt sich einfach weiterdrehte? Das Kleingeld, das er zum Bezahlen aus der Hosentasche geholt hatte, hielt er noch immer umklammert. Er konnte sich erinnern, eine Mark über den Münzteller geschoben zu haben, dann setzte seine Erinnerung erst wieder vor der Tür ein, die das Krokodilhaus vom Aquarium abtrennte. »Sage bitte deiner Freundin nachher noch einmal vielen Dank, dass sie uns dieses Treffen ermöglicht.«

Helene nickte. »Aber wir haben trotzdem nicht viel Zeit. Mein Vater ist im Moment sehr genau, er will wissen, wohin ich gehe, mit wem und wie lange ich weg bin. Er misstraut mir ganz offen.«

Jacob umfasste das Geländer. Sah auf seine Finger, die Adern, die auf seinen Handrücken hervortraten. »Vielleicht kannst du dich erinnern: Vor einiger Zeit habe ich dir gesagt, ich würde mit dir das Land verlassen, wenn es sein muss, sofort. Wenn du es möchtest, plane ich alles. Ich möchte mit dir weggehen. Weit weggehen. Alles hinter uns lassen, irgendwo neu anfangen. Nur wir beide.«

Mit aufgerissenen Augen sah Helene ihn an. Tränen liefen ihr die Wangen hinab und verschwanden unter dem Kinn. »Jacob, was redest du? Wie sollen wir ein Leben führen, losgelöst von alledem? Natürlich würde sich, egal, wie weit wir weglaufen, herumsprechen, dass wir unsere Familien und unsere Leben zurückgelassen haben. Wir können die Vergangenheit nicht einfach abstreifen. Und das Lichtenstein braucht dich! Du trägst Verantwortung für viele Menschen.«

»Niemand braucht mich! Mein Bruder wird sehr gern alle Aufgaben übernehmen, er droht mir offen, es werde ein Unglück geben, wenn ich die Modenschau durchziehe. Dann mache ich sie eben nicht! Dann besteige ich ein Schiff, mit dir, reise nach Afrika, Amerika, Asien – wohin auch immer du willst.«

»Ich weiß nicht einmal, ob wir momentan einfach überall hinreisen könnten. Noch ist Krieg. Du weißt, was ich für dich empfinde, und auch wenn du alles über Bord werfen kannst, ich schaffe das nicht. Selbst wenn wir irgendwo ankommen – vor Heimweh würde ich vergehen, jeden einzelnen Tag, und mich immer schuldig fühlen. Meinen Eltern gegenüber. Ich bezweifle, nur ansatzweise die Kraft zu haben, in einem anderen Land zu leben. Wobei ich mir immer noch nicht vorstellen kann, ohne dich zu sein.« Nun umklammerte auch sie das Geländer. »Ich glaube, ich werde mich jetzt verabschieden, Jacob, es wühlt mich zu sehr auf.« Sie ging zwei Schritte zur Seite. »Du wolltest mir zwei Gutenachtgeschichten erzählen, vom Kaisermantel und eine aus Paris. Jetzt werde ich sie nie zu hören bekommen. Erzähle sie später deinen Kindern, und wenn du das tust, denk an mich.«

Sie zog den Hut ins Gesicht, nickte ihm zu und schritt die hölzerne Brücke entlang, dem Ausgang entgegen.

Jacob legte den Kopf in den Nacken und sah wieder hinauf zum Mosaikfenster. So, hoffte er, würde niemand bemerken, dass er weinte.

Hedi

Guten Morgen, Maman«, sagte Hedi gut gelaunt und lief auf das Küchenbuffet zu, um sich eine Tasse herauszuholen. Dann stutzte sie und betrachtete Hilde genauer. Die Hände im Schoß gefaltet, saß sie auf der Küchenbank. Auf dem Tisch vor ihr lag eine Skizze. Hedi trat einen Schritt näher. Das Bild zeigte mehrere Frauen, die kraftvoll Fahnen in die Höhe reckten. »Was ist das?«, fragte sie irritiert.

»Das ist ein Plakat, genau genommen ist es ein Entwurf für ein Plakat, den wir gestern in unserer Frauenrunde diskutiert haben. Sie haben ihn vergessen. Was hältst du davon?«

»Es sieht sehr nach Revolution aus. Ich mag den Ausdruck in den Gesichtern nicht, er ist arg verbissen.«

»Ja, kann sein. Wir sollten aufpassen, nicht zu verbittern.«

»Herrgott, wovon redest du?« Hedi ließ sich auf den Stuhl sinken. Erleichtert, dass Hannes noch schlief. Hilde war immer für Überraschungen gut, aber diese neue Revolutionsader in ihr war doch ein wenig viel am frühen Sonntagmorgen.

»Du weißt ja, wie gern ich mich mit Gertrud und ihren Freundinnen treffe. Ich lerne dabei viel. Auch über mich. Kannst du dir vorstellen, dass ich mich früher jeden Morgen aus dem Bett gestohlen habe, bevor dein Vater aufwachte? Weil ich meine Haare richten, die Haut pudern und ein wenig Duft hinters Ohr tupfen wollte. Es wäre mir unangenehm gewesen, wenn er mich gesehen hätte, wie ich morgens bin: zerzaustes Haar, Schlaffalten und übel riechender Atem.«

»Was hat das mit dem Plakat zu tun?«

»Viel, finde ich. Ich bin gar nicht auf die Idee gekommen, dass er mich so, wie ich bin, lieben könnte. Es war nicht sein Problem. Es war meins. Ich habe viele Jahre verschenkt.«

»Was meinst du damit? Du hast Jahre an Vater verschenkt?«

»Nein, ich habe viele Jahre damit verschenkt, nicht die zu sein, die ich bin. Es ging darum, was die anderen sehen sollten und wollten. Und noch immer fällt es mir schwer, mich davon freizumachen.«

Was kann ich darauf erwidern? Soll ich meiner Mutter verbieten, diese anderen Frauen zu treffen?, überlegte Hedi. Das steht mir nicht zu, aber würde ihr das wieder mehr Ruhe geben? Ist sie überreizt von dem, was hinter uns liegt?

Hilde strich über die Zeichnung. »Jetzt, da ich Witwe bin, habe ich festgestellt, dass sich eher Männer für mich interessieren, die man als Lumpen bezeichnen könnte. So Witwentröster. Die wenigsten haben ernsthafte Absichten. Ich bin für sie zu alt.«

»Maman, was redest du da? Du bist einundvierzig.«

»Aber ich bin einundvierzig und Witwe. Ich habe das Gefühl, als Frau eigentlich tot zu sein. Nicht mehr wahrgenommen zu werden. Aber weißt du was? Das Schöne daran ist, ich kann viel mehr die sein, die ich bin. Es interessiert mich immer weniger, ob meine Haare sitzen oder die Nägel poliert sind. Ich kann mich auf die wichtigen Dinge konzentrieren.«

»Was sind denn die wichtigen Dinge?«

»Etwas für die anderen tun: für die Soldaten, die in den Krieg ziehen, für die Frauen, die einsam zurückbleiben. Besonders am Herzen liegt mir das Frauenwahlrecht.«

»Das Frauenwahlrecht?« Hedi stützte den Kopf in die Hände und sah Hilde zweifelnd an.

»Frauen wie du, ihr solltet in eine Zukunft gehen, die ihr mitgestalten könnt. Daran arbeiten wir alten Schachteln. Meine Freundinnen und ich.«

Nun richtete Hedi sich auf. Mit einem Mal fühlte sie sich unwohl. Sie arbeitete im Warenhaus, interessierte sich für Mode, für Stoffe und Farben, wollte die schönen Seiten der Frauen hervorkehren. Stand sie nicht genau für das, was die Mutter ablehnte? War sie auf gleichen Pfaden unterwegs wie Hilde in all den Jahren? Würde sie irgendwann an den Punkt gelangen, an dem ihre Mutter jetzt stand? Alles hinterfragen, was sie getan hatte?

»Ich ahne, was du denkst. Deine Arbeit im Warenhaus ist anders gelagert. Du hast dich für etwas entschieden, für etwas, das dir Freude macht. Ich habe damals nicht mal einen Gedanken daran verschwendet, etwas anderes zu wollen als einen Mann. Du bist viel freier, und du hast es geschafft, deinen Mann und mich zu erhalten. Mit deinem Geld. Du hast jeden Monat deinen Beitrag abgeliefert. Der liegt übrigens im Sofakissen.«

Hedi lachte auf. »Was liegt im Sofakissen?«

»Dein Lohn, den du abgegeben hast. Das Geld deines Vaters reicht momentan, und ich dachte mir, es kann nicht schaden, ein bisschen Geld im Haus zu haben. Ich traue den Banken nur mäßig.«

»Du bist unglaublich.«

Hilde winkte ab. »Mein Schatz, ich werde demnächst nach Hamburg fahren.«

»Was willst du denn da?«

»Dort gibt es eine Gruppe sehr engagierter Damen, die ich gern kennenlernen möchte.«

»Und wo wirst du wohnen?« Hedi hörte Regen ans Fenster prasseln, sie beobachtete einen Tropfen, der langsam die Scheibe hinablief.

»Bei einer Freundin. Ich kenne sie aus Schulzeiten. Sie hat vor ein paar Wochen ihren Mann verloren und steht mit fünf Kindern da. Und mit einem Kolonialwarenladen. Ich werde ihr unter die Arme greifen. Hannes und du, ihr könnt die Wohnung auch mal allein vertragen. Ohne die olle Schwiegermutter.« Sie schmunzelte.

»Wann wirst du fahren?«

»Das weiß ich nicht genau. Es kann noch ein wenig dauern. Denn ich möchte gerne mit zwei Freundinnen nach Hamburg fahren. Allein reisen liegt mir nicht. Dann warte ich lieber ab.«

Beide saßen sie nun schweigend beieinander. Irgendwann wies Hedi auf den Plakatentwurf. »Ihr solltet kräftige Farben nehmen. Vielleicht Rot, Gelb oder Orange. Und Kleider haben immer eine Aussage: Sie verraten, wer wir sind und was wir wollen. Deshalb solltet ihr die Kleider schwarz halten. Das würde einen guten Kontrast bilden und ein starker Ausdruck dessen sein, was du beschrieben hast: Es geht nicht immer nur darum, gefällig zu sein.«

Jacob

Jacobs Kopf schmerzte mit jedem Schritt, als er sich durch den Personaleingang stahl. Er grüßte im Vorbeigehen hastig ins Lager, eilte weiter, auf den Zeitungsstapel zu, der sich auftürmte. Ausgaben der letzten zwei Wochen, von denen er nicht eine gelesen hatte. Krank hatte er im Zimmer des Hotels gelegen, die Gardinen zugezogen, unfähig, sich zu rühren. Stundenlang hatte er an die Decke gestarrt, unterbrochen nur vom Essen, das er sich dann und wann hatte kommen lassen. Seine Mutter hatte ihn besucht, und er hatte sie wieder hinauskomplimentiert. Es waren keine leichten Wochen gewesen. Weder für Marianne, die ihm gern geholfen hätte und nicht wusste, wie, weil sie nicht erfuhr, woran er litt, noch für seinen Vater Friedrich, der vermutlich überfordert am Ruder des Lichtenstein gestanden hatte.

Er warf einen Blick auf den Haufen Zeitungen. Plötzlich hielt er inne und griff die oben auf dem Stapel liegende Ausgabe. Anscheinend hatten die Soldaten Schwierigkeiten an der Front – der Vormarsch war ins Stocken geraten. Eine Gänsehaut rollte ihm den Rücken hinab, als er den Beitrag überflog: Der Krieg hatte bisher weltweit elf Millionen Tote gefordert und neunzehn Millionen Menschen verwundet.

Elf Millionen Tote.

Neunzehn Millionen Verwundete.

Und dieser Krieg war noch nicht einmal beendet.

Konnte das stimmen? Wer erstellte solche Zahlen, und wie

geschah das? Saßen da Leute, die Tote zählten und einander anriefen oder telegrafierten, um sich die neuesten Zahlen mitzuteilen?

Jacob ließ die Zeitung auf den Stapel fallen und spürte Schwindel. Er dachte an die schlaflose Nacht vom 31. Juli auf den 1. August 1914, die er im Kontor verbracht hatte. Damals hatte er sich verboten, sich vor dem Krieg zu fürchten, um die Kraft zu bewahren – fürs Lichtenstein. Während er sich die Treppe hinaufschleppte, begegneten ihm die verwundeten Männer. All jene, die er nicht hatte sehen wollen. Sie marschierten an ihm vorbei, klagend, ignoriert worden zu sein. Die Erzählungen, zumindest von den Männern, die es in den letzten vier Jahren gewagt hatten, das Grauen in Worte zu kleiden, hallten durch seinen Kopf, dass es ihm den Atem verschlug.

Er nickte der Müllerschen zu, quälte sich mit schweren Schritten durchs Vorzimmer, um erschöpft in einen der Klubsessel zu fallen. Hinter dem Schreibtisch konnte er nicht Platz nehmen.

Kurz sah Jacob das Palmenhaus, Helenes Profil. Warum hatte er ihr nicht die Geschichte vom Kaisermantel erzählt? Von Madame Durands Zeichnung? Warum hatte er nicht versucht, Helene öfter zu sehen? Sein Blick fiel ins Leere. Er drehte sich zum Fenster, schüttelte den Kopf.

Ein Räuspern ließ ihn zusammenfahren.

Hannes stand im Zimmer.

»Wir können keine Modenschau machen«, sagte Jacob, ohne abzuwarten. »Wegen des Krieges.« Vermutlich waren Ludwigs Ansätze richtig. Vielleicht war er selbst ein Ignorant, der seine Vorstellungen durchpeitschen wollte, koste es, was es wolle. Die Vorbereitungen der Modenschau erreichten bald ihren Höhepunkt. Die Kosten waren schon jetzt immens, die täglichen Einnahmen des Hauses zu gering. In seinen Gedanken lagen die nächsten Schritte mit einem Schlag vor ihm. So logisch, nahezu zwangsläufig.

Die Schau absagen.

Den Kampf mit Ludwig aufgeben.

Verschwinden.

Er sah zu Hannes auf. »Stell dir das doch mal vor: Die Regierung ruft die Bevölkerung dazu auf, in den Ferien vermehrt barfuß zu laufen.«

»Da kann ich nur noch zur Hälfte mitmachen.«

Jacob zuckte zusammen. »Entschuldige bitte, mir mangelt es derzeit an vielem, auch an Feingefühl. Ich habe mich daran gewöhnt, an dich und die Stütze, ich wollte dir nicht …«

»Ist ja gut, aber was soll das, dieses Barfußlaufen? Warum erzählst du mir das?«

»Es soll Schuhmaterial gespart werden. Verstehst du? Es geht unserem Land so schlecht, wir müssen sogar daran sparen. Und was mache ich? Ich organisiere eine Modenschau und erwecke den Eindruck, als würde ich die Realität nicht sehen. Ich mache einen Fehler, oder? Sei bitte ehrlich zu mir!«

Hannes nahm im Sessel ihm gegenüber Platz und verschränkte die Arme vor der Brust. »Du warst lange nicht da. Vielleicht solltest du erst einmal bei uns im Atelier vorbeischauen. Die Kollektion steht. Dein Vater wollte uns kein Geld mehr freigeben, um letzte Kleinigkeiten zu besorgen. Aber sie ist wunderschön geworden.«

»Ganz unrecht hat mein Vater nicht. Sicherlich überlegt er auch, ob wir mit diesem Farbenrausch hinausgehen können, mit dieser Verschwendung von Stoff und von Materialien. Wir leben in herzlosen, grauenvollen Zeiten voller Armut. Viele Menschen hungern. Sage mir: Was machen wir da gerade?«

»Einige der Mädchen haben ebenfalls Sorgen bezüglich der Stofffülle, die wir nutzen. Und auch mir gehen diese Gedanken durch den Kopf. Aber wir haben, als wir mit der Arbeit begonnen haben, klare Vorstellungen gehabt, was wir den Frauen und der Stadt mit unserer Arbeit geben wollen. Ich verstehe nicht, warum du plötzlich zögerst. Ich glaube weiterhin fest an das, was wir da leisten. Es geht doch um weit mehr als Kleider, Stoffmengen und Eitelkeiten.«

»Um was denn?«

»Träume.«

Jacob sah Hannes an. Sollte er ihm erklären, dass er nicht mehr in der Lage war, das zu sehen? Sollte er ihm von Helenes Vater erzählen, der sowohl seine Tochter als auch jegliche Träume vom Leben mitgenommen hatte?

»Es gibt kein Zurück mehr.« Hannes klang ruhig und sachlich.

»Vermutlich.«

»Wir müssen es riskieren.«

»Wenn du meinst.« Jacob lauschte seinen eigenen Worten. Legte er gerade die Verantwortung in die Hände seines Konfektionärs?

»Der Verlust, würden wir jetzt einknicken, wäre zu groß. Es gibt nur diesen einen Wurf, denn dein Bruder wird eine Rechtfertigung verlangen.«

»Nicht nur er, das kannst du mir glauben. Auch die Bank wird mir auf den Füßen stehen. Wenn wir es nicht schaffen, mit dieser Modenschau Aufträge an Land zu ziehen und die Aufmerksamkeit der Presse zu erregen, um die Masse der Kundinnen zu erreichen, dann müssen wir die Hälfte der Leute entlassen. Wenn das reicht.«

Hannes richtete sich auf, noch immer schlackerte sein Anzug. »Das habe ich befürchtet, deshalb mein Vorschlag: Wenn wir die Schau in unser Haus verlegen, können wir Geld sparen.«

»Wie soll das gehen? Eine Modenschau zwischen Tresen und Regalen?«

»Einige Warenhäuser in Paris machen das regelmäßig. Sie schieben abends alles beiseite, um Konzerte zu veranstalten. Was die können, schaffen wir auch. Ella kann uns aus dem Theaterfundus sicherlich Requisiten besorgen.«

»Wozu?«

»Wir werden Geschichten erzählen, kleine Momente der Glückseligkeit schaffen. Wir alle, wir haben inmitten des Elends endlich einen Augenblick Leichtigkeit und Schönheit verdient.«

Ein kluger Mann, dachte Jacob und seufzte. »Gut, dann lass uns ins Atelier gehen. Lass mich sehen, wie weit ihr gekommen seid.«

Thea

Es konnte nicht sein.
Es durfte nicht sein!

Am Abend hatte sie gebetet, immer wieder und immer wieder. Hatte Gott versprochen, diesen Fehler nie zu wiederholen, wenn er sie verschonen würde. Nur dieses eine Mal. Sie hatte es geschworen, auf das Leben der Mutter, sogar auf das von Lenchen und Gerd.

Doch es hatte nichts geholfen.

Am Morgen war er wieder da gewesen. Dieser Ekel vor Essen, die Empfindlichkeit gegenüber Gerüchen, diese grauenvolle, alles überdeckende Übelkeit.

Thea saß in der Elektrischen und hätte heulen können, so sehr strengte die Fahrt sie an. Wie sollte sie den Tag über durchhalten? Noch immer hoffte sie darauf, ein Durchfall würde sich zur Übelkeit gesellen, furchtbare Unterleibskrämpfe, irgendetwas, das ihr das Gefühl gab, einfach nur krank zu sein. Was sollte sie den anderen erzählen, wenn der Würgereflex wieder einsetzte?

Ihre Hände zitterten, als sie ausstieg. Für einen Moment blieb sie auf dem Bürgersteig stehen, fühlte in sich hinein und machte dann einige unsichere Schritte in Richtung Lichtenstein. Erschrocken zuckte sie zusammen, als sie gegen eine Frau lief, die ins Straucheln geriet. Thea fasste sie am Arm. »Oh, bitte entschuldigen Sie«, stammelte sie. »Bitte entschuldigen Sie mich vielmals, ich fühle mich nicht so gut …« Abrupt schwieg sie. Das Gesicht – sie kannte diese Frau.

»Sie arbeiten im Lichtenstein, richtig?«

Thea knickste. »Thea Stübner.« Mehr brachte sie nicht zustande.

»Marianne Lichtenstein. In welcher Abteilung sind Sie tätig?«

Für einen Moment schloss Thea die Augen. Sog tief die Luft ein, um gegen die erneut einsetzende Übelkeit und das Entsetzen anzukämpfen. Sie hatte die Frau vom Chef über den Haufen gerannt.

»Machen Sie sich keine Sorgen«, hörte sie die Frau sagen.

Sie spürte eine Berührung, öffnete die Augen und sah die Hand der Gnädigsten auf ihrem Arm. Das träume ich nur, dachte Thea und konnte den Blick nicht von der hellen Haut, den schlanken Fingern, den wohlgeformten Nägeln und dem hübschen Ring nehmen, der den Ringfinger zierte. Die Frau wohnt doch gar nicht mehr hier, wie kann ich jemanden anrempeln, der in irgendeinem Vorort lebt?

»Sie sind ganz blass. Sind Sie sicher, dass Sie arbeiten können?«

In diesem Moment, als wollte der Körper eine Antwort geben, wogte erneut Übelkeit über Thea hinweg. Sie entzog sich der Hand und hastete einige Schritte zur Seite, um sich zu übergeben.

»Oh, soll ich nach einem Arzt schicken?«

»Nein! Bitte nicht. Das ist zu viel Aufwand.«

»Sie sind doch über Ihre Arbeit versichert, lassen Sie einen Arzt draufschauen.«

»Meine kleine Schwester hatte das auch. Das ging schnell wieder weg.«

»Sie sind doch die junge Frau, die in den letzten Jahren so viel Verantwortung übernommen hat. Als Herr Hallberg uns fehlte …«

Thea nickte und wagte es noch immer nicht, vom Straßenrand aufzusehen, weil sie sich schämte.

»Das kann jedem passieren. Lassen Sie uns einen Schritt beiseitegehen. Ein paar Eimer Wasser oder etwas Regen, dann ist das weg. Aber bis dahin müssen wir nicht danebenstehen.«

»Danke!«, sagte Thea nur, während sie fieberhaft überlegte, wie sie diese Frau wieder loswerden konnte. Sie hatte energische Züge, große graugrüne Augen und volle Lippen. Sie wirkte jünger, als Thea angenommen hatte, und die Sorge in ihrem Gesicht hätte sie in anderen Zusammenhängen berührt. Doch jetzt ängstigte sie diese Freundlichkeit nur.

»Sie wollen keinen Arzt, dann wird wenigstens einer unserer Wagen Sie nach Hause fahren. Ich melde Sie bei Frau Müller krank.«

»Gnädigste, ich weiß nicht, wie ich Ihnen danken soll.« Dafür, dass Sie mich nach Hause bringen lassen, ohne dass ich es will, durchfuhr es Thea. Ich kann nicht nach Hause. Denn was soll meine Mutter denken? So muss ich mich bis zum Abend herumtreiben, damit sie nichts bemerkt. Wie gern würde ich Ihnen das alles erklären!

Dass ich einen Bankert unter dem Herzen trage …

Einen Bankert Ihres Sohnes.

Jacob

Die Bauarbeiten im Heizkeller würden vorangehen! Unpassender konnte der Anruf nicht kommen.

Erst hatte Jacob jahrelang auf diese Nachricht gewartet, nun wusste er nicht, wie er die Arbeiten bezahlen sollte, und der Gedanke an Baulärm und das Gewusel der Handwerker strengte ihn jetzt schon an. Doch der ausführende Handwerker hatte sich hörbar gefreut, inzwischen wieder Männer an der Hand zu haben. Aufgeräumt hatte er verkündet, den nur zur Hälfte ausgehobenen Keller fertigstellen zu können. Ein fertiggestellter Keller zog jedoch Probleme nach sich: Er würde leer stehen oder weitere Kosten verursachen. Denn dort sollten entweder die alten Heizkessel installiert werden oder endlich eine neue Anlage ihren Platz finden.

Jacob nahm seine Tasse, um einen Schluck Kaffee zu trinken. Sie war bereits leer. Er runzelte die Stirn. So fühlte sich sein Leben derzeit an: Das Glas oder vielmehr die Tasse war nicht nur halb leer, sie war leer. Und er wusste, die Müllersche würde heute keinen Kaffee mehr kochen. Sie hockte regelrecht auf den Bohnen.

Jacob verließ seufzend sein Kontor und machte sich auf die Suche nach Hausmeister Kühn. Er fand ihn vor dem Haus beim Kehren des Gehwegs.

»Herr Kühn, der Ausbau des Heizkellers wird ab der kommenden Woche wieder aufgenommen. Könnten wir die Baustelle zusammen begehen?«

Den Besen in der Hand, schlurfte Kühn mit ihm durch die Einfahrt und über den leeren Hof. »Ihr Bruder ist doch im Feld, wie geht es ihm?«, fragte er so langsam, wie er lief.

»Gut, er hatte letzthin Fronturlaub. Haben Sie ihn nicht gesehen?«

»Nein, anscheinend habe ich ihn verpasst. Wo ist er denn?«

»Seine Feuertaufe war im Westen, irgendwo in Flandern, aber sie war kurz. Er ist schnell an irgendeinen Schreibtisch befördert worden. Da muss ich mir weniger Sorgen machen.«

»Gut, sehr gut.«

Gemeinsam stiegen sie in den Kellerraum hinab, den Kopf schüttelnd sah Jacob sich um. »Ja, es müsste noch mal reichlich Platz geschaffen werden. Die Heizkessel bekommen wir hier nicht hin. Eine Erweiterung wird ein paar Tage dauern. Aber ich könnte mitmachen«, sagte er.

Der Hausmeister war, so viel Jacob wusste, vom Dienst im Felde freigestellt, weil sein Rücken komplett ruiniert war. »Na ja, da werden sich andere Männer finden lassen, die helfen können, und wenn wir ein paar der Packjungen ansprechen. Sie brauche ich zur Aufsicht der Bauarbeiten, nicht zum Schippen. Zudem muss noch Platz für einen Teil des Lagers entstehen. Dafür brauchen wir ein paar Leute.«

Konzentriert betrachtete Kühn die Rückwand des Raumes. »Ich bin unsicher, wie weit diese Wand geführt werden sollte. Wenn Sie einen Moment warten, hole ich die Kopie des Bauplans. Sie liegt in meinen Unterlagen. Dann können wir gerne vermessen und abschätzen, wie viel noch zu tun ist.«

»Ja, das wäre gut. Wir müssen uns auch anschauen, wo die Heizkesselrohre entlanglaufen.«

»Ich bin sofort wieder bei Ihnen!«, rief Kühn und trottete davon.

Jacob ging den Raum in großen Schritten ab, um die Länge zu messen. Als er Geräusche an der Treppe hörte, eilte er dem Hausmeister entgegen. Sie mussten sich zudem mit der Frage befassen, ob die Raumhöhe genügte.

Kurz hielt er inne und lauschte. Er musste sich geirrt haben, im Hof war nichts als das Rauschen des Verkehrs von der Straße zu vernehmen. Jacob wandte sich ab und streckte den Arm aus, um abschätzen zu können, wie hoch der Keller war.

Plötzlich hörte er ein hastiges Atmen, ein unterdrücktes Stöhnen, dann ein Würgen, das in ein Gurgeln überging. Irgendetwas klatschte auf das Kopfsteinpflaster des Hofes. Etwa Erbrochenes?

Sofort fuhr Jacobs Hand in die Hosentasche, tastete nach dem Stofftaschentuch, dann rannte er die Stufen hinauf.

»Wer ist es?«

Die Strenge in Hedis Stimme ließ Jacob innehalten. Unwillkürlich duckte er sich. Er hatte sie nicht kommen hören, und sie hatte ihn nicht bemerkt.

»Herrgott, nun sag schon: Wer ist der Vater?«

Jacobs Augenbraue sprang in die Höhe, langsam, ganz langsam zog er sich zurück.

»Das kann ich dir nicht erzählen.«

Thea! Offensichtlich war sie schwanger. Erstaunt schob Jacob nun den Kopf wieder ein Stück vor, um besser lauschen zu können.

»Ist es Georg?«

»Nein, der ist es nicht, um Gottes willen, der arme Mann.«

»Wer dann? Er muss sich ja schließlich kümmern.«

Nun lachte Thea bitter auf. Jacob hörte ein kurzes Rascheln und vermutete, dass sie sich gesetzt hatten.

»Ich möchte dir helfen, ich will dich nicht in Verlegenheit bringen, verstehst du?«

Thea schwieg.

»Du willst nicht darüber reden, also muss es jemand aus dem Lichtenstein sein. Sag es mir bitte, ich erfahre es ohnehin irgendwann. Und wie soll es jetzt weitergehen?«

»Ich weiß es doch nicht«, schluchzte Thea. »Ich stecke wirklich in der Klemme, und wenn ich nur darüber nachdenke, wird mir übel.«

»Das darf doch nicht sein, dass du hier allein sitzt mit diesen Sorgen. Der Vater muss doch auch Verantwortung übernehmen.«

»Nein! Nein, wirklich, ich schaffe das schon.«

»Es tut manchmal gut, wenn man über Dinge redet und zusammen nachdenkt. Dann finden sich viel eher Lösungen.«

Nun schwiegen sie beide.

Jacob wagte kaum zu atmen.

»Versprich mir, es wirklich niemandem zu verraten, auch Hannes und Ella nicht!«

»Ehrenwort!«

»Kannst du das? Auch Hannes gegenüber?«

»Ja, selbstverständlich!«

»Gut, es ist …« Thea zögerte.

Jacob hielt die Luft an.

»Ludwig, er ist der Vater.«

Erst war es nur Entsetzen.

Gefolgt von Fassungslosigkeit.

Dann löste der Name eine regelrechte Explosion in Jacob aus, die die Wut bis in die letzte Faser seines Leibes katapultierte.

Auch Hedis Reaktion war heftig. Sie schien aufgesprungen zu sein. »Wie bitte?« Die Worte klangen eher wie ein Fauchen.

»Pst, sei leise.«

Tatsächlich senkte Hedi die Stimme. »Ich kann es nicht fassen! Ich kann nicht fassen, dass er das getan hat. Hast du es ihm gesagt?«

»Nein, um Gottes willen!«

»Du hast recht, er würde sich nicht drum scheren. Wie lange läuft das schon?«

»Nein, da läuft nichts. Es war ein einziges Mal, das hat gereicht.«

»Aber trotzdem verstehe ich es nicht. Er ist doch gar nicht hier.«

»Er hatte vor einigen Wochen Fronturlaub. Kannst du dich erinnern?«

»Ja …«

»Abends hat er im Atelier vorbeigeschaut. Das hat er oft gemacht, und es war schön. Ludwig war so freundlich und witzig. Einmal hat er mir sogar etwas geschenkt.«

»Geschenkt? Was denn?«

»Zwei elektrische Taschenlaternen.«

»Elektrische Taschenlaternen? Was soll das denn?«

»Nein, nein, das war mein Wunsch, ich durfte mir etwas aussuchen.«

»Du hast dir diese Dinger ausgesucht?«

»Ja, und selbst das war nicht einfach. Ludwig wollte das kaum akzeptieren.«

»Günstiger geht's ja für ihn gar nicht mehr.«

»Sei nicht so streng. Eigentlich wollte er mir ein schöneres Geschenk machen. Und er war aufmerksam, ganz oft. Er hat sich erkundigt, wie es mir geht und der Familie. Er hat mir manchmal sogar Fragen gestellt, die er sich nicht getraut hat, an Jacob zu richten. Ich mochte es, ihm von meiner Arbeit zu erzählen.«

»Was für Fragen?«

»Na, nach der Aufteilung der Räume, den Plänen für die Kollektionen und … Warum siehst du mich so seltsam an?«

Beide schwiegen.

»Du denkst, es ging gar nicht um mich?«

»Das weiß ich nicht, aber ich weiß, dass das, was gerade geschieht, schrecklich ist: für dich, nicht für ihn. Da haben die Herren immer betont, welche Einheit wir seien. Und? Wie die Gutsherren regieren sie in diesem Haus, beeinflussen unsere Leben. Und wir als Frauen …«

»Hedi, bitte reg dich nicht auf, und sei um Himmels willen leiser. Wieso sprichst du von ›den Herren‹? Der Senior ahnt nichts, Jacob schon gar nicht. Niemand soll es erfahren. Niemand!«

»Wenn Ludwig wieder Fronturlaub hat und dich mit dickem Bauch sieht, wirft er dich doch sofort hochkant raus.«

»So sieht es aus. Meine Mutter wird mich verstoßen, und dann weiß ich nicht, wohin ich gehen soll. Ich habe dann keine Arbeit mehr und werde keine bekommen, denn ich bin das Flittchen mit dem Bankert. Du verstehst, warum ich in der Klemme stecke?«

Hedi

Hedi zog die Decke über die Schultern und drehte sich auf die Seite. »Gute Nacht«, murmelte sie. Von der Bettseite der Mutter kam keine Antwort mehr, auch von Hannes war nichts zu hören. Ihr war warm, trotz des geöffneten Fensters. Die Temperaturen waren zurzeit auch nachts sommerlich. Sie trat die Decke beiseite, rollte sich auf den Rücken und starrte ins Dunkel. Lauschte Hildes Atemzügen.

»Ich habe so viele Jahre verschenkt«, hörte sie die Mutter noch einmal sagen. Fühlte deren Selbstvorwurf.

Das Kopfkissen drückte im Nacken. Genervt schob es Hedi zurecht.

»Verstehst du, warum ich in der Klemme stecke?«, schob sich nun Thea mit der vor Sorge fast tonlosen Stimme in ihre Gedanken.

Seufzend drehte sich Hedi auf den Bauch und knüllte die Decke zusammen. Ein Schutzwall aus Daunenfedern.

Einsamkeit hat so viele Gesichter, dachte sie und richtete sich auf. Sie warf die Decke beiseite und tastete sich im Dunkeln vorwärts.

Die Tür stand offen.

Immer noch. Auch wenn es nicht mehr nötig war. Sie betrat das Zimmer ihrer Kindheit und schloss die Tür behutsam hinter sich. Als sie sich auf die Bettkante setzte, wusste sie, dass Hannes wach war.

»Welch Glanz in meiner Hütte …«

»Ich möchte die Nacht bei dir verbringen. Ich möchte nicht warten, bis Hilde nach Hamburg reist. Was ist, wenn sie nicht fährt?« In der Dunkelheit konnte sie Hannes' Gesicht nicht ausmachen.

»Nichts lieber als das.« Seine Stimme verriet, wie sehr ihm der Gedanke zusagte. Er rutschte beiseite und hob die Decke an.

Schulter an Schulter lagen sie nebeneinander. Hedi spürte die hölzerne Bettkante unter ihrem rechten Bein. Plötzlich musste sie kichern. »Da stehe ich den halben Tag in Leibwäsche vor dir«, flüsterte sie. »Und nachts liege ich bei meiner Mutter. So kann das nicht weitergehen, schließlich sind wir verheiratet.« Kurz dachte sie an die Hochzeitsnacht. Sie hatte sich gefühlt wie eine, die gegen die Zeit anlief, die ihnen nicht blieb. »Vielleicht sollten wir uns Zeit nehmen? Ganz viel Zeit?«

Sie spürte Hannes' Nicken. »Vielleicht können wir anfangen, eine Ehe zu führen? Eine richtige Ehe, meine ich. Ein Neubeginn ist nicht möglich, weil es nichts Altes gibt, auf dem wir aufbauen können.«

Hedi fühlte sich wie damals, als sie ihm auf der Straße begegnet war. Als sie keine Worte gefunden und dennoch ein Gespräch zustande gebracht hatte. Sie fühlte Glück in sich aufsteigen, doch dieses Mal ganz gleichmäßig und ruhig wie die Wellen eines Sees an einem Sommertag.

Hannes' Hand tastete sich unter der Decke entlang und ergriff ihre. Dann lagen sie im Dunkeln, still beieinander, und hörten einander beim Atmen zu.

»Wo wollen wir anfangen?«, fragte Hannes nach einer Weile.

»Ganz vorne.«

»Was meinst du damit?«

Es gab so viele Fragen, so viele sinnige und unsinnige, über die Hedi sprechen wollte. So vieles, was sie wissen wollte. Kleinigkeiten und Eigenheiten, Geheimnisse und Unangenehmes, eben jene Geschichten und Anekdoten, für die in den ersten Wochen des Verliebtseins zu wenig Platz geblieben war. »Wie hieß dein bester Freund in der Kindheit? Was für Essen mochtest du überhaupt nicht, als du klein warst? In wen warst du das erste Mal verliebt? Wolltest du schon immer Konfektionär werden? Welche Farbe magst du gern? Kannst du schwimmen? Wollen wir die Zeichnung von Madame Durand rahmen und an die Wand hängen?«

Hannes lachte auf. Ein warmes Lachen. Eines, das sie noch nicht an ihm kannte. »Ja, das mit der Zeichnung machen wir. Und heute wird das eine lange Nacht«, flüsterte er, rollte sich auf die Seite und strich mit dem Finger über ihre Wange. Und während er zu erzählen begann, wusste Hedi: Nun wollte sie alles.

Alles von ihrem Mann.

Jacob

Jacob, ich muss dich sprechen!« Sichtlich echauffiert ließ sich Marianne in den Stuhl vor seinem Schreibtisch fallen.

Noch nie hatte seine Mutter ihn im Kontor aufgesucht. Stets hatten alle Angelegenheiten warten können, bis er nach Hause gekommen war. Nun sahen sie einander seltener, das ließ sich nicht leugnen, und er hoffte, dass sie Fragen zum Lichtenstein umtrieben oder andere Dinge, die organisatorischer Natur waren. »Ich gebe zu, ich bin beunruhigt, dich hier zu sehen«, räumte er ein.

»Vorletzte Woche war ich im Haus zu Besuch, kannst du dich erinnern? Dabei habe ich eine junge Frau getroffen, eine Thea Stübner. Es ging ihr nicht gut, und ich habe dafür gesorgt, dass sie nach Hause gebracht wird.«

Jacob begann, auf dem Tisch in irgendwelchen Unterlagen herumzuwühlen, um sein Entsetzen zu überspielen. Ob die Mutter etwas ahnte? »Sie hatte sich den Magen verdorben«, entgegnete er so beiläufig wie möglich.

»Schon an dem Tag hatte ich meine Zweifel. Doch was sollte ich tun? Sie wollte keinen Arzt hinzuziehen. War sie seitdem wieder arbeiten?«

»Sie war die letzten Tage im Atelier. Sie ist zurzeit tatsächlich sehr blass. Aber das ist doch eher den knappen Lebensmitteln geschuldet. Aktuell leistet diese Abteilung auch reichlich Überarbeit. Vielleicht halten wir die vorgeschriebene Nachtruhe von elf Stunden nicht ein?«

»Nun stell dich doch bitte nicht so an! Ich bin ihr eben wieder begegnet. Dieses Mal hat sie mich nicht gesehen, das war mir lieber. Ich wollte sie nicht erneut in Verlegenheit bringen, aber ich konnte beobachten, wie sehr sie litt.«

»Was führt dich denn eigentlich ins Haus? Doch nicht Fräulein Stübners Gesundheitszustand?«

»Ich brauche noch verschiedene Haushaltsartikel und Stoffe. Die Küchenuhr verweigert den Dienst, und ich hätte auch gern ein Gewürzschränkchen, ich habe eine lange Liste … Aber was rede ich?«

»Du hättest mich anrufen können, dann hätten wir es geliefert, oder ich hätte es …«

»Nun lenk doch bitte nicht immer ab. Du ahnst, worum es geht, und willst es nur nicht hören!«

»Was will ich denn nicht hören?« Jacob dehnte die Worte. Seine Halsschlagader pochte.

»Dass dieses arme Kind schwanger ist. Und wenn du bisher nichts davon weißt, dann, befürchte ich, steckt sie in Schwierigkeiten. Sonst hätte sie längst eine Hochzeit verkündet.«

Jacob starrte seine Mutter an. Was sollte er jetzt sagen? Wusste sie vielleicht alles? Aber woher? Er beschloss, erst einmal zu schweigen. Oft führte das zu erstaunlichen Ergebnissen.

Tatsächlich sah seine Mutter zur Tür, rutschte dann auf die vordere Kante des Stuhls und beugte sich vor. »Wozu sitzt du Tür an Tür mit der Müllerschen?«, flüsterte sie. »Sonst weiß sie doch auch immer alles. Wie konnte ihr das entgehen?«

Jacob beugte sich ebenfalls vor. »Vielleicht lässt sie, ganz weibliche Solidarität, erst mal Diskretion walten?«

»Die Stirn der Mutter krauste sich für einen Moment. »Nein, so ein Unfug. Das ist nicht ihr Geschäft.«

»Und was sagt mir das? Ich verstehe euch Frauen einfach nicht.«

»Herrgott, es ist doch ganz einfach! Das kann nur eines heißen: Fräulein Stübner hat, sollte sie schwanger sein, geschwiegen. Und zwar eisern. Also ist sie allein damit.«

Jacob nahm einen Schluck Wasser. »Oh, entschuldige, wir haben dir gar nichts zu trinken angeboten.«

»Du machst es schon wieder!«

»Was?«

»Ablenken!«

Erschöpft ließ sich Jacob in seinen Sessel zurückfallen. Er hatte bereits darüber nachgedacht, welch immense Lücke Theas Fehlen reißen würde, doch das durfte er keinesfalls zugeben. »Was sollen wir jetzt tun? Was macht man in so einem Fall? Ich kann doch nicht hingehen und sie fragen, ob sie schwanger ist und ob der Vater sich vielleicht nicht für das Kind interessiert.«

»Ich habe eine Idee: In der Nähe von Naumburg gibt es eine Stiftung, die führt ein Mütterheim.«

»Du willst Thea aus der Stadt schaffen?«

»In vielen Fällen ist es besser, wenn die Mütter Ruhe finden, um dann zu entscheiden, wie es weitergeht. Mit ihnen und dem Kind. Ob sie es behalten möchten oder ob sie es weggeben müssen.«

Wütend sprang Jacob auf. »Was sind das hier für Themen?« Gern hätte er darauf verwiesen, nicht zuständig zu sein, aber er wusste, seine Mutter würde ihn nicht entkommen lassen. Er konnte sich – zumindest ihrer Meinung nach – der Verantwortung nicht entziehen.

»Dieses Mütterheim stellt keine Fragen, jedes Mädchen, jede Frau wird aufgenommen, vorbehaltlos.«

»Ich nehme an, man könnte der Stiftung auch eine erhebliche Spende zukommen lassen?«

»Sicherlich wäre das machbar, aber darüber können wir später sprechen. Jetzt müssen wir erst einmal überlegen, wie wir helfen können.«

»Versprich mir, dass wir das nicht für jede Angestellte machen.«

»Ich ertrage so etwas nicht. Wir brauchen jedes Kind in diesem Land, nicht, um sie an die Front zu schicken. Die Kinder, die jetzt geboren werden, werden dieses Land wieder aufbauen und Frieden mit den anderen Ländern schließen müssen.«

Erschrocken zuckte Jacob zurück. »Ich wusste nicht, dass du dir derart philosophische Gedanken machst und so viel Pazifismus in dir trägst. Friedrich begrüßt doch …«

»Ja, immer geht es darum, was Friedrich begrüßt. Aber dir gegenüber, habe ich gehofft, könnte ich ehrlich sein. Du weißt, wie sehr ich deinen Vater verehre. Trotzdem sind wir in manchen Dingen unterschiedlicher Meinung. Das muss er aber nicht immer wissen. Ich unterscheide sehr genau, wann es wichtig ist und wann nicht. Aber zurück zum Thema: Dieses Mädchen ist seit Jahren bei uns, sie gehört zu uns. Du darfst nie vergessen, Jacob, unsere Familie besteht aus mehr als zweihundert Mitgliedern. Und wir werden immer für die, die in Schwierigkeiten sind, sorgen. Versprichst du mir das?«

»Das verspreche ich dir.«

Marianne erhob sich. »Es hilft ja nichts, ich muss jetzt mit ihr reden. Kannst du sie in den Offertenraum schicken lassen? Dort werde ich warten!«

Thea

Thea fürchtete sich.

Seitdem der erste Verdacht sich in ihr ausgebreitet und von jeder Faser ihres Leibes Besitz ergriffen hatte, fürchtete sie sich.

Vor allem.

Und vor allem vor ihrer Zukunft.

Ja, sie hatte sich in einer leichtsinnigen Verliebtheit hinreißen lassen, aber nicht aus Wollust, sondern aus Sehnsucht nach Nähe. Auf der Suche nach Wärme. Ein klein wenig Geborgenheit. Der Akt, im Atelier, auf einem Lager aus Stoffballen, die Ludwig drapiert hatte, war ihr befremdlich erschienen. Mechanisch, fast sportlich. Und jetzt trug sie ein Kind unter dem Herzen, eines, dessen Vater sich nie zu ihm bekennen würde. Hatte sie gedacht, ihre Zuneigung würde erwidert werden? Es schmerzte, überraschte sie aber nicht.

Hatte sie überhaupt etwas gedacht?

Vermutlich nicht. Erst als Thea aus den Fenstern des Zuges die sich verändernde Landschaft wahrgenommen hatte, erst als die Saale zwischen grasgrünen Weiden glitzernd aufleuchtete, hatte sie verstanden: Sie war entkommen. Sie war Berlin und allen Fragen entkommen. Ein Druck hatte sich von ihrem Brustkorb gelöst, und erstmals hatte sie die Hand auf ihren Bauch gelegt. Überrascht, wie wenig von dem kleinen Menschenkind, das schon so großen Raum in ihrem Leben einnahm, zu spüren war.

Nun ging sie auf die Villa zu und rang erneut mit ihrer Fassung. Konnte es wirklich sein, dass sie hier untergebracht werden sollte, in diesem Anwesen, das in einem Garten stand, der bis ans Saaleufer reichte?

Fanden hier tatsächlich gefallene Mädchen wie sie einen Platz? War es nicht erstaunlich, dass Männer, die im Feld ihr Leben aushauchten, und Mädchen, die ihre Jungfräulichkeit verloren, als »gefallen« bezeichnet wurden? Ein harmloses Wort, unpassend wie viele und in seiner vielfältigen Bedeutung kaum zu übertreffen. Konnte also sie, die Gefallene, sich in ein Haus wagen, in dem Frauen guter Hoffnung waren? Gehörte sie nicht eher auf den Tisch einer Engelmacherin?

Marianne Lichtenstein hatte sie höchstpersönlich zum Bahnhof begleitet und ihr versichert, niemand werde nachfragen. Thea hatte sich kaum konzentrieren können und überlegt, ob Marianne wusste, dass es ihr Enkel war, dem sie half, das Licht der Welt zu erblicken. Ob sie deshalb so zugewandt war?

Ganz anders hatte die Mutter sich verhalten. Sie hatte geweint, immer wieder. Morgens beim Nähen und nachts, und dann hatte sie ihr doch die Tasche gepackt. Sie zum Abschied auf die Stirn geküsst und ihr zugeflüstert, sie würden auch das schaffen.

Thea hörte den Kies unter ihren Schuhen knirschen, während sie sich langsam dem Eingang näherte, einer zweiflügeligen Tür, die eher einem Portal ähnelte.

Wie lange konnte ein Gast vorgeben, die Schnitzereien oder auch den Löwenkopf zu bewundern, in dessen Maul der schwere Klopfring lag?

Bevor sie eine Antwort fand, wurde die Tür geöffnet, und eine Schwester stand vor ihr. Sie lächelte nicht, strahlte aber gütige Ruhe aus. »Sie müssen Fräulein Stübner sein«, sagte sie. »Wir haben Sie erwartet!«

»Ich wollte gerade … klopfen«, erwiderte Thea stotternd und fühlte sich ertappt. Bei was auch immer.

»Herzlich willkommen! Frau Oberin ist derzeit außer Haus,

Sie werden sie am Nachmittag kennenlernen. Folgen Sie mir bitte.« Die Schwester führte Thea durch eine Gewölbehalle mit schwarz-weißem Steinboden, zwei große Holztreppen gingen rechts und links nach oben. Sie führten zu einer Galerie, die von einem ziselierten Geländer begrenzt wurde.

Eine Flügeltür war leicht geöffnet. Thea konnte im Vorbeigehen einen Blick hineinwerfen. Vermutlich war es der Speisesaal, ein großer Raum mit dunklem Holzfußboden und gleichfarbiger Vertäfelung. Am Tisch saßen mehrere junge Frauen, keine von ihnen schien viel älter als sie selbst zu sein. Im Hintergrund eine Tür, die auf eine Veranda hinausführte.

Die Schwester ging an der Treppe vorbei und bog in einen Flur ab. »Hier im Haus wohnen bis zu fünfundzwanzig Frauen mit unterschiedlichen Schicksalen, und es steht jeder frei, darüber zu sprechen oder zu schweigen. Jede darf bleiben, solange sie möchte. Wir helfen auf dem Weg bis zur Geburt und auch darüber hinaus. Sie können sich jetzt ganz auf sich konzentrieren.«

Thea war dankbar, dass die Schwester nicht von Mädchen sprach, sondern von Frauen. An der Schwelle zu ihrem Zimmer blieb sie stehen. Die Größe und Ausstattung des Raumes versetzte ihr einen Schock: eine Garderobe, ein Schrank, ein Regal mit mehreren Büchern, eine Vase mit gepflückten Gartenblumen, ein Bett, von einer Tagesdecke verhüllt, ein Tisch mit Stuhl und eine Waschschüssel samt Wasserkrug. »Ich weiß nicht, ob ich das verdiene«, entfuhr es ihr. »Dieser Luxus muss doch für Frauen freigehalten werden – ich weiß nicht …« Ihre Stimme begann zu zittern.

Die Schwester nahm die Tasche, stellte sie neben das Bett und zog die Gardinen ein wenig zu. »Wir fragen nicht, und wir urteilen nicht. Sie haben eine lange Anreise hinter sich. Wir haben ein Mittagessen für Sie aufbewahrt, und wenn Sie Hunger haben, melden Sie sich bei mir. Sie finden mich im kleinen Zimmer neben dem Eingang. Fühlen Sie sich zu nichts verpflichtet, außer dazu, zur Ruhe zu kommen.«

»Gern. Aber eine Frage habe ich: Kann ich einen Brief verschicken?«

»Sie können Briefe und Karten bei mir abgeben. Sollten Sie diese persönlich aufgeben wollen, erkläre ich Ihnen den Weg zur Post. Schreibpapier finden Sie im Schrank. Im oberen Fach.«

Thea schluckte. »Ich finde keine Worte für meine Dankbarkeit.«

Jetzt lächelte die Schwester und schloss die Tür hinter sich.

Sofort holte Thea sich das Briefpapier.

Liebste Mutter, ich bin gut angekommen, und es ist schön hier. Du würdest es nicht glauben. Trockne bitte Deine Tränen, vorerst sind der Kleine und ich hier gut behütet. Sogar geborgen. Einfach in Sicherheit.

Gerade als sie *In Liebe, Deine Thea* anfügen wollte, musste sie abbrechen. Sie hatte *der Kleine* geschrieben.

Fassungslos schaute sie auf die beiden Wörter.

Urplötzlich brach sich der Druck Bahn, den sie in Berlin nicht losgeworden war. Irgendetwas in ihr zersprang und fiel klirrend in unzählige Einzelteile auseinander. Sie heulte und schluchzte, so heftig, dass sie fürchtete, die Schwester würde bald besorgt nach dem Rechten sehen.

Hedi

Hedi sah auf den Zettel in ihrer Hand. Dann blickte sie zu Hannes auf.

Er war übellaunig.

Gewaltig übellaunig.

Sie sagte kein Wort, drehte sich um und machte sich auf den Weg. Seitdem Thea fehlte, lagen seine Nerven blank. Ganz gleich, was er im Atelier anfing, es endete in Zurechtweisungen aller Beteiligten, die er nach und nach an ihre Grenzen brachte. Cilly versuchte, Theas Aufgaben zu übernehmen, doch sie hatte kaum eine Chance. Hannes und Thea hatten ihre Abläufe derart perfektioniert, und das unter hohem Druck in kürzester Zeit, dass es nahezu unmöglich war, sich auch nur halbwegs in die Arbeitsabläufe einzufädeln.

Hedi hetzte die Treppe hinunter und betrat den Verkaufsraum, der noch immer nach Holz und Farbe roch. Ella war zur Anprobe gekommen. Da sie nur wenig Zeit hatte, bevor sie ins Theater fuhr, musste es schnell gehen. Auf dem Zettel war eine Vielzahl an Dingen notiert, die flugs zusammengesucht und ins Atelier gebracht werden mussten. Verschiedene Kurzwaren, Metalldraht, wozu auch immer Hannes diesen benötigte, zwei Gürtel, drei Schultertücher, alles dazu gedacht, in den Putz der Kleider und Hüte mit eingearbeitet zu werden. Kurz blieb sie stehen und versuchte, die Handschrift zu entziffern, ein Kringel war als »blau« oder auch »grau« zu lesen. Um sicherzugehen, beschloss sie, die Knöpfe in beiden Farben mitzunehmen.

Plötzlich spürte sie eine Hand auf ihrem Arm.

Erschrocken sah sie auf. Vor ihr stand Jacob, neben ihm ein Mann. Sofort schrillten in ihr die Alarmglocken, ohne dass sie genau erfasste, was sie beunruhigte. War es Jacobs Blick, der abweisend wirkte? Oder das schmierige Lächeln des Mannes, der Schmiss auf seiner Wange, der feine Anzug mit den perfekt polierten Schuhen, der Bart, an dem offensichtlich kein Haar anders stand als am Morgen eingedreht? War es die Lüsternheit in seinen Augen, während er Hedi von Kopf bis Fuß musterte?

»Frau Hallberg, würden Sie mir bitte einen Gefallen tun? Das ist Herr Dillinger, ein guter Schulfreund von mir, zudem ist er dem Hause Lichtenstein geschäftlich eng verbunden. Er sucht ein Geschenk für den Geburtstag seiner Frau, es wäre schön, wenn Sie sich darum kümmern könnten.« Kurz sah er zu Dillinger. »Unsere Hausdiener, die sich sonst der Kundenbelange in Form von Führungen durchs Haus annehmen, sind im Felde, aber ich bin sicher, bei Frau Hallberg bist du in besten Händen.«

»Oh, da fühle ich mich geehrt. Das Fräulein ist eine viel charmantere Begleitung als es die Hausdiener sicherlich sein könnten.«

»Frau Hallberg«, ergänzte Hedi und sah sowohl Jacobs als auch Dillingers Augenbrauen in die Höhe springen. Kurz blickte sie auf den Zettel, überlegte, ob sie versuchen sollte zu erklären, wie dringend ihre Rückkehr ins Atelier erwartet wurde. Jacob wusste um die Zeit, die ihnen im Nacken saß, und trotzdem übertrug er ihr diese Aufgabe. Sie spürte seine Verzweiflung und nickte.

»Sehr gern. Herr Dillinger, folgen Sie mir bitte. Ich bin sicher, wir werden eine passende Auswahl für Ihre werte Gattin treffen.«

»Vielen Dank«, rief Jacob ihnen noch hinterher, und Hedi beschloss, den Kunden zuerst zu Josefine zu führen.

»Das ist Herr Dillinger«, sagte sie, bemüht um einen bedeutungsvollen Ton, als sie Josefine erreichte. »Ein Gast von Herrn

Lichtenstein, ein Freund des Hauses. Er wünscht ein Geburtstagsgeschenk für seine Frau. Vielleicht könnten Sie mir weiterhelfen, Frau Wagner?«

Josefine erfasste sofort den Ernst der Lage und entschied sich, in die Rolle der Unnahbaren zu schlüpfen. Mit strengem Blick wandte sie sich Dillinger zu, mit aller Arroganz, die sie an den Tag legen konnte. »An was haben Sie denn gedacht?« Sie spitzte die Lippen.

Tatsächlich funktionierte es.

»Ich bin da ganz offen, Gnädigste.« Dillinger zuckte mit den Schultern, plötzlich eher Junge denn Lüstling. »Ich kenne mich mit diesen Dingen nicht aus. Machen Sie doch bitte einen Vorschlag, ich ahne, Sie wissen, was das Frauenherz begehrt.«

Josefines Miene blieb starr, sie nickte gnädig. Hedi musste sich für einen Moment abwenden, um ihr Grinsen zu verbergen, während sie beschloss, sich diese Variante des Umgangs mit Kunden für solche Fälle zu merken.

»Ich würde vorschlagen, ein Schultertuch mit farblich passenden Handschuhen zu kombinieren, vielleicht kann noch ein kleiner Hut dazu, und das Ganze sollte ein Duft abrunden, der zur Jahreszeit passt. Hier sind wir bei den Herbsttönen und …«

»Ist das nicht noch ein bisschen warm jetzt? Es wäre doch schade, wenn ich etwas schenke, das erst im Herbst genutzt werden kann«, unterbrach Dillinger.

»… bei den eleganten Farben, wie sie aktuell in den Modezeitschriften besprochen werden«, fuhr Josefine fort, als hätte sie seinen Einwand nicht vernommen. »Für jene, die nicht im Blick haben, was die Zukunft bringt, und lieber in der Gegenwart verweilen«, sie wandte sich ab und zog einen Sonnenschirm hervor, den sie aufspringen ließ, »empfiehlt sich Schutz gegen die Sonne. Diese Variante ist mit einem leichten Leintuch kombinierbar. Auch hier wäre es gut, beides farblich aufeinander abzustimmen und mit ein paar hübschen Armbändern zu ergänzen. Wir führen eine große Auswahl. Ein Fächer würde das Geschenk vervollständigen.« Erwartungsvoll sah sie Dillinger an.

»Ja, das sind ordentliche Farben, dieses Gelb bevorzugt meine Frau«, sagte Dillinger und musterte die vor ihm liegenden Kombinationen.

»Citron«, erklärte Josefine herablassend.

»Das klingt doch erfrischend.« Er zeigte auf das Ensemble. »Das möchte ich bitte mitnehmen.«

Wieder nickte Josefine hoheitsvoll und wies das Kassenmädchen mit einer Handbewegung an, die Sachen zum Packtisch zu bringen.

»Wir fahren demnächst an die See, nach Ahrenshoop, gibt es dieses Sommerzeugs auch in einem Blau?«

»Wünschen Sie ein helles Lichtblau oder eher ein Borretschblau? Vielleicht Berliner Blau? Oder denken Sie an ein Violettblau?«

Hedi sah Dillingers Kehlkopf springen, ein Anblick, der ausgesprochen befriedigend war.

»Hell, also mittelhell«, stammelte er.

»Ja, das gibt es.« Josefine rührte sich nicht vom Platz, hielt die Hände verschränkt.

»Dann hätte ich die Variante gern noch einmal in hellem Lichtblau, wie Sie sagten. Den Vorschlag für den Herbst fand ich ebenfalls gelungen. Legen Sie diesen doch bitte auch dazu. Wenn möglich.«

»Sehr gerne. Welche Farben bevorzugt denn Ihre Frau hier?«

Abwehrend hob Dillinger die Hände. »Sie haben sehr gut im Gefühl, was modern ist. Sie kennen sich damit aus. Bitte wählen Sie etwas aus, und lassen Sie es mir ins Bureau schicken. Dillinger Versicherungen.«

»An der Friedrichstraße?«

»Sie wissen ja wirklich alles.«

Nun lächelte Josefine erstmalig, und Dillingers Gesicht leuchtete auf vor Freude. »Die Rechnung geht bitte an Jacob Lichtenstein«, sagte er und klang fast verlegen dabei. Dann verabschiedete er sich formvollendet.

Josefine seufzte auf und fiel in sich zusammen, kaum dass Dillinger außer Sichtweite war.

»Du traust dich ja was!«, flüsterte Hedi und spürte ihre Wangen vor Hitze brennen.

»Es gibt eine Sorte Kunden, die wollen es nicht anders. Und ich verspreche dir: Er wird beeindruckt sein, wie umfassend er beraten worden ist.«

»Ich dachte früher immer, du wärst arrogant …«

»Dann hast du nie genug darauf geachtet, wer vor mir stand.«

»Entschuldige bitte.«

»So, mein Liebchen, wieder was fürs Leben gelernt. Aber die Lichtensteins tun mir leid.«

»Warum?«

»Das ist doch dieser Versicherer gewesen.«

Hedi nickte. Sie kannte den Namen, hatte sogar schon Dillinger-Reklame an der Elektrischen gesehen.

»Jetzt nutzen wir mal unsere Köpfchen und rechnen eins und eins zusammen: Dillingers Versicherung hat für den Brandschaden geradegestanden. Und jetzt erscheint er und führt sich auf, als würde der Laden ihm gehören. Kunden, die anschreiben oder mit Schmuck zahlen, das haben wir vor zehn Jahren abgeschafft. Nur die Kunze, die bekommt den Junior manchmal erweicht. Aber sonst gilt: Bares oder Ratenzahlung. So läuft das jetzt. Und plötzlich geht es wieder anders? Seltsam, oder?«

»Ein unangenehmer Mensch«, sagte Hedi.

»Finde ich auch«, ergänzte Josefine und stellte die zweite Garnitur in hellem Lichtblau zusammen. »Vor dem müssen wir uns in Acht nehmen. Das sage ich dir.«

Thea

Sie haben Besuch«, sagte die Schwester.

Thea blickte erstaunt auf. Wer konnte das sein? Wer hatte Zeit, in der Woche nach Naumburg zu fahren? Und wer wusste überhaupt, dass sie hier war? Weder Marianne noch Jacob Lichtenstein würden ein Wort darüber verlieren, dessen war sie sicher. Ob es womöglich Ludwig war? Furcht durchzuckte sie. Sicherlich würde er ihr Vorwürfe machen: Wie es dazu kommen konnte, dass sie ein Kind von ihm im Leibe trug, warum sie es nicht wegmachte, warum sein Bruder davon erfahren hatte und nicht er. Warum sie die Stadt verlassen hatte – mithilfe seiner Mutter. War nicht alles, was sie gerade anpackte, falsch?

Sie spürte den Blick der Schwester auf sich.

»Wir haben einen Besuchsraum, aber möchten Sie mit dem Gast vielleicht auf der Veranda Platz nehmen? Es ist ein warmer, sonniger Tag, und die Veranda ist ein guter Ort, um Gespräche zu führen.«

Ja, da hat sie recht, dachte Thea. Man ist ungestört und trotzdem im Blickfeld der anderen. Fahrig strich sie sich über ihre Haare, die Klemmen hielten den Mozartzopf, den sie am Morgen geflochten hatte. Ihre Tunika, von der Mutter genäht, saß so, dass der kleine Bauch, der sich abzuzeichnen begann, verdeckt wurde. Es war erstaunlich: Seitdem sie die Villa betreten hatte, konnte sie der Rundung beim Wachsen zusehen. Als hätte der Kleine es gewagt, sich nun mehr Platz zu gönnen.

In Begleitung der Schwester betrat sie die Terrasse und wählte einen Korbstuhl, der etwas abseits stand. Den Beistelltisch schob sie in Richtung ihrer Knie, ganz so, als wollte sie einen Schutzschild platzieren.

Aufgeregt schaute sie zur Fensterfront. Der Saal dahinter lag im Dunkeln. Erst in der Nähe der Verandatür, wo das Sonnenlicht noch einfiel, konnte sie etwas erkennen.

Zuerst bemerkte sie, dass es ein Mann war.

Bevor sie überhaupt einen weiteren Gedanken fassen konnte, stand er in der Tür.

Hielt seine Mütze in den Händen und drückte auf ihr herum.

Er hatte nicht die übliche Hose und die zerbeulte Jacke an, die er trug, wenn er auf dem Kutschbock saß. Er hatte sich in einen Anzug gezwängt und sah feierlich aus.

Theas Kinnlade sackte herab. Was machte Georg Meuser hier?

Beide sahen einander an. Die Zeit schien sich zu dehnen.

Das Kneten seiner Hände wurde stärker.

Irgendwann, nach einer gefühlten Ewigkeit, schaffte Thea es, ihm zuzunicken und auf den Platz ihr gegenüber zu verweisen. Als Georg sich hinsetzte, knirschte der Korbstuhl unter seinem Gewicht.

Gerne hätte Thea ihn begrüßt, ganz freundlich und erwachsen, so wie es sich gehörte, doch die Frage war schneller: »Was machst du hier?«

»Ich bin deinetwegen gekommen.«

Unwillkürlich lehnte Thea sich zurück. »Warum?«

Nun wirkte Georg irritiert. »Weil ich mich vergewissern wollte, dass es dir gut geht.«

Wieder sahen sie einander an. Unsicher, mit Blicken abtastend.

»Ich möchte dich nach Hause holen.« Tatsächlich wurde Georg, der sonst nie um Worte verlegen war, rot. »Also, wenn du das möchtest«, ergänzte er.

Thea begriff nicht, was hier geschah. »Wer schickt dich?«

»Niemand. Aber übermorgen Abend ist die Modenschau. Ich denke, du solltest dabei sein. Sie ist auch dein Werk.«

»Ich kann nicht nach Hause zurück. Du weißt, wo ich bin?«

»Ja, und ich verstehe nicht, warum du nicht mit mir geredet hast.«

»Warum sollte ich mit dir darüber reden?«

»Weil ich der Vater bin.«

Thea lachte laut auf. »Was bist du?« Georg schien die Reise auf sich genommen zu haben, um sie zu amüsieren. Oder verlor er den Verstand?

Nun drückte Georg den Rücken durch und faltete die Hände. Er sah sie direkt an. »Ich bin der Vater, also ich würde es gerne sein. Wenn du es mir erlaubst.«

Thea entglitten die Gesichtszüge. Was war das für ein Angebot? »Das kannst du nicht«, flüsterte sie.

»Warum? Steht der Vater des Kindes zwischen uns?«

Thea schüttelte den Kopf.

»Liebst du ihn?«, flüsterte Georg, und die Knöchel auf seinen Handrücken traten weiß hervor.

»Nein. Nein, wirklich nicht. Ich war verliebt, arglos, habe mich geschmeichelt gefühlt. Aber das sind … es waren … es ist … alles zerplatzt. Irgendwie.«

Für einen Moment glaubte Thea, in Georgs Gesicht den Schmerz zu sehen, den sie in ihrem Inneren verbarg.

»Ich würde gern versuchen, für dich da zu sein, und ich werde mir alle Mühe als Vater geben. Es ist mir auch egal, wer der eigentliche Vater ist. Ich verspreche dir: Ich werde nicht danach fragen! Ich möchte nur, dass du …«, er hielt kurz inne, »dass es dir gut geht.«

»Ich weiß nicht, was ich sagen soll.«

»Also, ich habe es Hedi schon erzählt, es tut mir leid. Wenn du es nicht willst, stelle ich das richtig.«

»Was hast du …?«

»Ich habe ihr gegenüber behauptet, ich sei der Vater. Sehr laut, damit es jeder hören kann.«

Thea schlug die Hände vor der Brust zusammen. Sie wusste nicht, ob sie ihn anschreien, beschimpfen und auffordern sollte, zu verschwinden, oder ob sie ihn in den Arm nehmen, ihm über das Haar streichen und mit ihm lachen sollte. Sie legte die Hände auf ihren Bauch. Kleiner, was soll ich tun?, fragte sie in sich hinein. Und dann spürte sie das Lachen, ein leichtes und helles, das in ihr hinaufrollte und sich seinen Weg suchte. Eines, in dem Hoffnung und Erleichterung, sogar Leichtigkeit mitschwangen. Nicht einen Moment war sie besorgt, Georg könnte denken, sie würde ihn auslachen. Er saß da wie ein Fels in der Brandung und betrachtete sie versonnen. »Du weißt nicht, was du tust«, sagte sie nach einer Weile und tupfte sich die nassen Augenwinkel mit dem Ärmel ab.

»Das kommt öfter vor, das kann ich dir versprechen.«

»Und ich weiß nicht, was meine Mutter sagen wird …«

Georg winkte ab. »Mach dir keine Gedanken.«

»Oh, mein Gott, warst du auch schon bei ihr?«

»Ja, aber ihr habe ich nichts erzählt, ich wollte nur wissen, wo du bist. Sie hat, nehme ich an, ihre Schlüsse draus gezogen.«

»Was sagt sie?«

»Ich glaube, sie hat sich gefreut, sehr sogar. Du musst dir nur überlegen, warum du mir und ihr nichts gesagt hast. Das wird das Einzige sein. Möchtest du?«, fragte Georg und stockte.

»Warum ich? Du kommst in ganz Berlin herum, du arbeitest mit Hunderten von Näherinnen, und sie haben Töchter, und die haben Freundinnen. Ich kenne niemanden, der so vielen Frauen in seiner Arbeitszeit begegnet wie du. Wie kommst du auf mich und erst recht jetzt, wo ich …?«

Georg straffte die Schultern und schaute auf seinen Anzug. »Der ist aus dem Lichtenstein.« Er grinste. »Daran hat eine Frau mitgearbeitet, an die ich unentwegt denke und für die ich so viel empfinde, dass ich das jetzt nicht in Worte fassen kann. Aber auf der Heimfahrt nach Berlin, da haben wir Zeit. Sehr viel Zeit. Dann könnte ich es dir erzählen. Also, noch einmal meine Frage: Möchtest du mit mir nach Berlin zurückkommen?«

»Georg, du bist wunderbar …«, Thea zögerte, beschloss aber, ehrlich zu sein, »du weißt, dass ich dich nicht liebe?«

Kurz zuckten seine Augenbrauen zusammen. »Es sind schon Paare mit schlechteren Voraussetzungen gestartet. Solltest du jemals unsere Bande wieder lösen wollen, weil ich nicht das biete, was du dir vom Leben und von der Liebe erhoffst, verspreche ich dir, werde ich es mit Anstand ertragen. Aber du magst mich, das kannst du nicht leugnen. Und den Rest, deinen Respekt und deine Liebe, hole ich mir, das schaffe ich auch noch.«

Wenn einer Liebe verdient, dann du, dachte Thea. Natürlich möchte ich nach Berlin fahren. Mit dir, Georg, und dem Kleinen. Nun rollten Tränen ihre Wangen herab.

Georg lehnte sich über den Tisch und bot ihr sein Taschentuch an.

»Immer wenn wir uns begegnen, heule ich«, sagte Thea. »Das muss aufhören.« Dann sog sie die Luft ein. »Können wir noch einen Moment sitzen bleiben und die Aussicht genießen?«

Georg nickte. »Hat es schon einen Namen?«, fragte er und sah aufs Wasser hinaus.

»Nein, bisher noch nicht. Ich glaube, es wird ein Junge. Ich nenne ihn bisher ›den Kleinen‹. Was denkst du, wie könnte er heißen? Wie wollen wir ihn nennen?«

Ella

Überschwänglich warf Ella ihren Umhang auf die Garderobe, schüttelte die Schuhe von den Füßen und schlüpfte in Gustavs Pantoffeln. »Bist du da?«, rief sie in die Wohnung hinein. »Ich habe gute Nachrichten mitgebracht. Ich hole mir noch ein Glas Wasser, möchtest du auch eines?«

Ein undefinierbares Geräusch erklang als Antwort. Ella nahm zwei Gläser, füllte sie mit Wasser und betrat das Wohnzimmer.

Auf dem Sofa lag Gustav. Er sah derangiert aus, vergraben zwischen den Kissen, sein Haar hing wirr ins Gesicht, das Hemd aus der Hose. Socken hatte er anscheinend gar nicht erst angezogen, denn die nackten Füße wackelten in der Luft herum. Sie lagen auf dem Tisch, daneben stand eine Whiskykaraffe, deren gläserner Verschluss auf den Boden gefallen war. Mehrere Zeitschriften und Zeitungen waren um Gustav verteilt.

Wo befand sich das Dienstmädchen? Hatte sie dieses Elend miterlebt? Vermutlich war sie auf dem Markt, es blieb zu hoffen, dass Gustav noch nicht allzu lange derart verwahrlost herumlungerte. »Geht es dir gut?«, fragte Ella mit möglichst unbeteiligter Stimme, während sie die Gläser abstellte. Dann schob sie die Zeitungen zusammen.

Erneut war ein Geräusch, das eher an ein Knurren erinnerte als an ein gesprochenes Wort, die Antwort.

Ihre Neuigkeiten würde sie hintanstellen müssen, das war klar. »Brauchst du Hilfe? Soll ich eine Schüssel holen?«

Gustav stützte sich auf die Ellenbogen und sah sie mit zusammengezogenen Augenbrauen an. »Sehe ich aus, als bräuchte ich eine Schüssel?«

»Nein, ich wollte nur behilflich sein. Ich war unsicher, ob du dich unwohl fühlst.«

»Unwohl fühlst!« Er schnaufte auf und sank wieder zurück. »Hast du schon von der Scheiße da gehört?« Er wies mit der Hand auf die Zeitungen.

»Was meinst du? Worum geht es?«

»Es geht darum«, nun fuhr er auf, schwankte selbst im Sitzen und zerwühlte die zusammengelegten Zeitungen, schlug eine davon auf und begann vorzulesen: »Die preußische Regierung hat einen Plan ausgearbeitet, der vor allem die Versteigerer von Kunstgegenständen und Antiquitäten stark treffen wird oder die am Vertrieb Beteiligten. Sie dürfen weder als Kaufmann noch als Gesellschafter oder Aktionär sich an einer Versteigerung beteiligen. Besonders betroffen werden davon Kunsthändlerfirmen sein wie Paul Cassirer und Hugo Helbing, sie hatten in letzter Zeit stark den Versteigerungsmarkt geprägt, und die Versteigerung Kaufmann scheint in die Geschichte eingegangen zu sein. Sie hatte ein Ergebnis von zwölf Millionen Mark erzielt, die bisher größte Summe auf einer Kunstversteigerung der Welt. Für einen Stuhl wurden dort 34000 Mark bezahlt, man befürchtet, dass die Kriegsgewinnler den Sinn für den Geldeswert verloren haben. Cassirer, der zugleich Kunstversteigerer, Kunsthändler und Kunstaussteller ist, wird in Zukunft keine Versteigerungen mehr veranstalten können, ebenso wenig die zahlreichen Antiquariatsbuchhändler. So will man damit vermeiden, dass Kunsthändler, die auch meistens Versteigerer sind, den Preis eines Werkes hochtreiben, um es für sich selbst zu erwerben und dann unter Berufung auf den erzielten Mondpreis es verkaufen wollen. Darin liegt eine Schädigung des privaten Anbieters.«

Gustav schlug mit der Faust auf die Tischplatte. »Weißt du, was das bedeutet, wenn das greifen sollte?«

»Nein, nicht so genau, aber …«

»Ach, was frage ich dich? So ist das ja immer! Dein Zeug kann ich mir anhören, und was mich betrifft, interessiert nicht.«

»Das stimmt doch nicht, natürlich bin ich interessiert, auch wenn ich die Folgen eines solchen Gesetzes nicht gänzlich abschätzen kann. Ich habe nie zuvor in meinem Leben so viel über Kunst erfahren wie von dir.«

»Willst du mir jetzt sagen, ich schwinge Reden?«

Ella ging in die Hocke und begann erneut, die Zeitungen auf dem Tisch zusammenzuräumen. Sie hob den Verschluss vom Parkett auf, verschloss die Karaffe und stellte sie beiseite.

»Die bleibt hier!«

»Nein, du hast genug.« Noch während Ella sich aufrichtete, sprang Gustav auf, eine beeindruckende Geschwindigkeit entwickelnd. Er schoss um den Sofatisch herum und packte sie am Arm. Entsetzt schrie sie auf, weil seine Hand einem Schraubstock gleich um ihren Oberarm lag.

Mit verzerrtem Gesicht schubste er sie beiseite, lehnte sich wankend vor und ergriff die Flasche, so behutsam, als würde er ein kleines Kind schützend auf den Arm nehmen. »Weiber!«, stieß er hervor und verschwand in seinem Arbeitszimmer. Die Flügeltür trat er mit dem Fuß zu, dass die Scheibeneinsätze klirrten.

Ellas Herz schlug bis zum Hals, ihr Arm brannte. Sie starrte an sich herab auf die viel zu großen Pantoffeln, die ihr mit einem Mal albern vorkamen. Was war das gerade gewesen? Hatte Gustav versucht, sie zu schlagen? Eigentlich hatte er nicht zugeschlagen. Oder galt ein hartes Zupacken bereits als Schlagen?

Sie stieg aus den Pantoffeln und spürte das von der Sonne gewärmte Parkett durch den Stoff ihrer Strümpfe. Mit der Zehenspitze schob sie die Pantoffeln unter das Sofa, weit von sich.

Die Sonne schien durch die Vorhänge, die nicht richtig zugezogen waren, ins Zimmer hinein. Ella konnte das strahlende

Blau des Himmels erkennen. Sie blieb einen Moment liegen. Heute war der Tag der großen Modenschau, hoffentlich eine der Sternstunden des Lichtenstein. Der Neubeginn, und sie war dabei, ein Teil des Ganzen. Zusammen mit Hedi und Thea. Ob Gustav sie begleiten würde?

Der Vorabend.

Plötzlich war er wieder da.

Die Erinnerung zerschlug die Heiterkeit. Der Himmel wirkte mit einem Mal weniger blau, das Tageslicht grell. Sie war nach Hause gekommen, voller Eindrücke vom Besuch mit ihrem Chef Heinrich am Filmset, und sie hatte diese aufregend neue Welt mit Gustav teilen wollen.

Aber er war betrunken gewesen.

Wegen irgendwelcher Änderungen im Kunsthandel.

War das ein Grund, sich zu betrinken? Sie sah über die Kissen hinweg. Halb unter der Decke vergraben, lag Gustav neben ihr. Er schnarchte nicht mehr, schien aber auch noch nicht wach zu sein.

Leise schob sie sich aus dem Bett und eilte ins Wohnzimmer, griff sich die Zeitungen vom Vortag und setzte sich aufs Sofa. Sie suchte den Artikel, las ihn komplett und verstand: Dieses Gesetzesvorhaben, sollte es in Kraft treten, würde sich vermutlich massiv auf Gustavs Einnahmen auswirken.

Während Ella überlegte, ob sie das Thema noch einmal aufgreifen sollte, hörte sie das Knarzen des Parketts. Gustav war aufgestanden und lief durch den Flur.

Er schaute ins Wohnzimmer, die Haare zerzaust, Schlaffalten vom Kissen auf der linken Wange. »Möchtest du einen Kaffee?«

»Du hast noch welchen?«

»Beziehungen«, sagte er nur und lächelte schelmisch. Dann legte er die Hand an seinen Kopf. »Ich habe einen ganz schönen Schädel, das war ein bisschen viel Whisky gestern.« Er verschwand in der Küche.

Ella hörte ihn am Herd hantieren und blätterte weiter in der Zeitung. Sie entdeckte eine Meldung, dass Hermann Bahr eventuell Burgtheaterdirektor in Wien werden würde. Er stehe mit dem neuen Generalintendanten Baron Andrian in Verhandlung. Kurz sah sie Alberts Gesicht vor sich. Was er wohl von Bahr hielt? Hastig blätterte sie weiter, als Gustav mit einem Tablett ins Zimmer kam. Nicht dass er ihr wieder vorwarf, sie würde sich nur um ihre Belange kümmern.

Er stellte das Tablett ab und goss ihnen beiden eine Tasse ein. Alles an ihm schien heute weich und entspannt. »Ich habe mich noch einmal belesen«, wagte sie sich vorsichtig vor.

»Gestern war ich etwas ruppig, ich hoffe, du nimmst es mir nicht krumm.«

Das war er. Das war ihr Gustav. Ruhig, gelassen, wieder durch und durch der Intellektuelle. Während er ihr die Nachteile des Gesetzes erläuterte, die Auswirkungen, die es auf den Handel haben würde, trank sie in kleinen Schlucken ihren Kaffee und beobachtete ihn. Vielleicht hatte sie die Situation gestern falsch beurteilt? Hatte sie überhaupt ein Urteil gefällt? Vermutlich nicht, und irgendwie erschien es ihr inzwischen auch unnötig. Sie sollte sich lieber auf die Modenschau konzentrieren und sich langsam, aber sicher vorbereiten …

Die Situation erinnerte an eine Theaterpremiere. Das Lampenfieber war allgegenwärtig und hing als Schweißgeruch in der Luft. Der Personalflur war zum Maskenraum geworden, der Salon zur Umkleide, der Verkaufsraum zur Theaterbühne. Am Nachmittag hatten sie die wuchtige Tür des Lichtenstein geschlossen und begonnen, Tische und Regale zur Seite zu schieben. In den frei gewordenen Flächen und entstehenden Nischen hatten sie Spielorte entstehen lassen. Mit Stuhl und Tisch oder Spiegel und samtbezogenem Paravent sowie ähnlich einfachen, aber klar gesetzten Requisiten wurden die Räume angedeutet, sieben an der Zahl. Der Clou war, dass die Damen wechselten, um verschiedene Kleider an den Spielorten zu präsentieren.

Zwanzig Minuten blieben, dann hieß es für die Mannequins, der Ablösung Platz zu machen und sich in der Ankleide neu ausstatten zu lassen. Es war ein kompliziertes Unterfangen gewesen, die Spielorte so anzuordnen, dass diese Wechsel möglich wurden. Allerorten verteilte Stuhlgruppen boten die Möglichkeit zu verweilen. Getränke wurden von mehreren adretten Fräulein irgendeines Weinhauses serviert.

Zufrieden mit der Abnahme der Spielorte, betrachtete Ella nun das geschäftige Treiben hinter den Kulissen. Alles schien gleichzeitig und genau so zu geschehen, wie es geschehen musste. Die Aufregung stand den Mannequins – heute waren zusätzliche Frauen gebucht worden – ins Gesicht geschrieben, erkennbar an den weit aufgerissenen Augen und vor Anstrengung verkniffenen Mündern. Starr standen sie, während die Näherinnen letzte Hand anlegten. Angespannt wirkten sie alle – die hinter den Kulissen wie auch jene, die gleich ins Rampenlicht traten. Würden Warenhäuser mit summenden Bienenstöcken verglichen, war das hier die Königsdisziplin des Gesumms. Stimmen schwirrten durcheinander, irgendwer weinte, wahrscheinlich vor Aufregung, Stoffe knisterten – eine Geschäftigkeit, die Ella liebte: ein wenig Bordell, ein bisschen Theater.

Sie warf einen letzten Blick in den Spiegel, richtete den Hut und zog das Schultertuch zurecht. Dann lief sie zur Personaltür, die geöffnet stand, aber mit einem schwarzen Samtvorhang den Blick verwehrte. Vorsichtig schob Ella den Stoff ein wenig beiseite.

Hedi trat neben sie. »Kannst du was sehen?«, flüsterte sie.

»Ja, sie sind alle gekommen! Und sie sind geschniegelt und gestriegelt von Kopf bis Fuß, frisch vom Friseur und feinst geschminkt. Einige haben trotz der Wärme sogar ihre Sommerpelze angelegt. Und mit Schmuck sind sie behangen! Neben sich ihre Männer, die, das ist unübersehbar, um ihr Bestes fürchten.«

»Ihr Bestes?«

»Ihr Geld.«

»Die Männer.« Hedi schmunzelte. »Ach, ist eigentlich Gustav heute da?«

Ella schüttelte den Kopf, spürte noch einmal den Druck auf ihrem Arm. »Er hat heute eine kurzfristig einberufene Krisensitzung mit anderen Galeristen. Da ist irgendein Gesetz in Planung, das ihnen zu schaffen macht. Wo ist Hilde heute?«

»In Hamburg, die Welt retten.«

Amüsiert zog Ella die Augenbrauen in die Höhe.

»Sie hat da Freundinnen, die machen sich für das Wahlrecht von Frauen stark.«

»Sehr gut.« Abermals öffnete Ella den Vorhang. »Willst du mal schauen?«

Neugierig schob Hedi sich näher. »Cilly hat erzählt, vor dem Eingang reihen sich die Wagen aneinander. Zudem steht die Presse Schlange, und Jacob hat diverse Agenten und Einkäufer eingeladen.«

»Hat er sich entschieden? Will er denn jetzt Mode außerhalb Berlins verkaufen?«

»Ja, unbedingt.«

»Wir müssen dafür sorgen, dass das, was wir am Leib tragen, alle haben wollen.«

»Das machen wir seit Monaten! Wir nähen nicht nur, auch der ganze Fertigungsablauf wird geändert. Wir bauen dafür neue Abteilungen auf und erweitern die Expedition erheblich, um Aufträge in rund zwei Wochen erledigen zu können.«

»Oh, verschone mich mit Details«, winkte Ella ab, stellte sich auf die Zehenspitzen und sah über Hedis Schulter hinweg. Sie erkannte ihren neuen Chef und zwei Schauspielkolleginnen unter den Gästen, die in der Nähe standen. Zufrieden rieb sie sich die Hände. »Gut, genug des Geredes. Wir gehen jetzt zu den anderen und dann heißt es: Konzentration! Rücken gerade. Kinn hoch und an die Atmung denken.«

Jacob

Vor zweieinhalb Stunden hätte er sich fast noch übergeben. War sein Körper drauf und dran gewesen, unter dem Druck, der auf ihm lastete, zu kapitulieren. Langsam begann er zu verstehen: Dieser Moment, an dem sich das Lichtenstein zurückmeldete, seinen Platz in der Welt der Modehäuser Berlins wieder einforderte, vielmehr neu belebte, war ein Triumph. Jacob konnte den Kundinnen und Einkäufern ansehen, dass sie all das, was die Lichtensteiner präsentierten, gierig aufsogen, regelrecht inhalierten. Selbst einige Reporter zeigten mehr als ihre übliche unverbindliche Aufmerksamkeit. Hannes hatte recht – sie verkauften weit mehr als Kleidung.

Was die Veranstaltung vollends abrundete, sie in seinen Augen geradezu perfektionierte: Helene war unter den Gästen. Mit ihrer Mutter und einer Gruppe anderer Damen. Und Jacob hatte den Eindruck, Helene machte, trotz der illustren Begleiterinnen, keinen Hehl daraus, was sie interessierte: Ihr Blick folgte ihm – unentwegt. Er spürte ihn einer Liebkosung gleich und erwiderte ihn, sooft es sich ergab. Ihre Anwesenheit wärmte ihn, verjagte die Leere und ließ ihn hoffen. Darauf, sie im Aquarium nicht verprellt zu haben. Auf eine gemeinsame Zukunft, eben auf all das, wovon sie einst geträumt hatten.

Kurz blickte er zum ersten Spielort. Dort präsentierten Hedi und Ella in einer Straßenszene mit größter Selbstverständlichkeit ihre Roben, ihre Natürlichkeit und Leichtigkeit waren beeindruckend. Hätten sie aufgeschaut und erstaunt festgestellt, sie waren nicht allein – er hätte es ihnen geglaubt. Ihre Geschichte war einfach: Sie waren zwei Frauen, die sich wiedertrafen – dem Theaterfundus sei Dank – vor einer Laterne und einer Parkbank, hinter sich ein Plakat mit einem lieblich gemalten Häuserzug. Ihre pelzverbrämten Tücher waren um die Schultern über die hellen Trotteurkleider gelegt. Hüte, Schirme, Schuhe – alles war perfekt aufeinander abgestimmt. Er sah zwei moderne Frauen, die wussten, was sie wollten. Die bereit waren, die Zukunft fest mit beiden Händen zu packen.

Mit Ella hatte er die einzelnen Spielorte festgelegt: das Wiedersehen unterwegs, die Abendrobe im Theater, das Tageskleid im heimischen Umfeld, Impressionen aus der Sommerfrische, ein Bild hatten sie der berufstätigen Frau in einem Bureau gewidmet. Zudem gab es den Ausflug im Auto und einen Moment der Ruhe im Hauskleid vor dem Zubettgehen. Sie wollten den Kundinnen die Gelegenheit geben, umherzugehen und so lange zu schauen, wie es ihnen gefiel. Sie konnten das Kleid sozusagen im direkten Einsatz erleben – und nebenbei das seit Langem fertig renovierte und geschmackvoll gestaltete Lichtenstein zur Kenntnis nehmen. Die Last hatte derart schwer gewogen, dass er nun meinte, regelrecht zu schweben.

Im Trubel sah er Helene auf sich zukommen. Sie hatte sich aus dem Frauentross gelöst, und Jacob begriff: Vielleicht war heute der Tag, das Ruder herumzureißen. All das zu retten, was ihm wichtig war.

»Es ist wundervoll, vielen Dank«, sagte Helene ohne Umschweife, als sie ihn erreichte. Sie wussten beide, die Zeit unter vier Augen war kurz. Sehr kurz.

Jacobs Herz strömte über vor Glück.

Helene, sie war so nah. Bei ihm.

Er konnte jede einzelne ihrer Wimpern sehen, den Flaum am Übergang zu ihrem Nacken, die zwei Leberflecken auf der rechten Wange. Die zarten Perlen, die den Ausschnitt ihrer Bluse zierten. Er verbot sich, seinen Blick in ihr Dekolleté wandern zu lassen und an die verborgenen Herrlichkeiten zu denken, die er innigst liebkost und gekostet hatte. Er konnte ihr Parfum riechen. »Gestern habe ich die Gästeliste gesehen und eure Namen nicht darauf entdecken können. Ich bin fassungslos.«

»Meine Tante hatte uns angemeldet, natürlich nichts ahnend. Und meine Mutter sah es nicht ein, auf ein derartiges gesellschaftliches Ereignis zu verzichten. Wie sie das meinem Vater beigebogen hat, weiß ich nicht. Aber es ist auch nicht wichtig. Wir sind hier. Das zählt.« Sie ließ kurz den Blick durch den Raum huschen und senkte die Stimme. »Und ich habe dich nicht vergessen, beileibe nicht. Je mehr mich alle von dir wegdrücken wollen, umso mehr denke ich an dich.«

Es schmerzte Jacob in jeder Faser seines Leibes, Helene nicht berühren zu dürfen. »Ich bin bei dir, immer«, antwortete er ebenso leise und fühlte sich unbeholfen, weil die Worte so klein blieben, das, was in ihm tobte, nicht hineinzupassen schien. »Und irgendwann werden wir zusammen sein, für immer.«

Sie schwiegen, sich mit Blicken berührend.

»Trägt deine Mutter ein ockerfarbenes Kleid, das in einen Walnusston übergeht?«, fragte Jacob nach einigen Sekunden, den kostbarsten des Abends.

»Ja, warum?«

»Dann kommt sie gerade auf uns zu.«

»Gut, ich schreibe dir in den kommenden Tagen!« Lächelnd drehte Helene sich um.

»Sie sind Jacob Lichtenstein?«, fragte die Mutter und hakte sich bei ihrer Tochter ein. Neugierig, fast unverfroren, fuhr ihr Blick von Jacobs Scheitel bis hinab zu den Schuhen.

»Mutter, bitte!«, zischte Helene.

»Ach, Kind, ich bin begeistert, und das wollte ich Herrn Lichtenstein mitteilen! Ich denke, er kann in eine rosige Zukunft schauen. Vieles wird sich ändern! Bald!«

Jacob deutete eine Verbeugung an. »Gnädigste, es freut mich sehr, dass Sie unser Haus beehren und unsere Zukunft in diesem Lichte sehen.«

»Natürlich, natürlich. Es gibt Dinge, die sind so … wie soll ich sagen, so harmonisch, so perfekt, da passt eines zum anderen, daran kann und darf man nichts ändern.«

Helene und Jacob tauschten einen raschen Blick.

Vielleicht gab es noch Hoffnung, vielleicht …

Ein Reporter drängte sich ins Gespräch und meinte, mit ein wenig Charme, den er den Damen angedeihen ließ, seinen Platz an der Seite des Geschäftsinhabers in Anspruch nehmen zu können. Mit Bedauern versicherten die drei einander, sich gleich noch auf ein Glas Sekt wiederzusehen, während der Reporter mitleidlos, den Stift gezückt, den Abschied beobachtete.

Während Jacob das Interview gab – es war ein Schreiberling der *Berliner Volks-Zeitung*, der sich besonders für die Zusammenarbeit mit Ella Winkler interessierte, enorm viel fragte, um dann vermutlich nur wenige Zeilen darüber zu verlieren –, beobachtete er Helene. Wenigstens auf diese Art wollte er in ihrer Nähe bleiben. Und während er überlegte, wie er die Aussage einfließen lassen könnte, in welchem Zusammenhang eine derartige Kollektion mit der gesellschaftlichen Situation stehe, sie gleichermaßen widerspiegele, öffnete sich erneut das Eingangsportal.

Jacob hielt unwillkürlich die Luft an.

Er erstarrte mitten in seiner Antwort.

Ludwig. Er war hier. Eskortiert von zwei Männern, die Jacob noch nie gesehen hatte. Alle drei trugen Uniformen.

»Und wie sind Sie an die Stoffe gekommen?«, fragte der Reporter in diesem Moment.

»Wie bitte?«

»Ist es nicht eine besondere Herausforderung, in dieser Zeit an Stoffe zu kommen?«, wiederholte sein Gegenüber die Frage.

»Ich glaube, wir müssen das Interview leider abbrechen«, sagte Jacob stirnrunzelnd. »Ich hole den Konfektionär, er kann die Fragen auch beantworten. Ich bin untröstlich, aber ich werde es bei Gelegenheit wiedergutmachen.«

Der Reporter winkte ab. »Nein, danke, mit dem, was ich vorhin gesehen habe, und mit Ihren Antworten kann ich ganz gut etwas anfangen.«

Während der Mann verschwand, rief Jacob ihm hinterher: »Das mit den Stoffen war tatsächlich eine Herausforderung, aber wir haben sie mit den zuliefernden Spinnereien und Stoffhändlern gemeistert.« Eine wichtige Ergänzung, nicht dass er morgen lesen musste, er habe sich am Schwarzmarkt bedient.

Nun galt die komplette Aufmerksamkeit seinem Bruder. Der nächsten Herausforderung. Der wahren Herausforderung des Abends, um genau zu sein. Denn noch konnte das, was just zart erblühte, niedergewalzt werden. Kurz schaute Jacob sich nach seinen Eltern um. Er konnte sie nicht entdecken. Nur Frau Geheimrat Kunze, die Ludwig begeistert zuwinkte.

Die Gefolgsmänner des Bruders blieben einige Meter entfernt zurück, als hätten sie Instruktionen erhalten, im Hintergrund zu bleiben. Ludwig stellte sich breitbeinig vor ihn und verschränkte die Arme. »So!«, sagte er und musterte Jacob ebenfalls von Kopf bis Fuß. »Gut siehst du aus. Du weißt dir die Zeit anscheinend möglichst angenehm zu vertreiben.«

Jacob beschloss, erst einmal nichts zu erwidern, den Bruder reden zu lassen. Tatsächlich schien er das Schweigen schlecht auszuhalten. »Ich habe die Eltern vor dem Eingang getroffen. Sie sind bereits auf dem Weg nach Hause, natürlich ziemlich begeistert. Wieder einmal!«, fuhr Ludwig fort. »Aber ich habe dir gesagt, du sollst diese Modenschau sein lassen. Es stört mich, wenn wir in diesen Zeiten …«

»Entschuldige, wenn ich dich unterbreche. Es interessiert mich nicht, was dich stört.«

»Was ist das denn für ein Ton? Ich habe dir gesagt, du sollst den ganzen …«

»Ludwig«, sagte Jacob mit ruhiger Stimme und legte seine Hand auf die Schulter des Bruders, um ihn einige Schritte zur Seite zu führen, »ich glaube, das ist der falsche Ort, um solche Gespräche zu führen.«

»Wenn du meinst!« Ludwig schüttelte die Hand des Bruders ab und marschierte entschlossen zur Personaltür.

Noch einmal ließ Jacob den Blick schweifen. Die Stimmung war ausgelassen, Sekt wurde kredenzt, noch immer waren Reporter und verzückte Damen zugegen, die den Konfektionär belagerten. Helene stand umringt von mehreren Frauen. Niemandem würde auffallen, wenn er einen Moment verschwand.

Er folgte seinem Bruder, lief ihm hinterher und betrachtete auf der Treppe dessen sportliche Figur. Als sie das Vorzimmer erreichten, verschränkte Ludwig erneut die Arme.

Fast hätte Jacob die Augen verdreht. Warum versuchte er so bedrohlich wie möglich zu wirken? Er war stärker, jünger, schöner, aber ob er auch klüger war? Doch darauf kam es jetzt an. Auf nichts anderes.

»Ich hatte dich gebeten, es zu unterlassen. Wie kann es sein, dass du dich hier zum Alleinherrscher aufschwingst?«

»Was heißt Alleinherrscher? Irgendwer muss das Haus führen.«

»Du kannst dieses Haus nur führen, weil du dich vor der Front drückst.«

Jacob schob die Arme hinter den Rücken, damit Ludwig nicht sah, wie er die Hände zu Fäusten ballte, um seine Wut unter Kontrolle zu halten. Ludwig hatte recht, so schmerzhaft es war. Doch untätig war Jacob nicht gewesen: Er hatte das Lichtenstein weitergeführt, der eigenen Familie den Bankrott erspart und die Existenz vieler weiterer Familien aufrechterhalten. Sicherlich hatte das Lichtenstein zurzeit nicht mehr zweihundert Angestellte, aber jeder Rückkehrer würde, wenn er das wünschte, seinen Arbeitsplatz wieder einnehmen können. War das nicht Rechtfertigung genug?

Er beschloss, in den Angriff zu gehen. »So ist es«, erwiderte er. »Du weißt anscheinend um meine Schwächen, aber auch ich weiß um deine.«

»Wovon redest du?«

»Von Thea Stübner.«

Ludwig runzelte die Stirn. »Wieso? Was ist mit ihr?«

»Hast du ihr Geschenke gemacht?«

»Ja, Gott, warum denn nicht? Weihnachten, Hochzeit – wir machen das ja durchaus öfter. Und du bist doch auch nach Paris gefahren mit Hallberg und seinem Mäuschen. Das eine Kleid hast du denen doch zu einem Spottpreis überlassen. Ich weiß nicht, worüber wir gerade reden.«

»Sie ist in anderen Umständen.«

Ludwigs Gesichtszüge entgleisten. Eine Reaktion, die Jacob tatsächlich tröstlich fand.

»Sagt sie, sie ist von mir schwanger? Ist sie zu dir gelaufen, um dir so einen Humbug aufzutischen?«

»Nein, das ist sie nicht. Aber es ist unübersehbar. Sie hat körperliche Malaisen. Die schlechte Versorgung, die Aufregung – sicherlich kommt alles zusammen.«

»Und was hat das mit mir zu tun? Was kann ich denn dafür, wenn die … Entschuldige bitte, im Warenhaus sind überall Männer, also hänge das nicht mir an.«

»Hör auf damit! Wir werden jetzt gemeinsam die Verantwortung übernehmen!«

»Wo ist sie? Ich will sie sprechen.«

»Mutter hat ihr einen Platz im Mütterheim organisiert.«

»Mutter weiß davon?« Ludwig griff nach einer Stuhllehne.

»Nein, sie will nur einer jungen Frau helfen, die sie als Teil der Lichtenstein-Familie wahrnimmt. Einfach weil sie deren Notlage erkannt hat.«

Ludwig ballte die Fäuste. »Worum geht es hier? Um Geld?«
»Keine Sorge. Wir bezahlen ihren Lohn weiterhin.«
»Das ist doch ein Eingeständnis.«
»Nein, eine Geste der Menschlichkeit. Sie und ich, wir beide wissen es. Ich sage dir jetzt eins: Niemand wird ein Wort darüber verlieren, wer der Vater dieses Kindes ist. Und du, du wirst nicht hier sein, wenn sie wiederkommt.«
Ludwig schlug mit der Faust in seine Handfläche. »Damit wirst du nicht durchkommen.«
»Doch.«
Jacob setzte sich an den Platz der Müllerschen. Nahm die Abdeckung von der Schreibmaschine und griff ein Blatt Papier. »Du erhältst monatlich deinen Anteil. Vielleicht sollten wir aber einen Obolus für den Nachwuchs abziehen. Aber das können wir klären, wenn er auf der Welt ist. Und du«, er setzte eine Pause, um das Wort zu betonen, »Vater bist.«
Unbeholfen spannte er das Papier ein. Mit zwei Fingern begann er das Wort VERTRAG zu tippen. »Sieh doch, wie wunderbar: Du bekommst es sogar schriftlich. Du wirst nicht mehr im Lichtenstein arbeiten, und ich werde Vater und Mutter gegenüber kein Wort verlieren.« Er sah seinen Bruder an und konnte seine Wut kaum noch zügeln. »Du denkst dir einen Grund aus, warum du nicht mehr dabei bist«, zischte er. »Wartet nicht die Verbandsarbeit oder gleich die große Politik auf dich?« Die Typenhebel verhakten sich. Wütend schob Jacob sie zurück, wobei er dem Papier einen Riss zufügte. Als er versuchte, das Blatt herauszudrehen, verhedderte es sich vollends.
Ludwig sprang vor, packte Papier und Transportrolle und zerrte daran. Dabei löste sich das Farbband und schwärzte seine Hände. »Drecksding!«, brüllte er wutentbrannt und riss die gesamte Maschine in die Höhe.
Für einen Moment gefror Jacob das Blut in den Adern. Würde Ludwig es wagen …?

Doch bevor er den Gedanken zu Ende bringen konnte, krachte die Maschine auf den Boden. »Gut, willst du es handschriftlich?«, fragte er, fast schockiert über seine zur Schau getragene Kaltblütigkeit.

Ludwig stützte sich auf den Tisch und näherte sich Jacobs Gesicht. »Wir werden uns wiedersehen!«, presste er mit bebender Stimme hervor. Dann machte er auf dem Absatz kehrt und verließ das Vorzimmer.

Nachdem die Schritte des Bruders nicht mehr zu hören waren, sah Jacob zur Schreibmaschine herab. »Entschuldige«, murmelte er und wusste nicht, wen er meinte: die Maschine, die Müllersche oder das Lichtenstein.

Hedi

Selten in ihrem Leben war Hedi so erschöpft gewesen. Sie reckte sich und lehnte sich gegen die Laternenattrappe. Im Normalfall wäre sie übergelaufen vor Glück.

»Was ist los mit dir?«, fragte Ella und knuffte sie in die Seite. »Ich denke, das war ein Erfolg, ein unbeschreiblicher Erfolg sogar.«

»Ja, das ist es, aber es schmerzt mich, dass Thea nicht dabei ist. Sie hat so lange und so hart mit daran gearbeitet.«

»Hui, das sind jetzt aber ernste Töne«, sagte Ella. »Schluss damit! Ich werde dir sofort ein Glas Sekt besorgen, den Kummer musst du heute Abend noch wegspülen. Wir werden uns um Thea und den kleinen Schreihals kümmern, aber heute machen wir das, was ich am besten kann: feiern!« Sie wandte sich um und unterdrückte einen Aufschrei. »Dort hinten, siehst du, was ich sehe?«

In einer der Stuhlreihen, in der Nähe von Gretes Kabuff, saß Thea. Neben ihr, fast verlegen, der Meuser.

»Wer ist der Kerl neben ihr?«

»Georg Meuser. Der Vater des Kindes.«

»Wo kommt der denn jetzt her?«

»Er ist Zwischenmeister bei uns. Ein feiner Kerl. Er hatte versprochen, er holt sie nach Berlin zurück.«

»Ja, aber wo war er bisher?«

Hedi lachte sie an. »Meine Güte, du bist schlimmer als Hilde. Das ist kompliziert mit den beiden, nichts weiter!« Dann raffte sie den Rock und lief los, scherte sich um nichts mehr, weder darum, was die letzten Frauen, die gerade den Saal verließen, von ihr hielten noch um die knackenden Nähte des Kleides.

Thea sprang auf, und sie fielen einander in die Arme. Dann brachte Hedi die Freundin kurz auf eine Armlänge Abstand und schaute auf deren Bauch.

»Du kannst es noch nicht sehen, die Tunika verdeckt es.«

»Geht es dir gut? Warst du rechtzeitig hier?«

»Ja.«

»Warum habe ich dich nicht gesehen?«

»Weil wenigstens du hier deine Arbeit getan hast.« Thea hob den Kopf und fächelte sich Luft zu, als könnte sie damit die Tränen trocknen, die ihr in den Augen standen.

»Hör auf damit! Sofort!«, entgegnete Hedi und umarmte sie abermals. »Deine Arbeit war längst abgeschlossen. Du warst heute genauso dabei wie wir.«

Ella trat zu ihnen. Sie umarmte Thea, dann starrte sie den Zwischenmeister an. »Dann gratuliere ich Ihnen, Herr Meuser«, sagte sie nach einem langen Moment des Schweigens.

Hedi sah die Erleichterung in Theas Gesicht. Wie die beiden nebeneinander standen, sich nicht anzurühren wagten, vertraut und in der Öffentlichkeit doch verlegen miteinander waren, ihr Blick, seine Körperhaltung – all das zeigte, worauf es ankam: Meuser war zwar nicht der Vater, aber er war hier. Bei ihr.

Jacob

Das Licht, das durch die Schaufenster drang, verlieh der Szenerie einen eigenen Zauber. Staubkörnchen tanzten funkelnd über Stuhlreihen und einen Schal, der liegen geblieben war. Vereinzelte Flaschen und Gläser, die den Kellnerinnen des Weinhauses entgangen waren, standen herum. Die Spielorte wirkten jeder für sich, still und doch so beredt.

Jacob setzte sich in die hinterste Stuhlreihe, und während er den Moment auf sich wirken ließ, begriff er, dass er eines vergessen hatte: seine Mitarbeiter zu bitten, am heutigen Sonntag mit aufzuräumen, das Kaufhaus wieder herzurichten. Er musste lachen. Eines war klar: Er würde es nicht alleine schaffen, bis morgen wieder für Ordnung zu sorgen. Innerlich zuckte er mit den Schultern. Dann würde das Lichtenstein später seine Tore öffnen. Obwohl anzunehmen war, dass nach den Presseberichten zahlreiche Kundinnen ins Haus drängen würden. Aber manchmal konnte man die Dinge nicht ändern.

Ein Klopfen am Personaleingang ließ ihn auffahren. Die Tür öffnete sich, und Hedi streckte den Kopf herein. Neben ihr stand Hannes.

»Habe ich die Tür zum Hof nicht abgeschlossen?«, entfuhr es Jacob.

»Nö.« Hedi schaute sich um. »Na, da haben wir ja ordentlich zu tun.« Sie legte ihre Tasche ab und begann, die ersten Stühle aus dem Raum zu tragen. »Wo sollen denn die Bühnensachen hin?«, rief sie im Hinausgehen.

»In den Hof. Die Sachen werden abgeholt und wieder zum Theater zurückgefahren«, rief Jacob ihr nach und merkte, wie die Anwesenheit der beiden seine Kräfte weckte.

Erneut öffnete sich die Personaltür. Thea, Meuser und die Müllersche betraten den Raum.

Jacob sah zur Uhr auf. Es war kurz vor elf.

Die Müllersche nickte, dann klemmte sie einen Keil aus gefaltetem Zeitungspapier unter die Tür. »Ja, wir haben uns verabredet. Irgendwer muss doch aufräumen und die Abrechnung machen, oder haben Sie den Hoffmann einbestellt?«

Jacob schüttelte den Kopf und hätte sie gern umarmt, ihr gesagt, wie leid ihm vieles tat.

Sie blinzelte ihm zu.

Wie immer wusste sie es, einfach weil sie die Müllersche war. Dann verschwand sie im Treppenhaus.

»Kommt noch irgendjemand?«, fragte Jacob.

»Na ja, ich denke, alle, die gestern dabei waren«, rief Hannes, der mit seiner freien Hand die Flaschen in eine Holzkiste stellte.

Eine Weile stand Jacob in dem Gewühl, fing hier etwas an, packte dort zu und verzettelte sich in allem, gerührt davon, mit welcher Selbstverständlichkeit seine Mitarbeiterinnen und Mitarbeiter die Arbeit erledigten.

Dann klopfte es vorne an der Glastür. Jacob konnte Ella ausmachen und deutete ihr an, sie möge über den Hintereingang das Haus betreten. Sie nickte nur und winkte gut gelaunt mit einem beeindruckenden Stapel Zeitungen. Noch während sie den Verkaufsraum betrat, rief sie schon: »Die Presse ist sensationell! Kommt her, schaut euch das an.« Sie reichte die Zeitungen weiter, verwies auf die Seitenzahlen, und sofort begannen alle, einander die Berichte vorzulesen.

Jacob beschloss, nach oben zu gehen und sich einen Überblick zu verschaffen. Fand sich diese Euphorie auch in den Zahlen wieder? Hatten sie gestern die Gäste überzeugt, dass es gute

Gründe gab, im Lichtenstein Kleidung zu bestellen und einzukaufen? Als Jacob ins Treppenhaus einbog, fiel ihm die Schreibmaschine der Müllerschen ein. Ihre geliebte Maschine, um die sie nach dem Brand Tränen vergossen hatte. Er nahm zwei Stufen auf einmal, rannte den Flur entlang und riss die Tür auf.

Die Müllersche saß an ihrem Platz, vor sich Zettel und Stift. Die Schreibmaschine lag unangerührt auf dem Boden.

»Frau Müller, es tut mir leid. Das hätte ich Ihnen sagen müssen. Sie ist gestern Abend …«, Jacob suchte nach Worten.

»… runtergefallen?«, fragte die Müllersche. »Aus Versehen vom Tisch gerutscht? Das kann ja mal passieren. Vielleicht können wir sie reparieren. Und wenn nicht«, sie grinste, »werde ich mir wohl eine neue bestellen müssen. Es gibt ein Nachfolgemodell, ausgesprochen interessant. Ebenso interessant wie die Zahlen auf den Bestellscheinen des gestrigen Abends.«

Jacobs Mund fühlte sich mit einem Mal trocken an. »Wie viele Bestellungen sind eingegangen?«

»Es gingen Bestellungen im Wert von 136 000 Mark ein. Hierbei sind Lieferungen enthalten, die nach Baden-Baden, München, Wiesbaden und Weimar gehen sollen. Zwei Interessenten haben angekündigt, sich mit ihren Chefs absprechen zu wollen, weil sie ein größeres Budget ausgeben möchten, hierzu allerdings die Freigabe benötigen.«

Mit weichen Beinen setzte sich Jacob auf die Kante des Müllerschen Schreibtischs. »Das könnte für eine neue Schreibmaschine reichen«, sagte er nur.

Sie hielt ihm den Zettel entgegen. »Ich hoffe, Sie können ihn lesen.«

»Dann werde ich mal rübergehen. Können Sie mir bitte eine Verbindung mit dem Senior machen?«

Wenige Minuten später hatte er seinen Vater am Telefon, der beschwingt klang: »Jacob, deine Mutter und ich, wir wollten dir noch einmal sagen, wie gelungen wir diese Schau gestern fanden.

Wir haben auch schon die Zeitung gesehen, die Begeisterung ist groß.«

»Danke! Wir sind bereits dabei, alles aufzuräumen. Nachher werden wir die vorproduzierten Kollektionsteile einsortieren, und dann können wir ab morgen alle Kundinnen ansprechen. Ganz gleich, ob Frau Geheimrat oder Gutshofmagd.«

»Werden wir diesem Ansturm gewachsen sein?«

»Sicher nicht«, lachte Jacob. »Aber es sind bisher Bestellungen im Wert von 136 000 Mark eingegangen. Die werden über ein ordentliches Chaos, bis sich alles einspielt, ein wenig hinwegtrösten.«

Das Schweigen in der Leitung war Antwort genug. Jacob wartete geduldig.

»Der beste Tagesumsatz in der Bekleidungsabteilung betrug 21 000 Mark«, sagte der Vater nach einer Weile. »Diesen Tag habe ich nicht vergessen, damals kam eine Fürstin von Wittenhof vorbei. Gefühlt hat sie alle hochpreisigen Kleider aufgekauft und uns anderthalb Wochen mit maßgeschneiderten Roben auf Trab gehalten. Damals dachte ich schon, so etwas würde ich nie wieder erleben. Aber 136 000 Mark – das ist schier unglaublich.«

Ja, Vater, dachte Jacob, und es war so bitter nötig.

»Allerdings habe ich noch eine schlechte Nachricht für dich«, sagte Friedrich.

Jacob trommelte nervös auf dem Tisch herum. »Was meinst du?«

»Ludwig war heute Morgen bereits hier. Sein Fronturlaub geht nur bis heute Abend, er ist abgereist. Was ich bemerkenswert fand: Er meinte, der Krieg werde bald enden, das ahne in der Obersten Heeresleitung jeder. Auch wenn es keiner zugeben wolle. Ludwig beabsichtigt, dann nach München zu gehen. Er sagt, er habe in den letzten Jahren interessante Menschen kennengelernt, die dort tätig sind. Ich soll dir Grüße von ihm ausrichten, er meinte, ihr würdet euch trotzdem bald wiedersehen.«

»Oh!«, sagte Jacob nur, weil er nicht wusste, was er erwidern sollte.

Nach einem kurzen, belanglosen Wortwechsel legte er den Telefonhörer auf, sank in seinen Sessel zurück und schloss die Augen. So wie es aussah, würde er demnächst selbst wieder eine Order aufgeben können – bei Pierre Imans. Sollte es demnächst möglich werden, würde er dem Lichtenstein eine neue schöne Frieda bestellen.

Aus Paris.

Und sie wieder ins Zentrum des Hauses stellen.

Hedi

Hedi sah durch die Scheibe des Eingangsportals die Hand den Schlüssel drehen. Dann hörte sie das leise Klicken des Schlosses. Jacob Lichtenstein lächelte müde und winkte zum Abschied. Dann verschwand er in Richtung Kontor. Vermutlich würde er dort über irgendwelchen Bestellungen brüten und Auswertungen erstellen. Sie schaute ihm nach, wie er durch den Verkaufsraum ging. Jeder Ausstelltisch, jeder Tresen und jedes Regal stand wieder an seinem Platz, viele davon gefüllt mit den neuesten Kreationen. Die Spielorte und Getränketische waren verschwunden, die Stühle in den Salon zurückgebracht. Morgen würden die Lichtensteiner in einen Montag starten, der wie viele zuvor sein würde und doch ganz anders.

Sie drehte sich zu Ella, Thea, Hannes und Meuser um.

»Lasst uns noch ein wenig spazieren gehen, Unter den Linden entlangflanieren. Das Wetter ist so herrlich«, sagte Ella und sah zum Himmel hinauf. »Viel Zeit habe ich nicht mehr, dann habe ich Vorstellung, aber ich denke, sie könnte reichen …«

Ella hakte sich bei Hedi ein, und Thea tat es ihr nach. Gemeinsam schlenderten sie los, die Männer hinterdrein.

»Wofür ist genug Zeit?«, fragte Thea.

»Na, der kleine Schreihals braucht noch Windeln und so, ich kenne mich da nicht so aus. Also, was fehlt noch?«

»Der Kleine kommt doch erst in Monaten.«

»Dann bleibt noch genug Zeit für euch zum Stricken und Nähen, das ist ja nicht mein Ding. Aber du brauchst doch bestimmt noch ein Bettchen oder etwas in der Art? Lass mich in nächster Zeit ein wenig einkaufen für den kleinen Schreihals! Das kann ich.«

»Das Bett baue ich«, warf nun Hannes aus dem Hintergrund ein.

»Fragt mich auch mal jemand?«, ergänzte Meuser lachend. »Und wer sagt überhaupt, dass es ein Junge wird?«

Hedi schwieg. Sie spürte links Ellas kraftvollen Arm, rechts, weich und nachgiebig, den von Thea. Sie wandte sich um. Hannes' Stütze klopfte einen gleichmäßigen Rhythmus auf den Bürgersteig. Er schaute gerade Meuser an und diskutierte mit ihm über den Wiegenbau.

Hinter ihnen glänzte über dem Eingangsportal in goldenen Lettern der Schriftzug »Lichtenstein« in der Sonne.

Glossar

Alsenid – auch »Chinasilber« genannt, bezeichnet Waren mit einer Kupfer-Nickel-Zink-Legierung

Appretur – eine mechanische oder chemische Bearbeitung von Stoffen, damit sie fürs Nähen fertig sind

Bettdrillich – Drillich ist ein festes Gewebe, das in diesem Fall für Bettwäsche verwendet wird.

Brokat – ein festes Gewebe, meist aus Seide, in das Gold- oder Silberfäden eingewoben sind

Cheviot – ein robuster, eher weicher Wollstoff, der oft für Möbelbezüge, Mäntel oder auch Anzüge genutzt wird

Fauteuil – das aus dem Französischen kommende Wort bezeichnet einen Lehnstuhl

Galanteriewaren – Bezeichnung für modische Accessoires wie Schmuck, Fächer, Schal usw.

Glühstrumpf – Lichtquelle für gasbetriebene Lampen. Der Glühstrumpf verbrennt, zurück bleibt eine Art Gerüst, das entfernt werden muss.

Haute Couture – aus dem Französischen, steht für »gehobene Schneiderei«; die in Handarbeit hochwertige Mode wird im Luxussegment maßgeschneidert. Heute sind Haute-Couture-Modelle eher als Kunstwerke zu verstehen.

Kattun – Leinwandstoff aus Baumwolle

Kavalieruhr – Taschenuhr, siehe Savonette

Konfektionär/Konfektioneuse – Designer

Kontor – das Büro eines Unternehmens

Kontrastkragen – weißer Kragen auf einer farbigen Bluse

Krepp – ein Stoff mit unregelmäßiger, körniger Struktur

Lamé – Stoff, in den Metallfäden eingearbeitet sind

Linkrusta – eine Wandverkleidung, vor allem Ende des 19. Jahrhunderts gebräuchlich

Lorgnon – aus dem Französischen von »lorgner«, anstarren, bezeichnet eine Sehhilfe mit Griff

Offertenraum – ein Konferenzraum, in dem die Einkäufer eines Warenhauses und durchreisende Händler ihr Warenangebot präsentieren

Phalanx – geschlossene Front oder Schlachtreihen

Plissee – Stoff mit dauerhaften Falten

Posamentierwaren – Borten, Spitzen, Bänder, Kordeln, Tressen und Flechtwerke aller Art. Posamentierer war ein Beruf, dessen Blütezeit im 19. Jahrhundert lag.

Rayon – Bezeichnung für eine Abteilung im Waren- bzw. Kaufhaus

Rips – Stoff mit einer gerippten Struktur

Savonette – eine Taschenuhr mit einem Sprungdeckel, der auf Knopfdruck geöffnet wird

Schirting – ein leichter Baumwollstoff, der oft als Futterstoff verwendet wird

Serge de Nîmes – ein fester, strapazierfähiger Stoff, der heute als »Denim« bezeichnet wird

Taft – ein Seidengewebe mit Querrippenstruktur

Taxameter – die ersten Fahrpreisanzeiger kamen um 1880 auf Pferdedroschken zum Einsatz und maßen die Radumdrehungen. Sie gaben den Taxen ihren Namen.

Trikottaille – blusenähnlicher Vorläufer des Pullovers

Tüll – ein feines Gewebe mit Netzstruktur, benannt nach der französischen Stadt Tulle

Turmalin – ein in verschiedenen Farben vorkommendes Mineral, das häufig zu Schmuck verarbeitet wird

Überarbeit – Begriff für Überstunden

Vakuumreiniger – eine Art Vorläufer des Staubsaugers, häufig noch mechanisch mit Hebeln betrieben

Viktoria – ein Kutschentyp. Der Begriff wurde aber auch für Autos verwendet, die in dieser Art gebaut wurden.

Weißware – Gewebeart, meistens Leinen, Halbleinen und Baumwolle, zudem veraltete Bezeichnung für Unterwäsche

Wollgabardine – Stoff, der vor dem Weben imprägniert wird und aus dem häufig Mäntel und Anzüge hergestellt werden

Zelluloid – ein schmelz- und formbarer Kunststoff

Zwischenmeister – lässt Waren in Heimarbeit fertigen und liefert sie nach der Fertigstellung dem Auftraggeber. Das Zwischenmeistersystem gibt es auch außerhalb der Konfektion.

Verzeichnis realer Personen und Institutionen

Aquarium – eines der artenreichsten Schau-Aquarien der Welt, im August 1913 in Charlottenburg eröffnet

Aschinger – Berliner Stehbierhalle

Bäumer, Gertrud – Frauenrechtlerin und Politikerin

Bolten-Baeckers, Heinrich – Theaterdirektor, Filmregisseur, Produzent und Liedtexter, u. a. von »Das ist die Berliner Luft«

Burgtheater Wien – österreichisches Theater, das zweitälteste Sprechtheater Europas

Callot – die Schwestern Marie, Marthe, Regina und Joséphine waren Modeschöpferinnen in Paris.

Cartier, Alfred – Begründer einer noch heute existierenden Schmuck- und Uhrenfirma

Doucet, Jacques – französischer Modeschöpfer

Freudenberg, Philipp – Kaufmann, der bei Hermann Gerson arbeitete, später Inhaber wurde. Seine Söhne Hermann und Julius führten das Warenhaus nach seinem Tod weiter.

Gad, Urban – dänischer Regisseur und Drehbuchautor, der von 1912 bis 1918 mit Asta Nielsen verheiratet war

Gerson, Herrmann – manchmal auch in der Schreibweise Hermann Gerson, gründete das Kaufhaus Gerson.

Guerlain, Pierre – Parfümeur, Begründer des heute noch existierenden Unternehmens

Hertzog, Rudolph – begründete das Kaufhaus Rudolph Hertzog, führte als einer der ersten Festpreise und Versandhandel ein.

Hindenburg, Paul von – Politiker und Generalfeldmarschall, im Ersten Weltkrieg Leiter der Obersten Heeresleitung

Ibsen, Henrik – norwegischer Schriftsteller

Imans, Pierre – Anfang des 20. Jahrhunderts einer der führenden Hersteller von wächsernen Mannequins mit einer Technik, die heute noch ähnlich in Wachsfigurenkabinetten Anwendung findet

Israel, Nathan – eröffnete das Warenhaus Nathan Israel, das als das älteste in Berlin und lange auch als das größte galt.

Jandorf, Alfred – Begründer unter anderem des KaDeWe, Kaufhaus des Westens

Lanvin, Jeanne – französische Modeschöpferin. Das von ihr 1889 gegründete Modeunternehmen Lanvin existiert bis heute.

Liebermann, Max – Berliner Maler, einer der bedeutendsten Vertreter des Impressionismus in Deutschland

Ludendorff, Erich – Politiker und General, verantwortete 1918 unter anderem die Frühjahrsoffensive

Nielsen, Asta – international erfolgreiche dänische Schauspielerin, die in den Jahren 1911 bis 1916 in Berlin in einer Vielzahl erfolgreicher Stummfilme spielte

Paquin, Jeanne – eine der ersten Modeschöpferinnen in Paris

Rathenau, Walther – Politiker und Industrieller. Im Ersten Weltkrieg ist er anfänglich Leiter der Kriegsrohstoffabteilung im Kriegsministerium.

Reinhardt, Max – österreichischer Theater- und Filmregisseur, Intendant

Theater des Westens – 1896 eröffnetes Theater, das auch als Opern- und Operettenhaus genutzt wurde

Tietz, Hermann – Gründer und Inhaber eines Kaufhauses, das später auch unter dem Namen »Hertie« bekannt war

Tietz, Oscar – gründete mit seinem Onkel Hermann Tietz unter anderem das Hertie-Warenhaus, Gründer des Verbands Deutscher Waren- und Kaufhäuser.

Verband Deutscher Waren- und Kaufhäuser – Zusammenschluss von Kaufleuten, 1903 gegründet von Oscar Tietz

Weinhaus Kempinski –Weinhändler Berthold Kempinski eröffnete 1889 ein viergeschossiges Restaurant, seinerzeit das größte in Berlin.

Wertheim, Georg – eröffnete u. a. das Warenhaus am Leipziger Platz, das lange Zeit als das schönste Kaufhaus Berlins galt.

Worth, Charles Frederick – stammte aus England, gilt als Begründer der Haute Couture.

Wurstkeller Niquet – von Kaufmann Niquet geführte Gastronomie-Institution, in der die Berliner Konfektion ein und aus ging

Konfektion – nur Mode von der Stange?

Berlin war einst eine Modestadt, ebenbürtig mit Paris. Während Frankreichs Metropole für Haute Couture stand, war Berlin der Konfektion verpflichtet. Rund um den Hausvogteiplatz – mitten im Herzen der Stadt – entstand ein Viertel, in dem über hundert Jahre die Fertigung von Kleidung, sei sie maßgeschneidert oder vorproduziert, den Arbeitsalltag bestimmte. Anfänglich war aber auch vorgefertigte Kleidung einer wohlhabenden Klientel vorbehalten.

Das Potenzial der »Kleidung von der Stange« wurde von Kaufleuten und Konfektionären schnell erkannt. Das heißt, der kreative Siegeszug ist mit wirtschaftlichen Interessen eng verbunden – vor allem mit der Entstehung der Waren- und Kaufhäuser, die am Absatz in hohen Stückzahlen interessiert waren. Dafür nähten Tausende Frauen in Heimarbeit, schlecht bezahlt und im Akkord. Zeitweilig arbeiteten in Berlin bis zu 200 000 Menschen für die Konfektion, die weltweit exportiert wurde.

Das, was wir auf der Haut tragen, war und ist auch immer ein Spiegel der Zeit – insbesondere zu Anfang des 20. Jahrhunderts. Die Rolle der Frau änderte sich damals entscheidend und damit die Kleidung – beispielsweise fiel das einengende Korsett weg. Ein Zeichen für die Forderungen der Frauen nach mehr Freiheit in ihrer Lebensführung – sei es im Hinblick auf das Wahlrecht, auf den eigenen Körper oder auf berufliche Perspektiven.

Konfektion trug darüber hinaus ihren Teil dazu bei, sichtbare Unterschiede gesellschaftlicher Schichten zu verwischen. Die Angestellten, eine neu entstehende und aufstrebende Schicht, präsentierten ihr Selbstbewusstsein gern öffentlich. Doch die Berliner Glanzzeit der Mode, Maßsalons, Waren- und Kaufhäuser wurde trotz oder gerade wegen ihres Erfolges systematisch zerstört – auch hier ist sie wieder Spiegel der Geschichte.

Das Lichtenstein übernimmt die Aufgabe, an ein Stück Berliner beziehungsweise deutsche Geschichte zu erinnern, die heutzutage weitestgehend in Vergessenheit geraten ist.

Danksagung

Berlin, den 4. April 2020

Ende August 2018, bei Überlegungen, welches mein nächstes Projekt werden könnte, erinnerte ich mich vage, mal einen Beitrag gelesen zu haben über Mode und den Hausvogteiplatz. Nach ersten Recherchen war ich wie elektrisiert: Berlin war einst eine vor Kreativität flirrende Modemetropole! Ein mir bis dahin unbekanntes Kapitel Geschichte der Stadt, in der ich lebe.

Heute, anderthalb Jahre später, inmitten der Coronakrise, ist der erste Teil der ›Lichtenstein-Saga‹ abgeschlossen. Unter dem Pseudonym Liv Winterberg habe ich bereits einige Romane geschrieben, aber bei keinem haben sich derart viele Menschen so engagiert eingebracht, zugehört und mitgelesen. Mein erster Dank geht an die beiden Frauen, die bei so einem Langstreckenlauf unverzichtbar sind: Literaturagentin Dr. Petra Eggers und Lektorin Hanne Hartmann! Aber auch viele andere Kolleginnen und Kollegen im dtv legen sich ins Zeug: Zu nennen wären da Bianca Dombrowa, Rita Bollig und Team – vielen Dank für die klingenden Titel. Und vielen Dank an Lisa Höfner für die eleganten Cover. Ein ebenso herzlicher Dank geht an all jene in Herstellung, Presse und Vertrieb, die ihren Teil dazu beitragen, dass ›Das Lichtenstein‹ nun auf den Laufsteg der Bücher geschickt wird.

Nach der Abgabe des Manuskripts war ich ratlos, wie ich für

meinen Dank die richtigen Worte finden soll – irgendwie schienen sie stets zu klein und unpassend. Vorgestern sagte ich seufzend zu meinem Mann: »Ach, weißt du was, schreib du doch mal die Danksagung.« Und er hat's getan, sehr humorvoll, wie ich finde:

Es ist schon so, dass ich um dieses Privileg weiß. Ich kann mich glücklich schätzen, dass ich zu den wenigen Männern zähle, die mit einer Frau zusammenleben, die zwar über zu viele Worte verfügt, diese jedoch ins Schreiben von Büchern auslagert. Grundgütiger … was wäre sonst hier zu Hause los? Und so waren wir in den letzten Monaten fast nie allein, oft waren bei uns Hedi, Hannes oder Jacob zu Besuch. Wir haben geplaudert, haben versucht, Thea zu helfen, und mit Ella diskutiert. Es gab unterschiedlichste Stimmungslagen in unseren vier Wänden. Wir haben uns auf Kisten gestellt, zahlreiche Ursachen für Gänsehaut erfahren, die »Berliner Luft« gesungen, geweint, gelacht und gezweifelt. Ich vielleicht mehr als meine Frau, denn sie war diejenige, die mir diese Welt geboten hat.
Nun ist sie gerade einkaufen gegangen und rief mir noch in der Tür zu: »Schreib du doch mal die Danksagung.« Eher ironisch als ernst gemeint. Da ich gesehen habe, wie meine Ehefrau im Arbeitsprozess so langsam mit dem Schreibtisch eine Symbiose einging, habe ich nicht gezögert. Ich würde es eher kurz formulieren, das »Danke von allen an alle« bevorzugen. Aber das würde der liebevollen Kleinteiligkeit im Entstehungsprozess des Romans nicht gerecht werden. Deshalb: Fühlt euch aus der Ferne von uns beiden umarmt, alle, die ihr mitgewirkt habt! Wenn das Buch im Laden steht, laden wir folgende Personen auf ein Bier ein – und an diejenigen, die eher nen Wein, Kaffee oder Smoothie bevorzugen, auch das bekommen wir hin:

Christiane Bär, Ines Barth und Faik Hasenfuß, Nicola und Olaf Bartoschek, Ines Seydewitz, Stella Billert, Loni und Malte Brants,

Lisa Dickreiter, Björn Hebbe-Göbel, Katrin und Carsten Knobloch, Leila Kessler, Lisa Kuppler, Christina March, Iris und Clemens Oeltjen, Svenja Schniewind, Barbara Slawig, Maike Stein, Chris Weber, Christiane Winkler und Jenny Zeller. Und ein besonderer Dank geht an Edith und Otto, Anita und Manfred, Walburga und Klaus sowie Sue und Emmy. Ihr wisst schon, wofür …

So ist das, wenn die witzigen Momente eines Buches vom Ehemann stammen. Ich trag's wie meine nie sitzenden Klamotten mit Würde! Aber auch euch, liebe Leserinnen und Leser, liebe Buchhändlerinnen und Buchhändler, möchte ich eingeschlossen wissen, wenn ich nun nach und mit den bereits zitierten »vielen Worten« schließe: Passt auf euch und auf das, was ihr im Herzen und am Leib tragt, auf!

Danke
eure Lene

Marlene Averbeck

DAS LICHTENSTEIN

Modehaus der Wünsche

Leseprobe

dtv

Prolog

Als die schwere Tür hinter Ella ins Schloss fällt, sieht sie sich hastig um, doch weder im Flur noch im Wartezimmer kann sie ihn entdecken. Sie hastet zur Anmeldung und lehnt sich gegen den dunklen Tresen, der ihr Halt zu geben scheint. Das Zittern der Knie abschwächt.

Die Rezeptionistin langweilt sich offensichtlich.

»Winkler«, sagt Ella mit gesenkter Stimme. »Ich habe um drei Uhr einen Termin.«

Die Augenbraue des Fräuleins springt in die Höhe.

Innerlich nickt Ella: Ja, sie ist absichtlich früher gekommen, viel früher, um nicht mit Gustav gemeinsam auf den Anwalt warten zu müssen.

Plötzlich lächelt das Fräulein und beugt sich vor. »Winkler? Sind Sie die Schauspielerin, die …?«

»Nein, aber wir werden immer wieder verwechselt ob der Namensgleichheit«, lügt Ella.

Das Lächeln erlischt.

Sehr gut! Sie hat ihr Ziel erreicht. Nicht, dass dieses Weib noch die Zeitungen anruft.

Mit der nun wieder gelangweilten Miene erklärt sie Ella den Weg in eines der Besprechungszimmer.

Ella atmet auf, als sich die Tür hinter ihr schließt. Ein großer Tisch. Mitten im Zimmer. Ein paar Stühle, dicht gedrängt, geschmacklose Gemälde an den Wänden. Für einen Augenblick hört Ella die Verachtung in Gustavs Stimme, die er nicht verbergen würde, sollte er ein Urteil zu diesen Pinseleien abgeben müssen. Sonnenlicht schiebt sich an bodenlangen Gardinen vorbei, kleine Staubflusen tanzen in der Luft.

Die Ruhe vor dem Sturm.

Ella nimmt Platz. Hier, in diesem nichtssagenden Raum, werden sie in wenigen Minuten die Scheidung einleiten, das Ende ihrer Ehe besiegeln. Am 29. September 1929. Ein Datum, so malerisch, dass es unvergesslich ist.

Sie schluckt hart gegen den Kloß in ihrem Hals an und erahnt schon die Schlagzeilen der Zeitungen, die nicht lange auf sich warten lassen werden:

Liebesaus: Berliner Schauspielerin verlässt großen Kunsthändler!
Scheidung bei schillerndem Künstlerpaar!
Nach nur sieben Jahren Ehe – Scheidung bei Ella Winkler!

Aber es gibt keinen Zweifel. Zumindest nicht für sie. Das Fass ist übergelaufen, als sie nach endlosen Streitereien Zuflucht in einem Hotelzimmer gesucht hat. Dorthin hat er ein Päckchen geschickt. Einen Wimpernschlag lang hat sie gehofft, es wäre eine Aufmerksamkeit, ein Versuch, sein Verhalten mit Geschenken zu beschönigen und seine Zuneigung auszudrücken. Beim Öffnen der Kiste gefror ihr das Blut in den Adern. Briefe und Fotos von ihnen lagen zerrissen darin.

Seine Wut scheint keine Grenzen mehr zu kennen.

Ihre Einsamkeit ebenfalls nicht.

Als der Anwalt und Gustav das Zimmer betreten, schreckt Ella auf. Für einen Moment meint sie, noch das Gewicht der Kiste in den Händen zu spüren. Sie umkrallt die Handtasche, die in ihrem Schoss liegt, und mustert Gustav. Mitgenommen sieht er aus, nahezu elend. Ihr Ehemann und künftiger Ex-Ehemann.

Ellas Herz füllt sich mit Mitleid, wird warm und weich. Sie

nickt ihm zu und wendet den Blick ab. Energisch schiebt sie diese aufbrechende Zuneigung gedanklich beiseite. Nichts davon darf sie zulassen, damit sie nicht noch länger in dieser Ehe verharrt. Sie denkt an die blauen Flecken an ihren Oberarmen, an seine Hände, die zu Schraubstöcken werden können, an das Veilchen, die Briefe und Fotos, das Gebrüll und die langen durchweinten Nächte. An die Versöhnungen, die Beteuerungen, nie wieder werde er sich vergessen.

Kurz ziehen Bilder an ihr vorbei, wie er mit ihr gearbeitet hat. Die Stimme trainiert, die Haltung korrigiert, die Ausstrahlung verstärkt hat. Er hat sie vorangebracht. Sie war sein Pygmalion, doch die Zeit des Lernens ist beendet. Er hat sein Kunstwerk geschaffen und ist nun dabei, sie beide zu zerstören. So dankbar sie ist, sie muss weg. Weit weg von ihm.

Der Anwalt Dr. Pieper, ein junger, gelackter Mann, trägt unter dem Arm eine Akte. Wie es wohl ist, sich am Scheitern anderer zu bereichern? Seine Worte rauschen an Ella vorbei. Begrüßungsfloskeln, Belanglosigkeiten. Papiere rascheln. Auf der Straße hupen zwei Autos um die Wette.

Mit einem Mal erhebt Gustav sich. Murmelt etwas, das Ella nicht versteht, und öffnet die Flügeltür zum Nebenzimmer.

Dr. Pieper springt auf und folgt ihm. »Warten Sie bitte, das geht nicht. Sie müssen dort lang, den Flur hinab«, sagt er und weist auf die Zimmertür.

Doch Gustav beachtet ihn nicht. Als er die Flügeltür erreicht, verharrt er. Abrupt. Wird blass, hebt die Hand und bringt kein Wort hervor.

Irgendetwas stimmt nicht. Ellas Stuhl kippt nach hinten, so hastig schiebt sie ihn zurück. Sie stürzt zur Tür.

Gustav. Allein, im Halbdunkel eines weiteren entseelten Besprechungszimmers.

Kerzengerade steht er neben einem Stuhl, die linke Hand auf der Lehne, die rechte Hand umschließt einen Revolver.

Ellas Blick wandert den Lauf entlang, den Gustav sich an die Schläfe drückt.

Er wartet, bis ihre Blicke sich treffen. Dann sagt er mit leiser Stimme: »Du wirst mich nicht verlassen, Ella!«

Berlin, im Mai 1927

Thea

Sie trat einen Schritt beiseite, damit die Packjungen den Tisch an ihr vorbeitragen und auf dem geräumigen Treppenabsatz vor der Beletage abstellen konnten. Zwei weitere schleppten vier Stühle die Treppe hinauf, ihnen folgte ein Jungspund mit einem Korb, in dem das Geschirr leise klirrte.

Ich hätte darauf achten sollen, dass alles ordentlich eingepackt wird. Hoffentlich nehmen die Gläser keinen Schaden, dachte Thea und sah sich um. Der weizengelbe Sisalteppich auf den dunkelbraunen Dielen schaffte eine behagliche Stimmung in Kombination mit den sandfarbenen Wänden. Eine große Fensterfront führte den Blick hinaus auf Kastanienbäume, die in voller Blüte standen.

Einer der Jungen nieste.

Ella zuckte zusammen und legte empört den Finger auf die Lippen, um ihn zu ermahnen, leise zu sein. Dann öffnete sie den Korb, nahm das Tafeltuch aus französischem Leinen heraus und breitete es auf dem Tisch aus. Die Arme verschränkt, blieb sie neben dem Tisch stehen. »Und? Was mache ich jetzt?«

Thea reichte ihr das Besteck. »Schau nach, ob es blank poliert ist. Wir wollen uns mit unserem Gastauftritt ja nicht blamieren. Und du, Georg«, sie winkte ihrem Mann zu und hob nur minimal die Stimme, »geh bitte mit den Jungs, den Rest holen.«

Er nickte, tippte sich an die Mütze und verschwand.

Kurz ruhte Theas Blick auf seinen Schultern, während er gleichmäßigen Schrittes die Treppen hinabeilte. Sie atmete durch und spürte, wie gut er ihr tat, wie sehr seine Anwesenheit ihr immer wieder Ruhe gab. Selbst jetzt, in dieser Aufregung, die flirrend zwischen Anspannung und Freude hin und her pendelte. Gedankenverloren trat sie ans Fenster, öffnete es und zupfte aus dem Efeu, der die Hauswand emporkletterte, eine Ranke ab. Sorgsam drapierte sie die dunkelgrün glänzenden Blätter auf dem Tisch.

»Ja, das sieht nach was aus«, flüsterte Ella und schob eine der Stoffservietten zurecht, die, inzwischen zu Kunstwerken gefaltet, den Blick auf sich zogen. Die Gläser funkelten, und der Elfenbeinton der Teller harmonierte mit dem Tafeltuch.

»Wenn Gustav sich verspätet, dann …«, knurrte Ella. Bevor sie den Satz beenden konnte, ging ein Lächeln über ihr Gesicht. Georg erschien mit den Packjungen und hatte sowohl Champagner und Essen als auch Gustav im Schlepptau.

»Und ihr meint, es wird funktionieren? Hannes wird es nicht falsch verstehen?« Thea nahm Platz. Es war erstaunlich. Dieser Treppenabsatz war größer als die Weddinger Küche, in der sie seinerzeit mit ihren Eltern und den beiden kleinen Geschwistern gelebt hatte. Aus den Augenwinkeln sah sie, wie Georg den Packjungen Geld zusteckte. Sicherlich würden sie jetzt das Wochenende einläuten, zum Warenhaus zurückzukehren, lohnte sich nicht mehr.

Während Ella den Champagner eingoss, füllte Gustav die Teller. »Sicher wird das funktionieren, es ist ein bewährtes Rezept, sich selbst einzuladen«, sagte er. »Dafür müssen wir aber aufhören zu flüstern.«

Thea blickte auf die Wohnungstür und auf das kleine Schild daneben: *Hallberg*. Nun, liebe Hedi, lieber Hannes, dachte sie und erhob das Glas, auf euch!

Als Georg sich neben sie setzte, fuhr sie ihm beiläufig über den Arm. »Hast du die Kleider heute noch abholen und ins Lichtenstein bringen können? Ist alles rechtzeitig fertig geworden?«

»Nein! Jetzt wird nicht gearbeitet«, sagte Ella streng und schob sich die überquellende Gabel in den Mund. »Ob die Kleider der fleißigen Näherinnen fertiggezaubert sind und pünktlich von A nach B gebracht wurden, ob die Knöpfe halten und die neu gelieferten Stoffe euren Vorstellungen entsprechen – das hat alles Zeit bis morgen.«

»Ich dachte, eben darum geht es heute: um die Arbeit! Ums Lichtenstein und Hannes' anstehenden Aufstieg zum Teilhaber«, sagte Georg.

»Ach, ihr Männer! Ihr seid so einfach gestrickt«, sagte Ella mit vollem Mund.

Gustav räusperte sich.

Ella hob die Serviette und tupfte sich die Lippen. Dann schob sie den Teller beiseite. »Ein Liedchen könnte nicht schaden«, stellte sie fest. Kurz überlegte sie und wiegte den Kopf. »Wir gehen doch jetzt auf Pfingsten zu. Wie wäre es mit *Bolle reiste jüngst zu Pfingsten*?« Sie summte einen Augenblick und begann dann zu singen.

Lauthals stimmten die Männer mit ein. Als sie »aber dennoch hat sich Bolle janz köstlich amüsiert« schmetterten, öffnete sich die Tür. Durch den schmalen Spalt konnte Thea Hannes erkennen.

Der Gesang geriet ins Stocken. Gustav konnte sich nicht bremsen, sein letztes »janz köstlich amüsiert« wehte durchs Treppenhaus und verlor sich irgendwo.

Ungläubig blickte Hannes auf die Szenerie vor sich: ein gedeckter Tisch und vier Leute drumherum. Singend auf dem Treppenabsatz vor seiner Tür. »Braucht ihr noch einen Kerzenleuchter?«, fragte er nach zwei, drei Atemzügen.

»Oh, du hast recht, das wäre stimmungsvoll«, erwiderte Thea.

»Was soll das?«, erkundigte sich Hannes irritiert.

»Mein Guter, nun schau doch nicht so misstrauisch. Wir wollen dir gratulieren – dass du jetzt Warenhaus-Chef wirst«, dröhnte Gustav.

»Ich werde kein Chef, ich werde Teilhaber. Und noch ist das nicht in Stein gemeißelt.«

»Ach, dann gratulieren wir eben ein bisschen. Und kommen irgendwann noch mal vorbei, um zum restlichen bisschen zu gratulieren …«

Ella nickte. »Ja, feiern können wir.«

Hedi erschien hinter Hannes und schaute an ihm vorbei auf die Tischrunde. Sie riss die Augen auf und brach in schallendes Gelächter aus. »Das fass ich nicht! Was macht ihr denn da? Hättet ihr doch was gesagt, wir hätten euch einfach mit eingeladen.«

»Ja, aber dieses ganze Gerede übers Warenhaus«, sagte Ella, winkte ab und verdrehte die Augen. »Wir dachten, hier draußen können wir die schmutzigen Witze reißen.«

Nun tauchten im Hintergrund zwei weitere Paare auf. Thea erkannte Dr. Klinger. Der, wenn sie recht informiert war, an der Charité arbeitete, ein sportlicher Mann, enorm tennisbegeistert. Seine Frau Tamara, ein nahezu ätherisches Wesen, kaufte im Lichtenstein regelmäßig ihre Garderobe. Das andere Paar hatte sie noch nie gesehen.

Hedis Wangen glühten. Ohne ein weiteres Wort verschwand sie. Kurz darauf erklang das Grammophon.

Eine Tür im Stockwerk über ihnen wurde geöffnet. Ein Gesicht schaute durchs Geländer herab. »Was ist denn hier los?«, brummelte es.

»Wir feiern die Beförderung vom Hallberg oder so was Ähnliches. Kommen Sie runter, es gibt genug Champagner«, rief Georg jovial.

Noch im Hausmantel kam der Nachbar die Stufen herabgeeilt. Thea war sicher, er hatte nicht einmal seine Wohnungstür geschlossen.

Die markanten Bläsersätze von *Shake that thing* eroberten das Treppenhaus. Nun hielt es Ella nicht mehr auf dem Stuhl, sie zerrte Hedi mit sich, die gerade mit einem Rollwagen voller Weinflaschen und Gläser ins Treppenhaus zurückkehrte und sich der Begeisterung der Freundin nicht entziehen konnte. Beide wiegten sich im Takt, ließen die Knie wackeln, rissen die Arme in die Luft und lachten ausgelassen.

Thea wippte mit dem Fuß im Takt, hörte einen Korken knallen. Tamara Klinger begann zu rauchen. Zwei weitere Nachbarn kamen die Treppen herauf. Sie blieben erstaunt stehen und bekamen vom Professor Getränke angeboten.

Es wird Zeit, mit den Damen mitzutanzen, beschloss Thea. Ganz gleich, wie schwer die Beine nach dem langen Arbeitstag auch waren. Sie wollte sich gerade erheben, als Hannes sich an den Tisch setzte. Sofort lehnte sie sich zurück und griff ihr Glas. Schaute konzentriert auf die silbern glänzenden, aufsteigenden Perlen. »Ich hoffe, du nimmst es uns nicht übel, dass wir hier eingefallen sind?«, fragte sie.

Inzwischen tanzten auch die Nachbarn, die eben erst die Treppe heraufgekommen waren.

Hannes wirkte unschlüssig. Dann schob sich ein Grinsen über sein Gesicht. »Na, ich habe den Verdacht, es geht weniger um meine Teilhaberschaft. Euch geht's doch nur darum, das Tanzbein zu schwingen und Hedi wiederzusehen. Oder den Rausschmiss aus unserer Wohnung einzuläuten.«

»Bei dem Lärm könnte euch das passieren. Wenn du deine Gäste nicht im Griff hast, können wir ja nichts dafür.« Thea zuckte beiläufig die Schultern und beobachtete Hedi. Sie trug ein knielanges Kleid, das Hannes im letzten Herbst entworfen hatte. Eigentlich als Nachmittagskleid gedacht, machte es sich durch den schwarzen Crêpe Georgette auch am Abend gut. Die Taille lag im Rücken tief, an den Hüften saß es eng, darüber weit und in weichen Wellen fallend. Schmale Träger betonten die Schultern. Ein Kleid, das Hedis schmale Silhouette unterstrich. »Du hast recht. Sie fehlt im Lichtenstein.«

Hannes beobachtete die Tanzenden, denen sich die Ätherische angeschlossen hatte. »Hedi war doch letzthin wieder im Lichtenstein und hat Kleider präsentiert.«

Thea spürte einen Hauch Verärgerung in sich aufsteigen. Jahrelang hatte sie mit Hedi zusammengearbeitet, sie an sechs Tagen die Woche bis zu zwölf Stunden gesehen. Sie hatten die Pausen miteinander verbracht und am Abend die Elektrische genommen. Seit die kleine Louise auf der Welt war, hatte sich alles verschoben. Hedi blieb zu Hause, und auch Ella, bei der sich die Termine aneinanderreihten, bekam sie bei deren seltenen Besuchen im Lichtenstein nicht mehr zu Gesicht. »Ja, das hat sie«, sagte Thea zögerlich. »Und sie hatte viel Freude daran. Es wäre schön, wenn sie wieder öfter zum Einsatz käme.«

»Das liegt ja nun nicht an mir.«

»Liegt es an der Kleinen? An Lou?«

»Natürlich. Hedi ist kein Mannequin mehr, sie ist jetzt Mutter.«

»Wo ist Lou eigentlich? Bei ihrer Oma?«

»Im Bett. Wenn sie schläft, kann man das Bett sogar wegtragen.«

»Sage mal, was wäre, wenn Lou gelegentlich von deiner Schwiegermutter versorgt wird? Oder von unserem Kindermädchen? Könnte Hedi dann öfter im Lichtenstein vorbeischauen?«

»Wenn sie das will.«

»Wir können sie fragen.«

»Meinetwegen. Solange es der Kleinen gutgeht, habe ich keine Einwände.«

»Ach, komm, du würdest dich auch freuen, sie wieder öfter im Lichtenstein zu sehen.«

»Bestimmt.«

»Sie darf kommen? Hand drauf?«

Ungläubig schüttelte Hannes den Kopf. »Vielen Dank für dein Misstrauen.«

Nun lachten sie beide. Zufrieden lehnte Thea sich zurück. Sie spürte Ellas prüfenden Blick auf sich und nickte unmerklich.

Ella riss die Arme in die Luft, noch wilder als zuvor, und umtanzte die Ätherische und Hedi. Ihre gemeinsame Freundin, die sie nun wieder öfter sehen würden. Kind hin, Kind her.

»Hat Hedi sich beklagt?«

Thea wusste, dass sie nun auf der Hut sein musste. Hannes klang verunsichert.

»Gib es zu: Das ist ein lang vorbereiteter Angriff, oder? Hat sie ihn mitgeplant?«

Nun lachte Gustav auf. »Entschuldigt bitte, aber ich habe euer Gespräch mitbekommen.« Er beugte sich mit glasigem Blick vor und fixierte Hannes. »Wenn deine Frau gejammert hat, wird es dir Thea nicht sagen. Weiber sind raffiniert. Mit dem Trick hier«, er wies um sich, »hat ein guter Freund, ebenfalls ein Kunsthändler, Lovis Corinth retten wollen. Nach der Hochzeit meinte dessen Frau Charlotte, es sei aus mit dem Lotterleben des Künstlers. Und so ward der Maler Abend für Abend an seinen eigenen Tisch gebeten, an dem stets von ihr geladene Gäste, kultiviert obendrein, Platz nahmen. Der Kunsthändler hat sich mit seiner Frau und Freunden genauso vor ihre Tür gesetzt und Charlotte für sich eingenommen. Tja, sieh, wie die Zeiten sich ändern. Nun übernehmen die Weiber unsere Tricks, und wen manipulieren sie damit? Rate mal! Uns! Tja, ich sage es dir: Das sind die Geister, die wir riefen!«